AMOR BAJO EL ESPINO BLANCO

AI MI

AMOR BAJO EL ESPINO BLANCO

Título original: *Under the Hawthorn Tree*

© Ai Mi, 2011

© De la traducción: 2012, Damià Alou

© D.R. de esta edición:

Santillana Ediciones Generales, SA de CV

Av. Río Mixcoac 274, col. Acacias

CP 03240, teléfono 54 20 75 30

www.sumadeletras.com/mx

Fotografía de cubierta: Fotograma de la película *Amor bajo el espino blanco*, cedida por Golem Distribución, S. L.

Primera edición: diciembre de 2012

ISBN: 978-607-11-2408-1

Impreso en México

PRISA EDICIONES

Prólogo

El libro de Ai Mi *Amor bajo el espino blanco* ha sido un éxito editorial en China desde que apareció en su página web en el 2007. La atención que le prestaron los medios de comunicación fue aún mayor con el estreno de la versión cinematográfica dirigida por el principal director chino de la actualidad, Zhang Yimou (cuya fama comenzó con *La linterna roja)*, en el 2010. Sigue siendo objeto de apasionados debates en Internet y, algo inusual para una historia ambientada durante la Revolución Cultural, ha obtenido un éxito intergeneracional. Ha vendido millones de ejemplares, lo cual es especialmente extraordinario si consideramos que Ai Mi (un seudónimo) colgó su libro gratis en su blog, por lo que podemos suponer que el número de personas que han leído la historia es incluso mayor de lo que sugieren las asombrosas cifras de ventas.

La Revolución Cultural (1966-1976) ocupa un lugar preferente en los libros chinos que se han traducido hasta ahora, y sin embargo todavía hoy ese periodo de turbulencia política sigue siendo desconocido para los lectores occidentales. Un mundo dominado por los eslóganes y las engorrosas etiquetas políticas, donde, para estar a la altura del celo comunista chino, a todo ciudadano se le alentaba a hacer la revolución. La Guardia Roja del presidente Mao era invitada a desafiar a sus padres y mayores, y mientras para algunos jóvenes supuso una época de libertad desenfrenada, para muchos más fueron años de violencia, persecución política y angustia. Mientras que las sensibilidades políticas no se han atrevido con un análisis histórico y político completo, las novelas fueron durante una época —y quizá todavía lo son— la manera más fructífera de comprender ese periodo. Estas novelas han llegado a conocerse como «literatura de la cicatriz» o «literatura de los heridos», un término acuñado después de la publicación de la novela de Lu Xinhua *La cicatriz*. Pero los jóvenes chinos nacidos a partir de los años ochenta, que han disfrutado de una mayor libertad personal, una incipiente revolución sexual y la atracción del consumismo global, han mostrado un menor interés por los relatos de la Revolución Cultural. Que *Amor bajo el espino blanco* se haya hecho tan popular entre ellos demuestra que este relato de amor frustrado ha trascendido lo político y lo histórico, convirtiéndose en una historia nacional que a todos emociona.

Esta apasionada respuesta de los lectores chinos se debe en parte a que Ai Mi nos dice que su novela se inspira en una historia real y que recibió las memorias de Jingqiu de manos de alguien. Muchos de los topónimos del libro se disfrazaron en la novela original china, provocando una enorme especulación en la blogosfera china acerca de los emplazamientos «reales». Tras consultarlo con la autora, he decidido seguir el consenso alcanzado en la red, un consenso que resiste un examen riguroso, y he utilizado los nombres auténticos de los pueblos y ciudades en la traducción inglesa.

Amor bajo el espino blanco participa de la evocación colectiva china, pero no se trata de una historia de luchas políticas nacionales, sino de un relato intensamente personal de cómo esas luchas afectaron a las relaciones humanas. La inocencia sexual de Jingqiu puede que le resulte bastante increíble al lector occidental, y sin embargo muestra cómo en ese periodo la política alcanzaba esferas increíblemente íntimas de la persona. A menudo calificada por los críticos chinos de «la historia de amor más pura y limpia», lo que nos muestra *Amor bajo el espino blanco* es la inocencia, tanto la individual como la de la sociedad, ante la influencia corruptora del extremismo político.

La novela comienza con los viajes de Jingqiu al campo para ayudar a la Asociación de Reforma Educativa a escribir un nuevo libro de texto de historia basado en los relatos contados por los campesinos de clase media y baja. Ahí es donde comienza su educación amorosa...

Anna Holmwood

Capítulo 1

Durante las primeras semanas de 1974, cuando Jing-qiu todavía estaba en el último curso de secundaria, ella y otros tres estudiantes fueron elegidos para participar en un proyecto cuyo objetivo era compilar un nuevo libro de texto escolar. Iban a viajar a los hogares de campesinos pobres y de clase baja de Aldea Occidental y entrevistarlos, convirtiendo sus relatos en un libro de historia que se utilizaría en la Escuela Secundaria n.º 8. Antes de la Revolución Cultural, los libros de texto estaban llenos de feudalismo, capitalismo y revisionismo, y, como proclamó gloriosamente el presidente Mao, dejaban constancia de «cómo habían gobernado a través de las épocas estudiosos de genio y hermosas damas, emperadores, generales y ministros». Ahora la educación «necesitaba una reforma».

Los estudiantes escogidos habían obtenido notas por encima de la media en redacción. Su nombre colectivo fue el de «Asociación para la Reforma Educativa de la Escuela Secundaria n.º 8». Al frente del grupo había un miembro del Equipo de Propaganda del Pensamiento de Mao de los Trabajadores locales, el señor Zhang.

Los cuatro estudiantes avanzaban a duras penas por el sendero que atravesaba la montaña detrás del señor Zhang y sus tres profesores. No era una montaña muy alta, pero debido a las mochilas que llevaban a la espalda y a las bolsas de cuerda que transportaban en la mano comenzaron a sudar y no pasó mucho tiempo antes de que el señor Zhang comenzara a notar el peso de su equipaje. Dos de las tres chicas, a pesar de haberse librado de las mochilas, seguían resollando y resoplando mientras subían la montaña.

Jingqiu era fuerte, y, aunque también estaba exhausta por el peso, insistía en llevar su propia mochila. La capacidad de soportar el trabajo duro era el criterio por el que medía a los demás, y para estar a la altura de su exigencia no temía las penurias y procuraba no quedarse nunca atrás.

Al observar que cada aliento de las muchachas parecía el último, el señor Zhang no paraba de animarlas.

—No está lejos, solo un poquito más, en cuanto lleguemos al espino podemos descansar.

El legendario espino le recordaba a Jingqiu el ciruelo de aquel viejo cuento en el que el general Cao Cao hacía vacías promesas a sus soldados de que obtendrían un refrescante zumo de fruta a fin de espolearlos. También se acordó de una canción soviética que había aprendido unos años antes gracias a Anli, una profesora de ruso que estaba de prácticas, que llegó a la Escuela Secundaria n.º 8 procedente de la escuela de profesorado provincial. Anli, de veintiséis años, fue adscrita a la clase de Jingqiu. Era una mujer alta y esbelta, con una piel de un blanco perlado, facciones agradables y una nariz recta y prominente. Pero lo mejor eran sus ojos. Eran grandes y coronados por unas cejas extraordinarias. No eran solo dobles, sino que tenían quizá dos o tres pliegues. De hecho, de haber tenido los ojos más profundamente engastados, la habrían tomado por una extranjera. Los alumnos, con sus párpados sencillos, estaban muy celosos.

El padre de Anli era una especie de jefe en la segunda división de artillería, pero, tras haber caído en desgracia junto con el segundo al mando de Mao, Lin Bao, fue degradado, y Anli sufrió. Posteriormente, su padre volvió a obtener el favor del presidente Mao y pudo sacar a Anli del campo y matricularla en la escuela provincial de magisterio. Resultaba un misterio por qué se decidió a estudiar ruso, pues en aquella época hacía tiempo que esa asignatura había dejado de ser popular. Justo después de la Liberación, a principios de los años cincuenta, al parecer había estado de moda, pero las relaciones chino-rusas se habían agriado, y la Unión Soviética fue calificada de revisionista debido a sus intentos de «reformar» la teoría marxista-leninista. Entonces esos mismos profesores volvieron a la enseñanza del inglés.

Anli le tomó simpatía a Jingqiu, y cada vez que tenía tiempo le enseñaba canciones rusas, como por ejemplo la de «El árbol del espino». Naturalmente, había que hacerlo en secreto. Todo lo relacionado con la Unión Soviética no solo se había vuelto peligroso, sino que cualquier cosa que estuviera contaminada con la idea del «amor» se juzgaba como una mala influencia y el pútrido residuo de la clase capitalista. «El árbol del espino» se consideraba una canción «obscena», «asquerosa y decadente», y de un «estilo indecoroso» porque la letra hablaba de dos jóvenes que estaban enamorados de la misma joven soltera. A ella le gustaban los dos, y no sabía a cuál escoger. Para decidirse le pedía consejo al árbol del espino. En los últimos versos cantaba:

¡Oh, dulce espino, brotes blancos en tus ramas!
¡Ah, querido espino! ¿Por qué estás tan atribulado?
¿Cuál es el más valiente? ¿Cuál es el más hermoso?
Oh, te lo suplico, espino, dime cuál es.

Anli poseía una hermosa voz y había aprendido lo que ella denominaba el «hermoso estilo italiano», que le iba muy bien a esta canción. Los fines de semana iba a casa de Jingqiu, y esta la acompañaba al acordeón mientras ella cantaba.

Cuando el señor Zhang mencionó el espino, Jingqiu se quedó sorprendida, pero enseguida comprendió que se refería a un árbol auténtico, no a la canción, y que ese árbol era la meta para los siete caminantes que ascendían la montaña.

La mochila de Jingqiu le pesaba y le llenaba la espalda de sudor, y las asas de su bolsa de cuerda se le clavaban en las palmas de las manos. A fin de aliviar la presión se la iba pasando de la derecha a la izquierda, y de la izquierda a la derecha. Justo cuando pensaba que ya no podía seguir más, el señor Zhang anunció:

—Hemos llegado, descansemos un rato.

Todo el grupo exhaló un suspiro colectivo —pareció el sonido de unos hombres a los que les acaban de leer una orden de amnistía— y se derrumbaron sobre el suelo.

Cuando hubieron recuperado las fuerzas, uno de ellos preguntó:

—¿Dónde está el espino?

—Allí —dijo Zhang, y señaló un árbol no muy distante.

Jingqiu vio un árbol que no tenía nada de extraordinario, de seis o siete metros de alto. El aire todavía era frío, por lo que no solamente no habían aparecido todavía las flores blancas, sino que en las ramas no había ni una hoja verde. Jingqiu se sintió decepcionada; la canción le había dibujado una imagen mucho más poética y seductora. Mientras escuchaba la canción de «El espino» se imaginaba una escena en la que dos jóvenes apuestos se encontraban debajo del árbol esperando a su amada. Una joven, ataviada a la manera de las mujeres rusas, caminaba hacia ellos en un crepúsculo teñido por el arco iris. ¿A cuál elegiría?

Jingqiu le preguntó al señor Zhang:

—¿Ese árbol tiene flores blancas?

Esa cuestión pareció despertar algo en el interior del viejo Zhang.

—¡Ah, ese árbol! Originariamente las flores eran blancas, pero durante la guerra contra Japón innumerables jóvenes valientes fueron ejecutados debajo de él, y su sangre regó la tierra en sus raíces. Desde aquella época las flores de este árbol comenzaron a cambiar, y ahora son todas rojas.

El grupo permaneció sentado y en silencio hasta que el señor Lee —uno de los maestros de la ciudad— les dijo a los estudiantes:

—¿No lo anotáis?

Comprendiendo con un sobresalto que su trabajo había comenzado, los cuatro sacaron sus cuadernos apresuradamente. Escuchar el sonido de cuatro o cinco plumas escribiendo parecía ser algo cotidiano para el señor Zhang, que continuó hablando. Una vez les hubo contado la historia del árbol que había sido testigo de los hechos gloriosos de la gente de Aldea Occidental, llegó el momento de reemprender la marcha.

Al cabo de un rato, Jingqiu volvió la vista hacia el espino, ahora ya borroso, y creyó ver a una persona de pie bajo sus ramas. No era ningún soldado del relato del señor Zhang, atado por los demonios japoneses, sino un apuesto joven... Se reprendió a sí misma por sus mezquinos pensamientos capitalistas. Quería concentrarse en aprender de los pobres campesinos y trabajar duro en ese libro de texto. La historia del espino definitivamente quedaría incluida en él, pero ¿bajo qué título? ¿Qué tal «El espino manchado de sangre»? Tal vez demasiado sanguinario. «El espino de las flores rojas» quizá fuera mejor. O simplemente, «El espino rojo».

La mochila y la bolsa de red de Jingqiu se hicieron más pesadas tras el descanso, no más ligeras. Se dijo que quizá era como un contraste de sabores: un poco de dulce antes de un bocado amargo hace que este sea mucho más amargo. Pero ninguno se atrevía a quejarse. Tener miedo del esfuerzo y agotamiento era para los capitalistas, y Jingqiu temía que la calificaran de capitalista. Su clase social estaba mal considerada, así que no debía ir por ahí explotando a los campesinos, obligándolos a llevar sus bolsas, pues esto significaría elevarse aún más por encima de las masas. El partido tenía una política: «No puedes elegir tu origen social, pero puedes elegir tu propio camino». Sabía que la gente como ella tenía que andarse con mas cuidado que los que tenían un origen social bueno.

Pero el esfuerzo y el agotamiento no desaparecían solo porque no hablaras de ellos. Jingqiu deseaba que cada uno de sus nervios doloridos se marchitara y muriera, así no sentiría el peso a la espalda ni el dolor en las manos. Intentó lo que siempre hacía para rechazar el dolor: dar rienda suelta a sus pensamientos. Al cabo de un rato casi sentía que su cuerpo estaba en otra parte, como si su alma hubiera volado y llevara una vida completamente distinta.

No sabía por qué seguía pensando en el espino. Las imágenes del relato del señor Zhang y los soldados atados se alternaban con las de los apuestos jóvenes rusos vestidos con camisa blanca de la canción. En su imaginación se convertía en una heroína antijaponesa, castigada por sus enemigos, y luego era la joven muchacha rusa, atormentada por la indecisión. Jingqiu no sabía decir honestamente si era más comunista o revisionista.

Al cabo de un tiempo llegaron al final del camino de la montaña, y el señor Zhang se detuvo y señaló la ladera:

—Eso es Aldea Occidental.

Los estudiantes corrieron al borde del acantilado para admirar Aldea Occidental, que se extendía delante de ellos. Vieron un riachuelo verde jade que serpenteaba desde el pie de la montaña y rodeaba la aldea. Bañada por la primera luz de la primavera y rodeada por resplandecientes montañas y un agua cristalina, Aldea Occidental era hermosa, más bonita que las demás aldeas en las que Jingqiu había trabajado antes. Aquella vista panorámica mostraba campos que se extendían como una colcha a través de la ladera de la montaña, en retazos de verde y ocre en los que se esparcían pequeñas casas. Unos cuantos edificios se concentraban en el medio, siguiendo una presa, y el señor Zhang dijo que era la base del ejército. Según el sistema, en el condado de Yichang cada aldea poseía un nutrido destacamento del ejército, y el jefe de la aldea era en realidad el secretario del partido de la unidad del ejército, de manera que los aldeanos lo llamaban «jefe de la aldea Zhang».

El grupo bajó la montaña y llegó en primer lugar a la casa del señor Zhang, que se ubicaba al borde del río. Su mujer estaba en casa, les dio la bienvenida y les dijo que la llamaran Tía. Dijo que el resto de la familia se hallaba en el campo o en la escuela.

Una vez todos hubieron descansado, el señor Zhang comenzó a repartirlos en distintas casas. Dos maestros, el señor Lee y el señor Chen, y el alumno Buena Salud Lee vivirían juntos con una familia. El otro, el señor Luo, no pasaría con ellos mucho tiempo, pues solo les orientaría sobre lo que tenían que escribir —al cabo de un día o dos tendría que regresar a la escuela—, de manera que le harían sitio en cualquier parte. Una familia había aceptado ceder una de sus habitaciones a las chicas, pero solo tenían espacio para dos.

—La que no quepa allí puede vivir conmigo —dijo el señor Zhang, dispuesto a dar ejemplo—. Me temo que no dispongo de habitaciones libres, con lo que la chica tendrá que compartir cama con mi hija pequeña.

Las tres chicas se miraron la una a la otra, consternadas. Jingqiu respiró hondo y se ofreció voluntaria.

—¿Por qué no vivís las dos juntas? Yo me quedaré en casa del señor Zhang.

No había actividades planeadas para el resto del día, de modo que tuvieran tiempo para instalarse y descansar. El trabajo comenzaría oficialmente al día siguiente. Aparte de entrevistar a los aldeanos y compilar los relatos en el texto, sabían que tenían que trabajar en el campo con los granjeros más pobres y experimentar lo que era la vida campesina.

El señor Zhang condujo a los demás a sus nuevos hogares, dejando a Jingqiu con la tía Zhang. La tía acompañó a Jingqiu a la habitación de su hija para que pudiera deshacer el equipaje. La habitación era como los demás dormitorios rurales en los que había estado, oscura, con una pequeña ventana en una pared. No tenía cristal, tan solo celofán pegado al marco.

Tía Zhang encendió la luz, que iluminó débilmente la habitación, de unos quince metros cuadrados, limpia y ordenada. La cama era más grande que una sencilla pero más pequeña que una doble. Las dos estarían apretadas, pero cómodas. Las sábanas estaban recién lavadas y almidonadas, y su tacto era más de cartón que de tela; estaban alisadas y remetidas en los bordes, y encima había una colcha doblada en un triángulo, mostrando el forro blanco en dos esquinas. Jingqiu se preguntó cómo estaba doblada y pensó que le sería imposible abrirla. Un poco aturullada, se dijo que utilizaría su propia manta para no tener que hacer el esfuerzo de volver a doblar la colcha a la mañana siguiente. Los estudiantes enviados al campo para vivir con campesinos de clase media y baja sabían que tenían que seguir el ejemplo del protocolo utilizado por el 8.º Ejército de Ruta durante la guerra civil: utilizar solo lo que usaban los campesinos y devolverlo todo intacto.

Sobre la mesa que había junto a la ventana se veía un gran espejo cuadrado que servía para colocar fotos, algo que Jingqiu sabía que se consideraba decadente. Las fotos estaban sobre una tela verde oscuro. Curiosa, Jingqiu recorrió la habitación para echar un vistazo. La tía le señaló las fotos de una en una y le explicó quiénes eran todos. Sen, el hijo mayor, era un joven altísimo que no se parecía en nada a sus padres. A lo mejor era la excepción, se dijo. Trabajaba en la oficina de correos de Río Yanjia y solo iba a casa una vez por semana. Su esposa se llamaba Yumin y daba clases en la escuela primaria de la aldea. Poseía unos rasgos delicados y refinados, y era alta y delgada: una buena pareja para Sen.

Fen era la hija mayor. Era guapa, y la tía le dijo a Jingqiu que después de graduarse en la escuela secundaria Fen se fue a trabajar a la aldea. La hija segunda se llamaba Fang. No se parecía en nada a su hermana, tenía la boca prominente y los ojos más pequeños. Fang estudiaba en la Escuela Secundaria de Río Yanjia y solo volvía a casa dos veces por semana.

Mientras hablaban del hijo segundo del señor Zhang, Lin, este apareció por la puerta. Había ido a recoger algo de agua para comenzar a preparar la comida para los invitados de la ciudad. Jingqiu dijo que no se parecía a Sen, su hermano mayor, sino al señor Zhang. Estaba sorprendida. ¿Cómo era posible que dos hermanos y dos hermanas fueran tan distintos? Era como si al hacer al hijo y la hija primogénitos, los padres hubieran utilizado los mejores ingredientes, y para cuando llegaron a los otros dos se hubieran servido de lo primero que hubieran tenido a mano.

Jingqiu, sintiéndose incómoda, dijo:

—Te ayudaré a traer agua.

—¿Vas a poder? —dijo Lin sin inmutarse.

—Claro que podré. Voy a menudo al campo a trabajar la tierra.

—¿Quieres ayudarlo? —dijo tía Zhang—. Cortaré algunas verduras y puedes lavarlas en el río. —Recogió una cesta de bambú y salió de la habitación.

Cuando Lin se quedó a solas con Jingqiu, se dio la vuelta y se dirigió rápidamente a la parte de atrás de la casa para traer los cubos de agua. La tía regresó con dos manojos de verduras y se los entregó a Jingqiu.

De vuelta con los cubos de agua, la mirada gacha para evitar sus ojos, Lin dijo:

—Vámonos.

Jingqiu recogió el cesto y lo siguió, recorriendo el estrecho sendero que llevaba al río. A mitad de camino se toparon con unos jóvenes del pueblo que se metieron con Lin.

—Tu papi te ha buscado novia. Hay que ver.

—Oooooh, y es de la ciudad.

—¡Qué bien te van las cosas!

Lin dejó los cubos en el suelo y persiguió a los chavales.

—¡No los escuches! —le gritó Jingqiu.

Lin regresó, cogió los cubos y bajó a toda prisa por el camino. Jingqiu se sentía confusa. ¿A qué se referían aquellos chavales? ¿Por qué habían hecho una broma así?

En el río, Lin decidió que el agua estaba demasiado fría para Jingqiu, dijo que se le congelarían las manos. Jingqiu fue incapaz de convencerlo de lo contrario y se quedó allí observando desde la orilla. Cuando Lin hubo acabado de limpiar las verduras, llenó los dos cubos.

Jingqiu insistió en que ella lo llevaría.

—No me has dejado lavar las verduras, al menos déjame acarrear el agua.

Pero Lin no se lo permitió, recogió los cubos y se fue escopeteado hacia casa. Y no mucho después de haber vuelto, Lin se marchó rápidamente.

Jingqiu intentó ayudar a cocinar a la tía, pero tampoco se lo permitieron. El sobrino pequeño de Lin, Huan

Huan, que había estado durmiendo en la casa de al lado, se había despertado, y la tía le dijo:

—Lleva a tu tía Jingqiu a buscar a tu tío Mayor Tercero para cenar.

Jingqiu no sabía que había otro hijo en la familia. Le preguntó a Huan Huan:

—¿Sabes dónde está tu tío Mayor Tercero?

—Sí, está en el campamento geobiológico.

—¿El campamento geobiológico?

—Se refiere al campamento de la unidad geológica —le explicó la tía sonriendo—. El chico no se explica con mucha claridad.

Huan Huan le cogió la mano a Jingqiu.

—Vamos, vamos, Mayor Tercero tiene caramelos...

Jingqiu siguió a Huan Huan y se encontró con que al cabo de un rato este se negaba a caminar. Abrió los brazos y dijo:

—Me duelen los pies. No puedo moverme.

Jingqiu se echó a reír y lo levantó. Quizá parecía pequeño, pero pesaba. Jingqiu se había pasado gran parte del día caminando y acarreando bolsas, pero como Huan Huan no caminaba, no tuvo más elección que llevarlo en brazos un rato, dejarlo en el suelo para descansar, volver a cogerlo y seguir llevándolo, mientras él preguntaba una y otra vez:

—¿Falta mucho? ¿Has olvidado el camino?

Habían recorrido un largo trecho y Jingqiu estaba a punto de tomarse otro descanso cuando a lo lejos oyó el sonido de un acordeón. ¡Su instrumento! Se detuvo a escuchar.

Sin duda era un acordeón que interpretaba «La canción del soldado de caballería», una melodía que Jingqiu había interpretado antes, aunque solo supiera tocar la parte de la mano derecha. Sin embargo, aquel músico tocaba las dos partes muy bien. Cuando llegaba a los fragmentos más entusiastas, sonaba como si hubiera diez mil caballos al galope, aullara el viento y se agitaran las nubes. La música procedía de una construcción que parecía el cobertizo de un trabajador. Contrariamente al resto de las casas de la aldea, que eran todas independientes, este edificio estaba formado por una larga franja de chozas unidas. Tenía que ser el campamento.

De manera heroica, en aquel momento Huan Huan recobró nuevas fuerzas. Ya no le dolían las piernas, y quiso desembarazarse de Jingqiu y echar a correr.

Sujetándole la mano con fuerza, Jingqiu se vería arrastrada hasta donde la música se oía con toda claridad. Y ahora le llegaba una nueva canción: «El espino», y además con un coro de voces masculinas. ¡No esperaba que en aquel confín del mundo la gente conociera «El espino»! Los hombres la cantaban con tanta naturalidad que se preguntó si los aldeanos ignoraban que era una canción soviética. La cantaban en chino, y ella podía darse cuenta de que a veces se distraían, como si también se ocuparan de alguna labor manual. Pero esa distracción intermitente, el pararse y volver a empezar, el suave canturreo era lo que hacía que la canción resultara especialmente hermosa.

Jingqiu estaba magnetizada; le parecía haber sido transportada a un cuento de hadas. El crepúsculo los envolvía, de la cocina brotaba una columna de humo que subía hasta el cielo, y los olores de los guisos flotaban en el aire. Sus oídos captaban tan solo los sonidos del acordeón y el suave murmullo de las voces de los hombres. Aquella desconocida aldea de montaña de repente le era familiar; había que paladear su sabor, se dijo, mientras se esforzaba por expresarlo en palabras. Sus sentidos estaban empapados de lo que solo se podía describir como vulgar ambiente capitalista.

Huan Huan se escapó de la mano de Jingqiu y entró corriendo en el edificio. Jingqiu supuso que el acordeonista debía de ser el tío de Huan Huan, Mayor Tercero, el tercer hijo del señor Zhang. Sentía curiosidad. ¿Se parecería más ese tercer hijo al mayor, Sen, o al segundo, Lin? Tenía la secreta esperanza de que se pareciera más a Sen. Una música tan deliciosa era imposible que brotara de las manos de un hombre como Lin. Sabía que estaba siendo injusta con él, y sin embargo...

Capítulo 2

Apareció un joven que llevaba en brazos a Huan Huan. Vestía una chaqueta de algodón azul oscuro que le llegaba hasta las rodillas, que debía de ser el uniforme de la unidad geológica. El cuerpecito de Huan Huan le ocultaba casi toda la cara, y hasta que no estuvo casi delante de él y no hubo dejado al niño en el suelo no pudo verle las facciones en detalle.

Su mirada racional le dijo que no eran los rasgos de un trabajador típico. Su cara no era de un rojo negruzco, sino blanca; su figura no era robusta «como una torre de acero», sino esbelta. Y tenía las cejas pobladas, pero no como en los carteles de propaganda, en los que estas se veían inclinadas, sino hacia arriba, como dos dagas fuera de su funda.

Jingqiu se acordó de una película rodada la víspera de la Revolución Cultural y titulada *La joven generación*. En ella había un personaje que tenía «una manera de pensar atrasada», como se decía en la época. Mayor Tercero no se parecía en nada a un revolucionario ni a un soldado valeroso —parecía más bien un vulgar capitalista—, y Jingqiu se dio cuenta de que admiraba lo que había en él de no revolucionario.

Notaba cómo se le aceleraba el corazón y se iba poniendo nerviosa, y de repente se sintió avergonzada de su aspecto y sus ropas. Llevaba una vieja camisa de algodón acolchada que había sido de su hermano y que parecía un traje estilo Mao, aunque la chaqueta solo tenía un bolsillo. Era de cuello alzado y corto, y el cuello de Jingqiu era especialmente largo. Estaba convencida de que parecía una jirafa. Como su padre había sido enviado a un campo de trabajo cuando ella era joven, Jingqiu y sus dos hermanos habían tenido que sobrevivir con la paga de su madre. Siempre iban cortos de dinero, de manera que Jingqiu llevaba las ropas de su hermano mayor.

No recordaba haber sido nunca tan consciente de la ropa que vestía; para ella era una novedad preocuparse por causar una mala impresión. No se había sentido tan insegura en mucho tiempo. Cuando estaba en la escuela primaria y la secundaria, los demás alumnos se metían con ella, pero en cuanto llegó al último curso ninguno de ellos se atrevió a mirarla a los ojos. Los muchachos de su clase parecían tenerle miedo y se ruborizaban cuando les hablaba, por lo que jamás se paraba a pensar si les gustaba su aspecto o su manera de vestir. Eran unos idiotas, nada más que una pandilla de monstruitos.

Pero el hombre que tenía delante la ponía tan nerviosa que le dolía el corazón. Iba bien vestido. Llevaba una camisa blanca resplandeciente cuyas mangas asomaban por debajo de su sobretodo azul sin abotonar. La camisa, tan blanca, tan pulcra y planchada, debía de ser de poliéster, algo que sin duda Jingqiu no podía permitirse. Llevaba un jersey gris arroz que parecía de confección casera, y Jingqiu, a la que se le daba bien el punto, se dio cuenta de que el patrón era complicado. Calzaba unos zapatos de cuero. Ella bajó la mirada a sus descoloridos «zapatos de la Liberación» y se dijo: «Es rico, yo soy pobre, es como si procediéramos de mundos distintos».

También ponía una leve sonrisa mientras le preguntaba a Huan Huan:

—¿Es esta la tía Jingqiu? —Y dirigiéndose a ella, añadió—: ¿Has llegado hoy?

Hablaba en mandarín, no el dialecto del condado ni tampoco el dialecto urbano de Jingqiu, y esta se preguntó con quién hablaría mandarín en aquella aldea. El mandarín de Jingqiu era excelente, y a resultas de ello se encargaba de los programas de radio de su escuela, y a menudo la escogían para que leyera en voz alta en reuniones y acontecimientos deportivos. Pero le daba vergüenza hablarlo, pues, aparte de cuando conversaba con gente de fuera del condado, no se utilizaba en la vida cotidiana. Jingqiu no entendía por qué aquel hombre se dirigía a ella en mandarín, y como respuesta apenas emitió un breve «mmm».

—¿Mi camarada escritora ha llegado por Yiling o por Río Yanjia? —le preguntó él en un mandarín melódico.

—No soy escritora —replicó Jingqiu, azorada—. No me llames así. He venido por Yiling.

—Entonces debes de estar agotada, pues habrás tenido que venir andando desde la ciudad. Por ese camino no pasa ni un tractor. —Mientras hablaba tendió las manos hacia ella—. Coge un caramelo.

Jingqiu vio que tenía en la mano dos caramelos envueltos en papel. No eran como los que podía comprar en el mercado de su barrio. Tímidamente negó con la cabeza.

—No, gracias. Dáselos al pequeño.

—¿Y tú? ¿No eres también pequeña? —Sin duda la miraba como si fuera una niña.

—¿Yo? ¿Es que no has oído que Huan Huan me llamaba tía?

El hombre se echó a reír. A Jingqiu su risa le gustó mucho. Hay personas que solo mueven los músculos faciales cuando ríen, y su boca parece feliz al tiempo que sus ojos no lo están, y al final ponen una expresión fría y distante. Pero mientras él reía, en ambos lados de la nariz se formaron unas pequeñas arrugas, y sus ojos bizquearon levemente. Era una risa que le brotaba de lo más hondo, en absoluto burlona. Era una risa sincera.

—No hay que ser una niña para comer caramelos —dijo, tendiéndole de nuevo la mano—. Toma, no hay que tener vergüenza.

Jingqiu no tenía más elección que aceptar el caramelo, aunque antes dijo:

—Lo cogeré para Huan Huan.

Huan Huan se le acercó corriendo, implorándole que lo llevara en brazos. Jingqiu no sabía qué había hecho para ganarse su afecto tan fácilmente, y se sintió un poco sorprendida. Lo levantó y le dijo a Mayor Tercero:

—Tía Zhang quiere que vengas a cenar, será mejor que nos marchemos.

—Deja que te lleve tu tío —dijo Mayor Tercero—. Tu tía se ha pasado el día caminando y debe de estar muy cansada.

Cogió a Huan Huan de los brazos de Jingqiu y le hizo seña de que fuera delante. Ella se negó, pues temía que él la observara por la espalda y considerara su manera de andar poco atractiva, o se diera cuenta de que sus ropas no eran de su talla. Así que dijo:

—Ve tú primero. Yo... yo no sé el camino.

Él no insistió, y con Huan Huan en brazos pasó delante y permitió que Jingqiu lo siguiera. Ella lo observó y se dijo que caminaba como un soldado bien entrenado, marchando con las piernas rectas como palos. No se parecía a ninguno de sus hermanos y era como si hubiera nacido en una familia completamente distinta.

—¿Eras tú el que tocaba el acordeón hace un momento? —le preguntó Jingqiu.

—Mmm, ¿me has oído? Te habrás dado cuenta de todos mis errores.

Jingqiu no le veía la cara, pero adivinaba que estaba sonriendo. Tartamudeó:

—Yo... No, ¿qué errores? De todos modos, yo tampoco toco en serio.

—Tanta modestia solo puede significar una cosa: que eres una experta a pesar de tu edad. —Se detuvo y dio media vuelta—. Pero los niños no deben mentir... Así que sabes tocar. ¿Has traído alguno? —Como Jingqiu negó con la cabeza, él dijo—: Entonces vamos a buscar el mío, puedes tocar algunas cancioncillas para mí.

Sobresaltada, Jingqiu movió las manos violentamente.

—No, no. No se me da bien. Tú tocas... estupendamente. Yo no quiero tocar.

—Muy bien, entonces otro día —dijo, y echó a andar otra vez.

Jingqiu preguntó:

—¿Cómo es que la gente de por aquí conoce la canción de «El espino»?

—Es una canción famosa. Fue popular hace cinco o diez años, mucha gente la sabe. ¿Conoces la letra?

Los pensamientos de Jingqiu habían pasado de la canción al espino que habían visto en lo alto de la montaña.

—La canción dice que los espinos tienen flores blancas, pero hoy el señor Zhang ha explicado que el espino de la montaña tiene flores rojas.

—Sí, hay espinos que tienen flores rojas.

—Pero en ese árbol en concreto, ¿no es porque la sangre de aquellos valientes soldados regó las raíces del árbol y convirtió las flores en rojas? —Se sintió un poco estúpida. Pensó que él debía de estar riéndose, así que le preguntó—: Te ha parecido una pregunta idiota, ¿verdad?

Solo quería tenerlo claro, pues estoy escribiendo un libro de texto y no quiero incluir ninguna mentira.

—No tienes por qué mentir. Debes escribir todo lo que la gente te cuente. Si es verdad o no, bueno, no es tu problema.

—¿Crees que las flores son rojas por la sangre de los soldados?

—No lo creo, no. Desde un punto de vista científico, sería imposible, deben de haber sido siempre rojas. Pero eso es lo que cuenta la gente de por aquí, y naturalmente la historia es bonita.

—¿Así que crees que todo el mundo por aquí cuenta mentiras?

Él se rio.

—No es que cuenten mentiras, solo son un poco poéticos. El mundo existe objetivamente, pero cada uno lo experimenta de manera distinta, y si observas el mundo a través de la mirada de un poeta, lo ves de una manera distinta.

Jingqiu se dijo que aquel hombre podía llegar a ser bastante «literario», o como decía el rey de los errores ortográficos de su clase, «frititario».

—¿Alguna vez has visto un espino en flor?

—Ajá. Siempre florece en mayo.

—Vaya, me voy a finales de abril, así que no lo veré.

—Siempre puedes volver de visita. Cuando este año florezca, te lo haré saber y puedes venir a verlo.

—¿Cómo me lo harás saber?

Él volvió a reír.

—Siempre hay una manera.

No era más que una promesa hueca. Había pocos teléfonos. La Escuela Secundaria n.º 8 solo tenía uno, y si querías hacer una llamada a larga distancia tenías que ir hasta la oficina de comunicaciones que estaba en la otra punta de la ciudad. Un lugar llamado Aldea Occidental probablemente no tenía ni uno.

Él parecía estar dándole vueltas al mismo problema.

—En la aldea no hay teléfono, aunque siempre puedo escribirte una carta.

Si él le escribiera una carta, sin duda su madre la cogería primero, y desde luego le daría un susto de muerte. Desde que era pequeña su madre le había dicho que un solo desliz abre todo un camino de penalidades. Aun cuando su madre nunca había llegado a explicarle qué significaba «desliz», Jingqiu intuía que el simple hecho de tener contacto con un muchacho era suficiente.

—No me escribas ninguna carta —dijo—. ¿Qué pensaría mi madre si la viera?

Él se dio la vuelta.

—No te preocupes, si no quieres que te escriba, no te escribiré. Los espinos no florecen solo una noche. El árbol está en flor durante un tiempo. Solo tienes que escoger un domingo de mayo, venir y echar un vistazo.

En cuanto llegaron a la casa de Zhang, Mayor Tercero dejó a Huan Huan en el suelo y entró con Jingqiu. Toda la familia había vuelto. Fen fue la primera en presentarse, y luego presentó a todos los demás: este es mi hermano pequeño, esta es mi cuñada. Jingqiu fue repitiendo: hermano, cuñada, y todo el mundo sonrió, felices de tenerla con ellos.

Fen señaló a Mayor Tercero y dijo:

—Este es mi hermano tercero, dile hola.

Jingqiu obedeció y le saludó, «hermano tercero», y todos se rieron.

Jingqiu no entendió cuál era la gracia y se sonrojó.

Mayor Tercero le explicó:

—En realidad no soy de la familia. Me alojé con ellos igual que ahora tú, pero les gusta llamarme así. Aunque no hace falta que tú me llames así. Mi nombre es Sun Jianxin. Puedes llamarme por mi verdadero nombre o por el que utilizan todos los demás, Mayor Tercero.

Capítulo 3

A l día siguiente, la Asociación para la Reforma Educativa de la Escuela Secundaria n.º 8 de Yichang se puso a trabajar. En sucesivos días y semanas entrevistaron a aldeanos, escucharon sus historias de la guerra contra los japoneses, que eran «una aldea modelo para el estudio de la agricultura», de cómo habían luchado contra tal y tal capitalista en el poder. A veces iban a visitar lugares de importancia histórica.

Cuando acababan las entrevistas del día, los miembros de la asociación comentaban juntos lo que iban a escribir y quién iba a escribir cada cosa. Se dividían y cada uno redactaba una parte, y luego se reunían y leían en voz alta lo que habían escrito y anotaban sugerencias para posteriores revisiones. Además de trabajar en el libro de texto, pasaban un día a la semana en el campo con los granjeros de la comuna. La comuna no descansaba los domingos, ni tampoco Jingqiu. Los miembros de la Asociación para la Reforma Educativa se turnaban para regresar a su casa en la ciudad de Yichang a fin de informar de sus progresos, y una vez en casa se permitían descansar un par de días.

Los miércoles y los domingos, la hija segunda de la familia Zhang, Fang, regresaba de su escuela en Río Yanjia. Era más o menos de la misma edad que Jingqiu y, como dormían en la misma cama, rápidamente se hicieron amigas íntimas. Fang le enseñó a Jingqiu a doblar la colcha formando aquel triángulo tan especial, y Jingqiu ayudaba a Fang con sus redacciones. Por las noches se quedaban despiertas hasta tarde, charlando, casi siempre acerca del hermano segundo de Fang, Lin, al que llamaban «Mayor Segundo», y de su hermanastro «Mayor Tercero».

Era costumbre de la aldea que los hijos de cada familia recibieran un apodo acorde con su edad, de manera que al mayor se le llamaba Mayor Primero, al segundo, Mayor Segundo y al tercero, Mayor Tercero. Esta costumbre no se aplicaba a las hijas; para ellas la familia simplemente añadía el término cariñoso *yatou*, o «niña», a sus nombres, con lo que a Fang la llamaban Fang yatou y a Fen, Fen yatou. Esto, naturalmente, tan solo ocurría mientras seguían formando «parte de la familia», pues una vez casadas pasaban a incorporarse a la familia del marido; se decía que una hija casada era como agua derramada.

Fang le dijo a Jingqiu:

—Mamá dice que desde que estás aquí Mayor Segundo se ha vuelto muy trabajador. Viene a casa varias veces al día para traer agua, porque dice que a las chicas de ciudad les gusta lavarse más que a las chicas de campo. Y le preocupa que no estés acostumbrada al agua fría, de manera que cada día hierve un montón de botellas para que tengas agua para beber y lavarte. Mamá está muy contenta: cree que pretende convertirte en su esposa.

Jingqiu se sintió incómoda. Sabía que no podía corresponder a la amabilidad de Lin de la manera que él desearía.

—Mayor Tercero es también bueno contigo —añadió Fang—. Madre dijo que había venido a cambiar tu bombilla, pues según él la que tenías era demasiado floja y te dañaría la vista. También le dio a mamá un poco de dinero y le dijo que era para la factura de electricidad.

Jingqiu no cabía en sí de gozo, pero simplemente replicó:

—Es solo porque también se preocupa por tu vista; después de todo, es tu habitación.

—Hace mucho tiempo que es mi habitación, pero nunca había venido a cambiarme la bombilla.

La siguiente vez que Jingqiu se topó con Mayor Tercero, intentó darle algo de dinero, pero él no lo aceptó. Discutieron hasta que Jingqiu cedió. Mientras se preparaba para marcharse, sin embargo, dejó un poco de dinero sobre la mesa y una nota, tal como solía hacer el 8º Ejército de Ruta. Nadie se había mostrado tan abiertamente atento con ella desde que había recibido el estigma de su «clase social mala». Le parecía que había iniciado una nueva vida como tía, y el resto de la familia no sabía nada de sus orígenes. Pero en cuanto lo averigüen, se decía, ya no me mirarán igual.

Una mañana Jingqiu se levantó y cuando se disponía a doblar la colcha descubrió una mancha de sangre en la sábana del tamaño de un huevo. Ahí estaba de nuevo su «vieja amiga». Siempre aparecía justo cuando iba a ocurrir algo importante, y ahora llevaba a cabo su habitual ataque preventivo. Siempre que su clase tenía que ir a aprender producción industrial, estudiar agricultura o hacer sus ejercicios militares, su «vieja amiga» llegaba sin previo aviso. Jingqiu se apresuró a quitar la sábana. Quería frotar la mancha discretamente, pero le daba vergüenza lavarla en la casa. Daba la casualidad de que había estado lloviendo, así que tuvo que esperar a mediodía, cuando por fin amainó, para poder llevar la sábana al río y limpiarla.

Sabía que no debía meterse en el agua fría cuando la visitaba su «amiga»: era algo que su madre siempre le recordaba, explicándole repetidamente los peligros. No debes beber agua fría, no debes tomar comida fría, no debes lavarte en agua fría, pues de lo contrario tendrás dolor de muelas, dolor de cabeza y dolores musculares. Pero aquel día no tenía elección. Se colocó sobre dos grandes piedras en medio del río y sumergió la sábana en el agua, pero había poca profundidad y enseguida se manchó con el barro del lecho. Cuanto más la lavaba, más sucia estaba. Venga, hazlo de una vez, quítate los zapatos y métete en aguas profundas, se dijo.

Mientras se quitaba los zapatos, oyó que alguien decía:

—¿Estás aquí? Suerte que te he visto. Estaba a punto de ir río arriba para lavarme mis botas de goma. El barro te habría ensuciado la sábana.

Era Mayor Tercero. Desde entonces ella lo llamaba «hermano», y se habían reído de ella porque no sabía cómo llamarlo, e incluso aunque hubiera sabido cómo llamarlo, no habría importado, pues habría sido incapaz de pronunciar las palabras. Todo lo relacionado con él se había convertido en un tabú, y su boca se negaba a transgredirlo. Pero para sus ojos, oídos y corazón, todo lo relacionado con él era tan digno de aprecio como el Libro Rojo de Mao. Ella quería leerlo, escucharlo y pensar en él todo el día.

Todavía llevaba el sobretodo de algodón de medio cuerpo, pero ahora calzaba un par de botas altas de goma, salpicadas de barro. Ella se mostraba insegura; hoy llueve con fuerza y aquí estoy yo lavando la sábana, seguro que adivina lo que ha ocurrido. Tenía miedo de que pudiera preguntarle, de manera que sus pensamientos se desbocaron intentando desesperadamente inventar una mentira.

Pero él no le preguntó nada, simplemente le dijo:

—Déjame a mí, que llevo botas de goma. Puedo meterme en el río a más profundidad.

Jingqiu se negó, pero él ya se había quitado la chaqueta de algodón, se la había entregado ella y agarrado la sábana. Jingqiu apretó la chaqueta contra su cuerpo y se quedó en la orilla, viendo cómo se arremangaba y se adentraba en el río. Primero utilizó una mano para limpiar el barro de las botas, y a continuación comenzó a golpear la sábana.

Luego la cogió y, como si lanzara una red, la extendió sobre el agua. La mancha roja asomó a la superficie. Esperó hasta que la sábana fue casi arrastrada por la corriente, y Jingqiu se asustó y le gritó. Él metió las manos en el agua y sacó la sábana. Jugueteó así con ella unas cuantas veces hasta que Jingqiu dejó de inquietarse por que la sábana se alejara flotando y lo contempló en silencio.

La siguiente vez Mayor Tercero no agarró la sábana, y se la arrebató la corriente. Jingqiu vio cómo se iba alejando cada vez más hasta que por fin, como Mayor Tercero no había alargado los brazos para cogerla, ya no pudo seguir conteniéndose. Le pegó un berrido y él se echó a reír, y a continuación se puso a correr en medio del agua para recuperarla.

En medio del agua, se dio la vuelta para mirarla y dijo:

—¿Tienes frío? Si quieres, ponte mi chaqueta.

—No tengo frío.

Mayor Tercero saltó a la orilla y con su chaqueta cubrió los hombros de Jingqiu, la miró de arriba abajo y a continuación soltó una estentórea carcajada.

—¿Qué ocurre? —preguntó ella—. ¿Tan mal me sienta?

—No, simplemente te va demasiado grande, eso es todo. Envuelta en ella, pareces un champiñón.

Al ver que él tenía las manos rojas de frío, Jingqiu preguntó:

—Y tú, ¿no tienes frío?

—Mentiría si dijera que no —dijo él riendo—, pero me recuperaré en un momento.

Volvió a meterse en el agua para seguir lavando la sábana; a continuación, después de escurrirla, retornó a la orilla. Ella le devolvió la chaqueta y él recogió la palangana donde estaba la sábana.

Jingqiu intentó quitarle la palangana mientras le decía:

—Tú tienes trabajo, ya volveré yo sola. Gracias, muchas gracias.

Pero él no se la daba.

—Es hora de comer. Ahora trabajo aquí cerca, así que aprovecho para ir a comer en casa de la tía.

Una vez en casa, él le enseñó la barra de bambú que utilizaban para tender la ropa, y que estaba situada bajo los aleros de la parte posterior de la casa; cogió un trapo para limpiar la barra y a continuación la ayudó a tender la sábana y a sujetarla con pinzas para que se secara al sol.

Todo aquello lo hizo con gran naturalidad.

—¿Cómo es que se te dan tan bien las labores domésticas?

—Llevo mucho tiempo viviendo lejos de mi casa. Tengo que hacérmelo yo todo.

La tía oyó su comentario y le reprendió.

—¡Menudo fanfarrón! Mi Fen le lavaba la colcha y las sábanas.

A Fen debía de gustarle, se dijo Jingqiu, de otro modo, ¿por qué le lavaba las sábanas?

Durante aquellas semanas, Mayor Tercero fue a comer casi todos los días a casa de la tía. A veces se echaba la siesta,

a veces charlaba un rato con Jingqiu, y otras traía huevos
y carne para compartirlos con los demás. Nadie sabía de
dónde los sacaba, pues eran productos racionados. Alguna
vez incluso traía fruta, un manjar realmente escaso, con
lo que sus visitas hacían feliz a todo el mundo.

En una ocasión le pidió a Jingqiu que le dejara ver lo
que había escrito, diciéndole:

—Camarada, sé que un buen artesano no enseña su
jade sin tallar, pero lo que escribes no es ningún borrador,
es la historia de la aldea. ¿No me dejas ver lo que has escrito?

Jingqiu fue incapaz de disuadirle, así que le enseñó
lo que tenía. Él lo leyó meticulosamente y se lo devolvió.

—Desde luego tienes talento, pero hacerte escribir
esto es una pérdida de tiempo.

—¿Por qué?

—No son más que episodios aislados, sin relación
entre ellos. No resultan interesantes.

Sus palabras escandalizaron a Jingqiu, pues lo que
decía era muy reaccionario. En lo más profundo de sí, a
ella tampoco le gustaba escribir aquellos episodios, pero
no tenía elección.

Él se dio cuenta de que Jingqiu se había esforzado
mucho en escribir aquellos textos, de manera que la consoló.

—Simplemente escribe lo que sea, lo harás muy bien.
No pongas tanta energía en escribir esto.

Ella comprobó que no hubiera nadie su alrededor y
le preguntó:

—Dices que no ponga tanta energía en escribir esto. Bueno, ¿en qué debo ponerla, entonces?

—En escribir lo que tú quieras. ¿Alguna vez has escrito relatos o poemas?

—No. ¿Cómo va a escribir un relato alguien como yo? Mayor Tercero sonrió ante aquellas palabras.

—¿Qué clase de personas crees que escriben relatos? Creo que tú tienes madera de escritor. Tu estilo es bueno y, más importante aún, tienes una mirada poética, ves la poesía de las cosas.

Jingqiu se dijo que Mayor Tercero se estaba poniendo «frititario» otra vez, así que le contestó:

—Siempre hablas de lo que es «poético», de que todo es «poético». ¿A qué te refieres exactamente con esa palabra?

—En el pasado me habría referido simplemente a eso, a lo «poético». Hoy en día, naturalmente, me refiero al «romanticismo revolucionario».

—Parece que sabes de lo que estás hablando, ¿por qué no escribes tú un relato?

—Yo quiero escribir, pero cosas que nadie se atrevería a publicar. Y las cosas que pueden publicarse no las quiero escribir —dijo riendo—. La Revolución Cultural debió de comenzar cuando tú empezabas a ir a la escuela, pero en aquella época yo ya estaba acabando el bachillerato, y el periodo capitalista me influyó mucho más profundamente que a ti. Siempre quise ir a la universidad, a la de Beijing o a la de Qinghua, pero nací demasiado tarde.

—Los obreros, los granjeros y los soldados pueden estudiar, ¿por qué no lo haces tú?

—¿Para qué? Hoy en día en la universidad no aprendes nada —dijo él negando con la cabeza—. ¿Qué vas a hacer cuando acabes el bachillerato?

—Trabajar en el campo.

—¿Y después?

Jingqiu se quedó de una pieza: no entendía a qué se refería con «y después». Al igual que otros jóvenes de la ciudad, a su hermano lo habían mandado al campo hacía unos años, y no tenía manera de regresar. Era muy bueno tocando el violín, y tanto la banda del condado como el Conjunto de Coros y Danzas Políticos del Ejército y la Armada lo habían invitado a unirse a ellos, pero, cada vez que se presentaba ante la comisión política, le retiraban la invitación. Dolida, Jingqiu dijo:

—No hay ningún después. Cuando me manden al campo no habrá manera de regresar, porque la clase social de mi familia es mala.

Él la tranquilizó.

—Eso no es cierto. Naturalmente que podrás regresar, solo es una cuestión de tiempo. No pienses demasiado en ello, ni tampoco en el futuro. El mundo cambia cada día. Quién sabe si cuando acabes el bachillerato la línea política habrá cambiado, y a lo mejor ni siquiera te mandan al campo.

Jingqiu se dijo que no tenía nada más que decir: él era hijo de un funcionario, y a pesar de que también había sufrido un poco, ahora todo le iba bien. No lo habían mandado a aprender de los campesinos, sino que enseguida lo habían asignado a la unidad geológica. La gente como él no puede entender a los que son como yo, se dijo, no pueden entender por qué me preocupo.

—Quiero seguir escribiendo —dijo Jingqiu, cogiendo la pluma y fingiendo ponerse a la labor. Él no dijo nada más y se fue a echarse una siesta y a jugar con Huan Huan hasta que llegó la hora de volver al trabajo.

Un día, él le entregó un grueso libro, *Jean-Christophe*, de Romain Rolland.

—¿Lo has leído?

—No. ¿Cómo lo has conseguido? —le preguntó Jingqiu.

—Lo compró mi madre. Mi padre es funcionario, pero mi madre no. Probablemente ya lo sabes, pero justo después de la Liberación, a principios de los cincuenta, se aprobó una nueva ley matrimonial. Muchos cuadros políticos abandonaron a sus esposas que procedían del campo y se casaron de nuevo con chicas guapas y cultas de la ciudad. Mi madre fue una de esas jóvenes, hija de una familia capitalista. A lo mejor se casó con mi padre para cambiar su estatus de clase, ¿quién sabe? Pero creía que mi padre no la comprendía, de manera que estaba amargada y deprimida, y prácticamente solo vivía a través de los libros. Adoraba la lectura y poseía muchos libros, pero cuando se inició la Revolución Cultural se acobardó y quemó la mayoría. Mi hermano pequeño y yo salvamos unos cuantos. ¿Te interesan?

—Es un libro capitalista, pero supongo que puedo asimilarlo de una manera crítica —dijo Jingqiu.

Él volvió a mirarla como si fuera una niña.

—Son libros famosos en todo el mundo. Es solo que ahora, en China... bueno, vivimos un momento desafortunado. Pero las obras famosas son famosas por alguna razón, y no se convierten en basura solo por culpa de cambios temporales. Si te interesan, tengo más, pero no puedes leer demasiados, pues si no se notará en tu manera de escribir. También podría ayudarte con tus textos.

En ese mismo momento se sentó junto a ella para ayudarla con algunos párrafos.

—Sé mucho de la historia de Aldea Occidental. Escribiré un trozo y se lo llevas a tus profesores y amigos a ver si se dan cuenta. Si no, seguiré ayudándote.

Cuando llevó lo que él había escrito al grupo, pareció que nadie se daba cuenta de que no era ella la autora. Y así fue como él se convirtió en su «escritor a sueldo». Él se presentaba cada día a la hora de comer para ayudarla a escribir su libro de texto, y ella pasaba el tiempo leyendo novelas.

Capítulo 4

Un día la Asociación para la Reforma Educativa se dirigió al extremo oriental de la aldea para visitar una gruta, el acantilado de Heiwu, de la que se contaba que la gente la había utilizado como escondite durante la guerra contra Japón. Un traidor reveló su emplazamiento a los japoneses, y estos rodearon la gruta y le prendieron fuego, dejando atrapados a unos veinte aldeanos que allí se cobijaban. Los que salieron fueron abatidos a tiros, y los que no, murieron quemados. Aún se veían las marcas de chamusquina en las paredes húmedas.

Esa era la página más espeluznante de la historia de Aldea Occidental, y, mientras el grupo la escuchaba, los ojos se les llenaban de lágrimas. Después de la visita tenían que ir a comer, pero a nadie le entraba bocado, y coincidieron en que estaban vivos gracias a esos mártires revolucionarios que derramaron su sangre y sacrificaron sus vidas; ya comerían más tarde. Comenzaron a discutir cómo escribir el capítulo dedicado a esos sucesos y hablaron sin interrupción hasta las dos de la tarde.

Jingqiu regresó a casa de la tía pero no pudo ver a Mayor Tercero. Debía de haberse vuelto a ir a trabajar. Jingqiu devoró algunas sobras y se fue a toda prisa a su habitación para escribir lo que había oído aquella mañana. Al día siguiente Mayor Tercero no se presentó, y Jingqiu comenzó a inquietarse. ¿Se habría enfadado porque el día anterior ella no estaba en casa? ¿Ya no volvería? Eso era imposible; ¿desde cuándo era ella tan importante como para despertar esos sentimientos en Mayor Tercero?

Mayor Tercero estuvo días sin presentarse. Jingqiu se sentía desanimada e intentaba averiguar qué había hecho mal. Era incapaz de escribir o de comer, y lo único que le rondaba por la cabeza era por qué Mayor Tercero no aparecía. Se le ocurrió preguntarle a la tía y a la familia si sabían dónde había ido, pero no se atrevía por si se les ocurría pensar que había algo entre ellos.

Por la noche, con la excusa de llevar a Huan Huan al campamento de la unidad geológica, fue a ver si estaba Mayor Tercero. Mientras se acercaba, Jingqiu oyó su acordeón. Se quedó un buen rato sin atreverse a entrar, y al final no tuvo el valor necesario para cruzar la puerta y preguntar por él, de manera que regresaron a paso vivo. Al final ya no pudo soportarlo más y, procurando ser sutil, le preguntó a la tía:

—Huan Huan me acaba de preguntar por qué hace días que Mayor Tercero no viene por aquí.

—Lo mismo me preguntaba yo. A lo mejor ha vuelto a casa para visitar a su familia.

Jingqiu se quedó helada. ¿Que había vuelto a casa para visitar a su familia? ¿Estaba casado? Ella nunca le había preguntado si estaba casado, y él tampoco lo había mencionado. Ni tampoco Fang, aunque ella tampoco había dicho que no lo estuviera. Mayor Tercero había dicho que estaba acabando el bachillerato cuando comenzó la Revolución Cultural, por lo que debía de ser siete u ocho años mayor que yo, se dijo Jingqiu, pues yo estaba en segundo de primaria en aquella época. Si no había seguido el llamamiento del partido para que la gente no se casara joven, a lo mejor ya tenía esposa. Aquella idea la apenó, la hizo sentirse engañada. Al recordar todos los momentos que habían pasado juntos se dio cuenta de que él no la había engañado. Había hablado, él la había ayudado a escribir, nada más, no había dicho ni hecho nada indecoroso.

En su habitación había una foto debajo del cristal, una foto muy pequeña, de unos dos o tres centímetros de ancho, que debían de haber sacado de algún documento oficial. A menudo, cuando estaba sola, Jingqiu se quedaba embobada mirando la foto. Desde que lo había conocido la estética proletaria ya no le proporcionaba ningún placer, solo le gustaba mirar una cara como aquella, un perfil como aquel, escuchar sus palabras, pensar en su sonrisa. Las caras rojo negruzco y los cuerpos como de hierro podían irse al infierno. Se dijo que si ya no venía más era porque a lo mejor intuía sus sentimientos y la rehuía. Pronto abandonaría Aldea Occidental y nunca volvería a verlo. Si tanto la afectaba estar unos días sin él, ¿cómo podría afrontar no volver a verlo nunca?

Ocurre a menudo que las personas no se dan cuenta de que están enamoradas hasta que de repente se ven separadas del objeto de su afecto. Solo entonces se percatan de lo profundos que son sus sentimientos. Jingqiu nunca había experimentado ese tipo de añoranza. Tenía la impresión de que de manera inconsciente le había entregado su corazón y él se lo había llevado, y lo tenía con él allí donde estuviera. Si quería hacerle daño, todo lo que tenía que hacer era pellizcarlo; si quería hacerla feliz, tan solo tenía que sonreírle. Jingqiu no entendía cómo había podido ser tan descuidada. Procedían de mundos distintos, ¿cómo se había permitido enamorarse de él?

No había nada en ella digno del afecto de Mayor Tercero, y él solo iba a casa de la tía porque no tenía otra cosa que hacer y quería descansar. A lo mejor era uno de esos seductores que aparecen en los libros y que tienen sus trucos para hacer que las muchachas caigan en sus brazos. Mayor Tercero debía de haber utilizado sus trucos, pues ahora ella no podía dejar de pensar en él, y él lo sabía. A eso debía de referirse su madre al hablar de «un desliz». Recordó una escena de *Jane Eyre* en la que, para rechazar su amor por Rochester, Jane se mira en el espejo y dice algo como: «Eres una chica poco agraciada, no eres digna de su amor, no lo olvides nunca».

En la última página de su cuaderno escribió una promesa: «Prometo no entregarme a ningún pensamiento capitalista y dedicar todos los esfuerzos a estudiar, trabajar,
escribir este libro de texto y emprender acciones concretas
para dar las gracias a los líderes de mi escuela por la confianza que han depositado en mí». Tenía que ser discreta,
pero sabía lo que quería decir con «pensamientos capitalistas». Unos días más tarde, sin embargo, regresaron sus
«pensamientos capitalistas». Eran más o menos las cinco
de la tarde y Jingqiu estaba escribiendo en su habitación
cuando oyó que su tía decía:

—¿Ya estás de vuelta? ¿Has ido a visitar a la familia?
Una voz que la hizo temblar contestó:

—No, he estado trabajando en la División Dos.

—Huan Huan ha preguntado por ti. Te hemos echa
do de menos.

Jingqiu dio un respingo, pero enseguida reflexionó:
bueno, al menos no ha dicho que fui yo quien preguntó
por él, y ha sido cosa de Huan Huan. Oyó como el chivo
expiatorio correteaba por la sala y a continuación entraba
para darle algunos caramelos, al parecer de parte de Mayor
Tercero. Ella los aceptó, pero enseguida cambió de opinión
y se los devolvió a Huan Huan, y sonrió mientras él abría
dos a la vez y se los metía en la boca, con lo que se le hin-
charon las dos mejillas.

Ella se mostró decidida: se quedaría sentada en su
habitación y no saldría a ver a Mayor Tercero. Lo escuchó
charlar con la tía. Exhaló un largo suspiro, y en esos momentos olvidó su promesa. Se moría de ganas de verlo y

de hablar con él, pero entonces se dijo: «Jingqiu, este es el momento de la verdad, tienes que ser fiel a tus palabras». Así que se quedó sentada, negándose a salir y verlo.

Al cabo de un rato ya no oyó su voz, y al comprender que se había marchado la invadió el pesar. «He perdido una oportunidad única de verlo, ¿no es así?». Se puso en pie, nerviosa, con la idea de ver por dónde se había ido. Un vistazo sería suficiente para tranquilizarla. Se puso en pie, dio media vuelta y se lo encontró de cara apoyado en el marco de la puerta, mirándola.

—¿Dónde vas? —le preguntó Mayor Tercero.

—Iba... iba a la parte de atrás.

Había un tosco excusado exterior en el patio, e «ir a la parte de atrás» era un eufemismo para ir al retrete. Él sonrió y dijo:

—Pues ve, no quiero interponerme. Te espero aquí.

Ella se lo quedó mirando sin decir nada, y se dio cuenta de que había adelgazado; tenía las mejillas chupadas y unos pelos hirsutos en la barbilla. Nunca lo había visto así, pues siempre iba perfectamente afeitado. Jingqiu le preguntó:

—El trabajo debe de haber sido agotador.

—La verdad es que no, la parte técnica es fácil, pero es un trabajo físicamente exigente. —Se acarició la cara y dijo—: Estoy más delgado, ¿verdad? Es que no he dormido.

Él se la quedó mirando y ella se puso más nerviosa. «A lo mejor yo también estoy chupada», pensó. Jingqiu dijo sin perder la calma:

—¿Cómo es que te fuiste sin decirle nada a la tía? Huan Huan ha estado preguntando por ti.

Ai Mi

Él seguía mirándola, pero, para contestarle en el mismo tono, replicó:

—Tuve que irme a toda prisa. Había planeado acercarme y decíroslo... a todos, pero fui a la oficina de correos mientras esperaba al autobús junto a Río Yanjia y se lo dije a Sen. Quizá se le olvidó. En el futuro, cuando quiera enviarte un recado, no confiaré en nadie, vendré y te lo daré yo mismo.

Jingqiu se quedó helada. ¿A qué se refería? ¿Es que podía leerle la mente? ¿Se daba cuenta de lo mucho que lo había echado de menos?

—¿Por qué me lo darás a mí? ¿Qué me importa a mí... dónde vas?

—Puede que no te importe dónde voy, pero quiero decírtelo de todos modos. ¿Te parece bien? —Inclinó la cabeza y habló con vehemencia.

Azorada, Jingqiu no supo qué decir y se fue a toda prisa a la parte de atrás de la casa. Cuando regresó a su habitación se encontró a Mayor Tercero sentado ante su escritorio hojeando su cuaderno. Jingqiu se abalanzó hacia él, cerró el cuaderno de un golpe y dijo:

—¿Cómo te atreves a husmear en las cosas de los demás sin preguntar?

Él sonrió y la imitó.

—¿Cómo te atreves a escribir acerca de la gente sin preguntar?

—¿Dónde he escrito acerca de ti? ¿Está tu nombre en alguna parte? Había tomado una... decisión, eso es todo.

—No he dicho que hayas escrito acerca de mí, me refería a que no has pedido permiso a esos soldados que lucharon contra los japoneses. ¿Has escrito acerca de mí? ¿Dónde? ¿No estáis escribiendo la historia de la aldea?

La avergonzaba haberle mencionado su determinación; era evidente que tan solo había estado hojeando los relatos de las primeras páginas. Por suerte no siguió preguntándole y le enseñó una pluma estilográfica sin estrenar.

—A partir de ahora utiliza esta pluma. Hacía tiempo que quería dártela, pero no había tenido la oportunidad. La tuya pierde tinta y siempre tienes manchado el dedo corazón.

Él siempre llevaba muchas plumas en el bolsillo superior de la chaqueta, y en una ocasión ella se había reído de él.

—Con tantas plumas pareces un intelectual.

Entonces él le había contestado:

—Ya sabes lo que dicen, ¿no? Una pluma significa que eres estudiante, dos, que eres profesor, y tres... —Hizo una pausa.

—¿Qué? ¿Qué es el que tiene tres plumas? ¿Escritor?

—El que tiene tres plumas es reparador de plumas.

—¿Así que tú reparas plumas? —Jingqiu se había reído.

—Ajá. Me gusta apañar cosas. Reparar plumas estilográficas, relojes. He abierto un acordeón solo para echarle un vistazo por dentro. Pero le he echado un vistazo a tu pluma y no se puede reparar. Cuando tenga oportunidad, te compraré una nueva. ¿No te da miedo mancharte la cara de tinta cuando utilizas esta vieja pluma? A las chicas eso les resulta especialmente embarazoso.

Ella no le había contestado. Su familia era tan pobre que no se podía permitir una pluma nueva. Aquella también se la habían regalado.

Le entregó la pluma nueva y le preguntó:

—¿Te gusta?

Jingqiu la cogió. Era una hermosa pluma Gold Star sin estrenar, preciosa. Casi no soportaba la idea de meterle tinta. Se dijo que a lo mejor podía aceptarla y pagársela más adelante. Hasta el dinero que su madre le había dado para pagar la comida del viaje era prestado. Al recordarlo, avergonzada, le devolvió la pluma a Mayor Tercero.

—No la quiero, la mía funciona bien.

—¿Por qué no la quieres? ¿No te gusta? Cuando la compré me dije, a lo mejor no le gusta negra, pero este modelo no viene en ningún otro color. Creo que es una buena pluma, la punta es magnífica, perfecta para tus delicados caracteres. —Hizo una pausa—. Utilízala por el momento, la próxima vez te compraré una mejor.

—No, no es eso. No es que no la quiera, es bonita, demasiado bonita... y cara.

Él se relajó.

—No es cara. Siempre y cuando te guste. ¿Por qué no le pones un poco de tinta y la pruebas?

Mientras hablaba, Mayor Tercero cogió su frasco de tinta y llenó la pluma. Antes de ponerse a escribir balanceó la pluma de un lado a otro, como si meditara acerca de un peliagudo problema. Después de llevar a cabo ese ritual, escribió rápidamente en el cuaderno de Jingqiu.

Por encima del hombro de Mayor Tercero, Jingqiu se dio cuenta de que había escrito un poema:

Si la vida se vive en fila india, por favor camina
delante de mí, para que pueda verte siempre;
si la vida es una carretera de dos carriles,
vayamos el uno junto al otro;
deja que te coja de la mano,
para que cuando caminemos entre un mar de gente,
seas mía para siempre.

A Jingqiu le gustó mucho.

—¿Quién lo ha escrito?

—He escrito lo primero que me ha pasado por la cabeza. La verdad es que no es un poema.

Insistió en que se quedara la pluma, aduciendo que si no la aceptaba se dirigiría a la asociación y les diría que la pluma era un donativo dirigido en particular a Jingqiu para que pudiera escribir su excelsa historia de Aldea Occidental. Jingqiu no estaba segura de si le estaba tomando el pelo ni de si sería capaz de hacerlo. Pero, si lo hacía, todo el mundo lo sabría, así que decidió aceptar, aunque prometiéndole que se la pagaría en cuanto ganara algo de dinero.

—Muy bien —dijo él—. Esperaré.

Capítulo 5

El miércoles y jueves siguientes fue Jingqiu la que regresó a su casa, a Yichang. Las dos primeras vacaciones que le correspondían a Jingqiu se las había concedido a uno de sus compañeros, Buena Salud Lee, pues lo cierto es que su salud no era nada buena. Tenía la cara constantemente cubierta de manchas y debía acudir al hospital de manera regular para que se las examinaran. Pero la otra razón por la que Jingqiu le permitió viajar en su lugar fue que no disponía del dinero para ir a casa. El salario de su madre era de poco más de cuarenta yuanes al mes, y con eso tenía que mantenerlas a ella y a su hermana, darle algo de dinero para gastar a su hermano y aún debía enviarle algo a su padre para ayudarlo a sobrevivir en el campo de trabajo. Todos los meses los gastos superaban los ingresos. Pero su profesor había enviado una carta a través de un miembro de la asociación de Jingqiu. La escuela iba a montar un espectáculo, y la clase la necesitaba para que se encargara de la coreografía. Ya habían reunido el dinero que Jingqiu necesitaba para el autobús, por lo que no tenía elección.

La madre de Jingqiu daba clases en la Escuela Secundaria n.º 8 adyacente a la escuela primaria y era colega del profesor de Jingqiu. Este profesor sabía que la familia de ella era pobre, y todos los trimestres, cuando llegaba el momento de pagar la matrícula, procuraba que Jingqiu quedara exenta de ese desembolso. La familia ni siquiera se podía permitir los tres o cuatro yuanes de la matrícula. El profesor de Jingqiu también intentaba que pidiera una beca de quince yuanes al trimestre, pero ella se negaba; la solicitud exigía la aprobación de su clase, y ella no quería que se enteraran de su situación.

Por el contrario, todos los años, durante las vacaciones de verano, Jingqiu buscaba un trabajo temporal, casi siempre en la construcción: transportar ladrillos, hacer argamasa y llevarla a unos cubos de madera para el albañil. Tenía que estar de pie en lo alto de una escalera para coger los ladrillos que le lanzaban desde abajo, y a veces debía ayudar a transportar pesados bloques de cemento. Era un trabajo duro y peligroso, pero como podía sacarse uno o dos yuanes al día, ningún año faltaba.

La idea de regresar a casa ahora la llenaba al mismo tiempo de dicha y angustia. Le hacía feliz volver a ver a su madre y a su hermana. Su madre no era muy fuerte, y su hermana aún era joven, por lo que se preocupaba por ambas. Sabía que podía ayudarlas a comprar carbón y arroz y hacer algunas de las tareas más pesadas de la casa. Pero lo cierto es que no quería separarse de Mayor Tercero. Dos días en casa significaban dos días sin verlo, y ella sabía que no seguiría mucho tiempo en Aldea Occidental antes de regresar a Yichang para siempre.

Cuando la tía se enteró de que Jingqiu se iba a pasar unos días a casa, insistió para que Lin la acompañara por la montaña hasta el autobús. Jingqiu se negó diciendo que no quería entorpecer su trabajo, pero lo cierto era que sabía que nunca podría corresponder a la amabilidad de Lin de la manera que este quería. Se había enterado por Fang que unos años antes Lin se había enamorado de una chica de la ciudad a la que habían enviado para que aprendiera de los campesinos de Aldea Occidental. Era probable que, consciente de la influyente posición del señor Zhang en la zona, ella hubiera correspondido a los afectos de Lin. Posteriormente, le hizo a Lin la solemne promesa de que si este conseguía que ella regresara a la ciudad, se casaría con él. Así lo hizo Lin: le pidió a su padre que organizara el traslado. La muchacha se marchó y no regresó jamás, y les dijo a todos que la culpa era de Lin por ser tan estúpido, que no había sabido cocer el arroz cuando era el momento. Si él le hubiera propuesto matrimonio, ella no hubiera podido dejarlo plantado de aquel modo. El episodio convirtió a Lin en el hazmerreír de todo el pueblo, e incluso los niños cantaban: «Lin el Bobo, Lin el Bobo, la gallina ha volado y el huevo se ha reventado; ella a la ciudad se ha marchado, y no se la ve por ningún lado».

Durante mucho tiempo en la cara de Lin solo se dibujó una expresión de pesar. Se le veía apático, rechazaba todas las ofertas de amigos y familiares para encontrarle esposa. Pero desde la llegada de Jingqiu se le había visto más animado, y la tía se había dado cuenta y había pedido a Fang que le propusiera a Jingqiu casarse con él. Esta consideraba que una manera elegante de evitar todo aquello era pedirle a Fang que le dijera a la tía que, como sus orígenes sociales eran malos, no sería un buen partido para Lin. Al oír eso, la tía corrió a hablar con Jingqiu.

—¿Qué más da que tu clase social sea mala? Si te casas con Lin mejorará, y también la de tus hijos.

Jingqiu se puso roja como un tomate y en silencio deseó que se la tragara la tierra.

—Soy joven, soy joven —argumentó—. No tengo planeado encontrar pareja tan pronto. Aún voy a la escuela, y la consigna hoy en día es casarse tarde. No puedo pensar en ello hasta que no cumpla los veinticinco.

—¿Casarte a los veinticinco? Serás tan vieja que los huesos te sonarán como un badajo de madera. En nuestra aldea las jóvenes se casan pronto. La unidad de producción puede conseguirte una licencia en cualquier momento para que te cases con quien quieras. —La tía tranquilizó a Jingqiu—. No quiero que te cases ahora mismo. Mi intención era decirte que todo lo que importa es que nuestro Lin esté en tu corazón.

Jingqiu no supo qué decirle a la tía y le suplicó a Fang que se lo explicara.

—Mayor Segundo y yo... en fin, que no es posible. Yo... no sé qué más decir, solo que no es posible.

A Fang todo eso le divertía mucho.

—Ya sé que no es posible, pero no voy a ser yo la portadora de malas noticias. Tendrás que decírselo tú misma.

El día antes de que Jingqiu se marchara a Yichang, Lin fue a verla. Estaba encarnado.

—Mamá me ha dicho que mañana te acompañe. El camino de la montaña es muy solitario y poco seguro, y el autobús para lejos... y podría haber una crecida.

Jingqiu intentó por todos los medios poner alguna excusa, repitiendo una y otra vez:

—No hace falta, puedo ir sola. —Entonces se le ocurrió una idea—. ¿Hay tigres en la montaña?

Lin fue honesto en su respuesta.

—No, no es una montaña tan grande. Nunca he oído que haya animales salvajes. Mi madre me ha dicho que le daba miedo que hubiera... maleantes.

De hecho, lo cierto es que Jingqiu quería que alguien la acompañara por la montaña, pues no se sentía lo bastante valiente como para hacer el camino sola, pero prefería arriesgarse a los peligros de ir sola a verse en deuda con Lin.

Aquella noche Mayor Tercero se presentó en casa de la tía. Jingqiu quería decirle que se marchaba al día siguiente para pasar dos días en Yichang, pero no encontraba el momento oportuno. Esperaba que alguien más lo mencionara, pero no fue así. A lo mejor no hacía falta decírselo, pensó, a lo mejor no se pasaba por allí en dos días y, aunque fuera a ver a la tía, probablemente le daría igual que estuviera ausente. Salió de la sala y regresó a su dormitorio con la excusa de que tenía que escribir unos informes. Mantuvo los oídos aguzados para no perderse nada de lo que ocurría en la sala. «Esperaré hasta que se despida, y entonces saldré a hurtadillas para decírselo», se prometió.

Esperó en su habitación sin escribir una sola palabra. Cuando eran casi las diez oyó que Mayor Tercero se despedía y le entró pánico, pues no se le ocurría cómo escabullirse. De repente él entró en la habitación, le quitó la pluma de la mano y garabateó unas palabras en un trozo de papel. «Mañana ve al camino de la montaña, estaré esperando. A las 8».

Ella levantó la cabeza para mirar, y vio cómo lentamente se le dibujaba una sonrisa en la cara. Estaba esperando su respuesta, pero antes de que tuviera oportunidad de contestarle entró la tía.

Mayor Tercero dijo en voz bien alta:

—Gracias, me tengo que ir. —Y se marchó.

—¿Por qué te ha dado las gracias? —preguntó la tía en tono suspicaz.

—Me ha pedido que le compre algunas cosas en Yichang.

—Yo también quería pedirte que me trajeras algo. —La tía sacó un poco de dinero y dijo—: ¿Podrías comprar un poco de lana y tejerle un nuevo jersey a Lin? Tú misma puedes decidir el color y el dibujo. Le he oído decir a Yumin que se te da muy bien.

Jingqiu se dio cuenta de que no podía rechazar esa petición y cogió el dinero. Se consoló diciendo que si bien no podía ser la nuera de la tía, lo compensaría tejiéndole un jersey.

Sin embargo, aquella noche no pudo dormir. Una y otra vez cogió el trozo de papel en el que él había escrito. ¿Cómo había sabido que se iba mañana? ¿No tenía trabajo? ¿Qué me dirá, qué hará? Estaba encantada de que la acompañara, pero también preocupada. Se suponía que las chicas siempre tenían que estar en guardia contra los hombres, ¿y no era él un hombre? Los dos solos en el camino. Si quiere hacerme algo, ¿cómo podré defenderme? ¿Un hombre es una amenaza? La verdad es que no tenía mucha idea de cuál era exactamente la amenaza. A menudo se veían unos carteles en los que figuraban unos nombres tachados en rojo. Eran de hombres que habían cometido algún delito por el que habían sido ejecutados, y naturalmente ya había oído la palabra «violación». En aquellos carteles figuraban algunos «violadores», y a veces incluso aparecía la descripción del delito, aunque solo en términos muy vagos, con lo que no podía saber exactamente qué había pasado.

Jingqiu recordó haber visto una vez uno de esos carteles. Afirmaba que el hombre había sido «extremadamente cruel, llegando a clavar un destornillador en las partes inferiores de una mujer». Lo había comentado con algunas amigas. ¿Qué eran las «partes inferiores»? Estuvieron de acuerdo en que se encontraban por debajo de la cintura, pero ¿dónde le había clavado exactamente el destornillador? No consiguieron imaginarlo. Todas las amigas de Jingqiu eran alumnas de la Escuela Secundaria n.º 8 o hijas de profesoras de la escuela primaria adyacente. Algunas eran un poco mayores y parecían saber más de la vida, pero les gustaba revelar solo medias verdades y fragmentos de lo que sabían. Para Jingqiu, intentar entenderlo era como caminar en medio de la niebla.

Había oído decir a algunas personas que a fulanita «la habían dejado preñada», y que menganito «le había hecho un bombo». Intentaba imaginarse qué era todo aquello. Deducía que para eso había que haberse «acostado» con un hombre, una valiosa información de una colega de su madre cuyo hijo había sido abandonado por su novia. Furiosa, la madre había comenzado a decirle a todo el mundo: «La chica se ha acostado con mi hijo, se ha quedado preñada y ahora no lo quiere. Veremos si alguien la quiere a ella».

Mientras meditaba acerca de todas esas historias y chismorreos, a Jingqiu se le ocurrió un plan: al día siguiente recorrería la montaña con Mayor Tercero, pero se mantendría vigilante. Puesto que no iba a dormir en la montaña, no había ningún peligro de que la «preñaran», pero sería mejor dejarle ir delante, así no podría sorprenderla ni tirarla al suelo. Su única preocupación era que alguien los viera y lo contara. Sería un desastre.

A las siete de la mañana siguiente Jingqiu se levantó, se peinó, le dijo adiós a la tía y salió de casa sola. Primero caminó río arriba, lo cruzó en un pequeño bote y comenzó a subir la montaña. No llevaba gran cosa, de manera que caminaba con menos esfuerzo que la primera vez. Acababa de llegar a la cima cuando vio a Mayor Tercero. Este no vestía su uniforme azul, sino que llevaba una chaqueta corta que Jingqiu nunca le había visto antes y que revelaba toda la longitud de sus largas piernas. De repente se dio cuenta de que le gustaban los hombres con las piernas largas. En cuanto lo vio, se olvidó de la promesa de la noche anterior.

Sonriendo, él la observó mientras se acercaba.

—He visto cómo salías del pueblo. Cuando me puse en marcha pensaba que no vendrías.

—¿Hoy no trabajas?

—Me he tomado el día libre. —Metió la mano en su mochila, sacó una manzana y se la entregó—. ¿Aún no has comido?

—No. ¿Y tú?

—Yo tampoco. Podemos comer algo en el pueblo. —Le cogió la bolsa—. Eres muy valiente. ¿Estás dispuesta a cruzar la montaña sola? ¿No te dan miedo los chacales, los tigres y las panteras?

—Lin me ha dicho que por aquí no hay animales salvajes, que solo tengo que protegerme de los granujas.

Mayor Tercero se rio.

—¿Soy yo uno de esos granujas?

—No lo sé.

—No soy ningún granuja. Ya te darás cuenta.

—Ayer fuiste valiente, la tía casi vio la nota. —Al decir eso se dio cuenta ella de que no iban por buen camino y sintió una sensación de complicidad que la hizo sonrojarse.

Pero él no se fijó.

—Aunque lo hubiera visto, no habría pasado nada, pues no sabe leer. De todos modos, yo tengo mala letra. Lo único que me preocupaba era que tú no entendieras mis caracteres.

El camino de la montaña era demasiado estrecho para que fueran el uno junto al otro, de manera que él iba delante y tenía que volverse para hablar.

—¿Qué dijo la tía?

—Quería que le comprara lana para tejerle un jersey a Lin.

—La tía te quiere como nuera, eso es lo que pasa. ¿Lo sabías?

—Me lo dijo.

—¿Y le dijiste que... sí?

Jingqiu casi se cae de la impresión.

—¿De qué estás hablando? Todavía voy a la escuela.

—¿Quieres decir con eso que si no fueras a la escuela le habrías dicho que sí? —dijo Mayor Tercero para meterse con ella—. ¿Aceptaste tejerle un jersey?

—Sí.

—¡Pues si has aceptado tejerle un jersey, puedes hacerme también uno a mí!

—¡Hablas como un niño! Ves que alguien tiene un jersey y tú quieres otro. —Fue armándose de valor—. ¿Estás seguro de que quieres que te haga uno? ¿Qué dirá tu esposa?

Él se quedó estupefacto.

—¿Qué esposa? ¿Quién te ha dicho que tengo esposa?

O sea, que no estaba casado. Jingqiu se sentía eufórica, pero siguió divirtiéndose a su costa.

—La tía dijo que tenías una esposa, y que, la última
vez que te fuiste, volviste a casa a visitar a tu familia.

—Todavía no estoy casado, así que no sé de qué esposa me hablas. Lo que pasa es que pretende casaros a ti y a
Lin, ¿por qué iba a decirlo, si no? Puedes preguntar a los
hombres de mi unidad, ellos te dirán si estoy casado o no.
Y, aunque no me creas a mí, creerás a los de mi unidad, ¿no?

—¿Por qué debo preguntar a tu unidad? ¿Qué me
importa a mí que estés casado o no?

—Solo me preocupaba que te hicieras una idea equivocada —contestó Mayor Tercero.

Debo de gustarle, se dijo Jingqiu, pues de lo contrario no le preocuparía que me hiciera una idea equivocada.
Pero algo le impidió seguir insistiendo. Se había acercado
a un punto emocionante pero peligroso, y ella se daba
cuenta de que él tampoco quería seguir por ahí, de manera que cambió de tema y pasó a hablar de su familia. Jingqiu decidió ser franca y decirle la verdad para ponerlo a
prueba. Le contó que habían denunciado a su padre, que
le habían mandado a trabajar al campo y que él y su hermano no tenían ninguna oportunidad de regresar. Se lo
contó todo. Él escuchó sin interrumpirla y solo le preguntó al verla titubear.

—Me acuerdo del principio de la Revolución Cultural, cuando todavía no habían perseguido a mi madre
—dijo Jingqiu—. Una noche estaba con mis amigas y fuimos al salón de actos de la escuela de mi madre, pues oímos

ruido y quisimos saber qué estaba pasando. Sabíamos que a menudo había sesiones de denuncia. Nos parecía divertido ver cómo se criticaba a la gente y se la tachaba de traidora a la revolución. Aquel día una profesora llamada Zhu Jiajing confesó ser una traidora, pero solo para salvar la vida. Dijo que nunca había traicionado la causa ni a un camarada. A menudo la convocaban a sesiones de denuncia, pero siempre permanecía totalmente serena; levantaba la cabeza y decía fríamente: «Lo que decís es absurdo. No es cierto, y ni me voy a molestar en responder». Un día fui con mis amigos al salón de actos, como siempre, para ver qué ocurría, y aquella vez la que estaba en medio de la multitud y recibía las críticas era mi madre. Tenía la cabeza gacha. Mis amigas se echaron a reír e imitaron a mi madre. Yo estaba tan asustada que me fui corriendo a casa, me escondí y lloré. Cuando mi madre regresó no dijo nada, porque pensaba que no la había visto.

»Cuando llegó el día en que la tenían que criticar en público, sabía que ya no nos lo podía ocultar más, de manera que a la hora de comer nos dio un poco de dinero a mi hermana y a mí y nos dijo que fuéramos al mercado que había al otro lado del río y no volviéramos hasta la cena. Allí nos quedamos hasta las cinco de la tarde. En cuanto entramos por la verja de la escuela vimos un cartel tan grande que casi cubría el cielo, y en él estaba el nombre de mi madre, escrito de arriba abajo y tachado con una cruz roja, y en él se la calificaba de contrarrevolucionaria.

»Al volver a casa me di cuenta de que mi madre había llorado, pues tenía los ojos enrojecidos, una parte de la cara hinchada, y los labios, y llevaba la cabeza rapada. Estaba sentada delante del espejo, intentando igualar los mechones que le habían dejado con unas tijeras. Es una persona orgullosa, con una gran autoestima. No soportaba que la criticaran en público de aquella manera. Nos abrazó mientras lloraba y nos dijo que si no fuera por nosotros no podría seguir adelante.

Mayor Tercero dijo en voz baja:

—Tu madre es maravillosamente fuerte, pues fue capaz de soportar todo ese dolor y humillación por sus hijos. No te aflijas, muchas personas han pasado por experiencias parecidas; tienes que superarlo. Tienes que ser como tu profesora Zhu, mantener la cabeza alta, mostrarte orgullosa y no dejar que te afecte.

Jingqiu se dijo que su visión política era un tanto confusa; ¿cómo podía comparar los actos de su madre con los de esa traidora de Zhu? Aquello la disgustó.

—Mi madre no es ninguna contrarrevolucionaria. Quedó en libertad. Se le permite dar clases. Aquellas personas cometieron un error. El padre de mi madre se unió al Partido Comunista, pero cuando se trasladó no pudo encontrar la sede de la zona donde vivía. La gente dijo que lo había dejado de manera voluntaria. En la época de la Liberación fue arrestado y, antes de que se molestaran en aclarar el asunto, se puso enfermo y murió mientras permanecía detenido. Pero eso no es culpa de mi madre.

Mayor Tercero intentó consolarla.

—Lo más importante es que tú crees en ella, porque, aunque fuera una contrarrevolucionaria, seguiría siendo una madre maravillosa. La política... ¿quién sabe? No utilices etiquetas políticas para juzgar a las personas que quieres.

Jingqiu se exasperó.

—Hablas exactamente igual que esa traidora de Zhu. Su hija le preguntó por qué se había entregado y le dijo que, si no lo hubiera hecho, se habría convertido en una mártir revolucionaria. A lo que su madre contestó: «No me da miedo que me den una paliza, ni la muerte, pero tu padre está en la cárcel, y si no confieso todos os moriréis de hambre».

Mayor Tercero exhaló un suspiro.

—Por un lado tiene que pensar en sus hijos y, por el otro, en la causa. Supongo que para ella fue difícil elegir. Pero, si no había delatado a nadie, no había necesidad de castigarla de ese modo. En aquella época el Partido Comunista tenía una política que les ayudaba a permanecer en el poder: después de haber sido encarcelado, se te permitía abandonar el partido si publicabas una declaración en el periódico. Siempre y cuando no hubieras traicionado a nadie, no pasaba nada. Fue lo que hicieron algunas personas que habían ocupado cargos importantes y que luego fueron encarceladas.

Él le puso unos cuantos ejemplos. Jingqiu lo escuchó, estupefacta.

—¡Eres tan reaccionario!

Él se echó a reír.

—¿Vas a denunciarme? Estas cosas son un secreto a voces en los altos niveles del partido, e incluso la gente que ocupa jerarquías más bajas está al corriente. Eres demasiado inocente. Si quieres denunciarme, confesaré y moriré en tus brazos, totalmente feliz. Todo lo que pido es que cuando haya muerto y me hayan enterrado, lleves a mi tumba unas flores de espino y coloques una lápida con las palabras: «Aquí yace la persona que amé».

Ella levantó un brazo e hizo ademán de darle una bofetada, amenazándolo:

—No digas tonterías, o no te escucharé.

Él se inclinó hacia ella pensando que le daría una bofetada, pero, al ver que ella no se le acercaba, se apartó.

—Puede que la historia de mi madre sea aún más trágica que la de la tuya. De joven era muy progresista, muy revolucionaria; ella en persona lideró a los guardas de la fábrica para que buscaran las posesiones ocultas de su padre capitalista. Con sus propios ojos, impertérrita, observó cómo el pueblo lo interrogaba y lo torturaba. Creía que era todo por la revolución. Aunque posteriormente se casó, procuró no llamar la atención y trabajó en un puesto administrativo en el centro de arte comunitario de la ciudad. Estuvo muchos años casada con mi padre, y durante ese tiempo se mantuvo distanciada del suyo, pero en su fuero interno seguía siendo una intelectual capitalista. Le gustaba la literatura, las novelas románticas y las cosas hermosas. Leía muchos libros y adoraba la poesía, e incluso la escribía, pero no se la enseñaba a nadie porque sabía que la considerarían una burguesa.

»Durante la Revolución Cultural mi padre fue tachado de "desviacionista", fue criticado y condenado al ostracismo, y nos vimos obligados a abandonar nuestra residencia del ejército. A mi madre también la tacharon de capitalista y de cuadro corrupto. Utilizaron métodos crueles para atraer a mi padre hacia aguas peligrosas. En aquella época el centro de arte comunitario estaba cubierto de carteles vulgares que calificaban a mi madre de mujer indecente y desvergonzada.

»Al igual que tu madre, era una mujer orgullosa. Nunca había sufrido antes una campaña de desprestigio como esa, por lo que no sabía cómo afrontarla. Intentó razonar con ellos, defenderse, pero cuanto más insistía, peor era su situación. Utilizaron diferentes métodos para humillarla, la obligaron a revelar detalles que condenaron a mi padre. Todos los días, cuando volvía a casa, se pasaba un buen rato lavándose, intentando arrancarse la mugre de los insultos. Le pegaban hasta que ya no podía levantarse, y solo entonces la dejaban volver a casa para curarse las heridas.

»Durante aquella época a mi padre lo criticaron en los periódicos provinciales y metropolitanos. Las páginas y páginas de artículos eran cada vez más ofensivos, y afirmaban que su estilo de vida era sórdido, que había seducido y violado a enfermeras, secretarias y empleadas de su oficina. Mi madre siguió luchando, pero al final fue derrotada por lo que ella consideró que era la traición de mi padre. Cogió una bufanda blanca y con ella puso fin a su vida. Nos dejó una nota: "Aunque pura en esencia, cuando el destino es impuro, y cuando naces en el momento equivocado, el arrepentimiento solo puede llegar después de la muerte".

Jingqiu le preguntó:

—¿Tu padre realmente hizo esas cosas?

—No lo sé. Creo que mi padre amaba a mi madre, aunque no sabía amarla de una manera adecuada, de un modo que la satisficiera. Pero, aun con todo, la amaba. Han pasado años desde la muerte de mi madre, y mi padre acabó siendo rehabilitado. Muchas personas intentaron emparejarlo con otras mujeres, pero no volvió a casarse. Mi padre siempre dice que el presidente Mao comprendía lo que era la vida cuando dijo: «La victoria llega solo después de más lucha». A veces, cuando crees que estás en un callejón sin salida, cuando crees que no hay esperanza, si luchas un poco más, y un poco más, alcanzas a ver el brillo del éxito.

Jingqiu estaba horrorizada de que él hubiera experimentado tanto pesar. Quería consolarlo, pero no sabía qué decir. Siguieron caminando en silencio hasta que él la sorprendió con una pregunta:

—¿Puedo ir contigo a Yichang?

—¿Por qué quieres venir conmigo a Yichang? Si mi madre te ve, o mi profesor, o mis compañeros de clase, pensarán que... —Pero no acabó la frase.

—¿Qué pensarán?

—Pensarán, pensarán... bueno, tendrían una mala impresión.

Él se rio.

—Te he asustado tanto que eres incapaz de hablar. Cálmate. Si me dices que no puedo ir contigo, no iré. Tus palabras son órdenes. —Y añadió cautamente—: Entonces,

¿puedo esperarte en el pueblo cuando regreses? Utilizarás este mismo camino para volver, ¿verdad? ¿Cómo puedo relajarme sabiendo que vas a regresar sola por aquí?

Ella se sintió agradecida de que le hiciera ese favor. Dijo que no podía acompañarla a Yichang, así que él no iría.

—Mañana cogeré el autobús de las cuatro, o sea que llegaré a las cinco.

—Te esperaré en la estación.

Siguieron andando, felices en su silencio, hasta que Jingqiu dijo:

—Cuéntame una historia. Tú has leído muchos libros, probablemente conoces montones de historias. Cuéntame una.

Él le contó unas cuantas historias, y cada vez que finalizaba una Jingqiu exclamaba: «¿Otra?». Siguieron andando hasta que por fin él le contó una historia acerca de un joven que, para favorecer la carrera de su padre, consintió en casarse con la hija del jefe de aquel. Pero, como el joven no estaba enamorado, siempre acababa posponiendo la boda. Un día conoció a una joven de la que se enamoró de verdad y quería casarse. El único problema era que la chica averiguara que estaba prometido y le dijera que no podía confiar en él.

En ese punto se interrumpió.

—Y entonces ¿qué? Acaba la historia.

—No sé el final. Si tú fueras esa chica... quiero decir, la chica de la que se enamoró el hombre, ¿qué harías?

Jingqiu meditó la pregunta.

—Creo que si ese joven faltara a su promesa con la otra chica, entonces... si yo fuera la segunda chica, tampoco confiaría en él. —Por un momento tuvo la sospecha—. ¿Es tu historia? ¿Estás hablando de ti?

Él negó con la cabeza.

—No, la he sacado de los libros que he leído. Todas las historias de amor se parecen mucho. ¿Has leído *Romeo y Julieta*? Romeo ama de verdad a Julieta, ¿no? Pero no hemos de olvidar que, antes de conocer a Julieta, a Romeo le gustaba otra muchacha.

—¿En serio?

—¿Es que lo has olvidado? Romeo conoce a Julieta en una fiesta a la que ha ido a encontrarse con otra joven, pero cuando ve a Julieta se enamora. Así pues, ¿podemos decir que solo porque decepciona a la primera chica hará lo mismo con Julieta?

Jingqiu se lo pensó y a continuación dijo:

—Pero no tuvo tiempo de decepcionar a Julieta, porque murió poco después de conocerla.

—Acabo de pensar en el final de mi historia: el joven se vuelve loco e intenta buscar a la chica por todas partes, pero no la encuentra e, incapaz de vivir sin ella, se mata.

—No hay duda de que te la has inventado.

Capítulo 6

El jueves por la tarde Jingqiu corrió hasta la estación de autobuses de larga distancia y entró en uno abarrotado que iba rumbo a Yiling. Pero los planes que había hecho con Mayor Tercero no contemplaban la posibilidad de que este sufriera una avería en una zona desolada, lejos de cualquier pueblo, ni el tener que esperar allí una hora hasta que por fin arrancara de nuevo. Jingqiu estaba muy ansiosa, pues serían más de las siete cuando llegara al pueblo, y la estación estaría cerrada, y quién sabía si Mayor Tercero aún la estaría esperando. «Si se ha ido, no habrá manera de llegar a Aldea Occidental», se dijo. Tendré que buscar algún alojamiento en el pueblo. Pero tenía muy poco dinero. «Si es absolutamente necesario, tendré que usar lo que me queda de lo que me dio la tía para la lana de Lin».

En cuanto el autobús se acercó a la estación sintió alivio al ver a Mayor Tercero bañado por la luz amarilla del crepúsculo, bajo una farola, esperándola. En cuanto el vehículo se detuvo, se subió de un salto e, impaciente, avanzó hacia ella en medio del gentío.

—Pensaba que no venías o que el autobús había sufrido un accidente. ¿Tienes hambre? Vamos a buscar algo para comer. —Cogió las bolsas de Jingqiu, sonriendo—. Cuánto equipaje. ¿Traes cosas para los demás?

Sin esperar explicación, la cogió de la mano y la sacó del autobús para ir en busca del restaurante. Ella intentó soltarse la mano, pero él la agarraba con fuerza, y, como era de noche, Jingqiu se dijo que tampoco nadie los vería, así que se dejó llevar.

El pueblo era pequeño y casi todos los restaurantes ya habían cerrado.

—Si tú ya has comido, no hace falta encontrar un restaurante —dijo Jingqiu—. Puedo comer al llegar a Aldea Occidental.

Mayor Tercero tiró de ella.

—Ven conmigo, tengo una idea. —La llevó a una zona de granjas de las afueras del pueblo. Siempre y cuando tuvieras dinero, te daban de comer. Después de andar un rato vio una casa—. Esa. La casa es grande, y también el chiquero, así que seguro que les queda algo de cerdo. Comeremos aquí.

Llamaron a la puerta y les abrió una mujer de mediana edad. Al oír que querían comer, y al ver las monedas que brillaban en la mano de Mayor Tercero, los hizo entrar en la casa. Mayor Tercero le dio algo de dinero, y la mujer comenzó a preparar la comida. Mayor Tercero la ayudó a encender el fuego, sentándose sobre una pila de heno que había delante del fogón. Como un consumado experto, apiló la leña y la encendió, y a continuación tiró de Jingqiu para que se sentara a su lado. El montón de heno era pequeño, con lo que tuvieron que sentarse apretados, pero a pesar de que prácticamente tenía que apoyarse contra él, Jingqiu no estaba asustada ni nerviosa. Después de todo, la gente de aquella casa no la conocía.

Las llamas de la cocina parpadeaban en la cara de Mayor Tercero, y se le veía especialmente guapo. Jingqiu lo miraba furtivamente, y él a ella. Cuando sus miradas se encontraron, él le preguntó:

—¿Te diviertes?

—Sí.

Jingqiu pocas veces había tomado una comida tan excelente. El arroz era fresco, simplemente hervido y delicioso, y los platos eran sabrosos y aromáticos: un cuenco de tofu frito en la sartén, otro de aceitosas espinacas verdes, algunos encurtidos y dos salchichas de fabricación casera. Mayor Tercero le dio las dos a ella.

—Sé lo mucho que te gustan las salchichas, de manera que las he pedido especialmente para ti, y le he dicho que, si no tenía, fuera a comprarlas a otra parte.

—¿Cómo sabes que me gustan las salchichas? —Jingqiu no podía comerse las dos, él tenía que coger una.

—No me gustan demasiado, la verdad. Me gustan las verduras encurtidas, en el campamento no tenemos.

Jingqiu sabía que lo decía para que se las comiera ella. ¿A quién no le gustaban las salchichas? Ella insistió en que comiera una, si no, tampoco se comería la suya. Estuvieron discutiendo hasta que la mujer, que los observaba, dijo riendo:

—Sois muy divertidos. ¿Queréis que os prepare otras dos?

Mayor Tercero enseguida sacó más dinero.

—Prepara dos más, sí, que nos las comeremos por el camino.

Cuando hubieron acabado, le preguntó a Jingqiu:

—¿Todavía quieres regresar hoy?

—Naturalmente. ¿Dónde vamos a ir, si no? —dijo ella, sobresaltada.

—Podemos encontrar un lugar donde alojarnos. —Él sonrió y añadió—: Volvamos, pues si no te morirás de preocupación pensando en lo que dirá la gente.

Cuando salieron, él le cogió la mano alegando que estaba oscuro y que no quería que se cayera.

—No te da miedo darme la mano así, ¿verdad?

—Mmm.

—¿Alguna vez le habías dado la mano a alguien?

—No. ¿Y tú? ¿Alguna vez le habías dado la mano a alguien?

Él tardó unos segundos en contestar. Al final dijo:

—Si lo hubiera hecho, ¿me considerarías un granuja?

—Entonces es que lo has hecho.

—Hay muchas maneras de dar la mano. A veces lo haces por responsabilidad, porque no tienes elección, y a veces lo haces... por amor.

La gente generalmente utilizaba otras palabras, no amor. A Jingqiu se le formó un nudo en la garganta cuando oyó a Mayor Tercero hablar así. Se quedó callada, sin saber lo que él diría a continuación.

—Ahí está el espino. ¿Quieres que nos acerquemos y nos sentemos un rato?

—No. Aquí murieron muchos soldados, y en la oscuridad me daría miedo.

—¿Crees en el comunismo y también en los fantasmas? —dijo él en broma.

Jingqiu se avergonzó.

—No creo en fantasmas, es solo que no me gusta el bosque de noche, eso es todo. —De repente se acordó de la primera vez que vio el espino y le preguntó—: El día que llegué a Aldea Occidental me pareció ver a alguien debajo del espino, alguien que llevaba una camisa blanca. ¿Te paraste aquí aquel día?

—¿Alguien en camisa en un día tan frío? —dijo Mayor Tercero—. Se habría quedado congelado. A lo mejor uno de los afligidos espíritus de los soldados japoneses se parece a mí. Quizá se apareció aquel día, y tú le viste y pensaste que era yo. ¡Mira! Ahí está otra vez.

Jingqiu no se atrevió a mirar a su alrededor. Asustada, echó a correr, pero Mayor Tercero tiró de ella y la atrajo a sus brazos, y, apretándola con fuerza, susurró:

—Estaba bromeando, aquí no hay espíritus afligidos. Lo he dicho solo para asustarte. —La mantuvo unos minutos apretada contra él y volvió a bromear—. Quería asustarte para que te lanzaras a mis brazos. No me imaginaba que echarías a correr en dirección contraria. Es evidente que no confías en mí.

Jingqiu hundió la cabeza en su pecho. Era incapaz de apartarse de él —estaba asustada de verdad—, y cada vez se apretaba más contra su cuerpo. Él la abrazó más fuerte, hasta que ella tuvo la mejilla contra su corazón. Jingqiu no tenía idea de que el cuerpo de un hombre oliera así, de una manera tan indescriptiblemente maravillosa. La cabeza le daba vueltas. Se dijo: Si tuviera a alguien en quien confiar y con quien me sintiera segura, no me darían miedo la oscuridad ni los fantasmas. Solo que nos vieran los demás.

—Pero tú también estás asustado. —Jingqiu levantó la cabeza para mirarlo a la cara—. El corazón te late muy deprisa.

—Estoy asustado de verdad —dijo él—. Cómo me late el corazón, tan fuerte que parece que no me vaya a caber en el pecho.

—¿Te puede salir el corazón del pecho? —preguntó riendo Jingqiu.

—¿Por qué no? ¿Es que no lo has leído en los libros?

—¿Eso sale en los libros?

—Naturalmente. El corazón te late tan deprisa que no te cabe en el pecho.

Jingqiu se llevó la mano a su corazón y con cierto recelo preguntó:

—No va rápido, desde luego no tan rápido como el tuyo, ¿cómo va a salir entonces del pecho?

—¿No lo sientes tú misma? Si no me crees, abre la boca y veré si está a punto de salir.

Antes de que ella tuviera tiempo de reaccionar, él ya se había inclinado para besarla. Jingqiu intentó apartarlo, pero él no le hizo caso y siguió besándola, introduciendo la lengua tan hondo en la boca que ella casi se atraganta. Qué obsceno, ¿cómo podía hacer algo así? Nadie le había dicho que eso fuera besar. No creo que lo haga por ninguna razón honorable, se dijo Jingqiu, así que tendré que detenerle. Apretó los dientes para que él solo pudiera deslizar la lengua entre los labios y los dientes, pero el asalto continuó y al final ella cerró la boca del todo.

—¿No... no te gustaba? —preguntó él.

—No. —Tampoco era toda la verdad. No es que no le hubiera gustado, sino que lo que le hacía sentir, la reacción que le provocaba, la asustaba. La hacía sentir desvergonzada y depravada. Le gustaba tener su cara cerca de la suya, le gustaba descubrir que la cara de un hombre podía ser cálida y suave; siempre había pensado que eran frías y duras como una piedra.

Él se rio y aflojó un poco su abrazo.

—Hay que ver qué difícil me lo pones. —Volvió a ponerse la mochila de Jingqiu—. Vamos. —Durante el resto del camino él no le cogió la mano, simplemente anduvo a su lado.

—¿Estás enfadado? —preguntó Jingqiu con cautela.

—No estoy enfadado, solo preocupado porque no te gusta darme la mano.

—No he dicho que no me gustara darte la mano.

Él no dejó pasar esa oportunidad:

—¿Así que te gusta darme la mano?

—Si lo sabes, ¿por qué preguntas?

—No lo sé, y tú me estás liando. Quiero oír tu respuesta.

Pero ella no tenía ninguna respuesta y él insistió en cogerle la mano mientras bajaban la montaña.

El hombre que se encargaba del pequeño ferry ya había cerrado.

—No llamemos al barquero a gritos —dijo Mayor Tercero—. Por aquí hay un dicho para describir a la gente que no te responde. Dice que hablar con ellos es como llamar al ferry cuando ya ha cerrado. Te llevaré a la espalda.

Antes de acabar de hablar ya se había quitado los zapatos y los calcetines, y tras meter estos dentro de los zapatos, anudó los cordones y se los colgó del cuello. A continuación ató las bolsas en torno al cuello de una manera parecida. Se arrodilló delante de ella para que Jingqiu se le pudiera subir encima, pero ella se negó.

—Cruzaré sola.

—No te avergüences. Vamos, no es bueno que las chicas caminen por el agua fría. Es de noche y nadie puede vernos. Súbete.

Ella se le encaramó a la espalda a regañadientes y se abrazó a sus hombros, procurando que sus pechos no le tocaran la espalda.

—Inclínate hacia delante y pon los brazos en torno a mi cuello, de lo contrario no será culpa mía si te caes al agua.

En ese momento Mayor Tercero pareció resbalar, inclinándose bruscamente a un lado, con lo que ella se lanzó hacia delante y le rodeó el cuello con los brazos, apretando los pechos contra su espalda. Se sentía extrañamente cómoda. Él, sin embargo, temblaba de pies a cabeza.

—¿Peso mucho?

Él no contestó, tembló durante unos momentos, pero enseguida se serenó. Con ella a cuestas, vadeó lentamente el río. A mitad de camino dijo:

—En mi pueblo tenemos un dicho que afirma: «A un anciano hay que casarlo, a una anciana hay que llevarla a cuestas». A ti te llevaré a cuestas, seas anciana o no. ¿Qué te parece?

Jingqiu se sonrojó y exclamó:

—¿Cómo puedes decir algo así? Dilo otra vez y saltaré al agua.

Mayor Tercero no contestó, pero con la cabeza señaló río abajo.

—Tu hermano Lin está esperando allí.

Jingqiu vio a Lin de pie junto al río con un cubo de agua en cada mano. Mayor Tercero trepó a la ribera, soltó a Jingqiu, y mientras se ponía los zapatos y los calcetines dijo:

—Espera aquí, yo iré a hablar con él. —En voz baja intercambió algunas palabras con Lin y regresó junto a Jingqiu—. Irás a casa con él, yo volveré al campamento.

Nada más dicho eso, desapareció en la noche.

Lin recogió agua con los dos cubos, se los echó al hombro y regresó hasta la casa sin pronunciar palabra. Jingqiu lo siguió aterrorizada. «¿Contará algo de lo que ha visto? ¿Se lo dirá a mi Asociación? Estoy acabada».

Quiso utilizar el tiempo que le quedaba antes de llegar a casa para hablar con Lin.

—Lin, no te confundas, solo me ha acompañado. Nosotros...

—Ya me lo ha dicho.

—No se lo cuentes a nadie, la gente no lo entenderá.

—Ya me lo ha dicho.

Todo el mundo se sorprendió de que hubiera llegado tan tarde. La tía no dejaba de repetirle:

—¿Has venido sola? ¿Has hecho todo el camino de la montaña sola? Qué valiente. Yo no me atrevo a ir ni de día.

Capítulo 7

Jingqiu tenía tanto miedo de que Lin les contara a los demás lo que había visto en el río que tardó mucho en dormirse. Lin todavía no se lo había dicho a nadie, pero quizá era porque ella estaba allí. «En cuanto me dé la vuelta se lo irá a contar a la tía, seguro». Si realmente la estaba esperando en el río, entonces sin duda lo diría todo, pues Jingqiu sabía que Lin no soportaba verla con Mayor Tercero. Aunque lo peor sería que Lin le contara a todo el mundo lo de ella y Mayor Tercero, y que esta información llegara a oídos de su Asociación, y a través de esta a la escuela. ¿Qué ocurriría si se enteraban en la escuela?

Su clase social mala la preocupaba, pues aunque su madre había sido «puesta en libertad» y ahora trabajaba de maestra para las masas, su padre seguía siendo un terrateniente. De los cinco elementos malos —terrateniente, campesino rico, contrarrevolucionario, cuadro corrupto, derechista—, el terrateniente era el enemigo más repugnante de todos para la clase trabajadora. Su escuela sin duda aprovecharía cualquier «mal comportamiento» y lo utilizaría como arma para castigar a la hija de un terrateniente como ella. Y sin duda también arrestarían al resto de su familia.

La etiqueta de clase de su padre era en extremo injusta. No solo había abandonado su casa familiar a una edad precoz para ir a estudiar, sino que su familia no había cobrado alquiler a los arrendatarios de sus tierras, de manera que habían sido doblemente injustos con él, y nunca deberían haberlo clasificado como terrateniente. Deberían haberlo visto como un joven progresista. Había huido del territorio enemigo hacia las zonas liberadas al menos un par de años antes de 1949 y puso su talento musical al servicio del pueblo organizando un coro para propagar el comunismo y la doctrina de Mao Zedong, enseñando a las masas que «Un cielo liberado es un cielo brillante». Nadie supo por qué, pero en cuanto comenzó la Revolución Cultural lo estigmatizaron y lo acusaron de ser un agente encubierto al servicio de los nacionalistas. Al final lo tacharon de terrateniente y lo enviaron a un campo de trabajo. Lo cierto era que solo podían colocarle una etiqueta, y solo serviría la que le causara más daño; «agente secreto de Chiang Kai-shek», «contrarrevolucionario activo» y vete a saber qué más no eran apelativos lo bastante injuriosos.

Así pues, el más pequeño error por su parte le acarrearía una gran desgracia. Esos pensamientos la llenaban de remordimientos por sus actos. No entendía qué le había pasado, era como si hubiera tomado una droga que la embrujara. Mayor Tercero le dijo que cogiera el camino de la montaña, así que tomó el camino de la montaña. Mayor Tercero le dijo que quería esperarla en el pueblo, y ella había dejado que la esperara en el pueblo. Luego Jingqiu había permitido que él la cogiera de la mano, la abrazara y la besara. Y lo peor de todo era que Lin había visto a Mayor Tercero llevarla a cuestas a través del río. Y ahora ¿qué? La preocupación la consumía. ¿Cómo puedo impedir que Lin cuente algo? Y, si lo cuenta, ¿qué hago entonces? Ni siquiera tenía energía para pensar en lo que sentía por Mayor Tercero.

Los días siguientes Jingqiu los pasó en un sinvivir, atenta a cada palabra que les decía a la tía y a Lin, escudriñando la cara de la tía para ver si Lin la había denunciado. Comprendió que Lin no era de los que se iban de la lengua; era una calabaza sellada. Era la tía la que la preocupaba. Si se enteraba, sin duda lo sabría todo el mundo. Jingqiu se sentía atrapada por los hilos de los pensamientos que se enredaban en torno a ella. A veces la tía ponía cara de saberlo todo, pero otras permanecía callada, ajena a cualquier asomo de chismorreo.

Mayor Tercero seguía yendo a casa de la tía, pero habían trasladado su lugar de trabajo a otra zona de la aldea y no le daba tiempo a ir a comer. A menudo aparecía por la noche, y siempre llevaba comida. En dos ocasiones llevó salchichas que había comprado a un granjero de la zona. La tía las preparó, las cortó en rodajas y coció unas verduras de acompañamiento. Esa noche Jingqiu descubrió un trozo de salchicha debajo del arroz de su cuenco. Sabía que Mayor Tercero debía de haberla puesto allí. Como sabía que le gustaban las salchichas, procuraba que ella recibiera más que los otros.

Jingqiu no sabía qué hacer con el trozo extra de carne. Aquello la desarmaba. Su madre le había contado historias de los tiempos en que los amorosos maridos del campo ocultaban carne en los cuencos de arroz de sus esposas. Las jóvenes esposas no pintaban nada en la familia, y tenían que ceder constantemente ante todos los demás. Si alguna vez había algún manjar, debían esperar a que los padres de su marido comieran primero, a que lo hiciera el marido, luego los tíos y tías, y finalmente sus hijos. Para cuando le llegaba el turno, solo quedaban las verduras.

Los maridos no se atrevían a demostrar su amor delante de sus padres, de manera que si querían ofrecerles a sus amadas esposas un pedazo de carne tenían que recurrir a algún truco. La madre de Jingqiu le había contado la manera en que esa esposa podía comerse la carne oculta: primero tenía que chafarla de manera furtiva, a continuación acercar el cuenco a la boca y extraer la carne del fondo del cuenco como si excavara un túnel, fingiendo que solo engullía arroz. Tenía que masticarla en silencio mientras sepultaba de nuevo los restos de la carne. Tenía que procurar no acabarse el arroz antes de repetir, pues descubriría el tesoro oculto. Pero no podía tomar otra ración de arroz sin haberse acabado la primera, pues, si los padres políticos se daban cuenta, le caía una reprimenda de campeonato.

Su madre le contó el caso de una chica que, por culpa del amor de su marido, murió asfixiada. Él escondió un huevo duro en su cuenco, el único huevo de la familia, y, temiendo que lo descubrieran, la mujer se lo metió entero en la boca. Justo cuando estaba a punto de masticarlo la suegra le preguntó algo, y, queriendo contestar, se lo tragó. El huevo se quedó atorado en la garganta y la mujer murió.

Jingqiu bajó la mirada hacia su cuenco. El corazón le palpitaba con fuerza. «Si la tía lo ve, ¿lo utilizará como prueba contra mí?». Cuando atrapaban a una joven esposa, la consideraban una tentadora que había seducido al marido. Si Jingqiu permitía que alguien lo averiguara ahora, estaría en peor posición que esas esposas, y la noticia llegaría sin la menor duda a sus colegas de la Asociación para la Reforma Educativa.

Jingqiu le lanzó una mirada a Mayor Tercero y vio que él también la miraba, y su expresión parecía preguntarle: «¿No está delicioso?». Era un tipo de lo más artero, y tenía ganas de aporrearlo con sus palillos. Aquel trozo de salchicha era un campo de minas. Jingqiu también tenía miedo de sacarlo del arroz, pero si no se lo comía el arroz se acabaría y la infractora salchicha quedaría al descubierto. Cuando se había comido la mitad del cuenco, se fue a toda prisa a la cocina y arrojó el trozo de carne al cubo de comida para el cerdo.

Cuando regresó a la mesa no volvió a mirar a Mayor Tercero, sino que inclinó la cabeza sobre el cuenco. No quería saber lo que se metía en la boca; su único pensamiento era que debía vaciar el cuenco. Pero Mayor Tercero ignoraba por completo su agitación, y cogiendo otro trozo de salchicha con los palillos, grácilmente lo dejó caer en el cuenco de Jingqiu. Furiosa, Jingqiu hizo chocar sus palillos contra los de él:

—¿Qué haces? Yo también tengo dos manos.

Él la miró sorprendido.

Desde el día que la había acompañado de vuelta a la aldea, ella se había mostrado bastante hostil y, sobre todo cuando tenía público, exhibía una especial ferocidad, como para proclamar que no había nada entre ellos. Por el contrario, él se comportaba de manera totalmente opuesta. Antes le hablaba como le hablaría un adulto a una niña, metiéndose con ella y amonestándola. Pero ahora se había vuelto un cobarde, y siempre intentaba adivinar los pensamientos de Jingqiu y congraciarse con ella, que acababa reprendiéndolo. Entonces él la miraba con más conmiseración que furia y no tenía valor para comenzar una de aquellas riñas juguetonas. Cuanto más desdichado parecía él, más furiosa se mostraba ella: le parecía que estaba delatando su secreto.

Los primeros días posteriores a su regreso, Mayor Tercero todavía intentaba comportarse como antes; siempre que la veía en su habitación escribiendo entraba para ayudarla. Ella le susurraba:

—¿Cómo se te ocurre entrar aquí? Vete antes de que alguien se dé cuenta.

Y él ya no era tan descarado. Cuando ella le decía que se marchara, obedecía en silencio. Jingqiu lo oía hablar con el resto de la familia, y a veces tenía que pasar por la sala para ir a la parte de atrás. Entonces él se interrumpía a media frase y la observaba pasar sin decirle nada, olvidando la frase que había dejado a la mitad.

Oyó que la nuera de la tía, Yumin, decía:

—¿No es así, Mayor Tercero?

Él farfulló un «mmm» en respuesta y, a continuación, confundido, preguntó:

—¿No es así, el qué?

Yumin se rio de él.

—¿Cómo es que últimamente estás tan distraído? Tengo que repetírtelo todo varias veces, y aun así no lo entiendes. Eres como mis peores alumnos, que nunca escuchan en clase.

Jingqiu encontró trozos de salchicha, e incluso huevo, enterrados en su cuenco varias veces más, y siempre se quedó lívida de cólera. Decidió decirle a Mayor Tercero que si lo hacía otra vez alguien se enteraría. Evidentemente, él no estaba asustado; era un trabajador, para él era natural tener novia, pero ella todavía iba a la escuela. Su comportamiento la ponía en peligro.

Un día el hermano mayor, Sen, volvió de Río Yanjia y trajo a un amigo llamado Qian, que trabajaba de conductor y que la noche anterior había atropellado a un ciervo salvaje. Él y otros conductores lo habían descuartizado y repartido la carne. Sen había recibido una parte y la llevaba a casa para que todo el mundo pudiera probarla. Sen le dijo a Jingqiu que fuera a buscar a Mayor Tercero; a Qian se le había roto el reloj y quería preguntarle a Mayor Tercero si podía arreglarlo.

Cuando estaba a cierta distancia del campamento de la unidad geológica, oyó sonar el acordeón de Mayor Tercero. Tocaba una polca, una melodía que Jingqiu conocía bien. Se paró y se acordó del primer día en Aldea Occidental y de la primera vez que oyó a Mayor Tercero tocar el acordeón. Fue en ese mismo lugar. Aquel día apenas había deseado conocerle e intercambiar unas palabras con él a modo de saludo. Fue posteriormente cuando comenzó a extrañarlo, a distraerse si pasaba unos días sin verlo. Pero, desde el día en que habían vuelto juntos por la montaña, sus sentimientos habían cambiado. Ahora la atormentaba la idea de que la pillaran. «Mis pensamientos capitalistas están muy arraigados, y soy una hipócrita, solo me preocupa que alguien me descubra. Si Lin no nos hubiera visto aquel día, probablemente me moriría de ganas de estar con él. Lin me ha salvado de adentrarme aún más en ese abismo».

Sus pensamientos eran un torbellino. Al final acabó reuniendo valor para entrar a buscar a Mayor Tercero, que al abrirle la puerta le preguntó:

—¿Cómo es que has venido?

—Sen me ha pedido que viniera a buscarte para ir a cenar.

Él le acercó una silla y le sirvió un vaso de agua.

—Ya he comido, pero cuéntame qué cosas buenas ha traído Sen para comer y a lo mejor me convences.

Jingqiu seguía de pie y dijo:

—El hermano mayor desea que vayas. Ha traído a un amigo al que se le ha roto el reloj y quiere que se lo arregles. También ha traído un poco de ciervo, y le gustaría que lo probaras.

Al oírlo, uno de los compañeros de habitación de Mayor Tercero, un hombre de mediana edad, exclamó:

—Pequeño Sun, no hay que tomarse a broma el venado. ¿No sabes que acalora, y que no hay manera de apagar un fuego como ese? Y ¿no sería eso terrible? Sigue mi consejo, no vayas.

Jingqiu tenía miedo de que Mayor Tercero no la acompañara por culpa de ese consejo.

—No te preocupes, es posible que el venado sea una carne que acalora, pero le pediremos a la tía que prepare un poco de sopa de soja verde, que según dicen es buena para enfriarse.

El otro hombre soltó una carcajada, y alguien dijo:

—Vaya, vaya, así es como os enfriáis, ¿eh? Comiendo sopa de soja verde.

Mayor Tercero estaba visiblemente incómodo, y en cuanto hubieron salido se disculpó.

—Estos hombres llevan mucho tiempo alejados de su familia y no miden sus palabras. Siempre hacen bromas como esas. No se lo tengas en cuenta.

Jingqiu no entendía. ¿Que alguien dijera que el venado era una comida que acaloraba necesitaba una disculpa? Siempre que tomaba algo que la acaloraba, como por ejemplo el chile, se le inflamaba la boca y a veces le dolían los dientes, así que procuraba no comer demasiado. ¿Y qué tenían que ver las bromas acerca de sus gustos culinarios con no haber visto a la familia en mucho tiempo? Sus palabras seguían siendo un misterio, por no decir algo incoherente, pero no le dio mucha importancia: más le preocupaba encontrar una manera de decirle que no siguiera escondiendo comida debajo de su arroz. Regresaron por la misma vereda que formaba un montículo entre los campos y que ya habían recorrido antes. Al cabo de un rato Mayor Tercero le preguntó:

—¿Estás enfadada conmigo?

—¿Por qué iba a estar enfadada?

—A lo mejor soy demasiado susceptible. Creía que estabas enfadada por lo de aquel día en la montaña. —Se volvió hacia ella y lentamente retrocedió hasta que quedaron muy cerca el uno del otro—. Aquel día me aproveché de mi fuerza. Pero no pienses mal de mí.

—No tengo intención de hablar de lo que pasó aquel día —dijo ella rápidamente—. Olvídalo tú también, y, mientras no cometamos el mismo error, no pasará nada. Lo único que me preocupa es que Lin lo malinterpretara, y si lo cuenta...

—No se lo dirá a nadie, no te preocupes. He hablado con él.

—¿Qué? ¿Y porque hayas hablado con él ya no dirá nada? ¿Tanto te escucha?

Él vaciló antes de contestar.

—Por aquí muchos hombres llevan a las mujeres a cuestas para pasar el río. Antes no había ferry, y los hombres tenían que llevar a la gente al otro lado: chicas, ancianos, niños. Si te hubiera acompañado Lin, habría hecho lo mismo. La verdad es que no significa nada. No te preocupes tanto.

—Pero Lin debió de intuir que habíamos venido juntos del pueblo. No podía ser una coincidencia que nos encontráramos en la montaña.

—Aun cuando lo intuya, no dirá nada. Es muy honesto y mantiene su palabra. Sé que esto te ha preocupado, y quería hablarlo contigo, pero siempre me evitas. No te preocupes. Aunque Lin diga algo, nadie lo creerá si tú y yo lo negamos.

—¿Quieres que mintamos?

—Es una mentira que no hará daño a nadie; no es un delito mayor. Aun cuando la gente crea a Lin, yo diré que no es cosa tuya, que soy yo quien va detrás de ti.

Aquella expresión, «ir detrás», estremeció a Jingqiu de arriba abajo. Nunca había oído a nadie pronunciarla sin tapujos. Casi todo el mundo decía: «Y fulanito ha sentido profundos sentimientos proletarios por menganita».

—No te preocupes tanto. —Ahora él le imploraba—. Mírate. Estos últimos días has adelgazado y tienes la cara demacrada.

Ella se volvió hacia él en el crepúsculo. Él también estaba más delgado. Lo observó con atención, y tanto se concentró que casi cae rodando fuera de la vereda.

—Aquí no nos ve nadie, deja que te coja la mano.

Jingqiu giró la cabeza y miró a su alrededor, y de hecho no se veía un alma. Y, sin embargo, no podía estar segura de que no apareciera alguien de repente, o de que no les observara alguien a escondidas. Con las manos pegadas a los lados, Jingqiu dijo:

—Olvídalo, no nos metamos en más líos. Y a partir de ahora no me escondas nada más en el arroz. Si la tía lo ve, lo utilizará como prueba.

—¿Esconderte cosas en el arroz? Yo no he sido —dijo él, confuso.

—Admítelo, porque, si no has sido tú, ¿quién ha sido? Siempre me encuentro salchicha, o huevo, o lo que sea, cuando vienes. He tenido que actuar como esas esposas de la época imperial, muertas de miedo. Lo he tirado todo al cubo con la comida del cerdo.

Mayor Tercero se detuvo y se la quedó mirando.

—De verdad que no he sido yo. A lo mejor ha sido Lin. Dices que es cada vez que voy, pero a lo mejor es porque siempre que me invitáis hay algo bueno para comer. Pero yo no te he puesto nada en el cuenco, sé que te enfurecería.

—¿No has sido tú? Entonces, ¿quién ha sido? Habrá sido Lin. —Se lo quedó pensando un momento y dijo—: En ese caso, no me preocupa.

En la cara de él apareció una mueca de congoja.

—¿Por qué no te preocupa que la gente crea que hay algo entre vosotros?

Capítulo 8

Pasaron los días sin que hubiera ningún chismorreo, y Jingqiu llegó a creer que quizá, al fin y al cabo, no había nada de qué preocuparse. Lin parecía una persona de fiar y, tras haberle prometido a Mayor Tercero no decir nada, se atenía a su promesa. Así pues, Jingqiu consiguió relajarse un poco. Ya más tranquila, comenzó a tejer el jersey para Lin. Había calculado a ojo su estatura y el perímetro pectoral, y había elegido un patrón sencillo. Todas las noches se sentaba a tejer hasta tarde a fin de acabarlo antes de marcharse para siempre.

Al ver que trabajaba con tanto ahínco, la tía Zhang dijo:

—No hace falta correr. Si no te da tiempo a terminarlo, te lo puedes llevar a casa. Cuando lo termines, Lin puede ir a buscarlo, o puedes traerlo cuando vengas de visita.

Nada más oír esas palabras Jingqiu comenzó a trabajar aún con más ahínco para terminarlo; no quería que Lin tuviera ninguna excusa para volver a verla. Lo extraño era que no le preocupaba que la gente confundiera sus esfuerzos con afecto, solo que lo hiciera Lin. Cuando llegara el momento de rechazarlo, aquello le haría aún más daño.

Un día, mientras la tía Zhang y Jingqiu charlaban, esta le mencionó los problemas de salud de su madre. A menudo orinaba sangre, pero el médico era incapaz de encontrar la causa. Le había hecho algunas recetas para que su madre pudiera comprar nueces y azúcar piedra, que se decía podían curar esa enfermedad, y hasta ahora le habían ayudado. Pero las nueces y el azúcar piedra eran escasos, y ni siquiera con receta eran fáciles de conseguir.

—Yumin dice que en la vieja casa de su familia tienen nogales —dijo la tía Zhang—. Le diré que traiga la próxima vez que venga, y se las llevarás a tu madre.

Jingqiu estaba contentísima. Su madre llevaba ya tiempo enferma, y lo habían probado todo para curarla; inyecciones de sangre de pollo, la imposición de manos, todo, siempre y cuando no fuera muy caro, pero sin resultado. En los peores momentos, las muestras de su madre eran del color de la sangre. Jingqiu se fue corriendo a preguntarle a Yumin, que le contestó:

—Ya lo creo que tenemos nueces donde yo crecí, pero está muy lejos, y no sé cuándo voy a volver a ir. Pero escribiré a mi casa y les pediré que te guarden algunas, y la próxima vez que vaya te las traeré.

—¿Y a cuánto vendéis el kilo de nueces?

—¡Tenemos nuestros propios árboles, no queremos dinero! Es un lugar muy remoto, y además no podemos bajar la montaña para venderlas, pues se supone que hemos de «cortarle la cola al capitalismo». Ellos recogen lo que cultivamos en esas zonas montañosas, que supuestamente son para nuestro uso particular. No sé cuándo nos dejarán vender algo. Además, todos te consideramos parte de la familia. Si podemos contribuir a que tu madre se encuentre mejor, te puedes quedar con todo el árbol.

Jingqiu estaba conmovida.

—Muchísimas gracias, escribe la carta cuando tengas tiempo... Yo ya encontraré un momento para ir, todo sea por mi madre. Me da miedo que un día se desangre del todo.

Unos días más tarde Lin entró en la habitación de Jingqiu acarreando una cesta de bambú.

—A ver si tienes suficientes.

Una vez dicho esto, se dio media vuelta y se fue. Jingqiu fue a ver qué había en el cesto y lo encontró lleno de nueces. Se quedó petrificada. Yumin debió de decirle que recorriera aquel largo camino para conseguirlas. Jingqiu estaba furiosa y se pasaba casi todo el día conteniendo las lágrimas. Tiempo atrás se había hecho una promesa: no volver a llorar. Su padre y su hermano estaban en el campo, su madre estaba enferma y tenía una hermana cinco años menor que ella, así que tenía que ser la roca de la familia. Ella tenía su propio eslogan: sangra, suda, pero no llores.

Se fue corriendo a buscar a Lin. Estaba sentado junto al muro lateral de la casa, comiendo. Jingqiu se acercó a él y se quedó mirándolo comer bocado tras bocado. Tenía un hambre voraz.

—¿Has ido a la casa de los padres de tu cuñada? —preguntó.

—Mmm.

—¿Estaba lejos?

—No.

Jingqiu le miró los pies. Tenía los zapatos destrozados de andar, y le asomaba la planta del pie. No sabía qué decir y solo se le ocurrió quedarse mirando los zapatos, muda. Lin siguió su mirada, y rápidamente escondió los zapatos, ocultándolos con los pies. Avergonzado, dijo:

—Piso muy fuerte al andar y gasto rápidamente los zapatos. Pensaba ir descalzo, pero en la montaña hace frío.

Jingqiu se ahogaba de tanto reprimir las lágrimas.

—¿Te mandó ella?

—No. Simplemente pensé que así tu madre podría tomarlas cuanto antes. —Se acabó los últimos granos de arroz del cuenco y dijo—: Me voy a trabajar. Todavía puedo hacer media jornada. —Se alejó, solo para volver al cabo de un rato con una azada al hombro—. Busca un trozo de papel para cubrir el cesto, de lo contrario Huan Huan se las comerá todas. No te creas que porque es pequeño no se las sabe todas.

Jingqiu contempló cómo metía sus zapatos gastados en la pila de leña que había delante de la puerta. Lin se dio media vuelta y le dijo a Jingqiu:

—No se lo cuentes a mi madre, me reñirá y me llamará malcriado.

Lin se marchó. Jingqiu cogió los zapatos que estaban entre la leña y los examinó. Quiso repararlos, pero la suela de uno de ellos estaba tan agujereada que era imposible. Los volvió a meter entre la leña.

Se sentía abrumada. Se puso a pensar que, si aceptaba la ayuda de Lin, ¿cómo iba a compensarle? Decidió quedarse con las nueces, pero solo porque contribuirían a mejorar la salud de su madre. Estaba agotada y tenía demasiadas preocupaciones. Siempre que menguaba su ansiedad, sus síntomas mejoraban. Cuando algo la inquietaba, sin embargo, cuando el trabajo era demasiado agotador, volvía a sangrar. Las nueces y el azúcar piedra la curarían.

Jingqiu regresó a su habitación y se colocó junto al cesto de nueces. Las tocó una por una. Debía de haber casi diez kilos. Si hubiera ido al médico a pedirle una receta, probablemente tendría que haber hecho más de diez para conseguir tantas, por no hablar del dinero que costarían. Estaba impaciente por llevarle el cesto de nueces a su madre, pero sin azúcar no servirían de nada, y sin una nota del médico tampoco podía conseguir el azúcar. El médico solo le hacía la receta cuando a su madre se le declaraba la enfermedad.

Sin embargo, había nueces para que a su madre le duraran bastante. Su hermana estaría encantada, pues lo que más le gustaba era cascar nueces. De hecho, era una experta. Colocaba la nuez vertical y, utilizando un pequeño martillo, daba golpecitos en la parte de arriba hasta que la cáscara se partía en cuatro direcciones, y en el medio aparecía la nuez perfectamente formada. Había veces, claro, en que se rompía. Entonces su hermana utilizaba una aguja para extraer los trozos, y los mezclaba con el azúcar piedra y se los daba a su madre. Pero esta lo rechazaba y les decía a sus hijas que se lo comieran ellas. «La salud de mamá no es tan mala, no pasa nada, las dos aún estáis creciendo, comed un poco». Las dos niñas le contestaban que las nueces eran demasiado amargas y que no les gustaban.

Jingqiu se arrodilló pensando que Lin era demasiado bueno con ella. Había oído historias de «hijas abnegadas» que antes de la revolución habían vendido sus cuerpos para mantener a sus madres. Se dijo que las comprendía. ¿Qué otra cosa podía hacer una hija para mantener a su madre en aquellos tiempos? Incluso ahora, en esa nueva sociedad, aparte de su cuerpo, ¿qué otra cosa tenía una chica como Jingqiu para mantener a su madre? Con aquel cesto de nueces delante de ella, tenía miedo; si este cesto de nueces cura a mi madre, ¿tendré que consentir en casarme con Lin? Ahora que formaban parte de una nueva sociedad en la que no podías comprar y vender a la gente, ella no podía «venderse» a él. Solo tendría que casarse.

Mientras meditaba acerca de cómo corresponder a la amabilidad de Lin, se puso a pensar en Mayor Tercero. En lo más hondo de sí deseaba que hubiera sido Mayor Tercero quien le hubiera traído las nueces, pues el problema hubiera quedado solucionado fácilmente; se habría sentido dichosa de «venderse» a él. Se reprochó aquel pensamiento. ¿De qué manera, exactamente, Lin era inferior a Mayor Tercero? ¿Se debía a que era un poco más bajo, a que no tenía el mismo aspecto de «mezquino capitalista» que Mayor Tercero? ¿Pero acaso no deberíamos fijarnos en lo que hay en el interior de una persona, y no solo en su aspecto externo?

Al momento se castigó de nuevo: «¿Cómo puedes decir que Mayor Tercero no posee la misma amabilidad que Lin? ¿Es que no cuida de ti? Además, siempre ayuda a los demás a reparar sus estilográficas y relojes, y compra él mismo las piezas estropeadas y nunca le pide dinero a nadie. ¿Acaso eso no prueba su naturaleza bondadosa?». La gente decía que era el soldado modelo de su unidad geológica.

Cuando llevaba ya un rato absorta en esos pensamientos, salió de su ensimismamiento y se rio de sí misma. En realidad, ninguno de los dos le había dicho que sintiera interés por ella, así pues, ¿por qué se emocionaba tanto? Decidió hacerle unos zapatos nuevos a Lin para que su madre no lo reprendiera y para que no tuviera que ir descalzo los días de frío. Sabía que el cesto de costura de la tía Zhang estaba lleno de suelas acolchadas que aún había que coser, y la parte superior estaba pegada pero todavía no ribeteada. Solo tardaría un par de noches en convertir esos fragmentos a medio acabar en un par de zapatos.

Se fue corriendo a buscar a la tía y le dijo que deseaba hacer un par de zapatos para Lin. En los ojos de la tía apareció un brillo de satisfacción, y al momento se fue a buscar las suelas y la parte de arriba, junto con hilo, aguja y tacones para dárselos a Jingqiu. Se quedó a un lado, contemplando con ternura cómo Jingqiu cosía las suelas.

—¡Jamás había imaginado que las chicas de ciudad supierais coser! —exclamó la tía al cabo de un rato—. Has unido la suela más rápido de lo que yo sería capaz, y con unas puntadas más apretadas. Tu madre es en verdad una buena profesora; ha criado a una hija muy competente.

Jingqiu se avergonzó un poco y le dijo a la tía Zhang que el único motivo por el que sabía hacer zapatos era que su familia era pobre. No podían permitirse comprarlos, de manera que se los hacían ellos mismos. Con un palmo de algodón negro podía crear la parte de delante de dos pares de zapatos. Y con dos trocitos más de tela podía hacer el forro y la parte de arriba. En cuanto a las suelas, también se las tenía que fabricar ella misma. La parte más difícil era coser la suela con la parte de arriba, pero Jingqiu había aprendido cada paso. Casi todos los zapatos que llevaba se los había hecho ella, y solo cuando llovía, o cuando tenía que viajar muy lejos, o cuando pasó por el entrenamiento militar en la escuela, llevaba sus «zapatos de la Liberación» de lona verde militar. Sus pies se mostraron solidarios; en cuanto alcanzaron la talla 35 dejaron de crecer, como si temieran que ya no les cupieran los «zapatos de la Liberación».

—Ni tu prima Fen ni tu prima Fang saben hacer zapatos. ¿Quién sabe lo que será de ellas cuando se casen y se vayan de casa?

Jingqiu la consoló.

—Hoy en día hay mucha gente que no lleva zapatos de fabricación casera. Cuando se casen se los comprarán.

—Pero los zapatos comprados no son tan cómodos como los hechos en casa. Yo no me acostumbro a estas zapatillas de gimnasia. Te hacen sudar los pies, y cuando te las quitas están calientes y apestosas. —La tía bajó la mirada a los pies de Jingqiu y soltó un grito ahogado—. ¡Oh! Qué pies tan pequeños, igual que los de esas chicas de familia rica de antes de la revolución. Ninguna chica que trabaja en el campo puede tener unos pies tan bonitos.

Jingqiu se sonrojó. Debía de haber heredado esos pies de su padre el terrateniente. Los pies de su padre se consideraban pequeños, pero no los de su madre, prueba de que esta procedía de una buena familia trabajadora, mientras que la de su padre había explotado a las masas para vivir. Como no tenían que trabajar en el campo, sus pies se habían vuelto pequeños.

—Probablemente los heredé de mi padre —dijo con franqueza—. Mi padre... su familia era terrateniente. En cuanto a mi manera de pensar, he trazado una línea divisoria clara entre mi padre y yo, pero por lo que se refiere a los pies...

—¿Y qué tiene de malo ser terrateniente? Necesitas buena suerte y saber manejar tu hacienda para amasar tierras. Los que no poseemos propiedades y alquilamos la tierra y pagamos el alquiler a otros también tenemos nuestro sitio en la sociedad. No me gusta esa gente que está celosa de los terratenientes y su dinero; solo buscan excusas para denunciar a los demás.

Jingqiu creyó que tenía problemas de oído. Los antepasados de la tía habían sido todos campesinos pobres, ¿cómo podía decir cosas tan reaccionarias? Estaba segura de que la tía Zhang la estaba poniendo a prueba y era imprescindible que la superara. No se atrevió a morder el anzuelo y lo que hizo fue dedicar toda su concentración a coser.

Tras dos noches trabajando con ahínco, Jingqiu acabó los zapatos de Lin. Le pidió que se los probara. Lin trajo una palangana de agua y se limpió cuidadosamente los pies, y a continuación se calzó humildemente sus nuevos zapatos. Llamó a Huan Huan para que trajera un trozo de papel, que colocó en el suelo antes de dar unos cuantos pasos cautelosos.

—¿Te aprietan? ¿Demasiado pequeños? —preguntó Jingqiu con preocupación.

Lin sonrió.

—Son más cómodos que los de mi madre.

La tía Zhang se rio y lo reprendió en broma.

—La gente dice: «Busca una esposa, olvida a tu madre». Pero tú...

Jingqiu la interrumpió para explicarle:

—Le he hecho estos zapatos a Lin como agradecimiento por las nueces que trajo para mi madre. Eso es todo.

Dos días después Mayor Tercero llegó con una gran bolsa de azúcar piedra y se la dio a Jingqiu para su madre. Jingqiu se quedó sorprendida.

—¿Cómo... cómo sabías que mi madre necesita este azúcar?

—Tú no me lo dijiste, pero no puedes impedir que los demás me lo cuenten. —La miró airado—. ¿Cómo es que se lo dijiste a ellos y a mí no?

—Se lo dije ¿a quién?

—¿Cómo que a quién? Me lo contó Lin, dijo que podía conseguir las nueces, pero no el azúcar, y sin el azúcar las nueces no servirían de nada.

—Una bolsa tan grande de azúcar... ¿cuánto... cuanto te ha costado?

—Un cesto tan grande de nueces, ¿cuánto te han costado?

—Las nueces las recogieron del árbol...

—El azúcar también crece en los árboles.

Le estaba tomando el pelo otra vez. Jingqiu soltó una risita.

—Esto es una tontería, el azúcar no crece en los árboles... ¿o sí?

Él se animó al verla sonreír.

—Cuando ganes dinero me lo devolverás, hasta el último céntimo... Lo anotaré. ¿Qué te parece?

Estupendo, se dijo Jingqiu, ahora sí que estoy metida en un lío. Si Lin y Mayor Tercero se unían para ayudar a su madre, ¿significaba eso que tenía que casarse con los dos? Solo podía responder riéndose de sí misma: «¿Alguien había dicho que quisieran casarse conmigo? Con unos orígenes sociales como los míos, sería un milagro que alguien aceptara incluso que le devolviera el favor».

Capítulo 9

Suele decirse que «una vez la cicatriz está curada olvidas el dolor», y naturalmente es completamente cierto. A medida que los días pasaban, la ansiedad de Jingqiu iba menguando, hasta que tuvo otra vez la osadía de hablar con Mayor Tercero. La tía y el señor Zhang se habían ido al pueblo natal de ella, y Yumin había llevado a Huan Huan a Río Yanjia para visitar a su marido, con lo que Jingqiu, Lin y Fen se quedaron solos en casa.

Cuando acababa de trabajar, Mayor Tercero acudía enseguida a ayudarles a preparar la comida, y prefería comer con Jingqiu en lugar de en el campamento. Uno se encargaba del fuego mientras el otro traía las verduras, y formaban un magnífico equipo. Mayor Tercero había perfeccionado el arte de hacer arroz crujiente. Primero lo hervía, y en cuanto estaba cocido lo sacaba de la olla y lo echaba en un cuenco de hierro forjado, aderezado con sal y con unas gotas de aceite, y le daba vueltas al arroz a fuego lento hasta que quedaba aromático y crujiente. A Jingqiu le encantaba. Aunque solo comiera eso para cenar, estaría contenta. De hecho, su amor por ese plato asombraba a la gente: si le dejaban elegir entre arroz blanco fresco y el arroz crujiente de Mayor Tercero, sin la menor vacilación elegía este último. La gente de ciudad era extraña.

Fen aprovechó la oportunidad para traer a cenar a su novio. Jingqiu había oído comentar a la tía que ese joven era «un caradura», poco de fiar y un pájaro de cuenta. No trabajaba en el campo, pero siempre estaba por ahí haciendo negocietes. A la tía y al señor Zhang no les gustaba y le habían prohibido a Fen que lo llevara a casa. Fen se escabullía para verlo, pero ahora que sus padres no estaban en casa había traído al «caradura» con ella sin disimulo.

Jingqiu no le encontró nada malo al «caradura». Era alto, culto y se portaba bien con Fen. También le trajo a Jingqiu unas cintas para el pelo adornadas con flores, que normalmente vendía de casa en casa, para que se pudiera hacer unas trenzas. Fen alargó el brazo para enseñarle a Jingqiu su nuevo reloj.

—Bonito, ¿verdad? Lo ha traído para mí. Le ha costado ciento veinte yuanes.

¡Ciento veinte yuanes! Eso equivalía a casi tres meses del salario de su madre. Fen se negó a lavar las verduras ni los platos mientras lo llevaba puesto para que no lo salpicara el agua.

Mientras comían, Mayor Tercero utilizó sus palillos para colocar comida dentro del cuenco de Jingqiu, y el «caradura» hizo lo mismo con Fen. Lin, que no tenía pareja, tuvo que servirse su cuenco de arroz, coger algunas verduras, y se fue con eso. Cuando hubo terminado regresó para dejar su cuenco y a continuación se marchó —nadie supo dónde— y solo regresó para irse a la cama.

Por las noches, Fen y su novio se encerraban en el cuarto de al lado para hacer cualquiera sabía qué. Las habitaciones de Fen y Fang apenas estaban divididas por una pared de más o menos su estatura, que dejaba una apertura en la parte de arriba. Ni que decir tiene que se oía todo. Cuando Jingqiu estaba en su habitación escribiendo, oía las risitas de Fen, como si le hicieran cosquillas.

Mayor Tercero se quedaba en el dormitorio de Jingqiu ayudándola con el libro de texto. De vez en cuando ella tejía mientras él estaba sentado delante, sujetándole la lana. Pero a veces Jingqiu se daba cuenta de que la mente de Mayor Tercero estaba en otra parte, aunque tuviera la mirada fija en ella, y cuando se hallaba en ese estado se olvidaba de desenmarañar la lana hasta que ella le daba un tirón al otro extremo. Cuando volvía en sí, se disculpaba antes de seguir desovillando.

Jingqiu le preguntó en voz baja:

—Aquel día, ¿hablabas en serio cuando me dijiste que querías que te tejiera un jersey? ¿Cómo es que no has traído lana?

—La he comprado. Es que no sabía si debía traerla.

«Debe de haberse dado cuenta de lo ocupada que he estado estos días, y no quería preocuparme», se dijo Jingqiu. Su amabilidad la conmovió, pero eso era un problema; siempre que la afectaba la amabilidad de alguien hacía promesas que no debería.

—Trae la lana y, en cuanto acabe este, comenzaré el tuyo.

Al día siguiente Mayor Tercero trajo la lana en una bolsa grande: había muchísima. Era de color rojo; no bermellón, sino más parecido a las rosas, casi rosado, del color de las azaleas. Ese era su rojo preferido, el que ella denominaba «rojo azalea». Pero pocos hombres llevaban ese color.

—Es del mismo color que las flores de espino. ¿No dijiste que querías verlas?

—¿Vas a enseñarme esas flores llevando este jersey? —dijo Jingqiu riendo.

Él no contestó, sino que observó el cuello del jersey de Jingqiu asomando por encima de su chaqueta de algodón acolchada. Debía de haber comprado la lana para ella.

—¿Me prometes no enfadarte? —dijo él—. La he comprado para ti.

Pero ella se enfadó. Debía de haberla observado mientras caminaban por la montaña, y no se le había pasado por alto lo gastado que estaba su jersey; de otro modo, ¿por qué le había comprado la lana? El jersey de Jingqiu era ajustado y corto, y se le pegaba al cuerpo. Tenía los pechos un poco grandes, y aunque utilizaba un sujetador tipo camiseta para contenerlos, seguían abultando debajo de su jersey, que tampoco le tapaba el culo. Jingqiu tenía un bulto delante y un bulto detrás, y sabía que ese tipo era repugnante. En la escuela las chicas utilizaban una prueba para decidir si tenías buena figura. Debías colocarte contra la pared y, si al apretar el cuerpo te quedaba plano, entonces tenías una figura recta y atractiva. Jingqiu nunca había pasado esa prueba. Por delante los pechos le asomaban demasiado, y cuando apretaba el culo contra la pared se formaba demasiado hueco. Sus amigas se reían de ella y la llamaban «la gran curva».

Su madre había comprado la lana para ese jersey cuando Jingqiu tenía tres o cuatro años. No sabía tejer, y había pagado a otro para que se lo hiciera, pero, a pesar de las grandes cantidades de lana —y debido a que esa persona la desperdiciaba a sabiendas—, solo había conseguido sacar dos jerseys, uno para Jingqiu y otro para su hermano.

Por consiguiente, Jingqiu aprendió a tejer, deshizo los dos jerséis y aprovechó la lana para hacer uno. Al cabo de unos años lo volvió a deshacer, añadió un poco de algodón y se tejió otro jersey. Había evolucionado hacia una explosión de colores, pero como era tan buena con las agujas la gente pensaba que lo había diseñado así a propósito. Sin embargo, era un jersey viejo, y la lana se había vuelto quebradiza y se partía fácilmente. Al principio Jingqiu intentó unir las puntas retorciéndolas para que no se vieran los rotos, pero eran demasiados, y al final tuvo que juntarlos en un nudo y olvidarse. Así que desde fuera el jersey era un batiburrillo sin costuras de colores abstractos, y las junturas eran impenetrables. Pero al volverlo del revés se revelaba un secreto; estaba cubierto de ampollas y granos, al igual que la chaqueta de piel de cordero que el presidente Mao llevaba en el monte Jinggang, pues las hebras de lana habían regresado a su estado original.

Mayor Tercero debía de haber visto sus efectos en algún momento, se había compadecido y le había llevado esa lana color rojo espino para que pudiera tejerse un nuevo jersey. Jingqiu estaba furiosa.

—¿Qué te pasa? ¿Por qué miras en el interior de mi jersey? No es asunto tuyo.

—¿El interior de tu jersey? ¿Y qué le pasa al interior de tu jersey?

Él puso una mirada tan inocente que ella se dijo que lo había juzgado mal. A lo mejor, después de todo, no lo había visto. Habían caminando juntos todo el tiempo y él no había tenido oportunidad de ver el interior de su jersey. A lo mejor solo le había gustado el color de la lana, porque le había recordado las flores del espino, y simplemente la había comprado para ella.

—Nada. Estaba bromeando.

Él pareció aliviado.

—Ah, estabas bromeando. Creía que te habías enfadado conmigo.

«¿Le da miedo que me enfade con él?». Esa idea la hizo hincharse como un pavo. «Tengo el poder de influir en sus emociones. Es el hijo de un cuadro del partido, es inteligente y competente, y parece un capitalista, pero delante de mí es serio, medroso como un ratón, y teme hacerme enfadar». Se sentía flotar. Estaba, consciente e inconscientemente, jugando con él; la alarma de Mayor Tercero confirmaba la influencia de Jingqiu. Sabía que estaba siendo presuntuosa e intentaba no caer en ese mal comportamiento.

Jingqiu envolvió la lana y se la retornó.

—No puedo aceptar tu lana, ¿cómo se lo explicaría a mi madre? Diría que la he robado.

Él se la cogió y contestó sin alterarse:

—No había pensado en ello. ¿No puedes decir que la has comprado tú?

—No tengo un chavo, ¿cómo iba a poder comprar tanta lana? —Ahora le estaba haciendo frente, utilizando su situación económica como arma, como si dijera: mi familia es muy pobre, ¿qué te parece? ¿Nos miras por encima del hombro? Si es así, más vale que me olvides ahora mismo.

Mayor Tercero se quedó inmóvil, con una expresión de sufrimiento.

—No me había dado cuenta. No me había dado cuenta.

—¿Que no te habías dado cuenta? Hay muchas cosas de las que no te has dado cuenta, creo que tu vista no es muy buena. Pero no te preocupes, es cierto que te devolveré el dinero del azúcar y de la pluma. Durante las vacaciones de verano hago trabajos temporales, y si no hago ninguna pausa puedo ganarme treinta y seis yuanes al mes. Solo me hará falta eso para devolverte el dinero.

—¿Qué clase de trabajos temporales?

—¿Es que tampoco sabes eso? Trabajo en una obra, o descargo carbón en el puerto, o pinto en la fábrica de materiales de enseñanza. A veces hago cajas de cartón en la fábrica de azulejos... lo que sea. ¿Por qué? ¿A qué otra

cosa le llamas trabajo temporal? —Ahora Jingqiu fanfa-
rroneaba—. No todo el mundo puede encontrar un trabajo temporal. Yo puedo porque la madre de uno de los antiguos alumnos de mi madre es la directora del comité de
barrio. Se encarga de esa clase de cosas.

Añadió unas cuantas anécdotas divertidas, pero al
cabo de un rato se dio cuenta de que Mayor Tercero no se
reía de sus historias, sino que la miraba preocupado.

—Pegar cajas en la fábrica de azulejos no es mala idea
—dijo—, pero no trabajes en una obra, y sobre todo no
trabajes en los muelles, es peligroso. —Tenía la voz rasposa—. Una joven como tú no tiene fuerza para hacer ese
trabajo. Podrías acabar aplastada o te podría atropellar un
vehículo, y entonces ¿qué?

Ella lo consoló.

—Tú nunca has hecho ningún trabajo temporal, y por
eso te parece tan terrible, pero en realidad...

—Yo no he hecho trabajos temporales, no, pero he
visto cómo los hombres de los muelles amontonan el carbón. Sueltan el volante y los vehículos casi se caen al río.
También he visto cómo los hombres de las obras reparan
las paredes y los tejados, y siempre hay algo que se cae de
los andamios. Son trabajos pesados y peligrosos, de otro
modo no se los darían a los temporeros, los harían los trabajadores habituales. ¿Cómo es que no te preocupa hacer
esos trabajos tan peligrosos? Tu madre debe de estar con
el corazón en un puño.

Su madre se preocupaba, y mucho, cada vez que Jingqiu se iba a trabajar, pues sabía que podía lastimarse, y, si

eso ocurriera, al no tener seguro, sería el final. Sacar un poco de dinero aquí o allá es intrascendente, pero tu vida no lo es. Sin embargo, ella sabía que ese poco de dinero aquí y allá no era intrascendente; sin dinero no había arroz. Tenías hambre. No es que a su familia le faltara un poco de dinero; le faltaba mucho. Su madre a menudo tenía que pedir prestado a otras profesoras y, en cuanto cobraba el salario, todo se le iba en pagar las deudas, y tenía que volver a pedir prestado al día siguiente. La familia a menudo debía renunciar a sus raciones de carne y huevos porque no tenían dinero para comprarlas. Además, los ingresos de su hermano no eran suficientes. Todos los jóvenes que eran enviados al campo se veían obligados a pedir dinero, y su posición social era tan baja que los puntos obtenidos por su trabajo no eran suficientes para cubrir sus raciones de arroz.

Aquellos últimos años Jingqiu había tenido suerte de poder trabajar en verano para ayudar a su familia. Para consolar a su madre le decía:

—Llevo mucho tiempo haciéndolo, no me pasará nada. Mucha gente hace estos trabajos. ¿Alguna vez has oído que alguien se hiciera daño? Los accidentes también pueden ocurrir en casa.

Cuando Mayor Tercero adoptó un tono tan maternal, le repitió esos mismos argumentos.

Pero él no la dejó acabar y la interrumpió.

—No deberías hacer esos trabajos de ninguna manera. Son peligrosos. Si sufres un accidente, o agotamiento, eso te afectará para el resto de tu vida. Si necesitas dinero, yo te lo conseguiré. Trabajamos al aire libre, por lo que nuestra paga es bastante buena, y tenemos subsidios. Poseo ahorros, así que me puedes pedir prestado. Puedo darte entre treinta y cincuenta yuanes al mes. Eso debería ser suficiente, ¿no?

A ella no le gustaron sus palabras, que se diera tantos aires con su elevado salario. La estaba mirando por encima del hombro, la trataba como si fuera un caso de beneficencia. Ella le respondió orgullosa:

—Tu dinero es cosa tuya. No lo quiero.

—Puedes pedírmelo prestado, si lo prefieres. Ya me lo devolverás cuando empieces a trabajar.

—Quién dice que podré conseguir un trabajo. —Jingqiu adoptó un tono irónico—. Tu padre no es un cuadro tan poderoso, dudo que consiga encontrarme un trabajo al aire libre. Estoy dispuesta. Una vez me manden al campo ya no regresaré, y mi madre no tendrá que pedir prestado para mi ración de arroz. Pero cuando llegue ese momento, ¿cuánto dinero tendré que devolverte?

—Si no lo tienes, no tienes que devolverme nada. Yo no lo utilizo. No seas tan testaruda, te estás matando por cuatro perras. Acabarás postrada en la cama para el resto de tu vida, ¿y eso no será peor?

—¿Cuatro perras? —«Me mira por encima del hombro, me hace quedar como alguien que ama el dinero como si fuera la vida misma»—. Tienes razón, soy esclava del dinero —replicó—. Pero prefiero sufrir un accidente o quedar molida haciendo mi trabajo temporal que aceptar tu dinero.

Mayor Tercero puso una cara como si le hubieran apuñalado en el pecho.

—Tú... yo... —farfulló, incapaz de expresar una respuesta, mirándola con unos ojos dignos de lástima. A ella le recordó un perro al que había cuidado y que al final se lo habían llevado los de la perrera, la boca atada, la mirada clavada en ella, sabiendo que era el final, suplicando por su vida.

Capítulo 10

Yumin regresó unos días más tarde y la casa volvió a su ritmo habitual. El novio de Fen no volvió a aparecer más, y aquella noche la unidad de Mayor Tercero tenía una reunión, así que no pudo ir a visitarlos. Pero Yumin llevó a una colega, la señora Ye, que quería preguntarle a Jingqiu cómo se tejía la parte de delante de unos calzoncillos largos de hombre.

Jingqiu consiguió ayudarla, pero la señora Ye no solo quería saber cómo tejer la abertura, sino también qué tamaño sería el más apropiado para que le resultara cómoda a su marido a la hora de orinar. Jingqiu había aprendido el patrón de otra persona, pero nunca se había parado a pensar para qué era. Cuando la señora Ye dijo «orinar», Jingqiu se sonrojó.

—Deje que yo se lo haga —dijo cogiéndole las agujas y poniéndose a tejer.

La señora Ye estuvo charlando con Yumin mientras esperaba a que Jingqiu terminara.

—Qiu yatou es muy capaz, y guapa. No me extraña que tu suegra tenga tantas ganas de casarla con Mayor Segundo. Qiu yatou, ¿por qué no te casas con él? Así podríamos acudir a ti siempre que tuviéramos problemas a la hora de hacer punto, y nos enseñarías a tejer.

—No digas eso, Jingqiu es muy tímida —contestó Yumin, pero a continuación añadió—: Jingqiu es de la ciudad, come cereal proporcionado por el gobierno, ¿cómo va a pensar en quedarse aquí, en el quinto pino? Una persona como Qiu yatou quiere casarse con una persona de ciudad, ¿no es así, Jingqiu?

Jingqiu se sonrojó todavía más.

—Aún soy joven. No he pensado en ello.

—¿Quieres casarte con un chico de ciudad? —le preguntó la señora Ye—. Pues mejor que busque a uno de la unidad geológica. Así se casara con un chico de ciudad y seguirá ayudándonos a hacer punto. Ganamos todos. —La señora Ye se lo pensó un poco más y le dijo a Yumin—: Ese Sun no está mal. Sabe tocar el acordeón. Sería una buena pareja para Qiu. Viene a menudo por aquí, debe de tenerla en el punto de mira.

Yumin soltó una risita.

—Muy aguda. Nos evitaba porque le mencioné a nuestra Fen, pero ahora siempre está por aquí. Se presenta casi a diario.

Jingqiu escuchaba, tensa y silenciosa.

—¿Y no está tu madre de los nervios? Cuenta con una chica estupenda, y un forastero se la quita delante de sus narices.

—No, Jingqiu sin duda es parte de nuestra familia. Además, ese Sun tiene una prometida que lo espera.

Jingqiu oyó un zumbido y tuvo la sensación de caer al suelo. Sin embargo, más que desmayarse, comenzó a imaginar que abandonaba su cuerpo y echaba a volar, y, como si se viera a sí misma tambalearse al borde del escenario y estuviera encantada con su desgracia, se dijo: Jingqiu, siempre dices que hay que ser optimista en toda situación. Pues ha llegado el momento de poner a prueba tu resolución.

Yumin y la señora Ye siguieron charlando y riéndose, pero en la mente de Jingqiu solo había una frase: «Ese Sun tiene una prometida que le espera». No se daba cuenta del movimiento de sus manos, ajena a la conversación, y cuando la señora Ye se acercó a ver cómo iba el trabajo de Jingqiu, descubrió que la chica había hecho el faldón de la apertura de los calzoncillos casi de un palmo de longitud.

La señora Ye soltó una carcajada.

—Ya le irá bien a mi marido. ¡Son como unos pantalones de niño pequeño!

Jingqiu quiso deshacerlo enseguida.

—No hace falta deshacerlo. Basta con que cosas una parte de la abertura —dijo Yumin.

—Tienes razón, sería una pena deshacerlo después de tanto trabajo —asintió la señora Ye.

En cuanto la señora Ye se hubo marchado, Jingqiu fue corriendo a su habitación. Se metió en la cama, se tapó la cabeza con la colcha y fingió dormir. Temblaba bajo la gruesa colcha, de miedo, de frío, o de algún otro sentimiento que no conocía, y maldijo furiosamente a Mayor Tercero.

«¡Maldito mentiroso! Si tienes novia, ¿por qué te portas así? ¿Es así como actúa alguien que tiene novia?».

Dolida, se dio cuenta de que maldecirlo no servía de nada. Había mentirosos en todo el mundo, y maldecirlos no acababa con ellos, ni siquiera les hacía nada. Es a ella a quien tenía que culpar, en parte por no haberse dado cuenta de lo que tenía delante de los ojos.

Recordó las escenas de su paseo por la montaña, una por una, como una película. Era incapaz de detenerlas. Toda una secuencia se fue sucediendo en su mente, la cabeza le daba vueltas, no sabía qué pensar, decir o hacer. Los recuerdos giraban y giraban como una serie de fotografías, y cada una mostraba un momento concreto. La imagen que aparecía y reaparecía correspondía a cuando Mayor Tercero la había asustado diciéndole que había un fantasma que se parecía a él debajo del árbol y, antes de saber lo que ocurría, la había abrazado y besado e intentado meterle la lengua en la boca.

Ahora que sabía que estaba prometido, era como si las fotos hubieran envejecido y su brillo se hubiera deslucido. Siempre que estaba con Mayor Tercero se sentía más ligera, como si su orgulloso sentido común, su comedimiento, desapareciera. Él era un fuerte viento que levantaba sus pies del suelo cuando caminaban juntos. Los pensamientos y el oído de Jingqiu se ralentizaban, pero sus absurdas risitas eran rápidas y vivaces.

Se acordó del día que regresó a Aldea Occidental, cuando caminaron por la montaña y él le contó todas aquellas historias. Había utilizado el símil de Romeo y Julieta como ejemplo para defender a un hombre que había abandonado a su prometida, pero ahora sabía que había estado hablando de sí mismo. Aquella misma noche admitió, sin darse cuenta, que le había dado la mano a otra persona. A Jingqiu la devoraba el arrepentimiento. ¿Por qué no lo había entendido? De haberlo comprendido, se habría enfadado con él cuando la abrazó, se habría mostrado firme y habría demostrado cuánto odiaba que hiciera aquello. Lo peor era que no solo no se había enfadado, sino que había admitido que le gustaba darle la mano. No entendía por qué había hecho algo tan estúpido.

Le había dejado que le cogiera la mano, la besara, teniendo él novia. ¿Acaso no había sido un engaño? La madre de Jingqiu siempre decía que un desliz abre todo un camino de penalidades, pero al principio ella había malinterpretado aquella frase sencilla, como si su madre hubiera dicho «una palabra infeliz abre todo un camino de penalidades», e incluso después de haber comprendido el verdadero significado, el que un pequeño error podía llevar a una desgracia inenarrable, seguía sin entender el significado de aquella palabra, «desliz». En su opinión, dejar que un muchacho supiera que lo amabas era un «desliz», porque podía jactarse de ello ante sus amigos y destruir tu reputación. Jingqiu conocía muchas historias, y no solo historias, sino chicas a las que habían tratado así. Siempre procuraba no cometer ese error, y pensaba que el mejor método era no enamorarse: así no había manera de meter la pata.

Ya no temblaba tan intensamente. Decidió dejar de preocuparse. Se comportaría como si no hubiera pasado nada. Él tenía novia, así que probablemente no contaría nada, y ella podría borrar el episodio completamente de su vida. Se acordó de aquel dicho: «Si nadie se entera, no es un escándalo». Tenía la esperanza de que eso al menos fuera cierto.

El único problema era qué hacer con la bolsa de azúcar. Su madre la necesitaba muchísimo, y no tendría oportunidad de comprarla una vez estuviera de vuelta en Yichang; así que se la quedaría. Pero no sin pagársela a Mayor Tercero. Podría pedir dinero prestado a la Asociación y devolvérselo cuando estuviera en casa. Salió de la cama decidida a ir a pedir prestado dinero de inmediato a uno de sus profesores, el señor Lee, pero en aquel momento entró Yumin.

—Hace tiempo que mi suegra quiere que hable contigo de Lin, pero no te lo había mencionado antes porque no me parecía factible. Tú eres de ciudad, y estudias secundaria. Lin es un chico del campo, que ni siquiera ha ido a la escuela media, y no puede aspirar a casarse contigo.

—No es que lo considere inferior, es solo que...

—Luego me enteré de tu situación familiar, y pensé que a lo mejor debería hablar contigo, hablar de tus experiencias. Podría serte útil. —Yumin espiró largamente y añadió—: Cuando te veo, es como si me viera a mí misma a tu edad. Yo también era una chica de ciudad, pero mis padres fueron tachados de derechistas y perdieron su puesto en el gobierno. En el paro, hacían trabajillos aquí y allá. Posteriormente, limpiaron la ciudad, y personas como mis padres fueron expulsadas al campo. Toda mi familia vino a esta zona pobre y montañosa.

—Tú también lo has pasado mal —dijo Jingqiu comprensiva—. Siempre me dije que parecías distinta de la gente de por aquí, y no solo por tu nombre.

—Me he convertido en uno de ellos, ¿no te parece? —dijo Yumin—. A ti también te mandarán al campo, solo que no sabes dónde. Pero aquí estamos cerca de la ciudad, y no lejos de Yichang. De hecho, esta zona se considera próspera. Has pasado aquí unos meses, y estoy segura de que has visto por ti misma que la familia de la tía es una buena familia. Si te casaras con Lin, toda la familia te trataría como a una reina.

—Debes de haberte sentido frustrada desde que viniste al campo —dijo Jingqiu para cambiar de conversación.

—Es el destino, por mucho que lo intentes no puedes derrotarlo. —Yumin suspiró—. Pero sigo considerándome afortunada, me casé con Sen. Su padre era un funcionario de poco rango, y le consiguió a Sen un trabajo adjudicado por el Estado y a mí un puesto de profesora. Aunque no tengo derecho a raciones estatales, dar clases es mucho mejor que trabajar de peón. Cuando vuelvas a Aldea Occidental, siempre y cuando el padre de Lin todavía conserve su puesto, te conseguirá un trabajo de profesora.

Jingqiu nunca había pensado en el matrimonio como una manera de alterar su futuro; la mandarían al campo y nunca volvería, y ahí se acabaría todo. Su familia era pobre, y ella no quería cambiar eso, pero se negaba a utilizar el matrimonio para mejorar su situación. Prefería robar un banco. Para ella, todo —la escuela, encontrar trabajo, unirse a la liga juvenil, etcétera— quedaba fuera de su control. Su dominio se reducía a sus sentimientos íntimos, el único aspecto de su vida que podía gobernar a través de su libre albedrío. Era una cuestión de motivación; podía casarse por gratitud, para corresponder a su amabilidad, y podía salvar a alguien por compasión, pero era incapaz de olvidar sus emociones a cambio de dinero o un cargo.

—Sé que no aceptas a Lin porque te gusta Mayor Tercero.

—¿Quién dice que me gusta Mayor Tercero? —dijo Jingqiu, negando toda relación entre ambos—. Has dicho que le «mencionaste» a Fen. ¿A qué te refieres exactamente?

—A que antes, cuando llegaron Mayor Tercero y la primera unidad, los edificios para albergarlos no estaban acabados, y tuvieron que alojarse con familias de la aldea. Mayor Tercero vivió con nosotros. A Fen le encanta cantar y Mayor Tercero toca el acordeón, así que él la acompañaba y, tras pasar un tiempo juntos, a ella comenzó a gustarle. Estaba demasiado avergonzada para decirle algo y me pidió que hablara con él. Él contestó que tenía una novia en su pueblo.

—¿Y no lo diría como excusa?

—No, me enseñó una foto de los dos juntos. Ella es guapa, y es hija de un cuadro. Forman una buena pareja. —Mientras hablaba se acercó a la mesa—. La foto está debajo del alféizar, te la enseñaré. —Yumin buscó en el alféizar—. Vaya. No la encuentro. ¿Dónde estará? —Jingqiu se dijo que Mayor Tercero probablemente se la había llevado para que ella no la viera. Una prueba más de su traición. ¡Artero, furtivo, vergonzoso!—. Después de eso, ya no volvió. La tía sigue siendo muy buena con él, y a pesar de ese fracaso sigue apreciándolo y lo invita siempre que hay algo bueno para comer. Con el tiempo, Fen encontró a otro, y todo quedó olvidado.

—¿Conoces a su novia?

—No, es de la capital de la provincia, y su padre ocupó un puesto de mucho poder. Es imposible que ella venga aquí. Sigue mi consejo, no te enamores de Mayor Tercero. En mi experiencia, los hijos e hijas de los funcionarios no están a nuestro alcance. Antes de que mi familia fuera expulsada al campo, yo tenía un novio cuyo padre era un cuadro, aunque no tan importante como el padre de Mayor Tercero, que al parecer es el comandante militar de toda una región. El padre de mi novio no era más que un oficial del regimiento. Pero todas las familias de funcionarios son iguales; cultas y experimentadas, y con muchos contactos. No tienen que preocuparse en encontrar buenas parejas para sus hijos. Al principio, la familia de mi novio no permitía que estuviéramos juntos. Esas familias prestan mucha atención al origen social. Mi novio insistía en que yo era una buena chica, pero no tenía valor para convertirme en parte de su familia. Cuando se enteró de que a mi familia la iban a enviar al campo, le entró pánico. Pero con eso tampoco consiguió nada, y al final rompimos. Por suerte supe controlarme y no le permití tener intimidad, con lo que pude casarme con otro. De haberme entregado a él, de haber hecho algo, el día que me abandonó habría sido el último de mi vida.

Jingqiu negaba con la cabeza mientras escuchaba.

—¿Y por qué habría sido... el último de tu vida?

—Si una chica deja que un hombre tenga intimidad con ella y luego este la abandona, ¿quién va a quererla luego? Y si alguien la quiere y la noche de bodas descubre que no es virgen, hará lo que quiera con ella, pero no la respetará. Qiu yatou, tú eres mucho más atractiva para el sexo opuesto de lo que yo era a tu edad; estás predestina da a que los hombres te persigan toda la vida. Si no te mantienes firme, tendrás problemas.

Jingqiu estaba confusa. Sabía que «compartir habitación» y «dormir juntos» eran cosas peligrosas, pero ahora tenía que añadir «tener intimidad» a la lista de actividades prohibidas. Cuando Mayor Tercero la abrazó, ¿tuvieron «intimidad»? Decidió arriesgarse a preguntarlo.

—Cuando dices que no le dejaste tener... intimidad, ¿a qué te refieres exactamente?

Nada más formular la pregunta, se arrepintió.

—Eres inocente, ¿verdad? Significa compartir habitación, dormir juntos, hacer lo que hacen marido y mujer.

Jingqiu se sentía en gran parte aliviada. No había compartido habitación con Mayor Tercero y no habían dormido juntos. De lo único que no podía estar segura era de si habían hecho lo que hacen marido y mujer. Pero no podía seguir preguntando por temor a despertar las suspicacias de Yumin. ¿Por qué una chica como ella iba a querer saber esa clase de cosas?

Al día siguiente se fue a pedir dinero prestado a sus amigos de la Asociación para la Reforma Educativa, explicándoles que necesitaba comprar azúcar para su madre, y entre el señor Lee y el señor Chen consiguieron reunir dieciocho yuanes para prestarle.

La noche en que la tía y el resto de la familia regresaron a casa, Jingqiu espió a Mayor Tercero, que estaba en la sala de estar. Cogió el dinero que le habían prestado y entró en la sala, y lo encontró sentado en un banco de poca altura con Huan Huan sobre los hombros, jugando con él cariñosamente. Mayor Tercero levantó la cabeza para decirle hola, pero ella no lo saludó, y dejó caer el dinero en su regazo con un gesto furioso, diciéndole:

—Gracias por haberme comprado el azúcar. Mira si hay suficiente.

Cuando las monedas cayeron en su regazo, Mayor Tercero puso una expresión «como si lo hubieran marcado con un hierro». No llegó a tocarlo. Apenas consiguió levantar la cabeza suplicando una explicación.

Parecía como si tuviera derecho a estar enfadada con él.

—¿Es suficiente? Si no, me lo dices, conseguiré más.

—¿Cómo es que de repente tienes dinero para pagarme?

—Lo he pedido prestado a la Asociación.

—Si tienes que pedir dinero prestado, ¿por qué se lo pides a ellos? —dijo, ofendido.

—Se lo pido a quien me da la gana. Gracias, de parte de mi madre. —Se dio media vuelta y regresó a su habitación. Estaba temblando.

Él la siguió y se quedó detrás de ella.

—¿Qué te pasa? Dímelo. No seas así, algo debe de haber ocurrido. Anteayer todo iba bien, y ahora no sé qué te pasa. ¿Qué ha cambiado?

—¿Qué quieres decir con anteayer? Siempre he dicho que no quiero tu dinero.

—¿Estás tan enfadada porque te dije que te daría el dinero? Dijiste que no lo querías, y yo no insistí. Sé que eres orgullosa y no quieres aceptar ayuda de los otros, pero no deberías verme... como uno más.

Ella no dijo nada, pero su cabeza era una batidora: «Eres un maestro del engaño, las palabras fluyen como miel de tu boca. Si no hubiera averiguado la verdad, me habrías vuelto a engañar. Te burlaste de mí, y te burlarás de otras. Alguien tan recto como Lin no engañaría a los demás».

Sin volverse, Jingqiu dijo:

—No te quedes ahí. Vete. Quiero escribir.

Percibía que él todavía estaba detrás, pero no se volvió para mirarlo y, temblando, cogió la pluma para escribir. Al cabo de un rato intuyó que se había marchado, se dio la vuelta y encontró la habitación vacía. Se quedó abatida. Estaba convencida de que Mayor Tercero se quedaría un poco más, de que quizá seguiría allí, para siempre. Pero ¿qué le ocurría? Lo olvidaría, sí, olvídalo, no pienses más en él. Sería fácil. No le había costado hablarle de una manera brutal. Cada vez que él la miraba con aquellos ojos de cordero degollado, ella se mostraba decidida e inflexible. Pero ella estaba resentida. ¿Cómo podía hacer eso? No le había dicho más que unas pocas palabras, ¿y ya se había marchado?

Entonces recordó que su comportamiento también había sido deshonroso. Se regañó a sí misma. Él es bueno contigo, procura no hacerte enfadar, y tú le haces daño a propósito con tu displicencia; y, lo peor de todo, ¿lo único que te sabe mal es que se haya ido? Se reprendió aún más y fingió ir al retrete de la parte de atrás para ver si se había marchado. Pasó por la sala y por la cocina; no estaba. Escuchó atentamente y no oyó su voz. Se había ido de verdad. Desanimada, siguió buscándolo, desesperada por encontrarlo.

Lo descubrió en el molino, y le daba vueltas mientras la tía echaba el trigo. En cuanto lo vio, supo que no se había marchado, desapareció la confusión y volvió a sumirse en la desconfianza. En voz baja lo llamó «traidor», se dio la vuelta y retornó a su habitación.

Durante los días siguientes ella no le hizo caso. Él buscó alguna oportunidad de hablarle y preguntarle qué le sucedía, pero ella no le contestaba, hasta que finalmente le soltó:

—En lo más profundo de ti, sabes si tus actos son buenos o no.

—No te entiendo —dijo él—. Dime, ¿qué he hecho exactamente?

Pero ella no lo escuchó, se fue a su habitación y fingió escribir. Sabía que él no se iría enfadado, de manera que cada vez se mostraba más insolente y fría con él, y no le daba ninguna explicación. Que sufriera. Por alguna razón tenía el derecho de atormentarlo. ¿Era porque podía? ¿O era porque él se había aprovechado de ella, aquel día en la montaña? ¿Lo estaba castigando?

Capítulo 11

Cuando al Grupo para la Reforma Educativa le llegó el momento de regresar a Yichang, Jingqiu se dio cuenta de que todavía tenía el problema de cómo llevar las nueces a casa. Sabía que no quería que Lin las transportara, y mucho menos Mayor Tercero. No podía pedir ayuda a nadie de su grupo, pues todos acarreaban su equipaje, y con eso ya tenían bastante. ¿Quién tendría fuerza suficiente para ayudarla a transportar un cesto de nueces?

—Que las lleve Lin —le sugirió Yumin—. Casi nunca va a Yichang, y para él será divertido. Si quieres puedo pedirle a mi suegro que mande a Lin en algún viaje de trabajo. Puede acompañar a tu grupo, e incluso podría conseguir puntos de trabajo de la brigada.

Jingqiu se dijo que aquella idea sonaba todavía peor. Involucrar en aquel asunto al señor Zhang solo conseguiría unirla más a la familia.

Hasta el día antes de marcharse, cuando Fang regresó de Río Yanjia, Jingqiu no había encontrado una salida a su apurada situación. Fang acompañaría al grupo, pero, como ella no podía transportar el cesto, Lin también iría para ayudarla. Su tarea principal sería acompañar al grupo a la ciudad, y daba la casualidad de que, de paso, podrían ayudar a Jingqiu con las nueces. Fang dijo que hacía mucho tiempo que tenía ganas de ir a Yichang, pero que antes no había tenido a nadie con quien ir. Ahora era su oportunidad. La tía y Yumin también necesitaban unas cuantas cosas de la ciudad que Fang podía comprar. A Jingqiu no se le podía haber ocurrido mejor solución y, comprendiendo que ese plan también sería una buena manera de castigar a Mayor Tercero, aceptó.

Lin estaba de lo más entusiasmado, y también la tía, que le preparó sus mejores ropas y le enseñó toda la etiqueta que se le ocurrió para ese viaje. Le dijo que a la madre de Jingqiu debía llamarla «profesora», y no quedarse siempre en medio como un pasmarote. Al comer debía masticar con cuidado y tragar lentamente, y no comer como si acabara de salir del taller. Debía andar con paso liviano y mover los brazos suavemente a los lados, y procurar no chocar con las cosas. Le fue explicando, aclarando todas las posibles situaciones que podían aparecer —fueran importantes o insignificantes—. Era como si ella se muriera de ganas de ir en su lugar.

Por la noche Mayor Tercero fue a visitarlos. Toda la familia se sentía animada y nerviosa, y estaban ultimando los preparativos para el viaje de Lin. La tía y Yumin metieron las nueces en una bolsa y añadieron algunas judías secas, col seca y verduras secas y saladas como regalo para la familia de Jingqiu.

Jingqiu se iba poniendo cada vez más nerviosa a medida que los preparativos se hacían más complicados, y superaban con mucho sus expectativas. Intentó explicar que el hermano y la hermana solo iban de visita a Yichang, y la ayudarían a transportar las nueces, pero los demás se comportaban como si Lin se fuera de casa por primera vez a conocer a sus suegros. Jingqiu quiso impedir el viaje, pero no le salían las palabras; era demasiado complicado rechazar una propuesta hecha con tanto afecto, sería como darle un puñetazo a una cara sonriente. La tía no le había dicho a Lin que llamara a la madre de Jingqiu «suegra», sino simplemente «profesora». Y después de tanto tiempo viviendo con la familia de la tía, ¿cómo se iba a negar a que su hijo y su hija la visitaran?

A Mayor Tercero se le veía perdido e inseguro en medio del ajetreo de todo el mundo, y su expresión solo cambió cuando se enteró de que Lin iba a acompañar a Jingqiu hasta Yichang. Se quedó helado, petrificado en medio del torbellino de actividad.

Jingqiu se lo quedó mirando, exultante de gozo. «¿No tienes tú novia? Y si tú puedes tener novia, ¿no puedo tener yo a alguien que me eche una mano?». Había lamentado permitir que Lin transportara las nueces, con la molestia extra que aquello causaría, pero ahora la decisión le parecía excelente. Era una forma perfecta de represalia.

—¿Tienes alguna bolsa de viaje que te sobre? —le preguntó Yumin a Mayor Tercero—. Una que él pueda cargar en la mano. En la ciudad no estará presentable si no lleva una bolsa.

Mayor Tercero vaciló, y al momento dijo:

—Tengo una que utilizo cuando voy de viaje. La traeré. —Pasó un buen rato antes de que volviera con un par de bolsas, y le entregó una a Lin, diciendo—: ¿Podrás llevarlas tú solo? Si no, puedo venir mañana a ayudarte. Tengo el día libre.

—Puedo llevarlas yo solo, ¿acaso no traje el cesto de nueces desde casa de mi tía? No solo puedo llevar las nueces, sino que también puedo ayudarles con las bolsas. No hace falta que vengas.

Mayor Tercero le lanzó una mirada a Jingqiu, como rogándole que lo invitara. Ella esquivó sus ojos y volvió a su habitación a recoger sus cosas. Mayor Tercero la siguió y le preguntó:

—¿Puedo hacer algo para ayudarte?

—No.

—¿Por qué se lo has pedido a Lin? Si va, faltará al trabajo. Yo tengo el día libre mañana, ¿por qué no...?

—Olvídalo, es demasiada molestia.

Él se quedó de pie a su lado, mudo, y solo reaccionó tras verla meter sus cosas en una bolsa del ejército.

—He traído unas cuantas bolsas, ¿necesitas alguna?

—No. Me iré con la misma bolsa que traje.

Él continuó mirándola mientras ella apretujaba las cosas en la bolsa con aire enfadado.

—Cuando vuelvas a tu casa, dile a tu madre de mi parte que espero que se mejore. —Tras unos momentos de silencio añadió—: Avísame cuando se te acabe el azúcar y te llevaré más.

—Gracias, pero no hace falta.

—¡Pero tu madre tiene que mejorar lo antes posible!

—Ya lo sé.

Después de otro rato de silencio, Mayor Tercero dijo:

—Vuelve cuando tengas oportunidad. Ven en mayo o junio a ver las flores del espino.

El día en que se conocieron él también la había invitado a ver las flores. Jingqiu había estado segura de que volvería para verlas, pero ahora no sabía qué contestar. En cierto modo, las flores del espino habían perdido su significado. Le invadió el desaliento por tener que abandonar aquel lugar, no quería irse, ni siquiera teniendo a aquel mentiroso al lado. Lo miró y vio la misma tristeza en su cara, la cara que una vez había prometido no volver a ver.

Los dos se quedaron en silencio hasta que Jingqiu dijo:

—Si te quedas aquí, Fang no se atreverá a meterse en la cama. Vete.

—Muy bien, me voy. —Pero no se movió—. Estás a punto de marcharte y aún no me has dicho por qué estás enfadada conmigo.

Ella no contestó, en su garganta se iba agolpando un sollozo.

—¿Has dicho... que sí?

—Si he dicho que sí, ¿a qué?

—A lo de Lin.

—No es asunto tuyo.

Mayor Tercero procuró no perder la compostura.

—Cuando he ido a recoger las bolsas, he escrito una carta para dejar claros mis sentimientos. —Dejó la carta en el escritorio, demoró la vista en ella y se marchó.

Jingqiu miró la carta, que estaba doblada en forma de paloma. Debe de ser una carta de ruptura, porque la ha escrito al saber que Lin venía conmigo. ¿Qué otra cosa podía decir? No tenía valor para abrirla, pero se la quedó mirando, odiando a Mayor Tercero.

Ella también quería escribirle una carta, decirle cuatro frescas. Agarró la misiva para ver qué tenía que decir Mayor Tercero en su defensa. Era breve.

Mañana te vas y Lin te acompaña, no yo. Has tomado una decisión y la respeto, solo espero que te haya salido del corazón. Tienes talento artístico de verdad, pero has nacido en una mala época, por lo que no puedes darle rienda suelta. No te subestimes. Debes tener fe en el dicho: «Si el cielo me creó, debo ser de utilidad». Algún día tu talento será reconocido.

Tus padres son víctimas de una injusticia, y no fue culpa suya. No debes considerarte inferior por culpa de tu clase social, ellos no han hecho nada para granjearse esa repulsa. Durante treinta años, el río fluye hacia el este, durante cuarenta años, el río fluye hacia el oeste; los que hoy están en lo más bajo quizá mañana estén en lo más alto, así que no te denigres.

Sé que no te gusta que te hable de tus trabajos temporales, pero quiero insistir en que son labores demasiado peligrosas, así que no las hagas. Si algo te ocurriera, tu madre quedaría aún más afligida. No hay que hacer ostentación de la fuerza física y, si no puedes levantar algo, no debes obligarte a hacerlo; y si no puedes tirar de un vehículo, tampoco debes hacerlo. Tu cuerpo es un capital para la revolución, y si abusas de él no conseguirás nada.

Me ignoras, y no te culpo. Eres inteligente y prudente, y debes de tener tus razones, aun cuando no me las digas. No voy a obligarte, pero si alguna vez me las quieres contar, por favor, hazlo.

Estar contigo estos últimos meses me ha hecho feliz y ha llenado mi vida. Me has ayudado a experimentar una dicha que no conocía, y para mí significa mucho. Si durante este tiempo he hecho algo malo, algo que no te gustara, espero que acabes perdonándome.

Capítulo 12

Jingqiu y el Grupo para la Reforma Educativa se marcharon el domingo a las ocho de la mañana. Al principio a Jingqiu le preocupaba que el grupo la criticara por traer a Fang y a Lin con ella, pero en realidad sus profesores la elogiaron por haberse integrado tan bien con los campesinos pobres y de clase baja, y lo argumentaron como prueba de que habían nacido en ella profundos sentimientos proletarios.

Lin transportaba la gran bolsa de nueces, así como los efectos personales de Jingqiu, y Fang ayudaba a las otras dos chicas con su equipaje. El ambiente era bullanguero, pues todos reían y charlaban. Extrañamente, no parecía el mismo interminable camino de montaña que en el viaje de ida, aunque quizá el hecho de conocer el camino y pensar en la vuelta a casa hizo que llegaran al espino en lo que pareció un abrir y cerrar de ojos. Era finales de abril y todavía no había florecido.

Jingqiu tenía calor y, mientras todo el mundo descansaba bajo el árbol, se fue hasta un lugar apartado y se quitó el jersey. Mientras se lo sacaba por la cabeza, se acordó del día en que estuvo paseando por allí con Mayor Tercero. Miró en dirección al lugar donde habían estado aquel día. Se quedó observándolo durante un rato, sin estar segura de los sentimientos que la embargaban.

Cuando Jingqiu llegó a casa se encontró a su madre muy enferma y postrada en la cama, pálida. Su hermana mantenía en equilibrio un madero curvo sobre una gran roca delante del comedor de la escuela, intentando cortarlo para hacer leña. Aquella escena desgarró el corazón de Jingqiu, y corrió hacia su hermana, le quitó el hacha de la mano y comenzó a cortar ella misma el leño, dando indicaciones a su hermana de que comenzara a cascar nueces para su madre.

—Hermano, ¿por qué no la ayudas con la leña? —le dijo Fang a Lin. Como si acabara de despertar de un sueño, Lin dio un paso hacia delante, le quitó el hacha a Jingqiu y comenzó a partir leña.

En aquella época todo el mundo utilizaba el carbón para hacer fuego. La leña era parte de la economía planificada, de manera que cada familia recibía tan solo seis kilos de leña al mes, y una vez utilizada ya no se podía conseguir más. Para ir tirando, muchas familias nunca apagaban el fuego. Por la noche utilizaban finas virutas

de carbón que agregaban al fuego para que ardiera lentamente, y a la mañana siguiente le añadían más carbón. Tal
vez el día anterior habían descuidado un poco el fuego, y
se les había apagado. La última vez que Jingqiu había hecho leña les había dejado un buen montón, pero ya se
había terminado. Por suerte Jingqiu ya estaba de vuelta,
pues de lo contrario aquella noche no habrían podido cocinar.

Lin cortó el resto de leña de la familia y la amontonó
para un uso posterior. Fang se rio de los trocitos de madera que la familia de Jingqiu utilizaba para encender el fuego, pues cada uno debía de tener unos siete u ocho centímetros de largo. En su casa metían ramas enteras en el
fogón. Lin le había oído decir a Jingqiu que su familia solo disponía de entre tres y cinco ramas para todo el mes,
por lo que prometió traer leña de su casa la próxima vez
que fuera a la ciudad.

Encendió el fuego, pero tardó mucho en prender, por
lo que Jingqiu utilizó un abanico para atizar furiosamente
las llamas. Se apresuró para preparar pronto la comida a
fin de que Lin y Fang tuvieran tiempo de darse una vuelta
por la ciudad después de comer y antes de coger el autobús
de vuelta. Fang quiso ayudarla, pero, a pesar de que buscó
por todas partes, no encontró el armarito de la cocina ni
la tabla de cortar.

—¿Dónde están los utensilios de cocina?

—No tenemos.

Lo cierto es que no tenían nada: estaban en la indigen-
cia. Su mesa era un viejo pupitre escolar, en sus taburetes

se habían sentado escolares, y las camas estaban hechas de bancos de la escuela atravesados de planchas de madera. Las sábanas estaban limpias, pero remendadas. Los cuencos se guardaban en una palangana vieja, y la tabla de cortar era también un trozo de pupitre.

Lin resopló de indignación.

—¿Cómo es posible que seáis más pobres que nosotros, que vivimos en el campo? —Fang le lanzó una mirada a su hermano para hacerle callar.

Con gran esfuerzo consiguieron preparar la comida, y a continuación se sentaron a compartirla. La casa era una antigua aula escolar dividida en dos, catorce metros cuadrados en total. Su hermano vivía en la habitación exterior, mientras que Jingqiu, su madre y su hermana dormían en la interior. Desde que habían mandado a su hermano al campo, Jingqiu había dormido en la habitación exterior, donde también comían, y su hermana y su madre en la interior.

Mientras comían entró una ráfaga de viento que trajo copos de lo que parecía nieve negra.

—Maldita sea —exclamó Jingqiu.

Se puso en pie de un salto y fue a buscar periódicos para cubrir la comida que estaba sobre la mesa, e invitó a todo el mundo a cubrir sus cuencos, pero aquel polvo misterioso ya les había rociado. Fang preguntó qué era, y Jingqiu contestó que ese polvo procedía de la cáscara de arroz que tostaban en el comedor de enfrente. La chimenea del comedor de la Escuela Secundaria n.º 8 siempre expulsaba esa cáscara quemada, y como la casa de Jingqiu no tenía buen techo, en cuanto el viento arrastraba la cáscara, esta se colaba entre las grietas que quedaban entre las tejas. En la casa de al lado vivían dos familias, pero, como la nieve negra les parecía intolerable, habían pedido un nuevo alojamiento a la escuela y se habían mudado. Sin embargo, la escuela trataba a su madre de otra manera, y no les habían dado ningún otro lugar donde vivir, con lo que tenían que conformarse.

Jingqiu estaba afligida. No tenía planeado revelar todos aquellos detalles de la pobreza de su familia a Fang y Lin. Pero había algo por lo que estaba agradecida: que Mayor Tercero no hubiera venido con ella. De haber visto aquello Mayor Tercero, que se había criado en la casa de un cuadro del partido, ¿no habría dado media vuelta y se habría marchado? Habría sido peor eso que el que la mandara al infierno.

Cuando hubieron acabado de comer, Jingqiu acompañó a sus dos invitados a la ciudad, pero como ya eran las cuatro no tuvieron tiempo de ir de compras. Se fueron corriendo a la estación de larga distancia y compraron billetes para el último autobús de vuelta a la capital del condado. Jingqiu estaba avergonzada; habían gastado dinero en unos billetes solo para ayudarla a transportar unas nueces para su madre.

De vuelta a casa, mientras Jingqiu recogía sus cosas, hizo un descubrimiento sorprendente: alguien había colocado dentro de su bolsa del ejército el dinero que ella había pedido prestado y devuelto a Mayor Tercero. Estuvo repasando en su mente todo lo que había ocurrido después de que ella le diera el dinero, pero él no había tenido ninguna oportunidad de dejarlo allí. ¿La había estado siguiendo todo el día? Y, si era así, ¿cómo había podido meterle el dinero en la bolsa? Decidió que al día siguiente les devolvería al señor Lee y al señor Chen el dinero que les debía, mientras buscaba alguna manera de saldar su deuda con Mayor Tercero. Encontrar una manera de devolver el dinero, de ver de nuevo a Mayor Tercero, era como tapar un rescoldo al rojo vivo para volver a encender el fuego, y esa idea la hizo feliz.

De nuevo, volvió a pensar en la carta de Mayor Tercero y el poema que le había escrito en su cuaderno. Procuró esconderlos, pues sería desastroso que su madre los viera y se preocupara, por no hablar de que los encontrara otra persona. Leyó la carta unas cuantas veces más, todavía incapaz de decidir qué clase de carta era. No se trataba de una recapitulación, sino más bien de una misiva del tipo «mirar hacia atrás al tiempo que miramos hacia delante», y afirmaba que en el futuro debían «hacer persistentes esfuerzos», es decir, que su «amistad durará años», o algo parecido. Como si pusiera un punto y aparte a esos últimos meses y en el fondo dijera que «esos meses habían sido deliciosos, pero ahora pertenecen al pasado».

Jingqiu era conocida por su habilidad para interpretar textos; era la escritora de la clase. Sus profesores siempre la elegían para formar parte del equipo de propaganda, para ser la responsable de la revista. En aquella época, las clases se turnaban para pintar los carteles de grandes caracteres con tinta y pincel. En ellos se criticaba a alguien o alguna idea, o se informaba de los avances que hacía la clase en su educación industrial, agrícola y militar. Jingqiu tenía habilidad a la hora de escribir y pintar, ya fuera con un solo pincel o con una serie de pinceles unidos, caracteres grandes o pequeños. Todo esto se le daba bien. Era capaz de hacer sola un cartel que ocupara toda la pared.

Sus profesores de chino siempre alababan sus redacciones con los términos más elogiosos, sobre todo el señor Luo, que la consideraba «llena de talento e ingenio». Leía sus redacciones delante de la clase, las mandaba acompañadas de elogios a la Delegación del Ministerio de Educación, y siempre las incluía en su folleto «Los mejores escritos de la Escuela Secundaria n.º 8 de Yichang». La escuela había organizado dos competiciones de redacción en el pasado, y Jingqiu las había ganado en ambas ocasiones, obteniendo fama entre los estudiantes. Los compañeros de clase de Jingqiu, los chicos incluidos, le llevaban textos que no comprendían, como cartas de amor y notas de ruptura, en parte porque sabían que tendría la boca cerrada, y también porque su profesor siempre ensalzaba su «superior capacidad de entendimiento». Rápidamente captaba lo esencial de una idea, incluso lo que estaba escrito en la prosa más redundante y prolija.

Pero ni siquiera su «superior capacidad de entendimiento» conseguía descifrar lo que intentaba decir Mayor Tercero en su «redacción». ¿Era una carta de amor o una nota de ruptura? Las notas de ruptura que había leído anteriormente comenzaban diciendo cosas como «El viento y la lluvia disipan la primavera, y la desaparición de la nieve saluda su regreso». No sabía a quién se le había ocurrido esa frase, pero le parecía que en las cartas de ruptura siempre aparecían cambios de estación que simbolizaban los cambios afectivos del corazón.

Jingqiu también había leído unas cuantas cartas de amor. Los muchachos más groseros y pícaros solían preguntar directamente: «¿Quieres salir conmigo?» o «¿Quieres ser mi pajarito?». En una ocasión, su clase se preparaba para denunciar a un compañero de clase, y le pidieron a Jingqiu que revisara el material. Encontró una obscena carta de amor que contenía la frase «Los dientes de ajo huelen bien». Sabía que se trataba de un código secreto y que tenía que cambiar el orden de las letras «dientes de ajo», pero aunque lo intentó durante horas no halló la solución.

Casi todas las cartas de amor relativamente cultas que Jingqiu había leído utilizaban epítetos del *Libro Rojo de Mao* o versos de su poesía. En aquella época, la más popular era una que gustaba mucho a los chicos y decía: «Espera a que florezcan las flores de la montaña, y ella sonreirá desde las matas». Se acordó de un chico que malinterpretó ese verso y escribió «y ella sonreirá desde las patas», pero por suerte le dio a Jingqiu su carta de amor para que ella le echara un vistazo. Jingqiu se rio hasta que le dolió la barriga, y le ayudó a reescribir la frase, explicándole meticulosamente cada error. El muchacho dejó escapar un grito ahogado al comprenderlo: «Yo también me preguntaba cómo podía sonreír desde las patas».

Sin la menor duda, la carta de Mayor Tercero no se podía considerar una carta de amor, pues en ninguna parte utilizaba la frase «y ella sonreirá desde las matas», ni tampoco le pedía «¿quieres salir conmigo?». Por no mencionar la ausencia de una frase como «¿Nuestra relación podría dar un paso más y dejar de ser solo camaradas?». También se había referido a ella simplemente como Jingqiu, y no había añadido «mi querida». Al firmar no había puesto su apellido, Sun, y solo había escrito Jianxin, que sonaba un tanto escalofriante, pues de haber eliminado otro carácter, entonces habría escrito «una ambición de lobo al descubierto». Pero era normal eliminar una sílaba en un nombre de tres sílabas, y casi todo el mundo lo llamaba así.

Así fue como Jingqiu decidió que aquella carta era sobre todo una recapitulación, un poco como la canción que siempre cantaban al final de las reuniones, «Para surcar el océano se necesita un timonel»; en cuanto oías los primeros acordes, sabías que aquello se estaba acabando. Se acordó de que cuando era pequeña iba con su padre a un salón de té a escuchar lecturas. Cuando recitaban el verso favorito de su padre, el narrador utilizaba una maza de juez para llevar el ritmo: «Florecen dos flores, cada una en su propio tallo». A lo mejor Mayor Tercero también estaba utilizando esta técnica narrativa. El tiempo que habían pasado juntos había sido una rama en flor, y, ahora que las flores se habían marchitado, él recogía todo y regresaba a casa, a su otra rama.

Jingqiu decidió no contestar. Si otra persona veía la carta de Mayor Tercero probablemente no la investigarían como una carta de amor, pero se consideraría un texto reaccionario. «Durante treinta años el río fluye hacia el este, durante cuarenta años fluye hacia el oeste» tenía ese tono de pensamiento poco realista de un enemigo de clase. Además, frases como «naciste en la época equivocada», «tus padres son víctimas de una injusticia», etcétera, delataban un cierto resentimiento contra la sociedad, y eso era extraordinariamente reaccionario. Si alguien encontraba aquella carta, sería el final de Mayor Tercero. Y en cuanto que protectora y cómplice a la hora de propagar esas opiniones reaccionarias, también sería el final para ella.

En los últimos años a los contrarrevolucionarios activos se los había tratado con dureza, y las opiniones reaccionarias que mostraban insatisfacción con la realidad existente eran atacadas sin contemplaciones. De vez en cuando aparecían carteles reaccionarios en la Escuela Secundaria n.º 8, y en cuanto ocurría, un manto de terror rodeaba la escuela y todo el mundo se sentía inseguro. Jingqiu se acordó de un día que jugaba en el campo de deportes y de repente se oyó un chirrido y los altavoces comenzaron a denunciar la aparición de un cartel reaccionario.

Aquellas investigaciones aterraban a Jingqiu. Se había quedado con el pincel en la mano contemplando embobada el papel blanco que tenía delante, incapaz de dibujar un trazo. ¿Qué haría si daba la casualidad de que su letra era la misma que la de ese cartel de grandes caracteres? Teniendo en cuenta su origen social, ¿tendría alguna oportunidad? ¿Cómo podías demostrar que tu letra no era la misma que la del cartel reaccionario?

En el fondo de su corazón, Jingqiu odiaba a la gente que escribía aquellos carteles reaccionarios. ¿Por qué lo hacían? Podías escribirlos alegremente, claro, pero eran otros los que sufrían las consecuencias de sus actos. Jingqiu estaba segura de que un número considerable de sus neuronas morían de miedo cada vez que se llevaba a cabo una de esas investigaciones. Una vez apareció en su clase uno de esos carteles ofensivos. Aquel día Jingqiu había estado escribiendo el comunicado de su grupo en la pizarra que había fuera de su aula. Todavía no había terminado cuando oyó una voz procedente del altavoz de la escuela que convocaba a todo el mundo al campo de deportes, y la voz pronunció las temidas palabras «cartel reaccionario» y su emplazamiento: la pizarra del primer curso, clase uno.

Jingqiu casi se desmaya. ¿Había cometido un error al escribir en la pizarra? Llevaron a los de su clase a un aula distinta y les pidieron que escribieran las frases estipuladas en una hoja de papel en blanco. En aquella ocasión no tardaron en descubrir al culpable, un necio alumno llamado Tu Jianshe. Después de la escuela, aburrido y sin nada que hacer, había cogido un trozo de tiza y había comenzado a garabatear y dibujar, escribiendo sin darse cuenta algunas palabras del *Libro Rojo de Mao*: «Nunca olvides la lucha de clases». Pero no se había fijado, y se le había olvidado la palabra «olvides», con lo que había acabado escribiendo «nunca la lucha de clases». Lo peor es que procedía de una familia cuyos orígenes sociales eran malos. Se lo llevaron de inmediato, y Jingqiu no tenía ni idea de qué había sido de él.

Jingqiu estaba muerta de preocupación, pero era incapaz de romper la carta de Mayor Tercero, así que lo que hizo fue arrancar el membrete de la unidad geológica, el nombre de ella y el de Mayor Tercero y arrojar los trocitos al retrete. Luego cogió un trozo de tela y cosió un pequeño bolsillo en su chaqueta acolchada, metió dentro la carta y el poema y lo volvió a coser. Como cosía magníficamente y utilizó puntadas ocultas, era imposible ver que allí había un remiendo sin fijarse atentamente.

Capítulo 13

Jingqiu volvió a la escuela el día después de su regreso, pero los alumnos no pasaron mucho tiempo en el aula. Aprendían lo que era la producción industrial, la agricultura, el adiestramiento militar, la medicina: muchas cosas, en realidad, siempre y cuando no estuvieran en los libros. La clase de Jingqiu iba a comenzar sus estudios de medicina no mucho después de su regreso de Aldea Occidental. Casi todos los estudiantes irían a una población llamada Guanlin, donde se alojarían con los campesinos de la localidad y asistirían a la clase en el hospital militar de la zona. Como Jingqiu no podía pagarse ni el billete de autobús ni lo que costaba el comedor, se quedó en Yichang junto con los otros niños pobres, a los que mandarían a hospitales de la ciudad. Puesto que esos alumnos no iban a experimentar la miseria de la vida rural, lo que iría en detrimento de su desarrollo, la escuela decidió enviar al director de la escuela primaria colindante con la Escuela Secundaria n.º 8, el señor Zheng, para que los introdujera en la medicina tradicional china.

Aquello les mantuvo ocupados. El fin de semana se reducía al domingo, y mientras que de lunes a sábado Jingqiu tenía que ir al hospital a estudiar medicina, fichando al entrar y salir con las enfermeras, los domingos los pasaba con el señor Zheng. Y, para rematar su frenético horario, también había viajes esporádicos a las afueras de la ciudad para recoger hierbas con las que fabricar medicamentos para los campesinos pobres y de clase baja.

En sus expediciones para recoger hierbas recorrían pequeñas carreteras rurales, y a medida que el crepúsculo se extendía por el cielo y el humo de las cocinas cercanas iba ascendiendo hacia el cielo, Jingqiu se acordaba de su época en Aldea Occidental y de la primera vez que vio a Mayor Tercero. Una desconcertante tristeza nacía en su pecho, y le entraban ganas de llorar. Esas noches, cuando llegaba a casa, se enterraba debajo de la colcha, abría el bolsillo secreto de su chaqueta, sacaba la carta de Mayor Tercero cosida en el interior y la leía una y otra vez. En realidad lo único que quería era ver la letra, pues el contenido hacía mucho que se lo sabía de memoria. Siempre le había gustado su letra, era especial, sobre todo cuando escribía su nombre. Escribía el «xin» de Sun Jianxin —que significaba nuevo— con dos enérgicos trazos. Jingqiu seguía el trazo de aquellas líneas, copiaba fragmentos de la historia de la aldea que él le había ayudado a escribir, hasta que consiguió un parecido exacto.

Había una canción popular llamada «Yo leo los libros del presidente Mao», que decía:

Los libros del presidente Mao, los que más quiero,
miles de veces los he leído, miles;
su hondo razonamiento, mi atenta lectura, ¡cómo me
[inflama!

Así como la tierra seca bebe un chaparrón oportuno
y los brotes jóvenes se envuelven en perlas de lluvia,
el pensamiento de Mao me arma, ¡ya lo creo!,
con la fuerza para hacer la revolución.

Supuestamente, había un interludio musical entre las estrofas, pero como generalmente la gente cantaba sin acompañamiento, lo que hacían era canturrear la melodía: «la-do-la-do-lai-lai».

Anteriormente, Jingqiu había cantado la canción como un monje que recita las escrituras, sin poner el alma, pero ahora, mientras leía la carta de Mayor Tercero, por fin comprendía la sensación que describía la canción. Naturalmente, Jingqiu sabía que comparar a Mayor Tercero con su gran líder era algo extremadamente reaccionario, pero cuanto más leía su carta, más adoraba leerla. Poco a poco acabó comprendiendo que él también tenía un hondo razonamiento, y que eso le inspiraba.

Cuando Mayor Tercero decía que ella debía creer que «Si el cielo me creó, debo ser de utilidad», estaba diciendo que Jingqiu tenía talento, y que tener talento era algo bueno. Siempre que alguien le decía que tenía talento se ponía muy nerviosa, pues «tienes talento» también podría significar «te estás centrando en cuestiones técnicas y apolíticas», y ser «técnico» era lo contrario de ser «rojo». Según la sabiduría de la época, cuando los satélites asciendan al cielo, la bandera roja caerá a la tierra, con lo que los «técnicos» y su saber tenían que ser derrocados.

La carta de Mayor Tercero la consoló. Su frase preferida era «si alguna vez me las quieres contar, por favor, hazlo». No había pensado mucho en ella la primera vez que leyó la carta, pero se daba cuenta de que significaba que él quería que Jingqiu le contara sus razones, que estaba esperando a que se las contara.

Se moría de ganas de ir a Aldea Occidental para volver a ver el espino. A lo mejor se encontraría con Mayor Tercero en la casa de la tía. A lo mejor vendría conmigo y le contaría la razón por la que estoy enfadada, y él se explicaría y me diría que no está prometido, que Yumin se equivocaba. Pero gastarse cinco o seis yuanes en un billete de autobús para ver un espino era algo que ni se podía plantear. Y encima tampoco tenía tiempo. Y, además, todo indicaba que él había consentido en casarse con la hija del jefe de su padre. Y le había dado la mano a la chica.

Un domingo de finales de mayo, cuando ya hacía buen tiempo, Jingqiu se levantó más temprano de lo habitual para lavar las sábanas de la familia antes de la clase de acupuntura de la tarde con el señor Zheng. Justo cuando abrió la puerta, vio a algunos muchachos que se alejaban a toda prisa de la casa. No se molestó en perseguirlos, pues no tenían nada digno de robar ni de romper. Le echó un vistazo a un viejo pupitre que tenían fuera y le sorprendió ver una botella de cristal dentro de la cual había un ramo de flores de un vivísimo rojo con hojas verdes. Habían volcado la botella y el agua caía sobre la mesa. Habían arrancado una flor del recipiente y la habían tirado al suelo. Debía de haber sido uno de aquellos chavales. Probablemente iban a coger la flor cuando ella abrió la puerta.

¿Eran flores de espino? Había visto flores de melocotonero, flores de ciruelo, azaleas, pero aquellas no se parecían a las que conocía. Eran de un color parecido a la lana que había comprado Mayor Tercero, así que debían de ser flores de espino. Eso significaba que las había traído aquel mismo día. A lo mejor había estado esperando que ella regresara a Aldea Occidental para ver las flores de espino y, como no había aparecido, había cogido unas cuantas y se las había llevado a casa. ¿Pero cómo sabía dónde vivía? Siempre hay un camino, había dicho él el día que se conocieron. Lo más probable era que Mayor Tercero hubiera servido en misiones de reconocimiento anteriormente, se dijo Jingqiu.

El corazón le palpitaba con fuerza. Cogió la botella y la llenó de agua, volvió a colocar las flores y las depositó sobre la mesita que había junto a su cama. Se las quedó mirando, extasiada: se acuerda de mí, se acuerda de cuánto quería ver las flores del espino. Ha recorrido todo este camino por mí. Pero entonces se dijo: ¿ha dejado una nota junto a las flores? ¿Dejaría las flores ahí y se iría sin decir nada? Si había dejado una carta, ¿dónde estaba?

La zona que había delante de la puerta era como una calle principal ajetreada, la más concurrida de todo el recinto. En la escuela solo había dos sitios de donde sacar agua, y ambos estaban ubicados junto a la casa de Jingqiu. Además, la puerta trasera del comedor de la escuela quedaba justo delante. Todo el que quería lavarse o entrar en el comedor tenía que pasar por aquel sitio, y todo aquel que quisiera utilizar los grifos para lavarse la ropa y las verduras o llenar botellas veía la mesa que había delante de la puerta.

Le entró miedo al recordar algo ocurrido unos años antes. En la escuela primaria tenía un compañero de clase llamado Zhang Keshu. Tenía la piel oscura y era larguirucho, pero también un estudiante inteligente. Los padres de Zhang Keshu trabajaban en los astilleros de Yichang, y su madre era también un cuadro de bajo rango. Posteriormente el astillero montó su propia escuela para los hijos de los trabajadores, y a partir de entonces Zhang Keshu y Jingqiu dejaron de estar en la misma clase. No recordaba exactamente cuándo empezó todo, pero Keshu había comenzado a escribirle cartas de amor. Keshu escribía bien —sus cartas eran claras y sucintas—, pero por alguna razón Jingqiu no lo soportaba. Le advirtió varias veces, pero Keshu no le hizo caso, al menos a juzgar por sus ininterrumpidas cartas.

Un día Keshu dejó una carta dentro de un zapato viejo delante de la puerta de Jingqiu. Debía de haberse levantado muy temprano, antes de que empezaran las clases, cuando en casa de Jingqiu todavía dormían todos. El vecino de al lado, Yan Chang, se levantó antes que ellos y vio la carta, y, sin pararse a pensar si tenía derecho a hacerlo, la abrió y se puso a leerla. La carta se iniciaba comentando las excelentes circunstancias internacionales y nacionales por las que pasaba China, y luego abordaba las afortunadas condiciones de su provincia y de la ciudad y de los que estaban en su escuela y en su clase. Aquellos pensamientos ocupaban dos o tres páginas, pero así era como la gente escribía en aquella época, y no había manera de pasar por alto aquellas formalidades. Era solo al final de la carta donde Keshu expresaba lo mucho que admiraba y respetaba el talento de Jingqiu, tal como haría una persona inteligente con otra persona inteligente, tal como un héroe reconoce el heroísmo en un compañero. Y al final no se olvidaba de pedirle a Jingqiu si quería ser su novia.

Incluso un personaje como el señor Yan se daba cuenta de que Jingqiu no era en absoluto responsable de aquel asunto, así que le pasó la carta a la madre de Jingqiu, aleccionándola para que tuviera una buena charla con su hija acerca de la importancia de estudiar y no ser despreocupada. El señor Yan también proclamó su éxito en público, afirmando que era una suerte que hubiera visto la carta primero, pues de haberla descubierto otra persona quién sabe qué chismorreos se hubieran propagado.

Aquel asunto aterró mortalmente a la madre de Jingqiu, que inevitablemente siguió repitiendo su mantra, un desliz abre todo un camino de penalidades. Jingqiu odiaba a Keshu por sus actos, pero no estaba especialmente preocupada, pues no podían acusarla de nada. Tenía la conciencia tranquila. Nunca había hablado con él, y mucho menos hecho nada con él.

En el caso de Mayor Tercero, Jingqiu no encontraba el mismo consuelo. Cuanto más pensaba en ello, más se angustiaba; Mayor Tercero debía de haberle escrito una carta. Era tan «frititario» que se tomaba la molestia de escribirle una carta cuando se pasaba un momento para llevarle una bolsa, ¿y no iba a escribirle una ahora? A lo mejor había dejado la carta en la mesa al lado de las flores y algún transeúnte la había cogido. El corazón le ardía de ansiedad, y se fue corriendo a buscar a los niños que había visto antes, pero estos dijeron que no habían visto ninguna carta, que solo querían una flor para jugar, y que no sabían nada más. Cuando les preguntó si habían visto quién había dejado las flores, siguieron alegando ignorancia.

El sentimiento de dicha de Jingqiu ya se había disipado, y, casi loca de preocupación, no dejaba de darle vueltas al asunto: si Mayor Tercero había escrito una carta, ¿qué le decía? Solo con que sugiriera que era él quien iba detrás de ella, dejaría de estar preocupada, pues eso no era ningún delito. Pero casi podía garantizar que Mayor Tercero no escribiría algo así, sino acerca de lo que había ocurrido entre ellos, algo del estilo de: «¿Recuerdas el día en que paseamos por la montaña y me dejaste cogerte la mano y te apreté entre mis brazos?». Si alguien se apoderaba de esa carta, estaba lista. La criticarían por comportamiento indecente, cosa que no solo arruinaría su vida, sino que también implicaría a su madre y a su hermana. Pero lo peor vendría en el caso de que Mayor Tercero hubiera insistido en sus ideas reaccionarias.

Con esos pensamientos en mente decidió que sería mejor no conservar las flores; podrían ser una pista vital en cualquier investigación. Las cortó a pedazos y las arrojó por el retrete antes de dejar la botella de cristal en un vertedero bastante lejano.

Aquella noche estuvo tan nerviosa que no pudo dormir, y durante las noches siguientes la asaltaron las pesadillas. En una de ellas un profesor la expulsaba, esgrimiendo la carta que tenía en la mano y diciéndole que tenía que confesar sus pecados y que había sido mientras escribía un libro de texto en Aldea Occidental cuando había cometido su delito. Ella se explicaba y se defendía, pero nadie la creía. Al final llamaban al estrado a Mayor Tercero y él confesaba, endosándole la responsabilidad a ella. Jingqiu no se había imaginado que Mayor Tercero llegaría a eso, y quería insultarlo, pero no le salían las palabras. La hacían desfilar por la calle con unos zapatos viejos colgados del cuello y unidos por los cordones, un gong en la mano izquierda y un martillo en la derecha. Jingqiu caminaba tocando el gong y gritándole a la multitud: «¡Soy una perdida, perdida como un zapato viejo! ¡Que vengan todos a denunciarme!», y «¡Soy una bruja apestosa y sin honor! ¡He cometido adulterio!».

Se despertó con todo el cuerpo cubierto de sudor. Tardó un buen rato en comprender que todo había sido un sueño. Pero aquellas escenas no eran totalmente fruto de su imaginación; había presenciado denuncias públicas parecidas cuando aún estaba en la escuela primaria. Se decía que la mujer a la que habían denunciado había sido prostituta antes de la Liberación, pero desde entonces se había reformado y se había casado y tenido un hijo, que estaba en la clase de Jingqiu. Apenas transcurridos unos días de que la hicieran desfilar por la calle, se ahogó en un embalse cercano. Tenía la barriga hinchada de agua, y el cuerpo estuvo flotando durante días, pues todos se negaban a ensuciarse las manos para sacarla. Jingqiu no tenía ni idea de por qué a las mujeres perdidas se las llamaba «zapatos gastados», ni de por qué se decía que mantenían «relaciones ilícitas», pero desde aquel día se había negado a calzar zapatos gastados —prefería ir descalza—, y le entraban náuseas ante la sola mención de la palabra «relaciones», por no hablar de «ilícitas».

Estaba en ascuas, convencida de que la carta de Mayor Tercero había sido distribuida a sus maestros, y en sus miradas leía las señales de su deshonra. Al cabo de una semana tenía los nervios casi destrozados. Decidió escribirle una carta a Mayor Tercero para advertirle que se estaba acercando peligrosamente al abismo. La escribió una y otra vez, y, temiendo que la escuela ya estuviera investigando sus relaciones con él, decidió no firmar con su nombre, para que no pudieran utilizarla como prueba contra ella. Le imploraba que la olvidara y no le mandara ni más flores ni más cartas. Mayor Tercero tenía en sus manos el futuro de ambos.

Pero aquel borrador tampoco la convencía. ¿Y si alguien veía la carta? Enseguida sabrían que algo había ocurrido entre ellos, pues, si no, ¿por qué le iba a pedir que la olvidara y por qué iba a quedar destrozado el futuro de ambos?

Volvió a escribirla en un tono más virulento: «No te conozco, no sé por qué me persigues, por favor, compórtate de una manera más digna».

Pero aquello tampoco la convencía. Un tono tan gélido y feroz podría avergonzar a Mayor Tercero y crearle resentimiento. A lo mejor lo impulsaba a escribir una confesión, manipulando incluso los hechos a su favor, y a mandarla a la escuela. ¿No sería eso peor? Él era hijo de un oficial con mando, y ella, la hija de un terrateniente. Estaba claro a quién creerían en la escuela.

Escribió un borrador, lo tachó y volvió a escribir otro y a tacharlo, así durante un día entero, hasta que finalmente redactó una carta que la satisfizo. Intentaba mostrarse distante pero educada, de manera que lo disuadiera pero sin culparlo. Esto es lo que escribió: «Un mar de sufrimiento no tiene horizonte, arrepiéntete y vuelve a la orilla. Dejémoslo atrás y hagamos que no se repita».

Jingqiu no conocía la dirección de correo exacta de Mayor Tercero, así que simplemente escribió en el sobre «Campamento de la Unidad Geológica, Aldea Occidental», y supuso que debió de recibirla, pues no le llegaron más regalos.

Capítulo 14

Lo más emocionante era que el verano ya estaba en puertas, y Jingqiu podría ir a trabajar. Estaba dispuesta a hacerlo cada día, sin descanso, durante todo el verano. Los cálculos más optimistas indicaban que podía sacar ochenta o noventa yuanes. Incluso antes de tenerlos en el bolsillo ya había decidido en qué gastarlos. Primero le devolvería a Mayor Tercero el dinero que le debía y a continuación le compraría a su madre una bolsa de agua caliente. Su madre sufría a menudo dolores de espalda, y eso podría aliviarla. En la actualidad utilizaba una botella de cristal llena de agua caliente, pero a veces goteaba y su superficie era limitada.

También pensaba comprar media cabeza de cerdo: un vale para medio kilo de carne te permitía conseguir un kilo de cabeza de cerdo. La oreja y la lengua las podía guisar en salsa de soja, la carrillada para hacer cerdo refrito, y las sobras para una sopa. Solo de pensar en el cerdo refrito con ajos tiernos se le hacía la boca agua, y se moría de ganas de comprarla enseguida. La familia a veces pasaba meses sin probar la carne, y experimentaba sentimientos de culpa por haber comido la carne que Mayor Tercero le había llevado en Aldea Occidental, y que no había podido enviar a casa para que la compartieran su madre y su hermana.

Sus ingresos también le permitirían comprar material para hacerle ropa a su hermana. Hacía mucho que había decidido que su hermana no iba a pasar por la misma humillación que ella. Quería comprarle un par de botas de goma de media caña. Era un derroche, pero hacía mucho que su hermana las pedía. Jingqiu había detectado una cierta mirada de envidia en sus ojos cada vez que veía a alguien que llevaba unas.

Su hermano todavía debía dinero de sus raciones de arroz, y Jingqiu esperaba utilizar parte del dinero para pagar como mínimo algo de la deuda. Los estudiantes a los que mandaban al campo a menudo pasaban hambre, con lo que de vez en cuando robaban verduras y pollos a los campesinos de clase media y baja. En muchos lugares los estudiantes se habían hecho enemigos de los campesinos, y más de una vez habían acabado a golpes. También ocurría que campesinos de diferentes aldeas formaban una banda para ir a dar una paliza a los chicos de ciudad, y luego estos formaban un grupo para hacer lo mismo en venganza. Recientemente, su hermano había sido herido por un grupo de campesinos. Decía que había tenido mucha suerte, pues los demás estudiantes habían sufrido heridas graves. Algunos no podían andar y había que llevarlos a cuestas. Solo su pequeño grupo había podido huir lo bastante deprisa, y las lesiones habían sido solo superficiales.

Tras este incidente los estudiantes apaleados y sus padres se habían reunido en Yichang para discutir sus opciones. Los estudiantes mantenían que los campesinos habían cometido un error, y que ellos no habían robado nada. La gente de la ciudad denunció el incidente a la brigada y a la comuna, y luego al comité del partido de la prefectura, y posteriormente el comité del partido consintió en enviar a alguien para reunirse con ellos y escuchar sus quejas.

Aquella noche Jingqiu asistió a la reunión con su madre y su hermano. Esperaron durante horas. Se había propagado el rumor, aunque nadie supiera el origen, de que el secretario había estado cenando y bebiendo con un invitado, y, como estaba un poco achispado, no estaba seguro de que pudiera recibirlos aquel día. Algunos estudiantes estaban echados en el vestíbulo, incapaces de moverse tras la paliza; otros se habían sentado, y tenían la cara hinchada y alguna extremidad rota por los golpes, y en torno a ellos los padres hervían de cólera, ¿y el secretario se atrevía a empinar el codo?

Un sentimiento de odio se apoderó de Jingqiu. Sabía que Yichang constituía una zona militar independiente, y que el padre de Mayor Tercero era un oficial con un rango sin duda superior a nivel regional. Se imaginaba que Mayor Tercero habría crecido en un recinto con guardias armados, junto a su prometida. Se acordaba de lo que Yumin le había dicho: «Nosotras no hemos nacido para ser amigas de los altos funcionarios». Jingqiu había comprendido sus palabras, pero solo al ver el recinto del comité del partido con sus propios ojos pudo hacerse una idea cabal de lo que había querido decir. Ella y Mayor Tercero eran de mundos distintos. Mientras aguardaba al secretario del partido, se imaginó que esperaba al padre de Mayor Tercero, y el resentimiento se adueñó de ella.

Cuando ya llevaban un tiempo, a algunos padres les entró miedo: ¿no sería una trampa? «Nos rodearán, nos acusarán de "atacar una organización del gobierno" y acabaremos todos en la cárcel». Poco a poco todos se fueron poniendo nerviosos, y la madre de Jingqiu dijo: «Vámonos. A lo mejor los demás pueden plantar cara de este modo, pero no es el caso de la gente como nosotros. Una paliza es una paliza. Quiero decir que, muy bien, podemos sentir lástima por nosotros mismos, pero ¿tenemos alguna esperanza de que un secretario del partido atrape a esos campesinos?».

A Jingqiu la cobardía de su madre le parecía detestable, e insistió en que se quedaran un poco más, diciendo: «Si tienes miedo, esperaré sola». La madre de Jingqiu no tuvo más remedio que quedarse con ella. Cuando al final apareció un funcionario, no era el secretario y nadie sabía cuál era su rango, pero les dijo que representaba al secretario y anotó sus declaraciones antes de mandarlos de vuelta a casa.

Nunca volvieron a oír hablar del asunto. La madre de Jingqiu se consolaba diciendo: «Da igual, así son las cosas». Tragándose las lágrimas, volvió a mandar al campo a su hijo, que aún no se había recuperado de las heridas. Por suerte lo hicieron responsable de poner a secar la cosecha, un trabajo mucho más fácil que salir a trabajar al campo, aunque solo ganara la mitad de puntos de trabajo, así que a final de año necesitaría más dinero para su ración de arroz.

Teniendo en cuenta todos aquellos gastos necesarios para su familia, el primer día de las vacaciones de verano Jingqiu le pidió a su madre que la llevara a ver a la directora del comité de barrio, la directora Li, para poder encontrar un trabajo. Aquella mañana a primera hora madre e hija fueron a casa de la directora Li y esperaron. La madre de Jingqiu le había dado clases al hijo de la directora Li, Kunming, de manera que la directora Li fue muy amable con ella. Le pidió a la madre de Jingqiu que volviera a casa mientras ella le buscaba un trabajo a su hija. Cada año Jingqiu le permitía a su madre llevarla ante la directora Li, y luego esta insistía en que su madre volviera a casa. Jingqiu se sentía un poco avergonzada porque en la escuela Kunming y ella no tenían gran cosa que decirse, pero ahora ahí estaba, esperando en su casa y pidiéndole ayuda a su madre.

A esa hora, las empresas que necesitaban trabajadores temporales mandaban un capataz a la casa de la directora Li, el cual depositaba su petición antes de las nueve de la mañana. Si la persona que buscaba empleo no lo había encontrado a las nueve, entonces aquel día no tendría ninguna oportunidad. Casi siempre, cuando conseguían un trabajo este duraba al menos unos cuantos días, hasta que la tarea quedaba completada, y luego los trabajadores temporales regresaban a la casa de la directora Li a esperar un nuevo empleo.

Aquel día había una abuela sin dientes y de edad indeterminada esperando con Jingqiu. Esta la reconoció: habían trabajado juntas antes. La gente la llamaba la abuela Cobre. Su verdadero nombre era Tong, que quería decir «niño», pero que pronunciado con una entonación algo distinta significaba «cobre». Jingqiu consideraba que aquel apodo le venía como anillo al dedo, considerando el hecho de que seguía trabajando a su avanzada edad. Al parecer, a su hijo lo habían matado a golpes durante una sesión de denuncia, y su esposa había huido, dejándole a la abuela Cobre un hijo en edad escolar para que lo cuidara. Jingqiu no soportaba pensar en lo que le pasaría al nieto si la abuela moría.

Estuvieron un rato esperando hasta que vieron a un capataz llegar en busca de trabajadores. Necesitaba músculo para descargar arena de un barco que había atracado en el río. Jingqiu se ofreció voluntaria pero el hombre no parecía muy satisfecho con ella; no quería una mujer, las mujeres no podían cargar arena. La directora Li le dijo a Jingqiu que no se pusiera nerviosa.

—Solo te permitiré aceptar trabajos menos duros.

Luego llegó otro capataz en busca de trabajadores para apisonar tierra, pero, a pesar de los valientes esfuerzos de Jingqiu, tampoco la quiso. Era demasiado joven y desde luego no lo bastante fuerte. Y, en todo caso, los apisonadores necesitaban tener un vozarrón para cantar.

—No tengo miedo, cantaré —contestó Jingqiu.

—Muy bien, cántame una canción.

—Yo cantaré, sé cantar —intervino la abuela Cobre. Arrugando la nariz se puso a cantar: «Monjas y monjes han visto la luz, hay que ver. Día y noche piensan en sus amantes, hay que ver...».

¿Pero qué pasa aquí?, se preguntó Jingqiu. Creía que lo que buscaba era un hombre... A lo mejor ese trabajo tampoco era adecuado para ella, después de todo. Observó cómo la abuela Cobre se alejaba con el capataz, y la mujer iba tan contenta como si su nombre hubiera aparecido en la lista de candidatos aprobados en los exámenes imperiales.

Jingqiu esperó hasta las diez, pero no surgió ningún trabajo, así que se dio por vencida y volvió a casa. Pasarse el día entero en casa sin trabajar era como estar sentada sobre una alfombra de clavos o, peor aún, como si alguien te metiera la mano en el bolsillo y te sacara un yuan. Anhelaba la llegada de la mañana siguiente, cuando podría regresar a la casa de la directora Li a esperar un empleo.

Pero al tercer día seguía sin tener trabajo; el único que había disponible consistía en mover arena con una pala. El capataz le dijo que los que había contratado unos cuantos días antes no habían aguantado y se habían ido. No había tenido más opción que volver a buscar más trabajadores. Jingqiu le estuvo suplicando durante horas antes de que finalmente aceptara darle una oportunidad:

—Pero si te marchas antes de que acabe el día no te pagaré ni medio jornal.

Jingqiu aceptó sin vacilar.

Se sentía entusiasmada por tener trabajo. Estaba un paso más cerca de ser partícipe de verdad en la revolución comunista de China. Siguió al capataz hasta el muelle, y llegaron justo en el momento en que los trabajadores temporales hacían una pausa. No había ni una mujer entre ellos, y los hombres se la quedaron mirando divertidos. Uno de ellos dijo en un tono poco amistoso:

—Si has venido a trabajar, estamos listos. Perderemos mucho tiempo ayudándote. ¿Por qué no te vas a hacer un trabajo más fácil? Así no te ganarás un salario con el trabajo duro de los demás.

—Trabajamos en equipos de dos —añadió otro—. Uno saca la arena del bote, el otro la amontona. Pero ¿quién va a sacar la pajita más corta y trabajar contigo? Se agotará sacándola del bote y luego llevándola hasta el montón, tendrá que hacer un montón de kilómetros extra.

—No te preocupes, trabajaré sola —replicó Jingqiu sin inmutarse—. No moveré menos que vosotros.

—Primero inténtalo —dijo el capataz—. Si es demasiado duro, no seas tozuda. No tienes seguro de trabajo y te podrías hacer daño.

Alguien que la reconoció dijo:

—Tu madre es profesora. Qué familia tan codiciosa, ¿para qué necesitáis el dinero extra?

Cuando el capataz se hubo marchado, puso una mueca lasciva.

—Hoy hace calor, y tener una chica por aquí es un fastidio. Cuando empecemos a sudar nos quitaremos la camiseta, así que no te hagas la tímida, ¿entendido?

Jingqiu no les prestó atención. «Si vosotros no sois tímidos a la hora de quitárosla, ¿por qué voy a serlo yo?». Bajó la cabeza y preparó su cesto de bambú para llevarlo pértiga al hombro. Había llegado el momento de ponerse a trabajar, así que siguió a los hombres hasta la orilla. El barco permanecía unido al embarcadero mediante una plancha fina y alargada de poco más de un palmo de ancho que se balanceaba al pisar. El río llevaba mucha agua. El verano era la estación de las crecidas, una época en la que el río arrastraba barro y arena, que dejaban unas vetas rojas en el agua amarilla. Daba miedo. Un cobarde no caminaría por esa plancha con las manos vacías, y mucho menos llevando al hombro pesados cestos de arena.

Había pasado mucho tiempo desde la última vez que Jingqiu llevara cestos al hombro, y enseguida comenzó a dolerle la espalda. Por suerte su pértiga era muy buena; no demasiado larga y algo flexible. Como puede atestiguar cualquiera que haya llevado una pértiga al hombro, si esta es demasiado rígida no se ondula cuando caminas, y utilizarla es agotador, pero un poco de flexibilidad hace que la carga sea más ligera.

Cada carga era de casi cincuenta kilos, y cada vez que Jingqiu llenaba los cestos y cruzaba la estrecha plancha sentía como esta se balanceaba debajo de ella de manera alarmante. Le daba miedo pisar en falso y caer al río. Sabía nadar, pero el agua estaba llena de piedras. No se ahogaría, pero con toda probabilidad moriría al golpearse con una roca. Con la mirada fija al frente, y conteniendo el aliento, pasó por la plancha.

Una vez habías salido del bote tenías que amontonar la arena. La ribera era bastante llana al principio, pero luego había una cuesta empinada, y si ya costaba subirla con las manos vacías, mucho más con dos pesados cestos de arena. Ahora comprendía por qué los hombres se habían dividido en equipos de dos; tras la espeluznante experiencia de la plancha, las piernas no te sostenían. Si otra persona transportaba la arena por la ribera, ella podría volver al bote y contar con un momento de descanso, pero como trabajaba sola y tenía que hacer las dos cosas, no le quedaba más opción que enlazar una tarea con otra.

Al cabo de dos rondas ya estaba empapada en sudor. Hacía un sol achicharrante y, como no había agua para beber, se dijo que le daría una insolación y se desmayaría. Pero entonces se acordó de que recibiría un yuan y veinte céntimos por ese día de trabajo, lo que, unido al miedo por no haber encontrado empleo durante dos días seguidos, le hizo apretar los dientes y seguir adelante.

No supo cómo consiguió pasar la jornada. En casa fingió encontrarse bien para no preocupar a su madre. Aquel día estaba tan cansada que después de comer y lavarse se derrumbó en la cama.

Al día siguiente se levantó temprano. El dolor de la víspera no había sido nada comparado con el que sentía ahora. Por fin comprendía lo que significaba que te doliera todo el cuerpo. Tenía la piel de los hombros en carne viva, hasta el punto de que no se podía poner la ropa. También tenía rozada la piel de la nuca por el constante desplazamiento del peso sobre los hombros. Las piernas le pesaban enormemente, y en los brazos tenía graves quemaduras del sol. Le dolían solo con la salpicadura del agua.

La madre de Jingqiu vio que su hija se levantaba y corrió hacia ella.

—Estás demasiado cansada. Toda la noche has estado gimiendo. Hoy no vayas a trabajar.

—Siempre gimo mientras duermo.

La madre de Jingqiu le quitó la pértiga con los cestos de los hombros y le imploró:

—Jingqiu, hija mía, no vayas. Es un trabajo demasiado pesado y podría perjudicarte mucho. Dices que estás acostumbrada y que no te pones enferma, pero no es cierto que normalmente gimas mientras duermes. Ayer debiste de cansarte demasiado.

—No te preocupes. Conozco mi cuerpo y no haré nada demasiado pesado —dijo para consolar a su madre.

Al cabo de dos días de acarrear arena la actitud de sus compañeros de trabajo comenzó a cambiar. Aunque fuera una chica, llevaba exactamente las mismas cargas que ellos. Un hombre llamado Wang se presentó voluntario para formar equipo con Jingqiu.

—Amontonar la arena cansa mucho, ya lo haré yo. Tú tráela del bote.

Wang se esforzaba por descargar la arena a tiempo para coger la carga de Jingqiu lo antes posible, a fin de que esta pudiera dar unos cuantos pasos menos. En un par de ocasiones, Jingqiu acababa de salir del bote cuando se encontró con que Wang ya la esperaba para coger la carga, lo que hizo que los otros se rieran y avergonzaran a Jingqiu.

Estuvo trabajando unos cuantos días más antes de que el dolor comenzara a mitigarse, y ya no jadeaba tanto. Lo único que le preocupaba ahora era que se acabara el trabajo y tener que regresar a casa de la directora Li a esperar cualquiera sabía cuánto hasta que apareciera otro empleo. Para ella, los montones de arena que quedaban para transportar eran la definición de la felicidad, es decir, un trabajo sin fin y un verano sin fin en el que trabajar.

Capítulo 15

El día antes de terminar el trabajo Jingqiu acababa de transportar una carga desde el bote cuando Wang se le acercó y le dijo:

—Déjame a mí, alguien ha venido a verte. Te espera junto a la orilla. Ve.

¿Quién había ido a verla allí?

—¿Sabes quién es? —le preguntó a Wang.

—Por la pinta diría que tu hermana. Nadie que yo conozca.

Se le aflojaron las rodillas al oír la palabra «hermana». Algo debía de haberle ocurrido a su madre, pues de lo contrario su hermana no habría ido corriendo hasta allí bajo el sol de mediodía. Iba a sacar una carga del bote, pero nada más oír la palabra «hermana» fue incapaz de levantar ningún peso. Dejó que se encargara Wang de hacerlo.

—Lamento molestarte —se disculpó—. Iré a ver qué ocurre y volveré enseguida.

Subió por el terraplén y vio a su hermana de pie a la sombra de un árbol. Junto a ella había otra chica. Jingqiu entrecerró los ojos. Era Fang. Jingqiu dejó escapar un suspiro de alivio.

—Fang, ¿qué haces aquí? Pensaba que...

Fang se abanicaba con un pañuelo.

—Uf, qué calor. ¿Cómo es que trabajas aquí en un día tan caluroso?

Jingqiu se acercó a la sombra.

—¿Has llegado hoy? ¿Vuelves a casa esta noche? —Fang asintió—. Entonces me tomaré el resto del día libre. —Le incomodaba un poco pedir el día libre, porque tendría que dejarle todo el trabajo a Wang, y le pareció un poco injusto. Vio que Wang subía la ladera con una carga de arena, y se le acercó para comentárselo.

—Tómate el día libre. Puedo hacerlo yo solo, no hay problema.

Jingqiu se lo pidió al jefe y a continuación las tres se fueron a su casa. Fang todavía no había almorzado, así que Jingqiu se puso a preparar una comida para darle la bienvenida. No tenían verduras frescas, de manera que utilizó las judías y la col saladas que Fang le había traído en su último viaje. Las empapó en agua caliente, frió dos cuencos y añadió algunos encurtidos, y lo sirvió todo con el caldo de las judías verdes. Resultó sorprendentemente sabroso.

Para cuando Fang se hubo acabado su cuenco, ya se había hecho tarde, y quería volver a la ciudad para coger el autobús. Jingqiu la invitó a quedarse unos cuantos días, pero Fang rechazó la propuesta. Como se les echaba el tiempo encima, dijo que acompañaría a Fang a la estación de autobuses. Fueron al embarcadero que estaba delante de la casa de Jingqiu para cruzar el río.

—Siempre que vienes llevas mucha prisa. Nunca tienes tiempo de divertirte —se disculpó Jingqiu.

—Hoy ha sido mi culpa. He venido con el autobús de las ocho y he llegado a las nueve, pero se me había olvidado el camino a tu casa. He preguntado aquí y allá, y alguien me ha indicado la dirección incorrecta y he tenido que dar un gran rodeo. Siempre me pierdo cuando vengo a tu casa.

Cuando el bote estaba a medio camino, Fang sacó un sobre del bolsillo y se lo dio a Jingqiu.

—Eres para mí como una hermana, y si sientes lo mismo por mí, entonces aceptarás esto. De lo contrario, me enfadaré.

Jingqiu abrió el sobre y dentro encontró cien yuanes. Se quedó estupefacta.

—¿Has... has venido para darme dinero?

—No quiero que tengas que trabajar.

—¿De dónde has sacado tanto dinero?

—Es de mi hermana. Vendió el reloj que Zhao Jinhai le regaló.

Jinhai era el «novio» de Fen, de eso Jingqiu sí se acordaba. Pero ¿por qué Fen iba a vender su reloj para prestarme el dinero? Le encantaba aquel reloj, ¿por qué iba a venderlo sin más? Le devolvió el dinero a Fang.

—Dale las gracias a tu hermana de mi parte, pero no puedo aceptarlo. Puedo trabajar y ganar dinero, no me gusta deberle nada a nadie.

Fang se negó enérgicamente a coger el dinero.

—¿No te acabo de decir que es de mi hermana? ¿Por qué me tratas como si no fuéramos familia?

Las dos forcejearon con el sobre hasta que el barquero gritó:

—¿Es que queréis hundir el bote?

Las dos chicas se asustaron tanto que ya no se atrevieron a moverse. Jingqiu apretaba el dinero con fuerza, devanándose los sesos acerca de cómo introducir el sobre dentro de la bolsa de Fang cuando llegaran a la orilla.

—Mira, hoy hace mucho calor, y tú trabajas al aire libre descargando arena —dijo Fang muy seria—. Yo no podría hacerlo, ¿cómo es que tú eres capaz? Por no hablar de arrastrar remolques y trabajar en la construcción. Eso no son trabajos de chicas.

A Jingqiu todo aquello le pareció muy raro, pues nunca le había mencionado su trabajo a Fang. ¿Cómo conocía sus detalles de «arrastrar remolques» o «trabajar en la construcción»?

—¿De verdad este dinero es de tu hermana? Si no me dices la verdad, te aseguro que no lo aceptaré.

—Si te digo la verdad, ¿lo aceptarás?

—Tú dime de quién es el dinero, y yo lo aceptaré.

Fang vaciló.

—Será mejor que no faltes a tu palabra. No me pidas que te cuente la verdad y luego rechaces el dinero.

En aquel momento Jingqiu estaba totalmente segura de que el dinero no era de Fen. Se lo pensó un momento y dijo:

—Dime de quién es el dinero. Me llamas hermana, pero no confías en mí.

Fang dijo por fin:

—Mayor Tercero me pidió que te lo diera, y también que no te contara que era suyo. Dijo que no sabía en qué te había ofendido, pero que si averiguabas que era suyo no lo aceptarías.

Fang miró a Jingqiu con el dinero en la mano y pensó que esta iba a aceptarlo. Sonriendo, dijo jactanciosa:

—Le dije que yo lo conseguiría. Mayor Tercero no me creyó, pensaba que sería incapaz de convencerte. —Fang sacó unas monedas del bolsillo y las frotó orgullosa—. Mayor Tercero también me dio dinero para coger el autobús en cuanto llegara a la ciudad. Me dijo que no me bajara hasta la última parada y que luego cogiera un bote, y que este me dejaría delante de tu casa. Pero no cogí el autobús pues me daba miedo subirme al que no era, por eso me perdí. Pero me he quedado con el dinero del autobús.

Jingqiu se dijo que quizá no le había llegado su carta. Pensó que más valía no mencionarle la misiva a Fang, así que simplemente le preguntó:

—¿Mayor Tercero? ¿Se encuentra bien?

—¿Por qué no iba a estarlo? Pero dijo que había estado muy preocupado desde el principio de las vacaciones.

Suponía que habías empezado a trabajar y le angustiaba que te cayeras por una escalera o al río. Siempre está hablándome de ti. Me insistió en que te entregara el dinero, y que si no venía pronto sería demasiado tarde y ya habrías sufrido un accidente. No es que yo no quisiera venir lo antes posible, es solo que nuestras vacaciones empiezan más tarde que las vuestras. De hecho, he venido en cuanto he podido. De lo contrario, Mayor Tercero me habría insistido hasta que me sangraran las orejas.

Jingqiu se quedó callada. A continuación, fingiendo que no había pasado nada, dijo:

—¿Cómo puedes tentar al destino diciendo cosas como esa? Hay mucha gente que hace trabajo extra, y no veo yo que se maten o se ahoguen.

El bote llegó a la orilla y las dos chicas bajaron.

—Cogeré el autobús contigo —dijo Jingqiu—, así la próxima vez sabrás la ruta y no te perderás.

Era la primera vez que Fang subía a un autobús urbano, y para ella fue una experiencia emocionante; estaba demasiado absorta mirando por la ventanilla, y apenas le dijo nada a Jingqiu.

Cuando llegaron a la parada, Fang siguió a Jingqiu, abriéndose paso a empujones para bajar.

—Qué viaje tan corto. No podemos haber ido muy lejos. Cuando he venido andando me ha parecido un camino muy largo, ¿cómo es que el autobús ha sido tan rápido?

En la estación de autobuses de larga distancia, Fang compró un billete para el de las tres.

—¿No te da miedo recorrer sola el camino de la montaña? —le preguntó Jingqiu.

—No iré por ese camino. Iré por la carretera de abajo, donde siempre hay mucha gente.

Jingqiu se dio cuenta de que no habría más oportunidades para meter el dinero a escondidas en el bolsillo de Fang, así que tendría que mostrarse inflexible. Agarró la mano de Fang, metió el dinero dentro y le cerró el puño.

—Dale las gracias a Mayor Tercero de mi parte, pero no puedo aceptar su dinero. Y dile que no vuelva a hacerlo.

La mano de Fang había quedado atrapada dentro de la de Jingqiu, de manera que no tenía más elección que esperar otra oportunidad para dárselo.

—¿Por qué no lo aceptas? Él intenta ayudarte, déjalo. ¿Es que solo eres feliz cuando está preocupado?

—No quiero que se preocupe, y no tiene por qué. —Jingqiu se quedó un momento pensativa y añadió—: Tiene... novia, ¿por qué no se preocupa por ella?

Jingqiu anhelaba oírle decir a Fang: «¿Novia? ¿De qué novia me hablas?», pero lo que ella dijo fue:

—¿Qué tiene que ver todo esto con su novia?

—O sea, ¿que tiene... novia?

—Al parecer sus padres lo organizaron, hace muchos años.

Jingqiu se quedó afligida, pues en su subconsciente había tenido la esperanza de que no fuera cierto. Tontamente, preguntó:

—¿Cómo sabes que tiene novia?

—Él mismo me lo dijo, y a mi cuñada le dio una foto de los dos juntos.

—Yumin dijo que había puesto la foto bajo el alféizar de la ventana de tu habitación. ¿Cómo es que yo no la vi? Él debió de cogerla y esconderla.

—No hagas acusaciones falsas. Fui yo quien la quitó. Alguien me dijo que si cortas una foto de dos personas por la mitad (sin cortar a ninguna de las dos, ojo), entonces puedes separarlas en la vida real. Así que corté la foto por la mitad.

A Jingqiu eso le pareció muy infantil, por no decir supersticioso, pero también fascinante, si realmente funcionaba.

—¿Conseguiste que en la foto quedaran perfectamente separados?

—Más o menos. Pero tenían los hombros un poco pegados. El hombro de Mayor Tercero quedaba detrás del hombro de ella, de manera que cuando recorté la foto Mayor Tercero perdió un trozo. Eso no se lo cuentes, da mala suerte. —Fang ponía cara de no acabar de creérselo, y se echó a reír como antes—. Si Mayor Tercero aquel día se dañó el hombro, fue culpa mía.

—Se lo tendría bien merecido. ¿Cómo puede hacer algo así? Tiene novia, y sin embargo regala su dinero a otra.

—El hecho de tener novia no significa que no puedas darle dinero a otra persona —dijo Fang, sorprendida—. Tiene buen corazón, nada más. No lo malinterpretes, ni pienses que te ha echado el ojo. No es de esos. Es una persona sensible, y no soporta ver sufrir a los demás. ¿No ayudó también a Cao Daxiu?

—¿Quién es Cao Daxiu?

—Ya sabes, esa chica de la aldea cuyo padre es alcohólico. La gente lo llama «Cao Tres Palizas al Día». ¿Es que lo has olvidado? Vino una vez cuando Mayor Tercero estaba con nosotros y le pidió dinero.

Jingqiu se acordó.

—¿Mayor Tercero ayudó a su hija? ¿Cómo?

—Al padre de Daxiu le encanta beber, y la madre de esta murió joven. Posiblemente la mató él de una paliza. Siempre le pegaba, por mucho que hubiera bebido, incluso cuando estaba totalmente sobrio. Se emborrachaba tres veces al día, y pegaba tres veces a su mujer, ¿por qué si no iban a llamarlo «Cao Tres Palizas al Día»?

»La madre de Daxiu murió hace unos años y, como su padre no cumplía con su trabajo en el campo, el equipo de producción le puso a cargo de las vacas. Pero él seguía emborrachándose de manera regular y dejaba que las vacas se comieran la cosecha, de manera que el equipo de producción le dedujo puntos de trabajo. Lo peor de todo era que en cuanto tenía un poco de dinero se lo gastaba en beber. Cuando Daxiu cumplió los catorce o quince años, su padre intentó casarla para poder gastarse el dinero en bebida.

»Daxiu no tenía dote, y con un padre como ese nadie en la aldea la habría aceptado. Su padre la prometió al hijo segundo de Lao Meng, que padecía epilepsia. Sus ataques daban unos sustos de muerte. Le salía espuma por la boca y perdía la conciencia, y se caía al suelo allí donde estuviera. Todos pensaban que seguramente moriría joven. Daxiu se negó a casarse con él y su padre casi la mata de una paliza, diciéndole que todos esos años la había criado para nada. "Se supone que las hijas son jarras de vino para sus padres", le dijo, "¿cómo es que a mí me ha salido un orinal como tú?".

—Y Mayor Tercero aceptó casarse con ella —dedujo Jingqiu— para salvarla.

—La cosa no fue así. Mayor Tercero le dio a su padre dinero para comprar alcohol, y le dijo que no arrastrara a su hija a la prostitución. Al padre de Daxiu solo le interesaba beber, le daba igual con quién se casara su hija, pero al final no consiguió que se casara con el epiléptico. Aun así, Mayor Tercero se sentía de alguna manera responsable, pues cada vez que el padre de Daxiu se quedaba sin bebida se iba a buscar a Mayor Tercero y le decía: «Todo es culpa tuya. Si no te hubieras entrometido mi hija se habría casado con una buena persona que me habría dado dinero para beber». Mayor Tercero temía que pegara a su hija, de manera que le daba dinero. El padre de Daxiu intentó obligarlo a casarse con su hija, así ya no tendría que preocuparse más para conseguir dinero.

»De hecho, Daxiu compartía la esperanza de su padre. ¿Quién no querría casarse con alguien que disponía de raciones estatales y era funcionario? Por no hablar de que Mayor Tercero es guapo y tiene buen carácter. Daxiu a menudo iba a buscar a Mayor Tercero a su campamento, y se ofrecía a lavarle la colcha y a ayudarle con sus cosas, pero Mayor Tercero no se lo permitía, y tampoco se lo permitía a mi hermana. Mi hermana tenía que robarle la ropa de cama para llevársela a casa y lavarla.

—¿A tu hermana le gustaba Mayor Tercero?

—Ya lo creo. Le pidió a Yumin que hablara con él, pero Mayor Tercero dijo que no porque ya tenía novia. Mi hermana lloró unas cuantas veces y prometió no casarse nunca. Pero luego se juntó con Zhao Jinhai, y evidentemente no mantuvo su promesa. Se pasa el día muy alterada pensando en la boda.

—O sea, que cuando recortaste la foto estabas ayudando a tu hermana.

Fang pareció avergonzada y se rio.

—¿Cuánto hace que le gusta a mi hermana? Digamos que recorté la foto bastante tiempo después.

El corazón de Jingqiu comenzó a percutirle con fuerza. «A lo mejor Fang me leyó la mente y lo hizo por mí».

—Entonces, ¿por quién lo hiciste?

—No tiene objeto hacerlo por otra persona. Así que confieso que lo hice por mí —contestó Fang con sinceridad—. Pero no me sirvió de gran cosa. Solo pude separarlo de su novia, pero no pegarnos a él y a mí. Al parecer, Mayor Tercero conoce a su novia desde que eran pequeños. Los padres de ambos son funcionarios, ¿y qué somos nosotros en comparación? O sea, que si quieres saber mi opinión, solo te presta el dinero para ayudarte, no pretende nada más. Sigue mi consejo y coge el dinero, porque, si no lo coges tú, lo aceptará otro, ¿y por qué iba a quedárselo alguien como Cao Tres Palizas al Día para acabar gastándoselo en alcohol?

Jingqiu se sentía desdichada, y cuanto más defendía Fang la inocencia de Mayor Tercero, peor todavía. Creía que Mayor Tercero la había ayudado porque ella le gustaba y, aunque por orgullo lo había rechazado, se había sentido verdaderamente conmovida. Pero la historia de Daxiu la había dejado helada.

Mayor Tercero debía de haber abrazado a Daxiu. No tuvo ningún reparo en abrazarme, aun cuando nos conocíamos hacía muy poco, y, como conocía a Daxiu desde hacía mucho más tiempo, seguro que la había abrazado. Mayor Tercero la había mancillado, sobre todo en torno a la boca. Cuando se abrazaron había una capa de ropa entre ellos, y desde entonces ella se había lavado y también la ropa. Así pues, ¿había quedado purificada? Pero la lengua de Mayor Tercero se había introducido entre los labios y los dientes. El mero hecho de pensarlo le provocaba náuseas, y le entraban ganas de carraspear y escupir, pero lo único que hizo fue quedarse allí sentada, la cara cenicienta, sin decir palabra.

Fang intentó volver a poner el dinero entre las manos de Jingqiu.

—Cógelo. Dijiste que lo harías. Tienes que cumplir tu palabra.

Jingqiu se puso en pie de un salto como si la hubieran escaldado, y el dinero cayó al suelo. Se negó a recogerlo, y, aún inmóvil, replicó con tono distante:

—Consentí en aceptar tu dinero, no sus repugnantes billetes. Llévatelo contigo. No me hagas ir a Aldea Occidental mañana ex profeso, arriesgándome a perder mi trabajo.

El tono de su voz y el color de sus mejillas debían de ser terribles, pues Fang le devolvió una mirada llena de terror.

—¿Qué quieres decir con eso de repugnantes billetes?

Jingqiu no soportaba tener que contarle a Fang que Mayor Tercero la había abrazado, así que contestó:

—Si no lo puedes adivinar, no preguntes.

Fang se arrodilló para coger el dinero y balbuceó:

—Y ahora ¿qué? Me he gastado el dinero que me dio para el autobús y he fracasado. ¿Qué voy a decirle? Coge el dinero, hazlo por mí.

Jingqiu no quería meter a Fang en problemas.

—No te preocupes. Ve y dile que estoy trabajando en la fábrica de cartón pegando cajas. El salario es bueno y la tarea no muy dura, así que no necesito su dinero ni es problema suyo. Si le dices eso, no te culpará.

Fang meditó acerca de aquella excusa y estuvo de acuerdo.

—Se lo diré, pero tienes que ayudarme con los detalles, pues si no, no puedo. No se me da bien mentir, el corazón se me acelera y en un par de preguntas me descubren. ¿Te das cuenta? Mayor Tercero me dijo y me repitió que no te dijera de quién era el dinero, y sin embargo me lo has sonsacado enseguida.

Jingqiu ayudó a Fang a elaborar los detalles de la mentira, incluyendo las señas de la fábrica de cartón, hacia dónde estaba orientada la entrada principal, a lo que añadieron que se habían encontrado en la fábrica y que Jingqiu trabajaría allí todas las vacaciones.

—Y no hagas ningún trabajo peligroso, pues si te ocurre algo Mayor Tercero sabrá que le mentí —le suplicó Fang.

Tras haber despedido a Fang, Jingqiu decidió no gastar más dinero en otro billete de autobús, así que regresó andando mientras en su cabeza se agolpaban imágenes de Cao Daxiu. Nunca la había visto, pero una imagen clara flotaba ante sus ojos; a pesar de sus ropas ajadas, era una joven atractiva. Entonces se le apareció la imagen de Mayor Tercero abrazando a Daxiu en lo alto de una montaña. Mayor Tercero era amable con ella y le daba todo lo que quería; Mayor Tercero le había introducido la lengua en la boca y Daxiu no había hecho nada para impedírselo.

Llegó a casa con dolor de cabeza y se fue a acostar sin comer. Su madre se alarmó, pensando que aquel día había sido demasiado caluroso para trabajar. Le hizo un par de preguntas a Jingqiu, pero ante las secas respuestas de esta decidió no insistir.

Jingqiu estuvo durmiendo hasta que llegó Wang Changsheng para decir que el jefe quería que aquella noche todo el mundo hiciera horas extras.

—Si el barco se queda un día más, la fábrica mañana tendrá que pagar un día extra de salarios. Si esta noche trabajamos de seis a nueve, nos pagarán medio día de jornal por solo tres horas de trabajo.

En cuanto Jingqiu lo oyó, se entusiasmó tanto que dejó de dolerle la cabeza y se le pasó el hambre. Si aplicabas a la situación la teoría marxista que había aprendido en la escuela, se podía decir que era mejor concentrarse primero en la base económica. Le dio las gracias a Changsheng, engulló dos cuencos de arroz, agarró su pértiga y sus cestos de bambú y se fue a toda prisa a trabajar. Todos los trabajadores temporales se habían congregado junto al río, y algunos incluso habían traído a sus familias. ¿Quién no haría tres horas de trabajo por el salario de media jornada?

Aquella noche trabajaron más de tres horas; sin embargo, al final el jefe se ofreció a pagarles el salario de toda una jornada por las molestias. Pero ahora que el trabajo había terminado, al día siguiente ya no los necesitaba. Si surgía algo más, los llamaría.

La euforia por el dinero ganado se diluyó al instante ante la noticia de que al día siguiente no tendrían empleo, y Jingqiu se quedó abatida. Mañana tendría que volver a la casa de la directora Li, y quién sabe si encontraría trabajo. Se encaminaba ya de vuelta a casa, desanimada y arrastrando los pies, cuando el jefe se le acercó corriendo y le dijo que hacía falta gente para pintar, si estaba interesada. Podía comenzar por la mañana en la unidad de reparaciones de la fábrica.

Jingqiu no se lo podía creer. El jefe se lo preguntó una vez más, hasta que Jingqiu finalmente le dijo:

—¿En serio? Creía que era una broma.

—¿Una broma? Hablo en serio. Si lo quieres, hay un trabajo. No te arrugas ante el trabajo duro, y confío en ti. Además, pintar exige atención en los detalles, y es mejor que lo haga una mujer.

Jingqiu estaba exultante de alegría. ¡Así que eso era lo que significaba el dicho: «La suerte que ninguna puerta puede contener»! Al día siguiente iría a pintar a la unidad de reparaciones. La gente decía que la pintura era tóxica, pero el trabajo era fácil, y cobrabas diez céntimos más al día. ¿Qué más daba si era tóxica o no?

El destino de aquel verano estaba de su lado. Para su sorpresa, la mentira que le había contado a Mayor Tercero se había hecho realidad, y ahora trabajaría en la fábrica de cartón durante dos semanas, pegando cajas. Dicen que si mientes te alcanza un rayo, y sin embargo ella no solo había salido ilesa, sino que había conseguido un trabajo en la fábrica. Quizá era porque solo había sido una «mentirijilla».

Ahora trabajaría en las máquinas con los trabajadores fijos. Le dieron una gorra blanca y le dijeron que se recogiera el pelo hacia atrás con una cinta de cuero del taller, de modo que no se enganchara al pelo con las máquinas. A los trabajadores fijos les entregaban unos mandiles blancos que les otorgaban un aspecto de obreros de fábrica textil, pero los temporeros trabajaban sin mandil, por lo que era evidente quién tenía trabajo fijo y quién era un simple temporero.

Jingqiu se moría de ganas de coger un mandil a hurtadillas y probárselo: era una auténtica maravilla tener trabajo. La tarea resultaba sencilla, lo único que tenía que hacer era colocar dos trozos de cartón planos y uno ondulado en una máquina, a continuación aplicar el pegamento y apretar las tres piezas hasta formar una sola lámina. Luego estas se utilizaban para hacer cajas. La única técnica que tenía que aprender era alinear las esquinas cuando metía el cartón en la máquina, pues de lo contrario se doblarían y tendrían que tirarla.

Jingqiu era una persona meticulosa y siempre se esforzaba por hacerlo bien, y además aprendía deprisa. Los demás trabajadores de la máquina la apreciaban porque era rápida y fiable, y nunca aflojaba. Algunos dejaban que Jingqiu se encargara de todo mientras ellos se escabullían por la puerta trasera para curiosear en los grandes almacenes que había al lado. Todos los días finalizaban su cuota temprano y, una vez el inspector había comprobado su trabajo, podían irse a la sala común para descansar hasta que se les permitía volver a casa.

En una ocasión la fábrica distribuyó peras, un kilo y medio a los trabajadores fijos y un kilo a los temporeros. Al final de la jornada, Jingqiu llevó las peras a casa y se las ofreció a su familia como si fuera un mago que las hubiera creado de la nada. Le dijo a su hermana que comiera. La hermana no cabía en sí de gozo. Cogió las peras y se fue a lavarlas para que cada uno pudiera comer una. Jingqiu rechazó la suya, pues dijo que ya había comido en la fábrica.

—Es lo que tienen las peras; si abusas, te hartas enseguida.

Jingqiu contempló a su hermana mientras mordisqueaba una pera. Al cabo de media hora todavía no había terminado. A Jingqiu le dolía el corazón, y en silencio se hizo una promesa: «Cuando gane dinero, compraré un gran cesto de peras para que mi hermana pueda comer tantas como quiera, tantas que nunca más querrá volver a probar ninguna».

Por desgracia, el trabajo en la fábrica de cartón apenas duró dos semanas. Hasta que no le dijeron que no hacía falta que volviera al día siguiente, no comprendió cabalmente que no era más que un trabajo temporal. Se acordó de una frase leída en uno de los libros de poesía clásica que le había prestado Mayor Tercero: «En sueños no me veo como una invitada, / un momento de felicidad robada».

Así que una vez más volvió a la casa de la directora Li a esperar un trabajo, y volvió a temer que este no llegara. Todo aquello resultaba agotador. Mayor Tercero no era más que una remota preocupación, comparado con su nerviosismo y fatiga.

Capítulo 16

En otoño, cuando volvieron a comenzar las clases, Jingqiu estaba muy ocupada, no con sus estudios, sino con otras cosas. Aquel curso, aparte de seguir en el equipo de voleibol femenino, también se entrenaba con el equipo de tenis de mesa para una inminente competición. Normalmente, existía el acuerdo de que los estudiantes solo podían formar parte de un equipo, para que cada uno pudiera concentrarse en un deporte. Pero las circunstancias de Jingqiu eran especiales: los dos entrenadores, el señor Wang del equipo de tenis de mesa y el señor Quan del de voleibol, habían negociado para que pudiera jugar con ambos.

El señor Wang consideraba que Jingqiu era una parte vital del equipo, no solo porque era la mejor en toda la

Escuela Secundaria n.º 8, sino por otra razón que se podría denominar histórica.

Jingqiu había comenzado a jugar en el equipo de tenis de mesa al principio de la secundaria. Un año, se había celebrado una competición en la ciudad, en la que Jingqiu había quedado la cuarta. En las semifinales se había enfrentado a otra estudiante de su equipo, Liu Shiqiao, con la que a menudo hacía pareja en los entrenamientos. Jingqiu mantenía la pala vertical, en posición de ataque, mientras que Shiqiao la mantenía horizontal, en posición defensiva. El entrenador sabía que Shiqiao acometía la pelota con seguridad, pero carecía de ferocidad en sus ataques, de instinto asesino, se podría decir, algo que no le faltaba a Jingqiu, que golpeaba la pelota y servía como si tuviera ese instinto en la sangre. De manera que el entrenador había enseñado a Shiqiao a cansar a su oponente mediante un proceso de desgaste, debilitándolo lentamente en lugar de buscar un golpe decisivo. Entonces, cuando su adversario por fin perdía la paciencia, eran sus propios errores quienes lo remataban. Como las dos estaban en el mismo equipo, Jingqiu conocía los puntos fuertes y débiles de Shiqiao, por no hablar de las tácticas del entrenador, de manera que había perfeccionado su manera de enfrentarse a ella. Generalmente, durante los entrenamientos era Jingqiu quien ganaba.

La competición estaba en la fase de eliminatorias. En la segunda ronda Jingqiu había quedado emparejada con una jugadora de la academia deportiva de la ciudad. Era como una pequeña *troupe* teatral enfrentada a una compañía de ópera, con lo que Wang le dijo que no se hiciera ilusiones, y que simplemente fuera a por ella y procurara que no le diera una paliza. Su oponente no debía llevarse la gloria en los tres juegos. Wang ni siquiera se quedó a ver el partido, pues le parecía un desperdicio de energías. Ni siquiera el árbitro se preocupaba de hacer bien su trabajo.

Pero quién iba a decir que, debido quizá a una falta casi total de expectativas por parte de los que la rodeaban, Jingqiu fuera realmente a por el partido. Atacó a su oponente por la derecha y por la izquierda. Quizá su osadía en el ataque dejó desarmada a su contrincante. O quizá, como sus métodos no eran especialmente «operísticos», la chica no supo cómo reaccionar. Con un revés aquí y una derecha allá, Jingqiu acabó eliminando a la muchacha de la academia deportiva.

Wang estaba exultante, pero al resto de los competidores les embargó el pánico. Las chicas que compitieron contra ella en las siguientes rondas fueron derrotadas una tras otra, y Jingqiu fue avanzando en el torneo. Dio la casualidad de que Shiqiao también tuvo suerte en la competición, y las dos se encontraron en semifinales.

Después de haber sorteado en qué lado iba a jugar cada una y quién iba a sacar primero, Wang se acercó a Jingqiu y le dijo en un susurro:

—Déjala ganar, ¿me has oído?

No le dio ninguna explicación a Jingqiu de por qué Shiqiao tenía que ganar, pero Jingqiu se dijo que a lo mejor se trataba de una táctica especial del entrenador y que estaba pensando en la gloria de todo el colegio. En aquella época todos los jugadores de tenis de mesa sabían que, por tradición, el equipo nacional chino debía a veces, para que el país estuviera siempre en lo más alto, dejar ganar a sus deportistas. De manera que, con el corazón apesadumbrado, Jingqiu dejó que Shiqiao ganara un juego, y al final de este se le repitieron las mismas instrucciones. Jingqiu apartó las dudas de su mente y jugó de cualquier manera, con lo que Shiqiao ganó el partido.

Posteriormente Jingqiu le preguntó al entrenador:

—¿Por qué tenía que dejarla ganar? ¿Qué táctica era esa?

—A la gente que llega a la final se la invita a entrenar con la academia deportiva provincial —contestó el señor Wang—, pero como tus orígenes sociales son malos, te rechazarían nada más llegar. Te sentirías fatal.

Jingqiu estaba tan furiosa que tuvo que reprimir las lágrimas. «Así que la academia deportiva me rechazaría. Pero yo podría haber acabado primera o segunda de la ciudad, así pues, ¿por qué me han hecho perder el partido? ¿No es peor que te rechace tu propia escuela?».

Posteriormente, la madre de Jingqiu se enteró de lo ocurrido, y como también se disgustó mucho fue a ver al entrenador, al que expuso la lógica de que «No puedes elegir tus orígenes sociales, pero puedes elegir tu futuro», para dejarle bien claro el error que había cometido.

Wang repitió su explicación; lo había hecho pensando en los sentimientos de Jingqiu, pero, a pesar de sus buenas intenciones, lamentaba su decisión. Si hubiera permitido ganar a Jingqiu, la escuela podría haber conseguido el título de Yichang, pues Shiqiao solo había acabado segunda. Jingqiu le dijo a su madre que lo olvidara, que ya estaba hecho y no había que pensar más en ello. Jingqiu abandonó el equipo de tenis de mesa y se pasó al voleibol.

Pero Wang quería remediar el mal que le había causado a Jingqiu, y lo cierto era que no había encontrado a nadie en toda la escuela que jugara mejor al tenis de mesa, de manera que negoció con el equipo de voleibol para que le permitieran seguir jugando al tenis de mesa y poder así competir en la próxima competición de la ciudad. El equipo de voleibol también se entrenaba para competir y, entre eso y los deberes, parecía pasarse todos los momentos libres entrenando para uno de los dos equipos.

Un jueves por la tarde, mientras Jingqiu practicaba el tenis de mesa, el señor Wang entró y le dijo:

—Acabo de ver a alguien en el comedor que lleva una bolsa grande y busca a la profesora Jingqiu, y he pensado que a lo mejor era tu madre. Lo he llevado a tu casa, pero tu madre no estaba, no había nadie. Hoy los maestros visitan a los padres, y a lo mejor por eso tu madre no está. Le dije que te esperara en el comedor, ¿por qué no vas a ver de qué se trata?

Jingqiu fue corriendo al comedor y en la entrada vio a Lin acuclillado, rígido y digno como un león de piedra. La gente que iba y venía le lanzaba miradas de curiosidad. Jingqiu fue hacia él y lo llamó. En cuanto Lin la vio, se puso en pie y señaló la bolsa que llevaba a su lado.

—He traído nueces para tu madre. —A continuación señaló un poco más allá y dijo—: Y un poco de leña para ti. Me voy.

Jingqiu observó alejarse a Lin con el corazón percutiéndole en el pecho. Intentó hacerlo regresar, pero era demasiado tímida para cogerlo por un brazo, así que le gritó:

—Eh, eh, no te vayas. ¿No quieres ayudarme al menos a llevar todo esto a mi casa?

Como si acabara de despertar bruscamente, Lin se volvió.

—Vaya, ¿pesan demasiado? Déjame hacerlo a mí.

Se echó la bolsa al hombro, recogió el cesto y siguió a Jingqiu hasta su casa.

—¿Has comido? —preguntó Jingqiu, y comenzó a limpiar el horno para preparar la comida.

—Sí, en un restaurante —contestó orgulloso Lin.

A Jingqiu le pareció raro que Lin hubiera comido en uno de los restaurantes de Yichang. Le sirvió una taza de agua hirviendo y le pidió que descansara mientras ella buscaba algo donde pudiera colocar las nueces, así podría llevarse la bolsa de vuelta.

—¿Has ido al pueblo de Yumin? ¿Su familia está bien? —preguntó Jingqiu.

—¿Su familia? —Lin parecía confuso. A Jingqiu le pareció extraño que hubiera hecho todo ese camino, recogido las nueces y se hubiera marchado sin decirle una palabra a la familia de Yumin.

Jingqiu se acordó de que la tía había dicho que Lin había sido incapaz de mentir desde que era pequeño. Le vibraban los párpados sin parar cuando contaba una trola, y la tía enseguida lo descubría. Jingqiu lo miró a los ojos y vio que parpadeaba un poco, pero no era una prueba concluyente. Dentro de la bolsa había otra más pequeña con el azúcar piedra.

—¿Has comprado el azúcar?

—Lo compró mi hermano mayor.

O sea, que hasta Sen estaba implicado.

—Solo se puede comprar azúcar piedra con receta médica. ¿De dónde sacó una receta tu hermano mayor? —preguntó, mientras deslizaba veinte yuanes de sus ganancias veraniegas dentro de la bolsa de Lin. Enrolló la bolsa y la ató con una cuerda, y se dijo que era improbable que Lin encontrara el dinero antes de llegar a casa. Pero, si no lo encontraba una vez allí, la tía o Yumin podrían lavar la bolsa y los veinte yuanes se desintegrarían. Decidió acompañarlo a la estación de autobuses, y en cuanto el autobús se hubiera puesto en marcha le contaría que le había metido el dinero en la bolsa.

—Mi hermano mayor conoce a un médico y él le hizo la receta.

La respuesta de Lin parecía demasiado preparada, y tampoco era su manera habitual de hablar. Parpadeaba a gran velocidad. Jingqiu decidió ponerle una trampa para averiguar si había venido por su cuenta o con alguien más.

—El billete ha subido un diez por ciento. Es caro, ¿verdad?

Lin se ruborizó y comenzó a contar con los dedos.

—¿Subido? ¿Hasta veinte yuanes y ochenta céntimos? Maldita sea, esto es una explotación, eso es lo que es.

Jingqiu ahora estaba segura de que no había venido por su cuenta. Ignoraba cuál era el precio del billete, y había calculado que el diez por ciento eran veinte yuanes. Probablemente, había venido con Mayor Tercero, que debía de estar escondido en alguna parte. Dejó que Lin se quedara allí sentado un poco más. Así Mayor Tercero lo esperaría hasta que, creyendo que Lin se había perdido, vendría a buscarlo.

Pero no hubo manera de convencer a Lin de que se quedara, e insistió en marcharse. Tenía que apresurarse para coger el autobús. Jingqiu no tenía más opción que acompañarle a la estación. En cuanto llegaron a la verja del patio, sin embargo, Lin no la dejó continuar. Se puso terco, y dio la impresión de que utilizaría la fuerza para impedírselo si era necesario.

Jingqiu tuvo que dar su brazo a torcer. Pero no se marchó, sino que se quedó detrás de la ventana de la recepción del patio vigilando a Lin, que se quedó junto al río mirando a su alrededor y luego bajó el terraplén hasta la orilla. Momentos después reapareció con otra persona. Jingqiu se dio cuenta de que era Mayor Tercero. A pesar de su descolorido uniforme del ejército, se le veía enérgico y ágil. Los dos estaban junto al río charlando, y Lin señalaba a menudo en dirección a la verja del patio, y los dos, en broma y riendo, intercambiaban golpes de boxeo. Lin debía de haberle relatado que casi fracasa en su intento. Entonces Mayor Tercero se volvió en dirección a la verja. Asustada, Jingqiu se apartó de su línea de visión. Me habrá visto, se dijo. Pero no. Mayor Tercero siguió mirando hasta que al final siguió a Lin hacia el embarcadero para cruzar el río.

Jingqiu los siguió, manteniéndose en todo momento a distancia. Mayor Tercero se comportaba como un crío, haciendo equilibrios sobre la pequeña pared de adobe que habían construido siguiendo el río en lugar de caminar por la carretera. Apenas tenía diez centímetros de ancho, y Mayor Tercero casi perdió el equilibrio unas cuantas veces, asustando a Jingqiu hasta el punto de que casi le gritó. Podría haber caído por el terraplén y haber dado con sus huesos en el río. Pero Mayor Tercero extendía los brazos y se balanceaba hasta volver a recobrar el equilibrio, y a continuación, tras ganar velocidad, corría como si fuera por la barra de equilibrio.

Jingqiu tenía ganas de llamarlo, pero si Mayor Tercero se había escondido de ella, sería demasiado embarazoso. Realmente, era tal como Fang lo había descrito, un hombre de buen corazón que no soportaba ver sufrir a la gente. Había ayudado a Daxiu, la había ayudado a ella, y estaba ayudando a Lin. Debía de haber comprado los billetes de autobús ese mismo día y, sabiendo que Lin no conocía el camino, lo había acompañado hasta la verja del patio.

Mayor Tercero debe de estar facilitándole las cosas a Lin, se dijo, o a lo mejor es que nunca le he gustado. Pero eso no se lo podía creer, pues ¿acaso no había apretado sus labios contra los de ella? En los libros aquellos hombres siempre conseguían su presa antes de desecharla; o, al menos, eso decían. ¿Me había «conseguido»? Jingqiu detestaba la ambigüedad de los libros, pues solo insinuaban las cosas, como cuando decían «dio rienda suelta a su comportamiento brutal y la forzó». ¿Qué significaba exactamente «forzar»? Probablemente las mujeres se quedaban embarazadas después de ser «forzadas». Habían pasado seis meses desde que Mayor Tercero me tuvo entre sus brazos, se dijo, y mi «vieja amiga» me ha estado visitando regularmente desde entonces, por lo que no puedo estar embarazada. En ese caso, no me «poseyó», ¿verdad?

A Jingqiu también le preocupaba el dinero que había metido en la bolsa de Lin. ¿Y si lo perdía? ¿Y si su madre lavaba la bolsa? Así pues, los siguió hasta el embarcadero. En cuanto el bote hubo abandonado la orilla, Jingqiu gritó:

—Lin, he puesto veinte yuanes en la bolsa. Que tu madre no la lave.

Lo gritó dos veces y supuso que Lin la había oído, pues comenzó a desatar la cuerda que cerraba la bolsa. Vio que Mayor Tercero se volvía hacia el barquero y hablaba con él, y a continuación se puso en pie de repente y, agarrando la bolsa que Lin tenía en la mano, dio unos pasos hacia la proa del bote, con lo que este se balanceó violentamente. Jingqiu, temiendo que Mayor Tercero intentara devolverle el dinero, dio media vuelta y echó a correr. Al cabo de un rato cayó en la cuenta de que él estaba dentro de un bote, ¿qué iba a hacer? Aminoró el paso y volvió la vista. Entonces se dio cuenta de que Mayor Tercero corría hacia ella. Sus pantalones del ejército estaban empapados hasta los muslos y la tela se le pegaba a las piernas. Se quedó patidifusa. «Es octubre, ¿no tiene frío?».

En un par de saltos estaba a su lado y le metió los veinte yuanes en la mano.

—Coge el dinero. El azúcar es un regalo, no tienes que pagarlo. Utiliza el dinero para comprarte un equipo para la competición. ¿No tienes campeonato?

Ella se puso rígida. ¿Cómo sabía que no tenía equipo para la competición?

—Lin todavía está en el bote —añadió él con premura—. Probablemente, se halla en estado de shock. No conoce el camino. Me voy, o no llegaremos al autobús.

Y, dicho eso, dio media vuelta y corrió hacia el embarcadero.

Jingqiu quiso llamarlo, pero de su garganta no salió ningún sonido. Era como en los sueños: incapaz de hablar, incapaz de moverse; todo lo que podía hacer era mirarlo mientras se perdía en la distancia.

Aquel día, cuando regresó a la escuela, no estaba de humor para el voleibol. No dejaba de pensar en los pantalones mojados de Mayor Tercero: pasarían horas antes de que llegara a casa y pudiera cambiárselos. ¿Pillaría un resfriado? ¿Cómo podía haber sido tan estúpido de meterse en el agua de aquel modo? ¿Esperaba que el bote diera media vuelta para ir a recogerlo? Días después aún se acordaba de la imagen de Mayor Tercero corriendo hacia ella con los pantalones mojados.

Lo que ella no podía entender, por mucho que le diera vueltas, era cómo había sabido que necesitaba comprarse el equipo para la competición. El año anterior, el equipo de voleibol había jugado sin el uniforme del equipo por falta de dinero, algo que les había causado problemas con el árbitro, y no habían llegado muy lejos en el campeonato.

Su entrenador, el señor Quan, estaba furioso. Era de los que no se dejaban derrotar ni por la muerte, y declaró que, de no haber sido por el desdichado asunto de la ausencia de uniforme, la Escuela Secundaria n.º 8 habría quedado entre los seis primeros equipos. Después de la competición obligó a todas las jugadoras a comprarse uno. Recaudó dinero y, tras comprobar la talla de cada una, se fue a comprarlos él mismo para asegurarse de que cada una no elegiría el color que le diera la gana y de que no volverían a referirse a su equipo como «el variopinto».

Aquella vez el señor Quan estaba decidido.

—La que no tenga uniforme no juega al voleibol.

Al equipo le entró pánico y le entregó el dinero. Pero Jingqiu no tenía nada, y el equipo de tenis de mesa también quería que comprara uno. Decidió intentar convencer a los dos entrenadores para que optara por un equipo del mismo color y estilo, así podría llevar el mismo uniforme para ambos equipos.

Pero los entrenadores exigían que fuera diferente. El voleibol se jugaba al aire libre, y durante la última competición había hecho frío. El señor Quan exigía que compraran camisetas de manga larga que mantuviera el calor y les protegiera los brazos y los hombros de cualquier dolor o lesión. Por otra parte, las competiciones de tenis de mesa tenían lugar bajo techo, con lo que el señor Wang prefería que llevaran camisetas de manga corta: ¿cómo iba a jugar a ping-pong con mangas largas y sueltas?

Jingqiu no sabía cómo Mayor Tercero se había enterado de todo eso. ¿Conocía al entrenador de voleibol o a alguna de sus compañeras de equipo? ¿O era que las había observado cuando jugaban? Pero Jingqiu no le había visto en ninguno de los partidos. A lo mejor era un soldado de reconocimiento nato. ¿Estaba investigando su vida sin que ella lo supiera? Decidió dedicar parte de aquellos veinte yuanes a comprarse un uniforme nuevo, pero solo porque Mayor Tercero se había arriesgado a congelarse para devolvérselos con aquella finalidad. Estaba segura de que se pondría muy contento si iba a algún partido y la veía con su nuevo uniforme.

Jingqiu tuvo la suerte de que, dejando aparte la longitud de las mangas, el color y el estilo de los uniformes fueron idénticos. A lo mejor es que tampoco había mucho donde elegir en aquellos días. Se compró una camiseta de manga larga y unos pantalones cortos para poder llevarlos cuando jugara a voleibol y, cuando le tocaran la competición de ping-pong, cortaría las mangas. Como era una experta con la aguja, volvería a coser las mangas para jugar al voleibol y nadie se enteraría.

Jingqiu contaba con que Mayor Tercero la sorprendiera apareciendo en el campeonato de diciembre y la viera con su nuevo uniforme. Pero aquel día no lo vio, y posteriormente dio gracias de que no se hubiera presentado, pues el equipo femenino de voleibol de la Escuela Secundaria n.º 8 quedó en sexta posición. El equipo achacó la derrota a la pobreza: solo habían podido entrenar con una pelota de goma, mientras que la pelota reglamentaria que se utilizaba en los campeonatos era mucho más pesada y estaba hecha de cuero. Al no estar acostumbradas al peso, tuvieron problemas incluso para el saque.

—Entrenador —le dijeron después del campeonato—, tiene que conseguir que la escuela nos compre una pelota reglamentaria para entrenar.

—Os lo prometo —contestó el señor Quan—, pero debéis entrenar con ganas, pues si no será tirar el dinero.

El equipo aumentó drásticamente el número de horas que entrenaban. A Jingqiu le gustaba muchísimo el voleibol, pero le preocupaba el hambre que le entraba después de los entrenamientos y que la llevaba a engullir demasiados cuencos de arroz. Los alumnos de los últimos años de secundaria solo recibían unos quince kilos al mes, y su hermana también tenía mucho apetito, por no hablar de que además tenían que alimentar a su hermano cuando este volvía de trabajar en el campo. La ración de arroz de la familia se iba quedando cada vez más corta.

Capítulo 17

Una gélida mañana de primavera, Jingqiu y su equipo se entrenaban en el campo de deportes. La pista de voleibol estaba cerca de la verja trasera del patio, y la tapia exterior era de la altura de una persona normal, con lo que la pelota a menudo salía por encima de la tapia. Más allá de esta había campos de hortalizas atendidos por la comuna agrícola, con lo que, cada vez que se les escapaba el tiro, había que ir a buscar la pelota a toda prisa, pues, como esta ahora era de cuero, había que impedir que se quedara empapada —el agua agrietaba y rajaba el cuero—, a no ser que algún transeúnte la devolviera.

Pero para cruzar la verja del patio había que dar un largo rodeo y se tardaba mucho tiempo, por lo que, temiendo que se estropeara la pelota, alguien tenía que saltar la tapia para recuperarla. No todo el mundo era capaz de escalarla: solo Jingqiu y otras dos chicas podían saltar y regresar sin que nadie las empujara desde abajo. En cuanto la pelota salía del recinto, alguien pronunciaba el nombre de alguna de esas chicas, instándola a ir a buscarla a toda prisa.

Aquella mañana, mientras entrenaban, alguien lanzó la pelota fuera y, como Jingqiu era la que estaba más cerca, unas cuantas voces gritaron:

—¡Jingqiu, Jingqiu, la pelota se ha ido fuera!

Jingqiu corrió hasta la tapia y con un salto y la ayuda de las dos manos se encaramó encima. Ya tenía una pierna al otro lado, y estaba a punto de pasar la otra y saltar, cuando vio a un mártir revolucionario vivo que se parecía a Lei Feng coger la pelota y hacer ademán de devolverla a la tapia del patio. El hombre levantó la cabeza para mirarla y gritó:

—¡Ojo, no saltes!

Era Mayor Tercero. Llevaba un uniforme del ejército, no de color verde hierba, sino el amarillo, el preferido de ella. Era un color que Jingqiu solo había visto en compañías de coros y danzas regionales. El pelo negro como la tinta de Mayor Tercero brillaba en contraste con el cuello de piel marrón de su abrigo y el deslumbrante resplandor del cuello blanco de la camisa. Jingqiu sintió como un mareo y aparecieron puntitos ante sus ojos —ya fuera de hambre a causa del entrenamiento o por el impresionante aspecto de Mayor Tercero—, y casi se cae de la tapia.

Mayor Tercero tenía el balón en la mano, ahora mojado y cubierto de barro, al igual que sus zapatos de cuero. Se acercó a ella y le entregó la pelota.

—Ten cuidado cuando bajes.

Jingqiu cogió la pelota, la lanzó hacia la pista y se quedó a horcajadas en la tapia.

—¿Cómo has llegado hasta aquí?

Él levantó la cabeza hacia ella y, casi como si se disculpara, dijo riendo:

—La carretera llega hasta aquí, y he venido andando.

Las chicas que había al otro lado de la tapia se estaban impacientando.

— Jingqiu, no te estarás tomando un descanso, ¿verdad? Te esperamos para sacar.

—Tengo que ir a jugar —dijo Jingqiu, y se bajó de la tapia y volvió corriendo a su posición en la pista. Pero cuanto más jugaba, más distraída estaba. ¿Adónde iba, para pasar por aquí tan temprano? De repente se dio cuenta de que ese día se cumplía un año justo de su llegada a Aldea Occidental, y que era el día en que había conocido a Mayor Tercero. ¿Él se acordaba y había ido a verla por eso? Desorientada, tenía que confirmarlo.

Se moría de ganas de que alguien tirara la pelota por encima de la tapia para poder saltarla y comprobar si Mayor Tercero aún seguía allí. Pero era como si todos hubieran acordado de antemano no volver a tirar la pelota fuera. Esperó hasta que el entrenamiento estuvo a punto de acabar y, cuando le llegó el turno de sacar, lanzó la pelota por encima de la tapia, irritando y sorprendiendo a sus compañeras de equipo.

Sin importarle lo que pensaran corrió hacia la tapia, saltó y, sin perder un momento, pasó al otro lado. Recogió la pelota, pero no pudo ver a Mayor Tercero. Lanzó la pelota por encima de la tapia, pero no la escaló pues quería ver si él se había escondido en alguna parte. Con la mirada recorrió la carretera hasta la verja, pero no se le veía por ningún lado, con lo que tuvo que aceptar que solo había estado de paso. Permaneció distraída el resto del día, y durante la clase de deportes de la tarde lanzó la pelota por encima de la tapia unas cuantas veces más, ofreciéndose invariablemente voluntaria para ir a recogerla. Pero seguía sin haber señales de Mayor Tercero.

Cuando acabaron las clases se fue a casa a comer, y luego a inspeccionar los montones de hojas secas a las que ella y sus compañeros de clase habían prendido fuego. Cada clase tenía la responsabilidad de mantener limpia una parte del patio. Aquel día le había tocado barrer a su grupo, pero el suelo estaba cubierto de hojas. Normalmente, cuando eso ocurría había que barrer las hojas, amontonarlas, pegarles fuego y luego arrojar las cenizas en el vertedero. Su grupo le había pedido a Jingqiu que fuera a limpiar las cenizas cuando hubiera acabado de comer.

Jingqiu recogió las cenizas y las colocó en una pala de mimbre para llevarlas al vertedero. Cuando se incorporó se dio cuenta de que Mayor Tercero corría por la pista de baloncesto con otros estudiantes. Llevaba su camisa blanca y un chaleco de lana sin mangas, y se había quitado el uniforme del ejército.

Fue tal su sorpresa que casi se le caen las cenizas. ¡No se había ido! ¿O había terminado lo que tenía que hacer y había regresado? Lo observó jugar. Qué guapo es, se dijo.

Cuando saltaba, el pelo se le quedaba flotando y, cuando la pelota aterrizaba en el aro, volvía a su lugar.

Jingqiu no quería que se diera cuenta de que lo estaba observando, así que se fue a tirar las hojas. Las arrojó al vertedero, devolvió la pala a la clase y cerró la puerta con llave. Pero no se fue a casa. Se sentó sobre unas barras paralelas un tanto alejadas de la pista, pero desde las cuales le veía jugar. Solo eran cuatro, y apenas utilizaban la mitad de la pista.

Mayor Tercero ya se había quitado su chaleco de punto y jugaba solo en camisa, con las mangas arremangadas; se le veía vigoroso y apuesto. Jingqiu llevaba el marcador, para contar quién metía más canastas, y resultó ser Mayor Tercero. Se dio cuenta de que llevaba zapatos de cuero. Esos pequeños detalles hacían que lo admirara aún más: era como un afluente crecido que desemboca en un río ya a rebosar. ¿Por qué no podía vivir en esa pista y jugar para ella del amanecer hasta el crepúsculo?

El cielo se oscureció lentamente, terminó el partido y el equipo se dispersó. Uno cogió la pelota y la llevó driblando hacia el armario, evidentemente con la intención de guardarla. Jingqiu observó nerviosa a Mayor Tercero, sin saber qué hacer. Quería llamarlo, hablar un poco con él, pero no tenía valor. A lo mejor lo han destinado cerca de aquí y, como no tenía nada que hacer después del trabajo, ha venido a la escuela a jugar a baloncesto para pasar el rato, como suelen hacer los trabajadores.

Al final lo vio marcharse en dirección a su casa; seguramente iba a lavarse las manos, se dijo Jingqiu. Ella lo siguió a cierta distancia. Como había imaginado, él y sus compañeros de baloncesto se pararon en los lavamanos. Mayor Tercero esperó a que los demás terminaran de lavarse y se fueran, y entonces colgó su chaqueta y otras cosas sobre un albaricoquero cuyas ramas se extendían en forma de Y. Ella lo observó mientras se lavaba la cara y las manos, y entonces Mayor Tercero se quitó la camisa para lavarse el cuerpo. Ella tembló de frío por él.

Tras volver a ponerse el chaleco de punto, se encaminó al comedor que había delante de la casa de Jingqiu. Ella sabía que desde ese lugar podía ver la puerta de su casa. Se quedó allí un buen rato, antes de echarse la chaqueta por los hombros, recoger la bolsa y dar un rodeo hacia la parte de atrás. No lejos de allí había una serie de retretes. Jingqiu jamás se había imaginado que él también fuera al retrete; al principio ni se atrevía a mirarlo comer. Era como un cuadro, un espíritu de otro mundo que no comía ni iba al retrete. Con el tiempo Jingqiu se volvió un poco más realista y consideró normal que él comiera, pero no había dado el paso siguiente: darse cuenta de que todo lo que entraba debía salir. Ahora que lo veía ir a la parte de atrás de la casa se le ocurrió que también tenía que ir al retrete. Estaba avergonzada y era incapaz de seguir. Volvió a casa rápida como un rayo.

Una vez en la puerta fue incapaz de resistir la tentación de ir a la ventana para ver hacia dónde se dirigiría Mayor Tercero después de salir del excusado. La ventana tenía más o menos la altura de una persona y estaba a nivel de calle. Jingqiu se quedó allí mirando en silencio, pero no pudo verlo. En cuanto bajó la vista lo vio frente a la casa. Sobresaltada, Jingqiu se agachó y se golpeó la cabeza contra el pupitre que había delante de la ventana, lo que produjo un fuerte ruido metálico.

—¿Qué pasa? —preguntó su madre.

Jingqiu hizo un gesto con la mano para acallar a su madre y, medio en cuclillas, se dirigió a la habitación de la parte delantera. Solo cuando estuvo segura de que era imposible que pudiera verla, se puso en pie, sin saber muy bien de qué tenía miedo. Tras haber esperado un rato, fue de puntillas a la ventana y se asomó, pero Mayor Tercero había desaparecido. No sabía si la había visto. De ser así, sabría que lo había estado observando en secreto. Jingqiu se quedó un buen rato junto a la ventana mirando la carretera, pero no lo vio. Debía de haberse marchado. «Ya ha oscurecido, ¿adónde ha ido?».

Regresó a su habitación para hacer punto y meditar. Al cabo de un rato llamaron a la puerta. Debe de ser Mayor Tercero, se dijo Jingqiu, aturullada. Desesperadamente, se puso a pensar en una mentira que contarle a su madre. Sin embargo, cuando abrió la puerta, vio que era el hijo del secretario de la escuela, Ding Chao, que llevaba un hervidor en la mano. Debía de haber ido a buscar agua al grifo.

—Mi hermana quiere hablar contigo —dijo.

La hermana mayor de Chao se llamaba Ling, y Jingqiu la conocía un poco, pero no la podía considerar amiga íntima. No sabía por qué Ling quería hablar con ella.

—¿Qué quiere?

—No lo sé, solo me ha dicho que viniera a buscarte. Date prisa.

Jingqiu siguió a Chao hasta los grifos y, cuando estaba a punto de girar a la derecha en dirección a casa de Ding, Chao señaló hacia la izquierda.

—Mira, alguien te busca.

Jingqiu se dio cuenta enseguida de que era Mayor Tercero. Debía de haber visto a Chao ir a buscar agua y le había dicho que llamara a su puerta.

—Gracias —le dijo a Chao—. Coge el agua y no se lo cuentes a nadie.

—Ya lo sé.

Se acercó a Mayor Tercero.

—¿Me... buscabas?

—Quería hablar contigo —susurró él—. ¿Es un buen momento? Si no, tampoco es importante.

Jingqiu estaba a punto de responder cuando vio que alguien salía de los retretes y, como le preocupaba que pudieran verla hablando con un chico —y que la noticia se extendiera como un reguero de pólvora—, se desplazó en dirección a la verja de la escuela. Tras caminar unos cuantos pasos, Jingqiu se inclinó y fingió atarse el cordón del zapato, volviendo la cabeza para ver si Mayor Tercero la seguía a cierta distancia. Se puso en pie y echó a andar otra vez siguiendo la tapia del patio hasta llegar al lugar donde aquella mañana había ido a buscar la pelota de voleibol. Él llegó a su altura y comenzó a hablar, pero ella lo interrumpió.

—Aquí todo el mundo me conoce. Vamos un poco más lejos. —Y echó a andar otra vez.

Caminó y caminó hasta llegar al embarcadero del ferry, y solo entonces se dio cuenta de que no había cogido dinero. Lo esperó y, alerta como siempre, él se acercó a ella, compró dos billetes para el bote y le dio uno a ella. Subieron en fila india. Hasta que no hubo llegado al otro lado y caminado un rato siguiendo el río, Jingqiu no se paró a esperarlo.

Él dio unos saltitos hacia ella y dijo riendo:

—Es como la película *Persecución implacable*.

—La gente de ese lado del río me conoce, pero no la de este.

Él sonrió y le preguntó:

—¿Dónde vamos? No vayamos muy lejos, o tu madre saldrá a buscarte.

—Conozco un pabellón río arriba que tiene un banco. ¿No me has dicho que querías hablar? Podemos hablar allí.

El pabellón estaba vacío, probablemente porque hacía demasiado frío y un viento demasiado helado para que nadie quisiera ir allí a beber. No eran más que unos cuantos postes que sustentaban un techo, y por los cuatro lados estaba abierto a los elementos. Jingqiu encontró un lugar donde sentarse junto a uno de los postes, con la esperanza de que la cobijara un poco del viento.

Mayor Tercero se sentó en un banco de poca altura que habían al otro lado del poste y le preguntó:

—¿Tienes hambre? Todavía no he cenado.

—Puedes ir a comer al restaurante que hay allí. Yo te esperaré.

Pero él no se movió. Como no quería que pasara hambre, Jingqiu volvió a repetirle que fuera a comer.

—Vamos juntos —sugirió Mayor Tercero—. Has dicho que por aquí no hay nadie que te conozca, así que me puedes hacer compañía. Si no vienes, yo tampoco voy.

Jingqiu no tuvo más remedio que acompañarlo. Encontraron un puesto de fideos bastante apartado, uno de esos sitios donde solo sirven fideos y ningún plato de arroz. Mayor Tercero le preguntó qué le gustaría comer, pero ella insistió en que no tenía hambre.

—No insistas o me iré.

Mayor Tercero se quedó estupefacto ante esa respuesta y no volvió a preguntar. Le dijo que se sentara y que él se pondría en la cola.

Jingqiu ya ni se acordaba de la última vez que había comido en un restaurante. Debía de ser cuando era niña, con sus padres. Generalmente iban a desayunar: bollos al vapor, pan frito, leche de soja caliente y sabrosas tortitas, cosas así. Debían de haber pasado siete u ocho años. Cuando ya no salían a desayunar, freían algunas sobras o compraban pan cocinado al vapor en el comedor de la escuela. Luego, como su ración de cereal era insuficiente, tuvieron que empezar a comprar bollos hechos con harina vieja, es decir, los grises, que se amasaban con las sobras del molino. No necesitabas un vale de racionamiento para esa clase de harina, por eso era lo que comía normalmente la familia de Jingqiu.

Mayor Tercero compró muchas cosas y tuvo que hacer varios viajes para transportarlo todo. Le pasó unos palillos.

—No digas nada. Come, o de lo contrario yo tampoco comeré.

Repitió sus instrucciones unas cuantas veces, pero ella no cogía los palillos. Él tampoco los cogió, hasta que ella se vio obligada a comer. Lo que había comprado Mayor Tercero era lo que más le gustaba a Jingqiu cuando era niña. Era como si hubiera leído sus pensamientos más íntimos. Había comprado una tortita grande y aceitosa, crujiente y tostada por fuera, llena de arroz pegajoso y cubierta de cebollitas; el aroma le impregnaba la nariz. También había comprado unos cuantos bollos al vapor rellenos de carne; eran de un blanco lechoso y de ellos emanaban columnas de vapor; eran realmente deliciosos. También compró dos cuencos de sopa de fideos, en los que flotaban cebollitas y unos celestiales charcos de aceite de sésamo. El olor era delicioso. Jingqiu mordisqueaba la comida, pero estaba demasiado nerviosa como para ponerse a comer a dos carrillos.

Cada vez que Mayor Tercero traía otro plato, Jingqiu se sentía incómoda, egoísta por atiborrarse en un restaurante a espaldas de su familia. «Si alguna vez tengo mucho dinero llevaré a toda mi familia a comer a un restaurante. No escatimaré ningún gasto y les dejaré comer lo que quieran». No era solo que su familia anduviera corta de dinero, es que tampoco les sobraba el arroz. Su madre le había pedido a alguien que les diera vales especiales para las sobras de arroz roto, de modo que pudiera completar su dieta; cada grano era tan pequeño como uno de harina. La fábrica solía vendérsela a los granjeros para que alimentaran a los cerdos, pero en aquella época la gente comía cualquier cosa y de todo. Con un vale de arroz de medio kilo podías comprar un kilo entero de arroz roto, que era lo que acababan comprando las familias que iban cortas de provisiones.

El arroz roto era asqueroso. Te resbalaba por la boca mientras lo masticabas, y lo peor de todo era que estaba sucio y mezclado con piedrecitas y cáscara, y tardabas una hora o más en lavarlo. Para ello había que utilizar una palangana grande y un cuenco pequeño, y tenías que verter una cucharada de arroz y a continuación añadir un poco de agua. Luego lo sacudías lentamente hasta eliminar las cáscaras que flotaban en la superficie, y entonces vertías el arroz en otro cuenco, y añadías otro cuenco de agua antes de volver a agitarlo.

Siempre era Jingqiu quien lavaba el arroz. Su madre estaba demasiado ocupada y su hermana era demasiado pequeña para hacerlo bien. Si te tragabas alguna piedrecita o alguna cáscara, sufrías una apendicitis instantánea. Y, además, en pleno invierno las manos de su hermana no soportaban permanecer sumergidas en el agua gélida durante la hora necesaria para hacer bien aquel trabajo. Jingqiu echaba muchísimo de menos su época en Aldea Occidental. Allí no necesitaban vales para el arroz ni tampoco había que preocuparse por la cantidad de verduras que tenían que comer; siempre había algo que llevar a la mesa.

Cuando hubieron terminado de comer, Mayor Tercero vaciló un momento antes de decir con cierta reserva:

—Quiero decirte una cosa, pero no te enfades, ¿entendido? —Esperó a que ella asintiera y a continuación metió la mano en el bolsillo de su chaqueta y sacó algunos vales de racionamiento de arroz—. Me sobran estos vales, y yo no puedo utilizarlos. No te enfades y cógelos, ¿entendido?

—Si no puedes usarlos, mándaselos a tu familia.

—Estos vales se han distribuido en Hubei, y yo soy de Anhui, es absurdo enviárselos. Cógelos. Si no puedes utilizarlos, dáselos a alguien.

—¿Cómo tienes tantos?

—Mi unidad compra el arroz directamente en Aldea Occidental, no necesitamos vales de racionamiento.

Satisfecha con su explicación, Jingqiu los aceptó.

—Entonces, gracias.

A Mayor Tercero se le iluminó la cara, y cualquiera habría dicho que era él quien había recibido los vales.

Caminaron en fila india hasta el pabellón. «Lo he vuelto a hacer —se dijo Jingqiu—. He aceptado su regalo y su comida. ¿Cómo es que siempre hago lo mismo?».

Volvieron a sentarse. Y ya no sentían tanto frío como antes de comer.

—¿Te acuerdas del año pasado, tal día como hoy? —preguntó Mayor Tercero.

A Jingqiu le dio un vuelco el corazón. Así que por eso había venido. Pero no le contestó, sino que preguntó con frialdad:

—Has dicho que tenías algo que decirme. ¿Qué es? El ferry cerrará pronto.

—Funciona hasta las diez, y solo son las ocho. —Él se la quedó mirando y añadió en voz baja—: ¿Alguien te ha comentado que tengo novia?

—Prometida —lo corrigió.

Mayor Tercero sonrió.

—Muy bien, prometida. Pero todo eso pertenece al pasado, hace mucho que... no estamos juntos.

—Tonterías. Le dijiste a Yumin que tenías novia y le enseñaste una foto.

—Tan solo se lo dije porque quería emparejarme con Fen. Esa familia ha sido muy buena conmigo, ¿cómo iba a decir que no? Pero nos separamos hace dos años, y ahora ella está casada. Si no me crees, te enseñaré la carta que me envió.

—¿Por qué iba yo a querer leer tu carta? Y, de todos modos, podrías haberla falsificado fácilmente. —Sin embargo, extendió la mano para que pudiera entregarle la carta.

Él sacó la carta y ella corrió hasta la farola más cercana para leerla. Había poca luz, pero distinguía las palabras. Acusaba a Mayor Tercero de haberla evitado a propósito y haber permanecido lejos de casa. La chica llevaba demasiado tiempo esperando y tenía el corazón roto, y no podía esperar más, etc., etc. Estaba bien escrita, mucho mejor que las anteriores cartas de ruptura que había leído. No utilizaba la poesía ni las máximas de Mao, y era evidente que se trataba de una persona instruida y familiarizada con la cultura anterior a la Revolución Cultural.

Jingqiu miró la firma: Zoya.

—¿Zoya no es el nombre de una heroína soviética?

—Cuando ella nació era un nombre bastante popular —le explicó Mayor Tercero—. Es un poco mayor que yo y nació en la Unión Soviética.

¡Había nacido en la Unión Soviética! La admiración había dejado a Jingqiu sin habla, y al instante imaginó que era la chica de la canción, la que iba a pedirle consejo al espino acerca del hombre que debía elegir. Sintiéndose inferior, preguntó:

—¿Es guapa? Fang y Yumin decían que era guapa.

Mayor Tercero sonrió.

—La belleza, bueno, depende de quién la mire. En mi opinión, no es tan guapa como tú.

Jingqiu sintió que se le ponía la carne de gallina. ¿De verdad había dicho eso? Había estropeado la imagen que ella se había formado de él, pues ¿qué persona decente le diría a otra a la cara que era guapa? ¿No era eso una prueba de liberalismo? Decir una cosa a la cara y otra distinta a la espalda, decir una cosa en una reunión y otra distinta fuera de la reunión, ¿no era lo que el presidente Mao había calificado de tendencias liberales?

Jingqiu sabía que ella no era guapa, así que él estaba mintiendo. «Me está camelando. Pero ¿por qué?». Con tanto ir de un lado a otro habían vuelto al problema de si él estaba «consiguiendo» o no a su presa. Jingqiu miró a derecha e izquierda, y confirmó que no había nadie en un radio de cien metros. Ella le había llevado a ese lugar para que nadie les viera y estar tranquila, y ahora se daba cuenta de que a lo mejor se había metido en una trampa. Debía estar más vigilante. Aceptaría sus regalos pero no se mostraría débil, y el solo hecho de que él la hubiera invitado a comer no significaba que ella tuviera que aceptar todo lo que él decía.

Ella le devolvió la carta.

—El hecho de que me hayas enseñado esta carta significa que no sabes mantener un secreto. ¿Quién sería lo bastante estúpido como para escribirte?

Él sonrió amargamente.

—No tenía elección. Normalmente, sé guardar un secreto, pero si no te la hubiera enseñado no me habrías creído. Dime, ¿qué debería haber hecho, según tú?

Eso la hizo sentirse bien, Mayor Tercero reconocía el poder de ella sobre él.

—Como ya te he dicho, si eres capaz de jugar con ella, entonces eres capaz de hacer lo mismo con cualquier otra.

—¿Por qué sacas esta conclusión? —preguntó él, preocupado—. El presidente Mao dice que está prohibido moler a palos a los demás. Eso era algo propio de nuestros padres, no de mí.

—Este es el mundo moderno, hoy en día los matrimonios ya no son concertados.

—No estoy diciendo que fuera un matrimonio concertado. Después de todo, no me casé. Nuestros padres simplemente lo alentaban. Puede que no me creas, pero muchas familias de cuadros actúan de este modo. No lo dicen directamente, pero permiten que sus hijos conozcan sus intenciones fomentando con quién se han de relacionar, con lo que, cuando llega el momento, casi todos los matrimonios están al menos parcialmente concertados por los padres.

—¿Y a ti te gusta esta manera de hacer las cosas?

—Claro que no.

—¿Por qué estuviste de acuerdo, entonces?

Un largo silencio precedió a la respuesta.

—En aquella época la situación era un tanto peculiar, y aquello iba a influir en el futuro político de mis padres... en todo su futuro. Es una larga historia, pero quiero que me creas, todo eso ocurrió hace mucho tiempo. Ella y yo... bueno, es lo que podrías denominar una alianza política. Por eso siempre he permanecido en mi unidad, y casi nunca he ido a casa.

—No tienes corazón —dijo Jingqiu negando con la cabeza—. Deberías haber roto con ella como un ser humano decente o, si no, haberte casado. ¿Cómo pudiste jugar así con ella?

—Yo quería romper, pero ella no me lo permitía, y tampoco nuestras familias. —Bajó la cabeza y tartamudeó—: Pero ahora todo ha terminado. Di lo que quieras, pero debes creerme, hablo en serio. Nunca te traicionaré.

«Eso no era lo que habrían dicho los personajes de los libros que me ha prestado», se dijo Jingqiu, decepcionada. Habla más bien como Lin. ¿Por qué no habla como los jóvenes de esos libros? Los libros pueden ser ponzoñosos, pero se supone que el amor es así.

—¿Era eso lo que querías decirme? —preguntó Jingqiu—. Muy bien, ¿ya puedo volver a casa?

Él levantó la cabeza y se la quedó mirando, impresionado por su frialdad. Tardó unos cuantos segundos en contestar.

—¿Sigues sin creerme?

—Creer ¿el qué? Todo lo que sé es que la gente que rompe sus promesas no es digna de confianza.

Él exhaló un hondo suspiro.

—Ojalá pudiera mostrarte lo que hay en mi corazón.

—Nadie cree ya en eso. El presidente Mao dice que no se puede moler a palos a alguien con un palillo, así que no lo haré. Pero el presidente Mao también dijo: «Puedes ver el presente de cualquiera en su pasado y puedes ver su futuro en su presente».

Aquellas palabras parecieron dejarlo sin voz. Jingqiu se lo quedó mirando con cierto orgullo.

Él le devolvió la mirada sin decir nada. Al final replicó en un susurro:

—Jingqiu, Jingqiu, a lo mejor nunca has estado enamorada, así que no tienes por qué creer que el amor dura para siempre. Espera a enamorarte. Cuando encuentres a esa persona comprenderás que preferirías morir a traicionarla.

Jingqiu tembló al oírle susurrar su nombre con tanto ardor, y todo su cuerpo comenzó a estremecerse. El tono de su voz y su expresión facial la trastornaban, y era como si lo hubiera condenado injustamente y esperara a que Dios le salvara la vida. «¿Por qué le creo? ¿Por qué creo que no está mintiendo?». Incapaz de contestar, tembló aún más violentamente y, a pesar de unas cuantas aspiraciones profundas, era incapaz de parar.

Él se quitó la chaqueta militar y se la echó por los hombros.

—Debes de tener frío. Volvamos. No quiero que pilles un resfriado.

Ella se negaba a marcharse y se tapaba con su guerrera, hasta que finalmente tartamudeó:

—Tú también debes de tener frío. ¿Por qué no te pones la chaqueta?

—No tengo frío. —Él llevaba puesto su chaleco de lana y la observaba temblar a pesar de que Jingqiu se abrigaba con su chaqueta acolchada de algodón y su guerrera.

Ella seguía temblando y dijo en voz baja:

—Si tienes frío, ¿por qué no vienes aquí a taparte con la guerrera?

Él vaciló, como si pensara que Jingqiu lo estaba poniendo a prueba. La miró fijamente antes de colocarse a su lado y levantar un lado de la guerrera. Le cubría la mitad del cuerpo. Compartían la guerrera como si fuera un impermeable, pero era como si ninguno de los dos llevara nada sobre los hombros, tan ineficaz resultaba a la hora de protegerlos del frío.

—¿Todavía tienes frío? —preguntó Mayor Tercero.

—Bueno, la verdad es que no tengo frío. ¿Por qué no... por qué no te pones la guerrera? Yo no la necesito.

Él le cogió la mano indeciso, pero Jingqiu no reaccionó. Mayor Tercero apretó un poco más y siguió apretando, como si con eso quisiera aliviarle los temblores. Tras estrecharle un rato la mano se dio cuenta de que ya no temblaba.

—Déjame pensar algo. Voy a probar una cosa y, si no te gusta, me lo dices.

Se puso en pie y se cubrió con la guerrera, y a continuación, de cara a Jingqiu, la atrajo hacia él y la envolvió con sus brazos.

Jingqiu se quedó allí sentada, con la cabeza apoyada contra su vientre, y se dijo que debía parecer que él estaba embarazado, con aquel vientre sobresaliendo bajo su guerrera. No podía parar de reír. Mayor Tercero agachó la cabeza y la miró:

—¿Te ríes porque parece que esté encinto?

Mayor Tercero lo había adivinado y había utilizado una expresión tan «frititaria» como «encinto», lo que la hizo reír aún más. Atrajo a Jingqiu hacía sí agarrándola por las solapas de la chaqueta y la apretó más fuerte entre sus brazos.

—Ahora ya no parece que esté encinto. —Pero él también comenzó a temblar—. ¿Eres tú quien me ha contagiado este tembleque?

Jingqiu se inclinó hacia su pecho y de nuevo aquel olor la mareó. Deseó con todas sus fuerzas que él la abrazara más fuerte, que extrajera todo el aire de su interior. Avergonzada, se lo dijo, pero no tuvo valor para rodearlo con sus brazos. Los tenía colgando a los lados, como si estuviera en posición de firmes, cada vez más apretada contra él.

—¿Todavía tienes frío? —preguntó Mayor Tercero. La abrazó aún con más fuerza, y ella se sintió mejor, cerró los ojos y se ocultó en los pliegues de su ropa. Sería capaz de dormirse así y de no volver a despertar nunca.

Mayor Tercero tembló un poco más y a continuación dijo en voz baja:

—Jingqiu, Jingqiu, creía... creía que nunca podría volver a abrazarte, pensaba que la última vez te habías asustado mucho. Ahora te tengo en mis brazos, pero ¿podrías pellizcarme para comprobar que no estoy soñando?

Ella levantó la cabeza.

—Pellizcarte ¿dónde?

—Donde quieras —dijo él riendo—. Pero no hace falta que lo hagas ahora. No puedo estar soñando, porque en mis sueños no hablas así.

—¿Y cómo hablo en tus sueños?

—Cuando sueño siempre me evitas y me dices que no te siga, que aparte mis manos de ti y que no te gusta que te toque. ¿Has soñado conmigo?

—Sí. —Ella le habló del sueño en el que él la delataba a las autoridades.

—¿Por qué sueñas eso? —preguntó él, ofendido—. Nunca te haría algo así, no soy de esos. Sé que estás preocupada, y asustada, pero nunca te metería en líos. Solo quiero protegerte, cuidarte, hacerte feliz. Solo haré lo que tú me permitas hacer. Pero siempre me confundes. Dime, dímelo ahora, ¿qué me dejarás hacer por ti? De otro modo, podría hacer algo que no te gustara sin saberlo. Dímelo. Haré lo que sea, puedo hacer cualquier cosa por ti.

A ella le encantaba oírle decir aquellas cosas, pero se preguntó con cautela: «¿Le crees? Te está engañando, eso lo puede decir cualquiera».

—Quiero que me prometas no venir a verme hasta que me gradúe. ¿Serás capaz de hacerlo?

—Sí.

Pero ella no podía evitar pensar en lo que ocurriría después de su graduación.

—Cuando acabe la enseñanza secundaria me enviarán al campo y, una vez allí, ya no me traerán de vuelta.

—Sí que te traerán. —Y, dicho esto, le explicó—: No estoy diciendo que no te ame si no te traen de vuelta. Es que estoy convencido de que acabarás volviendo del campo. Y si no, tanto da, puedo seguirte allí donde te manden.

De hecho, aquello no era ningún problema para Jingqiu, pues, para ella, si dos personas se amaban no tenían por qué estar en el mismo lugar. Lo más importante era su amor, y poco importaba que estuvieran juntos o separados. Por lo que a ella se refería, quizá cuanto más separados estuvieran, mayor sería la prueba de que se amaban de verdad.

—No quiero que vengas conmigo. Solo quiero que me esperes.

—Muy bien. Te esperaré.

Ella fue aún más lejos.

—No puedo tener ninguna relación hasta que no cumpla los veinticinco. ¿Puedes esperar tanto?

—Puedo esperar. Siempre y cuando tú quieras que espere, siempre y cuando eso no te haga infeliz, puedo esperar toda la vida.

—¿Toda la vida? —Jingqiu soltó una risita—. Si esperas tanto y acabas en un ataúd, ¿de qué serviría?

—Para que me creas cuando te digo que puedo esperar toda la vida, para que creas en el amor eterno. —Mayor Tercero susurró—: Jingqiu, Jingqiu, sé que eres capaz de amar a alguien el resto de tu vida, pero no crees que nadie pueda amarte así. Es como si te consideraras insignificante, pero lo cierto es que eres inteligente, hermosa, amable, decente y adorable. No es posible que yo sea la primera persona que se enamora de ti, y no seré la última. Pero creo que soy la que más te ama.

Capítulo 18

Jingqiu era como un abstemio que de repente ha empezado a beber. El primer trago le había sabido muy fuerte, la había hecho llorar y quemado la garganta. No podía comprender cómo aquellos borrachos conseguían engullir alcohol con tanto entusiasmo. Pero tras unos cuantos tragos te acostumbrabas al sabor fuerte, hasta que al final comenzabas a apreciarlo. A lo mejor solo había un paso hasta convertirse en una auténtica adicta.

Los susurros de Mayor Tercero le habían puesto la piel de gallina. Eran suaves y una delicia para el oído. Jingqiu levantó la vista y se lo quedó mirando, totalmente enamorada, mientras él le contaba cómo se había sentido cuando se conocieron, lo triste que estaba cuando no podía verla, que la había visto jugar al voleibol subido a un andamio cerca de la escuela, que había ido hasta el pueblo de Yumin para recoger nueces y que había «sobornado» al chaval que estaba junto a los grifos para que fuera a buscarla. Había ocurrido, ella se había vuelto adicta a sus palabras, y cuanto más escuchaba, más quería escuchar. Cuando él hizo una pausa, ella le pidió:

—¿Y luego qué? Cuéntame más.

Él se rio y, al igual que le había estado contando historias en la montaña, dijo:

—Muy bien, te contaré más. —Y siguió hablando hasta que de repente se detuvo y comentó—: Bueno, ahora te toca a ti.

Ella eludió la invitación. No podía evitar pensar que era como admitir que él le gustaba, y eso era la definición perfecta de lo que su madre denominaría «un desliz». Y si ella le gustaba a él, era solo porque ella le había dicho que se alegraba de que hubiera vuelto, no había nada extraño en ello. Pero para poder decir que a él le gustaba Jingqiu de verdad tendría que gustarle sin saber que él le gustaba a ella.

—¿Desde cuándo tengo yo tanto tiempo libre como para pensar en eso? Debo ir a clase, hacer deporte.

Él bajó la cabeza y se quedó absorto contemplándola. A Jingqiu el corazón le dio un vuelco. «Se da cuenta de que le estoy mintiendo». Volvió la mirada para evitar sus ojos.

—No es inmoral echar de menos a alguien, ni enamorarse —dijo—. No hay necesidad de sentirse avergonzada. Todo el mundo se enamora tarde o temprano. —Él se mostraba convincente y ella casi estaba a punto de confesar. Pero de repente se acordó de una escena de *Viaje al oeste*, cuando Sun Yukong reta a luchar a un monstruo. El monstruo posee una pequeña botella, y si el monstruo pronuncia tu nombre y tú contestas, la botella te succiona y te conviertes en agua. Era como si Mayor Tercero llevara una botella como esa, y con solo admitir que a ella le gustaba fuera a verse succionada para no salir nunca.

—No creo que sea nada vergonzoso, pero aún soy joven, aún voy a la escuela. No puedo hacer esa clase de planes.

—A veces no es cuestión de planear. Es solo que no puedes evitar sentirlo. Yo no quiero desbaratar tus estudios, ni tampoco quiero que cada noche pierdas el sueño, pero no puedo controlarlo. —La miró y, apenado, pareció tomar una decisión—: Estudia en paz, esperaré hasta que te gradúes, y entonces vendré a buscarte. ¿Qué te parece?

A Jingqiu se le ocurrió de repente que su graduación aún quedaba muy lejos, pues faltaban meses. ¿Quería decir eso que no se verían en todo ese tiempo? Jingqiu quiso explicarle que no era a eso a lo que se refería, que «siempre y cuando nadie se entere, puedes seguir viniendo a verme». Pero se dijo que su expresión delataba que él ya había leído sus pensamientos y la estaba poniendo nerviosa a propósito para que le revelara sus auténticos sentimientos.

—¿La graduación? —dijo ella—. Falta una eternidad. Ya hablaremos de ello entonces, quién sabe cómo estarán las cosas entonces.

—Me da igual como estén, vendré a verte. Pero si antes necesitas algo, tienes que decírmelo, ¿entendido?

Él había tomado una decisión, Jingqiu se daba cuenta, y estaba dolida. Era como si no le importara verla, algo totalmente distinto del deseo de estar siempre con ella que acababa de expresar.

—¿Qué iba a necesitar de ti? —preguntó ella, furiosa—. Lo que necesito en realidad es que no vengas a verme.

Él sonrió, confuso, pero no contestó. Al cabo de un rato dijo:

—Jingqiu, Jingqiu, ¿te hace feliz torturarme así? Si te hace feliz, entonces no tengo nada que decir. Pero si tú... si tú también sufres esta zozobra, ¿por qué tienes que torturarme?

Realmente es un investigador privado, se dijo, impresionada. Puede leer exactamente mis pensamientos. Me pregunto hasta qué punto es poderosa esa botella: ¿sorberá también todo lo que ha averiguado? Comenzó a temblar de manera incontrolable y añadió con firmeza:

—No sé de qué estás hablando.

Él la atrajo más hacia sí y la consoló:

—No te enfades, no lo decía en serio, solo bromeaba. Si yo no te gusto... bueno, no pasa nada. A mí me seguirás gustando. —Frotó la cara contra la coronilla de Jingqiu.

Mientras la acariciaba así, Jingqiu notó que la coronilla se le iba poniendo caliente, y que aquel calor le bajaba a la cara y el cuello hasta que pensó que tenía fiebre. No sabía qué le ocurría, y tomándola con él, dijo:

—¿Qué estás haciendo? Si me frotas la cabeza así, se me queda el pelo todo alborotado. ¿Qué pasará cuando vuelva a mi casa?

Él se rio, e imitando su extraña manera de expresarlo, dijo:

—Que te ayudaré a arreglarlo.

—¿Qué sabes tú de arreglar el pelo? No me lo dejes como un nido de pájaros. —Jingqiu se apartó de él, se deshizo las trenzas y se lo alisó como pudo.

Mayor Tercero inclinó la cabeza y la observó.

—Estás muy bien con el pelo suelto.

—¡Eso es asqueroso!

—Solo deduzco la verdad de los hechos. ¿Nadie te ha dicho nunca que eres guapa? Te lo habrá dicho mucha gente.

—No digas más tonterías. No te estoy escuchando. Si dices algo más, me voy.

—Muy bien, me callo. Pero no es nada malo ser guapa, y si alguien lo dice no significa que tenga malas intenciones. No seas tan modesta y deja ya de enfadarte.

Al ver que ella estaba a punto de hacerse otra vez las trenzas, él dijo:

—No, llévalo suelto y deja que lo vea.

Ahora Mayor Tercero ponía una expresión de súplica, y Jingqiu, conmovida, se quedó indecisa sin saber si dejarle echar un vistazo. Él miraba y miraba, y, sin aliento, de repente dijo:

—¿Puedo besarte la cara? Prometo no besarte en ninguna otra parte.

Ella se dijo que él parecía afligido, como si le faltara el aire. Eso le dio un poco de miedo, pensó que si no aceptaba él moriría. Con cautela le acercó la cara:

—Si me lo prometes.

Él no contestó pero la abrazó con fuerza y apretó los labios contra su mejilla, cubriéndola de pequeños besos, sin salirse de la zona convenida. Su barba pinchaba y tenía el aliento caliente, y la excitaba y asustaba al mismo tiempo. Unas cuantas veces sus labios se acercaron al borde de los de ella. Temiendo que se repitiera lo de la vez anterior, Jingqiu se preparó a mantener los labios bien apretados, pero él apartó los suyos.

Mayor Tercero siguió besándola así y ella comenzó a preocuparse de que la barba le dañara la cara y se la dejara en carne viva. ¿Cómo voy a ir a casa con una mejilla roja y la otra blanca? Ella se apartó lentamente, y mientras se alisaba el pelo farfulló con coquetería:

—¿Por qué no paras?

—No volveré a verte en mucho tiempo.

Ella se echó a reír.

—¿Y qué pasa? ¿Se te ha ocurrido darme muchos besos y guardar algunos para más adelante?

—Ojalá pudiera guardarlos. —Parecía que no se encontraba muy bien, movía las manos sin ton ni son y el pecho le subía y bajaba. Se la quedó mirando.

—¿Qué ocurre? ¿Tengo las trenzas hechas un desastre?

—No —dijo él—, están bien. Se hace tarde, te llevaré a tu casa. Quién sabe si tu madre te estará buscando.

Entonces Jingqiu recordó que no le había dicho a su madre que salía. Nerviosa, preguntó:

—¿Qué hora es?

—Casi las nueve y media.

—Rápido, tengo que volver antes de que salga el último ferry. —Corrieron hacia el embarcadero y ella dijo preocupada—: ¿Dónde vas a pasar la noche?

—Donde sea, en un hotel, en la casa de huéspedes de alguna organización.

No había hoteles ni casas de huéspedes cerca del embarcadero, así que Jingqiu le dijo:

—Entonces no vengas conmigo hasta el río, o no podrás volver, y en mi orilla no hay donde alojarse.

—Eso no es problema.

—No me sigas de muy cerca, no quiero que nadie nos vea llegar al otro lado del río.

—Lo sé, te seguiré a distancia. Solo quiero asegurarme de que llegas al recinto de la escuela. —Mayor Tercero metió la mano en la bolsa, sacó un libro y se lo dio—. Cuidado, dentro hay una carta. Tenía miedo de no poder hablar contigo, así que te escribí una carta.

Jingqiu cogió el libro, sacó la carta y se la metió en el bolsillo.

—¿Dónde has ido? —refunfuñó su hermana cuando llegó a casa—. Mamá te ha estado buscando por todas partes. Se ha caído en una alcantarilla cuando volvía de casa de Wei Hong.

Jingqiu vio que su madre tenía la pierna atravesada por un gran corte rojo que le bajaba por la pantorrilla. Cubierta por el antiséptico que se había aplicado, tenía un aspecto horroroso.

—Qué tarde vuelves. ¿Dónde has estado? —le preguntó su madre subiendo la voz.

—He ido... a casa de Zhong Ping.

—Mamá me ha pedido que fuera a buscarte a casa de Zhong Ping, pero me ha dicho que por allí no habías estado —dijo su hermana.

Jingqiu comenzaba a estar irritada.

—¿Y por qué me buscabas? Ha venido a verme alguien de la Aldea Occidental y he salido. ¿Y qué hacíais vosotras metiendo a todo el mundo en esto? Ahora todos pensarán que he estado...

—No he ido por ahí para que todos se enteraran. Me han dicho que Zhong había venido a buscarte. Y cuando se ha hecho tarde y no volvías, le he pedido a tu hermana que fuera a su casa. Le he dicho a Wei Hong que quería pedirle algo prestado... tu madre no es tan estúpida. No iría por ahí diciéndoles a todos que se ha hecho muy tarde y mi hija no ha vuelto. —Su madre suspiró—. Pero salir y no decirme nada, ni una palabra de a qué hora ibas a volver... Hoy en día es peligroso. Si una chica como tú se topa con algún... granuja, tu vida quedaría destrozada.

Jingqiu bajó la cabeza y no respondió. Sabía que había hecho mal. Por suerte su madre solo se había lastimado una pierna; de haber sufrido un accidente más serio, Jingqiu se habría sentido corroída por la culpa.

—Ese alguien de la Aldea Occidental, ¿era un hombre o una mujer?

—Una mujer.

—¿Y dónde habéis ido a estas horas?

—Hemos paseado por la orilla.

—Mamá y yo hemos ido al río y no estabas.

Jingqiu no se atrevía a decir nada más.

—Siempre he creído que eras una chica sensata e inteligente. ¿Cómo has podido hacer algo tan estúpido? Hay hombres que buscan chicas como tú, les dicen unas cuantas palabras zalameras, les compran ropas bonitas, y así es como las consiguen. Si alguien te engaña de ese modo, ya está, todo ha terminado. Todavía vas a la escuela. Te expulsarán si te mezclas con sujetos de mala ralea. Si te portas así... —La madre de Jingqiu vio que esta aún tenía la cabeza gacha y preguntó—: ¿Era Lin, ese chico?

—No.

—¿Quién era, entonces?

—Era alguien de la unidad geológica. No hay nada entre nosotros. Ha venido por trabajo, eso es todo. Tenía unos cuantos vales de cereal que no necesitaba y me los ha ofrecido. —Enseñó los vales de racionamiento con la esperanza de que la sacaran del aprieto.

Pero su madre se enfadó aún más.

—Eso es exactamente el truco del que estaba hablando, utilizan regalitos para atraerte.

—Él no es así, solo quiere ayudar.

—¿Que no es así? Pero sabe que todavía vas a la escuela, así que no entiendo por qué te hace salir en plena noche. Si realmente quiere ayudarte, ¿por qué no viene a casa de una manera honesta y recta? Si fuera una persona decente, ¿vendría a escondidas? —La madre de Jingqiu exhaló un suspiro de dolor—. Siempre me ha preocupado que te dejaras engañar. Un desliz conduce a una senda de penalidades. Te lo he dicho muchas veces, y sigues sin escuchar. —Se volvió hacia la hermana pequeña de Jingqiu y le dijo—: Vete un rato a la otra habitación, quiero hablar con tu hermana. —La chica se marchó, y su madre susurró—: ¿Te ha... hecho algo?

—¿Como qué?

Su madre vaciló, y a continuación dijo:

—¿Te ha abrazado? ¿Besado? ¿Te ha...?

Jingqiu se aturulló. «Estoy lista, abrazar y besar deben de ser cosas muy malas, pues, si no, ¿por qué mi madre está tan preocupada?». El corazón se le desbocó en el pecho, pero se controló y mintió:

—No.

Su madre se quedó aliviada.

—Eso está bien. No tengas más contacto con él. No puede ser una buena persona si ha recorrido todo ese camino para seducir a una chica que todavía va a la escuela. Si vuelve y te molesta, me lo dices. Escribiré una carta a su unidad.

Capítulo 19

Aquella noche Jingqiu tardó bastante en dormirse. No sabía si el ferry aún funcionaba cuando Mayor Tercero había regresado. Quizá no había podido cruzar.

La escuela se hallaba en una pequeña isla en mitad del río, que se dividía al llegar a la isla de Jiangxin. Al sur, el «Río Grande» seguía teniendo un cauce bastante ancho, pero hacia el norte se estrechaba, y a ese ramal lo denominaban «Río Pequeño». La puerta del recinto de la escuela daba al «Río Pequeño». Los dos ramales volvían a unirse al este de la isla. En verano había crecidas, a menudo al nivel de la orilla, pero la isla nunca se había inundado; los ancianos decían que la isla de Jiangxin reposaba sobre la espalda de una tortuga, con lo que nunca se inundaría.

Al otro lado del río había una región conocida como Jiangnan, literalmente, «al sur del río Yangtsé», que se extendía a lo lejos. Sin embargo, no era el Jiangnan que conocían los chinos de la poesía antigua, sino más bien un paisaje de aldeas pobres. Al otro lado del «Río Pequeño» había un barrio de Yichang, pero no era fácil llegar. En la isla propiamente dicha había solo unas fábricas, algunos campos a cargo de las comunas agrícolas, unas cuantas escuelas, algunos restaurantes y un mercado de verduras, pero ningún hotel.

A Jingqiu le preocupaba que Mayor Tercero no hubiera conseguido cruzar el río y no hubiera tenido más remedio que pasar la noche en la isla de Jiangxin. Hacía frío. ¿Se habría muerto congelado allí fuera? Y aunque hubiera logrado cruzar el río, ¿dónde encontraría alojamiento? ¿No necesitabas una carta de tu unidad de trabajo para conseguir habitación?

En la cabeza de Jingqiu se agolpaban las imágenes de Mayor Tercero envuelto en su abrigo, la cabeza gacha, vagando por las calles. A continuación lo vio pasando la noche en el pabellón, donde moría congelado y a la mañana siguiente lo descubrían los barrenderos. De no haber sido porque no quería matar de preocupación a su madre, habría salido corriendo a buscarlo, habría ido a averiguar si había encontrado algún lugar donde alojarse y pasar la noche. «Si perece congelado habrá muerto por mí, y tendré que seguirle». La idea de morir no la asustaba, porque eso significaría que estarían siempre juntos, y ya no tendría que preocuparse de que él la traicionara ni de que se enamorara de otra. Así siempre la amaría.

Y si eso llegaba a ocurrir, Jingqiu pediría que los enterraran juntos bajo el espino que había cerca de la Aldea Occidental. Pero aquello no parecía posible, pues ninguno de los dos era un héroe de la guerra contra los japoneses. No habrían muerto por el pueblo, sino por amor, uno por culpa de los elementos y otra por su propia mano. Y según las palabras del presidente Mao, sus muertes serían más ligeras que la pluma de un cisne, y no tan pesadas como el monte Tai.

Jingqiu daba vueltas en la cama, y oía que su madre hacía lo mismo en la otra habitación. Sabía que ella estaba inquieta por lo ocurrido ese día. Confiaba en que no se presentara en la unidad de Mayor Tercero sin su permiso. Pues si así lo hacía estaría tirando piedras contra su propio tejado, ya que no solo metería a Mayor Tercero en un lío, sino también a ella. Su madre no era tan estúpida ni tampoco tan entrometida. Pero Jingqiu se imaginaba que a partir de aquel día su madre se preocuparía aún más por ella y que si la perdía de vista, aunque solo fuera unos minutos, al instante supondría que estaba viéndose con ese «chico malo».

Quería decirle a su madre que no se preocupara, que Mayor Tercero le había dicho que no volvería en seis meses. Va a esperar a que me gradúe. Y quién sabe, a lo mejor por entonces ya me ha olvidado. O ha encontrado a otra chica. Tiene tanta labia. Ha conseguido convencerme a mí, ¿y no será capaz de convencer a otra como si nada?

Una y otra vez revivió lo ocurrido aquella noche, sobre todo las dos escenas claves: cuando él la abrazó y cuando la besó. ¿Por qué estoy tan obsesionada? ¿Era porque la consumían pensamientos malsanos, o porque su madre se había quedado lívida ante la simple mención de aquellas cosas? Debían de ser delitos graves si conseguían afectar a su madre de ese modo, pero lo peor era que los había cometido. Y ahora ¿qué? ¿Qué mal provocará que me hayan abrazado y besado? Se sentía confusa. La última vez que la habían abrazado y besado no había pasado nada. Pero si aquello no causaba ningún perjuicio, ¿por qué su madre estaba tan asustada? Una madre sabe mucho del mundo, así que seguramente debía conocer de qué cosas había que preocuparse y de cuáles no.

A Mayor Tercero se le había visto un poco excitado: ¿era esa una prueba de su «naturaleza bestial»? ¿Y qué significaba eso exactamente? «Bestial» era como ser un animal salvaje, como el que se come a la gente, ¿no? Pero él no me ha comido, solo me ha besado tiernamente: nada que ver con un animal salvaje.

Hasta el día siguiente no tuvo oportunidad de leer la carta de Mayor Tercero. Aquella semana le tocaba cerrar el aula con llave, así que esperó a que todo el mundo hubiera salido y se sentó en un rincón del aula, abrió la carta y la leyó. Era muy hermosa, tierna, apasionada y profunda. Jingqiu se conmovió y se sintió tranquila cuando leyó cuánto la echaba de menos. Pero la parte que hablaba de ella estaba escrita en un estilo que no fue tan de su gusto.

Si hubiera escrito acerca de lo mucho que la amaba y cuánto la echaba de menos, y no la hubiera incluido en su carta como cómplice, le habría gustado mucho más. Pero Mayor Tercero no dejaba de referirse a «nosotros» esto y «nosotros» lo otro. Se había pasado de la raya. Jingqiu había recibido algunas cartas de amor anteriormente, sobre todo enviadas por chicos de su clase. Por muy bien escritas que estuvieran, lo que más detestaba era cuando suponían que ella correspondía a sus sentimientos.

No comprendía cómo una persona tan inteligente como Mayor Tercero no se daba cuenta de que ella no quería plasmar en palabras escritas su lado apasionado. Él la retrataba como una persona fría, daba a entender que él la amaba de manera desesperada, y que solo al final —aun cuando ella no recordara cuándo había sido exactamente— le había dado ella una pequeñísima muestra de su afecto. Jingqiu creía que eso era el verdadero amor: que él comenzara a perseguirla en el primer capítulo y solo en el último ella cediera.

Tras acabar la carta se le ocurrió romperla y tirarla al retrete, pero se dio cuenta de que quizá esa era la última carta que le escribiría, y no soportaba destruirla. Esperó hasta que su madre hubo salido a visitar a uno de sus alumnos y la cosió en el interior de su chaqueta acolchada.

Se daba cuenta de que su madre la tenía estrechamente vigilada, pues cada vez que salía de casa le preguntaba repetidamente adónde iba. Ni siquiera se fiaba cuando Jingqiu le decía que iba a visitar a Wei Hong, por si era un pretexto para salir a verse con el muchacho de la unidad geológica.

No era justo. Su hermano Xin tenía una novia muy joven, y su madre nunca lo había sobreprotegido tanto. De hecho, había recibido a Wang Yamin con gran entusiasmo. Siempre que esta iba a visitarla, su madre hacía todo lo que podía para conseguir carne y agasajarlos. Recogía los colchones y las sábanas para lavarlos. De hecho, se agotaba tanto con esos preparativos que una o dos veces se había puesto enferma.

Su madre siempre decía:

—La gente como nosotros, que no tiene dinero ni poder y que encima pertenece a una clase social mala, ¿qué otra cosa podemos esperar de los demás sino un poco de afecto?

Jingqiu sabía que su madre le estaba agradecida a Yamin, casi hasta las lágrimas, porque no era fácil que su hermano consiguiera encontrar a alguien que aceptara la pobreza y clase social baja de la familia. Xin era tres años mayor que Jingqiu. Su novia había ido a la misma clase que Jingqiu, y era la chica más guapa de todas las de su edad. Tenía los ojos almendrados, la nariz pronunciada y el pelo negro, largo y un poco rizado; en otras palabras, no parecía china. Cuando era pequeña, en la tienda de fotografía colgaban fotos de ella en el escaparate como anuncio.

La familia de Yamin no era pobre: su madre era enfermera y su padre gerente de una fábrica de neumáticos. Tras graduarse en la secundaria, su padre la había ayudado a obtener un certificado que decía que tenía problemas con las piernas, con lo que no la enviaron al campo y pudo ir a trabajar a la fábrica de ropa de Yichang. Desde el principio mantuvo aquella relación a escondidas de su familia.

Un día, Yamin se presentó en casa de Jingqiu. Tenía los ojos rojos y le temblaba la voz.

—Señora Zhang, ¿puedo hablar con Xin? Sé que está en casa y que se esconde de mí. Le he dicho que mis padres no aprueban nuestra relación, que temen que lo manden al campo y ya no vuelva. Él ha dicho que debíamos romper para evitar problemas. Ha dicho que mis padres quieren lo mejor para mí, pero eso es lo que mis padres piensan, no lo que pienso yo.

—También él quiere lo mejor para ti —dijo la madre de Jingqiu, con los ojos igual de enrojecidos.

Yamin comenzó a sollozar.

—Mis padres me hacen sufrir, y ahora él también. ¿Qué sentido tiene vivir?

La madre de Jingqiu dio un respingo y le dijo a su hija que fuera a buscar a su hermano a la habitación de un amigo donde se escondía.

—Te acompañaré —dijo Yamin.

Cuando Xin abrió la puerta y vio a Yamin, sus ojos se llenaron de lágrimas. Jingqiu enseguida dio media vuelta para marcharse, sabiendo que su hermano ya no quería esconderse de Yamin y que ella le gustaba de verdad. Durante el tiempo que la había estado evitando, había perdido un poco de peso.

Aquella noche Yamin y Xin fueron a cenar.

—Tanto da lo que digan mis padres —dijo Yamin—. Solo quiero estar con Xin. Si me regañan, me iré a vivir con vosotros y dormiré en la misma cama que Jingqiu.

Durante el Festival de Primavera se presentaba casi todos los días, y estaba con Xin en la habitación de Jingqiu, y a menudo regresaba a casa después de las once de la noche. Cualquiera sabe cómo se las arreglaba con sus padres.

Una noche, cuando ya eran casi las once, algunos profesores que se encargaban de patrullar la escuela fueron a buscar a la madre de Jingqiu.

—Tu hijo ha sufrido un accidente.

Jingqiu y su madre fueron inmediatamente con los profesores hasta la oficina y se encontraron a Xin encerrado en una habitación y a Yamin en otra.

Los profesores querían hablar con la madre de Jingqiu a solas, así que a esta la hicieron esperar fuera, el pecho ardiéndole de preocupación. Uno de los guardas por fin consiguió hacer salir a Yamin y le dijo que se fuera. Pero esta se negó a marcharse:

—No hemos hecho nada. Si no sueltan a Xin, yo tampoco me voy.

—¿Cómo te atreves a ponerte a gritar aquí? ¿Es que no conoces el significado de la palabra vergüenza? Podríamos enviarte al hospital ahora mismo a que te hicieran un reconocimiento, seguro que entonces no te pondrías tan chula.

Yamin no dio su brazo a torcer.

—Pues claro que iré. Solo una persona inmoral se negaría a ir, pero si descubren que no he hecho nada, más vale que te andes con ojo.

Jingqiu nunca había visto a Yamin tan farruca, pues generalmente se mostraba cauta y comedida.

—Tu hermano todavía está dentro —le dijo a Jingqiu—. No voy a irme de aquí hasta que no lo suelten.

Así que Jingqiu se quedó esperando fuera con Yamin. Al final se atrevió a preguntar:

—¿Qué pasa?

—Estos guardas son unos entrometidos. Esta noche hacía frío y nos habíamos sentado en la cama tapándonos las piernas con una manta, y entonces llamaron a la puerta. Me llevaron a la oficina para interrogarme y luego dijeron que nos llevarían a la policía.

Jingqiu no sabía lo grave que era aquello.

—¿Y qué harán?

—La policía no suele ser muy razonable. Primero te pegan y luego te preguntan.

—¿Y por qué decían eso de mandarte a un hospital para que te hagan un reconocimiento?

Yamin vaciló antes de contestar.

—Se refieren a pedirle a un médico que compruebe si... si todavía soy una chica como está mandado. Pero no tengo miedo, no hemos hecho nada.

Jingqiu seguía sin entenderlo. Yamin decía que ella y su hermano habían estado en la cama, o sea, que habían «compartido habitación». ¿Qué quería decir con eso de que no habían hecho nada?

Al final los guardas soltaron a Xin, pues decidieron que no podía haber pasado nada si Yamin estaba tan dispuesta a ir al hospital a hacerse un reconocimiento. Posteriormente, Yamin continuó yendo a su casa todas las noches, pero los guardas de la escuela no volvieron a llamar a la puerta. Ahora su madre apreciaba a Yamin aún más que antes; jamás se le hubiera ocurrido que una chica tan amable pudiera volverse tan feroz, como un tigre, solamente para salvar a su hijo.

Jingqiu estaba muy contenta de que su hermano hubiera encontrado una novia tan buena. Pero no podía evitar pensar que, si les hubieran encontrado a Mayor Tercero y a ella en aquella habitación, su madre probablemente habría mandado a Mayor Tercero a la policía.

Como no tenía manera de saber si Mayor Tercero había encontrado dónde alojarse, aquella noche Jingqiu temió por su vida. La aterraba que Fang se presentara un día para decirle que habían encontrado a Mayor Tercero muerto de congelación y la invitara al funeral.

Todos los días encontraba razones para ir al despacho de su madre a hojear el periódico en busca de noticias de gente que había muerto congelada en la ciudad. Pero probablemente eso no saldría en los periódicos porque él mismo había sido el causante y no había muerto intentando salvar a otra persona. ¿Por qué molestarse en sacarlo en la prensa?

Se le ocurrió ir a Aldea Occidental para ver si estaba vivo, pero no podía pedirle a su madre el dinero para el billete de autobús, y no se le ocurría ninguna excusa para estar fuera un día entero. Lo único que podía hacer era esperar angustiada alguna noticia.

Se acordó de que conocía a un médico llamado Cheng que trabajaba en el hospital más grande de la ciudad. Fue a verle. El doctor Cheng le dijo que no había recibido ningún paciente que sufriera congelación.

—¿Alguien puede morir congelado con el tiempo que tenemos ahora? —preguntó Jingqiu.

—Si lleva poca ropa, quizá sí.

Mayor Tercero llevaba una guerrera, así que probablemente estaba a salvo.

El doctor Cheng la tranquilizó al decirle que hoy en día casi nadie moría congelado, pues si se hacía de noche y pasaba frío podía ir a la sala de espera de la estación o a la que había junto al embarcadero, o la policía se lo llevaría por vagabundo. Su lógica la consoló un poco.

La suegra del doctor Cheng y la madre de Jingqiu habían sido colegas. Como las dos mujeres tenían el mismo apellido, durante generaciones muchas de las familias de la isla de Jiangxin habían ido a clase con alguna señora Zhang. La suegra del doctor Cheng ya estaba jubilada, pero vivía cerca de la escuela. La esposa del doctor Cheng también era profesora en la ciudad y una competente acordeonista, y los transeúntes a menudo se paraban a escuchar cuando marido y mujer cantaban y tocaban juntos.

Jingqiu había aprendido sola a tocar el acordeón. Había comenzado con el órgano, pues en la escuela de su madre había uno en la sala de música, donde podía ir a practicar, pero, como los estudiantes a menudo viajaban cantando canciones revolucionarias, necesitaban a alguien que los acompañara. El órgano pesaba demasiado, así que comenzó a aprender a tocar el acordeón. A menudo oía tocar a la esposa del doctor Cheng, la señora Jiang, cuando pasaba por su casa, y admiraba enormemente su música, de manera que le pidió a su madre si podía estudiar con la señora Jiang. No tardó mucho en conocer bien a la familia.

El doctor Cheng no tenía mucho aspecto de chino: tenía la nariz prominente y los ojos muy hundidos, lo que en la isla le granjeó una fama singular, el sobrenombre de «extranjero» y las miradas curiosas de los isleños. Algunos niños le llamaban descaradamente «extranjero» cuando se cruzaban con él, pero como era un hombre de buen carácter lo único que hacía era volverse, reírse y saludar con la mano. El doctor Cheng explicaba que su aspecto «extranjero» obedecía a que tenía sangre kazaja en las venas, pero, como nadie había conocido a ninguno de sus padres supuestamente kazajos, la gente prefería creer que era un agente especial o el fruto de una relación ilícita.

A Jingqiu, por alguna razón, Mayor Tercero siempre le había recordado al doctor Cheng, y aunque la nariz de aquel no era tan grande como la del doctor Cheng ni sus ojos tan hundidos, y la gente nunca se paraba a mirarlo con curiosidad, como hacían con el doctor Cheng, Jingqiu seguía pensando que había un parecido. No estaba segura de que Mayor Tercero no le hubiera resultado atractivo a primera vista porque le gustaba la cara del doctor Cheng, o de si había sido al revés, pero ambos siempre estaban firmemente unidos en su imaginación.

El doctor Cheng la tranquilizó diciéndole que era improbable que Mayor Tercero hubiera muerto congelado, pero solo la llegada de una carta conseguiría serenarla del todo. Aquel día la madre de Jingqiu le trajo una carta que había enviado alguien de Aldea Occidental. Jingqiu casi se desmayó. Mayor Tercero debía de haber enloquecido por el frío, pues de otro modo no se le habría ocurrido enviarle una carta directamente a la escuela de su madre. Ya el día que se conocieron en Aldea Occidental ella dijo que no le mandara cartas porque los estudiantes no recibían cartas, y, si las recibían, solo podían contener pérfidos secretos. Y si alguien le mandara una carta, la recepcionista se aseguraría de entregársela a su madre.

Sin embargo, su madre no la había abierto. Esa era probablemente la primera carta que recibía por correo. Afirmaba claramente que el remitente era Fang, y la letra era la suya, por lo que la abrió delante de su madre. Era una carta muy sencilla, y en ella informaba a Jingqiu de que los estudios le habían ido bien y que su familia gozaba de buena salud. A continuación invitaba a Jingqiu a visitarlos a Aldea Occidental y expresaba el deseo de que la familia de Jingqiu también gozara de buena salud.

Sin embargo, Jingqiu se daba cuenta de que el verdadero remitente de la carta era Mayor Tercero, y no pudo evitar reírse por dentro: qué artero, es lo bastante valiente como para intentar engañar a mi madre. Así que se encontraba bien. Quemó la última carta que había escondido dentro de su chaqueta, pues el bolsillo comenzaba ya a abultarle con todas las cartas que había metido allí, y temía que su madre encontrara el escondrijo. No obstante, guardó la primera carta, porque en aquella no había utilizado en ningún momento el pronombre «nosotros».

Capítulo 20

A medida que se acercaba su graduación, Jingqiu estaba cada vez más dividida por dentro. Anhelaba que llegara el día para volver a ver a Mayor Tercero, pero también le daba miedo graduarse, porque entonces no tardarían en mandarla al campo. Una vez quedara permanentemente inscrita en su nueva casa rural, dejaría de estar empadronada en la ciudad y ya no se le permitiría hacer trabajos temporales en verano. Tendría que hacer lo mismo que su hermano y pedir dinero prestado para complementar sus raciones. Y de ninguna manera iba a permitir que su hermana de doce años saliera a buscar trabajo para ayudarla.

Recientemente, había cambiado la política del gobierno, y a los estudiantes de Yichang ya no los mandaban a unidades de producción al azar, sino que iban a equipos especiales para las juventudes que trabajaban en el campo, agrupados según las unidades de trabajo de sus padres. Los hijos de los trabajadores de la educación y la cultura de Yichang eran enviados a una remota zona montañosa en la que trabajaban en el bosque. Era un lugar tremendamente duro, y les era casi imposible ganar dinero. Se les obligaba a forjar su «corazón rojo», a ser leales a la revolución. Los estudiantes confiaban en que sus padres les mandaran dinero para sus raciones, y todo lo que pedían estos era que sus hijos soportaran unos cuantos años de penalidades antes de intentar que los trasladaran de vuelta a la ciudad.

Cada julio mandaban al campo una nueva remesa de estudiantes. Aquel año, sin embargo, las autoridades habían decidido comenzar a ofrecer clases extra a los adolescentes que estaban a punto de marcharse. Todos los días les recordaban que «un corazón leal precisa dos tipos de preparación». El comité educativo había organizado unas concurridas reuniones, en las que se invitaba a los estudiantes que ya habían ido al campo —y sobre todo a aquellos que se habían establecido plenamente en sus nuevos hogares— a que relataran a los estudiantes de aquel año cómo se habían integrado con los campesinos pobres de clase más baja. Algunos jóvenes ejemplares se habían casado, o, como ellos lo denominaban, habían «echado raíces en nombre de la revolución».

Jingqiu los escuchaba relatar esos hechos gloriosos, pero no sabía decir si realmente amaban a sus maridos y esposas campesinos. Una cosa sí sabía: en cuanto te casas con alguien de un pueblo, ya no hay manera de volver a la ciudad. Wei Ling era unos cuantos años mayor que Jingqiu y ya la habían mandado al campo. Siempre que volvía a casa le contaba a Jingqiu lo dura que era la vida allí. El trabajo era agotador y su vida cotidiana, aburrida; lo único que anhelaba era el día en que pudiera regresar a la ciudad y poner fin a su sufrimiento. Le cantaba a Jingqiu canciones populares entre los estudiantes:

Se me caen los pantalones de trabajar como un esclavo,
alguien cocina un arroz de dulce olor
cuando regreso a mi cuarto, frío y gris.

Jingqiu estaba en el mismo año que Wei Hong, la hermana de Wei Ling. Wei Hong y Jingqiu habían decidido compartir habitación una vez estuvieran en el campo, así que empezaron a preparar juntas sus pertenencias. La familia de Wei Hong tenía un poco más de dinero que la de Jingqiu, pues tanto su padre como su madre eran profesores en la Escuela Secundaria n.º 8. Con dos salarios, no pasaban grandes apuros para criar a tres hijos. Ello significaba que Jingqiu no podía permitirse comprar las mismas cosas que Wei Hong. Lo único que compraban las dos era material para hacer fundas de almohadón, en las que bordaban las palabras «Vastas tierras, inmenso potencial».

Animadas, se las veía muy atareadas con sus preparativos, hasta que un día Jingqiu recibió una visita inesperada de Fang. El único momento que pasaron a solas fue cuando Jingqiu la acompañó al autobús y Fang le entregó una carta.

—Es de Mayor Tercero.

Jingqiu esperó a que el autobús de Fang saliera de la estación antes de sentarse y abrirla. Quizá por consideración a su mensajera Mayor Tercero no la había puesto en un sobre, y en ella expresaba sus sentimientos sin reserva. Jingqiu se sonrojó y el corazón le latió con fuerza. ¿No temía que Fang la leyera?

En la carta Mayor Tercero le explicaba que había una nueva política que permitía a los hijos reemplazar a sus padres cuando estos se jubilaban. Esa política todavía no se había hecho pública, y la decisión final la tomaría uno de los departamentos implicados. Mayor Tercero insistía en que su madre indagara en su escuela o en el departamento de educación. A lo mejor Jingqiu podía reemplazar a su madre, y así no la mandarían al campo. El trabajo te iría como anillo al dedo, decía Mayor Tercero, pues serías una profesora excelente.

Jingqiu leyó la carta unas cuantas veces más, llena de incredulidad. Esperaba con todo su corazón que su hermano Xin pudiera reemplazar a su madre en lugar de ella, pues se encontraba en una situación más precaria. Puesto que su padre había sido perseguido antes de que su hermano pudiera comenzar los años de bachillerato, a Xin lo habían mandado al campo sin que pudiera cursarlos. Llevaba allí muchos años y todavía no lo habían mandado de vuelta a casa.

Yamin a menudo iba a casa de Jingqiu a buscar las cartas que le mandaba Xin, pues nunca se las remitía directamente. Cada vez que iba a visitarlos se sentaba con Jingqiu y le relataba la historia de cómo se habían conocido: iban a la misma clase, y Xin le había pedido a alguien que se acercara a casa de Yamin y le pidiera que fuera a verlo, y que, aunque en su clase había otra chica guapa que estaba también prendada de Xin, este solo tenía ojos para Yamin. Pero de lo que hablaba más era de cómo conseguir que Xin regresara a la ciudad, pues una vez que estuviera de vuelta la madre de Yamin no se opondría tan vehementemente al matrimonio. Jingqiu deseaba con todas sus fuerzas que su hermano regresara pronto a fin de que la distancia ya no amenazara con extinguir el amor que había entre ellos.

Rebosante de gozo por esa nueva política de empleo, Jingqiu se fue enseguida a contárselo a su madre. No le diría que se lo había contado Mayor Tercero, sino que había oído que alguien en la escuela lo había comentado. Su madre no quedó del todo convencida, teniendo en cuenta que la noticia procedía de alguien de la escuela, pero dijo que no se perdía nada con preguntar, siempre y cuando no se hicieran muchas ilusiones. Fueron a ver al señor Zhong, el secretario, pero este dijo que no sabía nada. La hija de este hacía mucho que se había graduado, pero seguía en la ciudad, algo que provocaba disparidad de opiniones. El señor Zhong, por tanto, estaba muy interesado en esta nueva política y fue directamente al departamento de educación para que se la confirmaran o desmintieran. Al regresar, se dirigió enseguida a casa de

Jingqiu. Era cierto que la política había entrado en vigor, pero, como no había ninguna directiva acerca de cómo ponerla en práctica, su ejecución era cosa de cada unidad de trabajo.

—Señora Zhang, gracias por contármelo —dijo—. Todavía no tengo edad para jubilarme, pero mi mujer se retirará pronto. No está muy bien de salud y alegará este motivo para adelantar su jubilación, para que mi hija pueda reemplazarla. ¿Por qué no hace usted lo mismo y así Jingqiu podría quedarse en la ciudad? Que las chicas jóvenes se vayan al campo siempre es una preocupación.

La madre de Jingqiu no había esperado que una persona tan importante como el señor Zhong se preocupara porque mandaran a su hija al campo, ni que se compadeciera del sufrimiento normal de una madre. Pero por su tono de voz comprendió que, si se jubilaba alegando problemas de salud, la escuela permitiría que Jingqiu la reemplazara. Entusiasmada, le dio profusamente las gracias antes de despedirse de él.

Le contó la buena noticia a Jingqiu. Tras años de preocupación, podía quitarse un enorme peso de encima.

—Solicitaré la jubilación y tú me sustituirás, así no te mandarán al campo. Solucionar este problema será un gran alivio para mí.

—Deberíamos dejar que fuera Xin quien te sustituyera. Lleva muchos años fuera y ha sufrido mucho. Y la familia de Yamin solo se opone al matrimonio porque está en el campo. Si pudiera volver, todo iría bien.

Jingqiu se lo contó a Yamin y esta se puso eufórica.

—Por fin podremos estar juntos y mi familia no logrará impedirlo.

Yamin se fue a escribir una carta a Xin para contarle la noticia. Pero él no estuvo de acuerdo con el plan. Llevaba tanto tiempo fuera que solo era cuestión de tiempo que le hicieran volver a la ciudad. Dijo que lo único que conseguiría sería quitarle esa oportunidad a su hermana, y que era Jingqiu quien debía sustituir a su madre para que no la mandaran a ella al campo.

La madre de Jingqiu también estaba decidida a que no mandaran a su hija al campo. A menudo tenía pesadillas en las que Jingqiu sufría un terrible accidente, y cuando iba a reunirse con ella la encontraba sobre un montón de paja de arroz, el pelo enmarañado y apelmazado y los ojos vidriosos.

—No te dejaré marchar —decía su madre—. Todavía eres joven y no sabes la cantidad de peligros a los que se enfrentan en el campo las chicas jóvenes. Desde la antigüedad las chicas guapas han sufrido destinos terribles. En esta escuela ya tienes a muchos chicos que están locos por ti, que te causan problemas. ¿Crees que allí será diferente?

A pesar de los sentimientos de su madre, Jingqiu la convenció de que fuera a la escuela a sugerir que fuera Xin quien la sustituyera. Sin embargo, le contestaron que como no había cursado los años de bachillerato no reunía los requisitos como candidato. Jingqiu, por otra parte, sí los había cursado; no solo era una estudiante de último año de secundaria, sino que también era inteligente, íntegra y físicamente fuerte. Sería una buena profesora, y la aceptarían como sustituta de su madre.

Como no había más opciones, Jingqiu estuvo de acuerdo. No podía desperdiciar una oportunidad como esa. Pero estaba preocupada por su pobre hermano y prometió con todo su corazón encontrar una manera de hacerlo regresar.

Se sentía extremadamente agradecida a Mayor Tercero por haberle hablado de esa política, y en el momento preciso, pues su madre no se habría podido enterar de ninguna manera. Quería hacérselo saber, pero no tenía muy claro cuál era la mejor manera. No tenía teléfono ni podía escribirle una carta, y mucho menos ir en persona a Aldea Occidental. Tenía que esperar a que él pudiera ir a verla. No obstante, él se estaba tomando la promesa de no visitarla con la misma seriedad que si se la hubiera hecho al Partido.

Jingqiu se moría de añoranza, tal como él había escrito en sus cartas. Lo único que quería era verlo. Todo lo que tuviera la menor relación con Mayor Tercero la hacía sentirse próxima a él. El corazón le palpitaba con fuerza cada vez que alguien pronunciaba las palabras «tercero», «unidad geológica» o «distrito del ejército», como si se refirieran a él en secreto. Jingqiu nunca se había atrevido a llamarlo por su verdadero nombre, ni siquiera en su fuero interno, pero ahora, cada vez que veía a alguien cuyo apellido era «Sun» o cuyo nombre de pila era «Jianxin», se le derretía el corazón.

Casi a diario acudía a casa del doctor Cheng para practicar el acordeón con su esposa, la señora Jiang, para hacerle fiestas a su bebé o pedirle prestada la máquina de coser. Cuando el doctor Cheng estaba fuera, se inquietaba, y solo cuando volvía a casa y oía el sonido de su voz sentía que su tarea diaria había terminado y podía regresar a casa satisfecha. No necesitaba hablar con él ni verle la cara; solo con oír su voz ya se quedaba tranquila. El doctor Cheng hablaba mandarín, al igual que Mayor Tercero. Pocas personas en Yichang hablaban mandarín, por lo que rara vez lo oía. Así, si el doctor Cheng hablaba en la habitación de al lado, ella dejaba lo que estuviera haciendo y lo escuchaba en silencio. A menudo se imaginaba que era Mayor Tercero, que ella estaba sentada en la casa de este, que era una más de la familia. Su relación exacta con él no quedaba muy clara. Tanto daba. Solo con que pudiera oír su voz todos los días, lo demás no importaba.

Afortunadamente, disponía de muchas oportunidades para ir a casa del doctor Cheng, pues su esposa a menudo la invitaba a que se pasara para hacer punto. Al principio quiso que Jingqiu le tejiera a su hijo un jersey de lana. Cuando lo terminó, la señora Jiang le dio dinero a Jingqiu, pues el patrón había sido complicado y le había llevado mucho tiempo, pero Jingqiu lo rechazó.

—No acepto dinero por ayudar a alguien a hacer punto.

A la señora Jiang se le ocurrió otra manera de compensar a Jingqiu. La señora Jiang solo muy de vez en cuando utilizaba su máquina de coser para hacer calcetines o cosas así, mientras que Jingqiu tenía que coser a mano. Le permitiría a Jingqiu utilizar su máquina.

—La tengo ahí sin usar y acumulando polvo. No tengo tiempo para coser. ¿Por qué no vienes y la usas tú? De lo contrario se oxidará.

La oferta de la señora Jiang fue un regalo del cielo. Incapaz de resistirse, Jingqiu pronto hizo girar la rueda de la máquina. La señora Jiang compraba género para que Jingqiu pudiera ayudarla, y la madre del doctor Cheng tejía jerséis para sus dos hijos. Jingqiu cortaba el patrón y cosía las partes, que encajaban a la perfección.

En aquella época Jingqiu solo se sentía cómoda haciendo jerséis para mujeres y niños. Las ropas de hombre eran difíciles, y los bolsillos y el talle de los pantalones eran algo casi imposible. La señora Jiang compraba género y le decía a Jingqiu que los utilizara a ella y a su marido de maniquíes y les tejiera jerséis de algodón y de lana, y un traje Mao al doctor Chang.

—Puedes hacerlo. Ya he comprado el género, no lo desperdiciemos. No tengas miedo, si cometes algún error al cortar, siempre puedes utilizar el género para hacerle algo a mi hijo mayor, y si no, a su hermano. No lo tiraremos.

Jingqiu se armó de valor, cortó y cosió. Al final las ropas quedaron bastante bien.

Pero coser ropa para el doctor Cheng la sonrojaba y la ponía nerviosa. Un día que le estaba haciendo los pantalones tuvo que medirle la pierna, la cintura y la entrepierna. El doctor Cheng levantó su jersey de lana. A pesar de que llevaba camisa y no exhibía ni un centímetro de carne, Jingqiu se asustó tanto que se apartó y dijo:

—No necesito tomar las medidas. Deme unos pantalones viejos y los utilizaré.

Una vez que estaba cosiendo una chaqueta de lana, la tela era tan bonita que Jingqiu fue incapaz de utilizar una prenda vieja para tomar las medidas, así que le pidió al doctor Cheng que se pusiera en pie para tomárselas directamente. Jingqiu extendió los brazos por su espalda y le rodeó el pecho procurando no rozarse con él. Al juntar los dos extremos de la cinta métrica fue incapaz de contener el aliento: había reconocido el aroma varonil de Mayor Tercero. Se sintió mareada y unos puntos negros le nublaron los ojos.

—Utilizaré un jersey viejo —dijo, y se alejó corriendo. A partir de entonces evitó decididamente tomarle las medidas al doctor Cheng. Cuando acababa una prenda ni siquiera le pedía que se la probara para ver si le iba bien.

En aquella época estaban muy de moda los pantalones de poliéster. Para fabricarlos, sin embargo, tenías que utilizar un sobrehilado, algo que estaba al alcance de pocas máquinas de coser. Al darse cuenta de que Jingqiu tenía que ir a solicitar la ayuda a alguien cada vez que tenía que coser unos pantalones, la señora Jiang decidió pedirle a una amiga que le consiguiera una máquina de segunda mano que pudiera sobrehilar, aunque en la isla de Jiangxin no había mucha gente que tuviera ni siquiera máquinas de coser sencillas, pues eran uno de los «tres tesoros», junto con la bicicleta y el reloj, que las novias pedían como regalo de boda a la familia del marido. Una máquina de coser que sobrehilara, por tanto, haría que la gente se volviera loca de envidia. Con esas «armas modernas» a su disposición, Jingqiu era como un tigre feroz al que le han dado alas, y no solo podía hacer bonitas ropas, sino que además las hacía con rapidez.

La señora Jiang presentó a Jingqiu a unos cuantos colegas y amigos para que también pudiera coser ropas para ellos, y generalmente solían venir el domingo a la hora de comer para encargar las prendas que querían. Jingqiu les tomaba las medidas, cortaba y cosía allí mismo para que en un par de horas estuvieran acabadas y planchadas, con los botones cosidos, y a punto para que se las llevaran a casa. En aquella época no había muchos sastres, y el trabajo era más caro que el género. Y no solo eso, tenías que esperar mucho tiempo para que te acabaran la ropa, y luego a veces no te quedaba bien. Así pues, cada vez más gente acudía a Jingqiu para que les hiciera la ropa.

La señora Jiang le dijo a Jingqiu que pidiera un poco de dinero por su trabajo, pero esta se negaba aduciendo que ayudaba a los amigos de la señora Jiang al tiempo que utilizaba su máquina de coser.

—¿Cómo voy a pedirles dinero? Si lo hago, me convertiría en una «fábrica clandestina del mercado negro». Si me descubrieran sería un desastre.

Tras pensarlo, la señora Jiang coincidió en que era mejor no arriesgarse, y lo que hizo fue pedirles a sus amigos que llevaran pequeños regalos para expresar su gratitud. Le llevaban de todo: cuadernos, plumas, huevos, unos cuantos kilos de arroz o fruta. Fueran cuales fueran los regalos, la señora Jiang convencía a Jingqiu de que se los llevara.

—No muerdas la mano que te da de comer —decía—. Tan solo te están dando las gracias.

Jingqiu aceptaba algunos regalos, pero devolvía los que le parecían excesivos.

—¡Es como haber descubierto petróleo! —decía en broma la madre de Jingqiu cuando esta llevaba a casa sus regalos.

Capítulo 21

En mayo Fang se presentó en Yichang y llevó algunas flores rojas de espino envueltas en un plástico. Jingqiu comprendió enseguida que era Mayor Tercero quien le había pedido que se las llevara. Sin embargo, ninguna de las dos osó decir nada delante de la madre o la hermana de Jingqiu. Solo cuando Jingqiu acompañó a Fang a la estación de autobuses, esta le confesó:

—Mayor Tercero me ha pedido que te las trajera.

—¿Cómo está?

Fang arrugó la cara.

—No muy bien.

—¿Está enfermo? —preguntó Jingqiu, preocupada.

—Sí, está muy enfermo. —Al ver la cara de preocupación de Jingqiu al oír sus palabras, Fang se echó a reír—.

Enfermo de amor. Así que los dos estáis juntos. ¿Por qué no me lo habías dicho?

—No digas tonterías —replicó enseguida Jingqiu—. ¿Qué quieres decir con eso de que estamos juntos? Yo todavía voy al colegio, ¿cómo vamos a estar juntos?

—¿Por qué te asustas tanto? Yo no voy a tu colegio, ¿por qué me mientes a mí? Mayor Tercero me lo ha contado todo. Le gustas mucho. Dejó a su novia solo por ti.

Jingqiu le contestó con gran severidad.

—No lo hizo por mí, ya habían roto.

—¿Y no sería bonito que la hubiera dejado por ti? Eso demostraría lo mucho que le gustas.

—¿Qué tendría de bonito? Solo demostraría que, si es capaz de romper con su novia por mí, puede hacer lo mismo con cualquiera.

—Nunca rompería contigo. —Fang metió la mano en su bolsa y sacó una carta—. Te la daré si me la lees —dijo riendo—. De lo contrario, me la llevaré y se la devolveré. Le diré que no le quieres a él ni sus cartas. Se afligirá tanto que se tirará al río.

—El sobre no va cerrado, así que no me dirás que no sabes abrirla —dijo Jingqiu, fingiendo que no le importaba.

Fang puso cara de ofendida.

—¿Por quién me tomas? Que no cierre el sobre significa que confía en mí. ¿Cómo iba a abrirlo? —Le arrojó la carta a Jingqiu—. Si no quieres que la lea, olvídalo. Pero no hace falta que digas cosas tan desagradables.

—Deja que le eche un vistazo, así sabré si te la puedo leer.

Fang sonrió.

—Olvídalo, solo estaba bromeando. ¿Qué más me da a mí esta carta? Seguro que solo pone «mi querida Jingqiu, te echo de menos día y noche... bla, bla, bla».

Jingqiu abrió la carta y la leyó rápidamente antes de doblarla. Sonrió.

—Te equivocas. No dice nada parecido.

Jingqiu regresó a casa todavía radiante por la carta y las flores de Mayor Tercero, pero su madre la esperaba con malas noticias de la señora Zhong: el comité educativo había hecho algunos cambios en la nueva política. Unas veinte personas ya se habían jubilado y dejado su lugar a sus hijos, pero se trataba de jóvenes de desigual competencia, y, después de todo, no todo hijo de profesor era buen docente. De manera que ahora se había decidido que todos los hijos e hijas trabajaran en la cocina.

Con el papeleo de su jubilación casi terminado, la noticia de que su hija no la reemplazaría como profesora, sino como miembro del personal de cocina, enfureció tanto a la madre de Jingqiu que casi sufre una recaída. Pero Jingqiu se lo tomó con calma, quizá porque siempre estaba preparada para lo peor. Esa clase de cosas no la empujaban al pánico, y consoló a su madre.

—Si tengo que trabajar en la cocina, pues lo haré. En la revolución no existe la clase alta ni la clase baja, y desde luego es mejor que tener que ir al campo, ¿no te parece?

—Supongo que es la única manera de afrontar las cosas hoy en día —dijo su madre con un suspiro—. Pero cuando pienso que mi hija, que es tan inteligente y competente, va a pasarse la vida trabajando como una esclava delante de los fogones, me cuesta mantener la calma.

Jingqiu repitió lo que Mayor Tercero le había dicho para consolar a su madre.

—No pienses en el futuro a largo plazo, el mundo cambia constantemente. Quién sabe, a lo mejor después de unos años trabajando en la cocina me trasladan a otro empleo.

—Mi hija se toma las cosas con más filosofía que su madre.

Es el destino, se dijo Jingqiu. ¿Qué vamos a hacer si no nos lo tomamos con filosofía?

Sin embargo, cuando llegaron las vacaciones, la jubilación de la madre de Jingqiu ya estaba organizada pero el nuevo empleo seguía en el aire. ¿Por qué tardaba tanto la escuela? ¿Iba a trabajar en la cocina o de profesora? Todos los que habían mandado su solicitud ya tenían una respuesta, y eso que se habían enterado de aquella política por la madre de Jingqiu. Ella había sido la primera en mandar la solicitud y sería la última en recibir la confirmación. A su madre le daba miedo esperar, esperar y esperar, y que la cosa no llegara a nada, de manera que iba constantemente a casa del señor Zhong para pedirle que le metiera un poco de prisa a la escuela con el papeleo.

La familia de Jingqiu se hallaba ahora en una apurada situación económica. La pensión que su madre recibía era solo de veintiocho yuanes al mes. Su salario anterior había sido de casi cuarenta y cinco, y ya resultaba insuficiente para mantener a la familia, por lo que, una vez más, Jingqiu se fue a buscar un trabajo temporal. Aunque todavía no se sabía cuál sería exactamente su empleo, la gente creía que ya era profesora y ganaba un buen sueldo, por lo que muchos buenos amigos comenzaron a distanciarse de ella. A lo mejor a la gente le cuesta poco compadecer a los menos afortunados, pero nada les hace más desdichados que cuando los que antes estaban en la miseria tienen un golpe de suerte.

—El modo en que se comporte ahora es fundamental —le repetía una y otra vez el señor Zhong a la madre de Jingqiu—. Dile que bajo ninguna circunstancia debe cometer un error. Si le dejamos que te sustituya, mucha gente se pondrá celosa y tendrá algo que objetar. Debes ir con mucho cuidado, no hagas que nuestro trabajo sea más difícil.

Incluso la jefa del comité de barrio, la directora Li, estaba al corriente de la solicitud de Jingqiu para sustituir a su madre. El día en que la madre de Jingqiu la llevó a ver a la directora para conseguir un trabajo temporal, esta le dijo:

—Señora Zhang, el hecho es que la vida no consiste en ganar grandes cantidades de dinero. Un poco es suficiente. No podemos ambicionarlo todo.

La madre de Jingqiu rio incómoda, sin comprender exactamente adónde quería llegar la directora Li.

—¿No la va a reemplazar Jingqiu como profesora? —dijo la directora Li—. ¿Cómo es que viene a pedir aún más trabajo? Tenemos más gente buscando trabajo, así que debemos dar prioridad a la gente a la que le cuesta llegar a final de mes.

—Mi madre se ha jubilado, pero lo de mi trabajo aún no se ha concretado —le explicó Jingqiu—. Pasamos verdaderas dificultades, estamos mucho peor que antes, porque la pensión de mi madre es mucho menor que el salario que ganaba antes.

—Ah, pues entonces ¿no deberías ir al campo y esperar allí a que se concrete lo de tu trabajo? Si te doy un empleo, ¿no te estoy ayudando a quedarte en la ciudad?

—Jingqiu, vámonos. No queremos molestar a la directora Li.

Pero Jingqiu no pensaba marcharse.

—Madre, vuelve tú primero, yo esperaré un poco. —Se volvió hacia la directora Li y le dijo—: No pretendo eludir ir al campo, pero mi familia está en una situación desesperada. Si no trabajo, no sobrevivirán.

La directora Li exhaló un suspiro.

—Si quieres esperar, por mí de acuerdo. Pero no te garantizo que haya trabajo para ti.

Jingqiu estuvo esperando dos días y la directora Li seguía sin conseguirle ningún empleo. Dos personas que habían ido en busca de trabajadores habían escogido a Jingqiu antes de que la directora Li les obligara a llevarse a otra persona.

—Vuestras dificultades son temporales, siempre podéis pedir dinero prestado para ir tirando. Cuando seas profesora no tendrás que preocuparte de nada.

Jingqiu le explicó que probablemente no sería profesora, sino que tendría que trabajar en la cocina, a lo que la directora Li negó con la cabeza en un gesto de desaprobación.

—¿Eso es necesario? ¿Prefieres trabajar en las cocinas que ir al campo? Vete un par de años y luego vuelve como trabajadora, eso sería mucho mejor.

La tercera mañana Jingqiu llegó temprano a casa de la directora Li y se sentó en la habitación principal a la espera de trabajo. Justo cuando consideraba qué haría si aquella mañana tampoco conseguía empleo, oyó una voz que le decía:

—Jingqiu, ¿estás esperando un trabajo?

Jingqiu levantó la vista y, para su sorpresa, se encontró con un antiguo compañero de clase, Kunming, el hijo de la directora Li, que llevaba uniforme color verde hierba y una guerrera a juego.

—Me he alistado en el ejército —dijo eufórico. En la escuela sus compañeros de clase apenas le prestaban atención, y nadie se habría imaginado que se alistaría. Lo habría hecho para evitar que lo enviaran al campo—. ¿Esperas un trabajo? —preguntó. Jingqiu asintió, y a continuación él se dirigió a la habitación interior para preguntarle a su madre—: Mamá, ¿por qué no le has dado ningún trabajo a Jingqiu?

Jingqiu pudo oír la respuesta de su madre.

—¿Qué quieres decir con eso de que no le doy trabajo? No ha habido empleos suficientes para todos.

—Pues date prisa y consíguele uno, está esperando ahí fuera.

—Me da igual dónde espere, primero ha de llegar alguna oferta.

Jingqiu oyó que Kunming le decía algo en voz baja a su madre, pero no pudo oírlo. Le estaba muy agradecida a Kunming, pero también se sentía incómoda, como si estuviera pidiendo un favor.

Al cabo de un rato, apareció la directora Li.

—Wan Changsheng, de la fábrica de papel, se presentó ayer buscando trabajadores. El trabajo es duro, así que no te lo recomiendo, pero, si te da igual, ve a verle.

Jingqiu le dio las gracias a la directora Li y se marchó. Una vez en la calle oyó acercarse una bicicleta antes de que sonara el timbre. Volvió la cabeza y vio llegar a Kunming, resplandeciente como una flor.

—Súbete, te llevaré a la fábrica de papel. Tardarás una eternidad si vas andando.

Jingqiu se sonrojó.

—No hace falta, llegaré enseguida.

Acercó más la bicicleta y repitió:

—Súbete. Ya nos hemos graduado, ¿de qué tienes miedo?

Jingqiu seguía negándose, de manera que él se bajó de la bicicleta y caminó a su lado. Jingqiu se dio cuenta de que todo el mundo con quienes se cruzaban en la carretera los miraban con curiosidad. Sentía una desazón en todo el cuerpo.

En la fábrica, Kunming la ayudó a encontrar al señor Wan Changsheng. Ese tal señor Wan resultó ser un hombre de mediana edad, enclenque y un tanto jorobado, de no más de metro cincuenta de altura, que desprendía un tufillo que recordaba a los adictos al opio. Ponía cara de tener que sacudirse las legañas de los ojos todas las mañanas. El hecho de que su nombre, Changsheng, significara «próspero», añadía un matiz de ironía a la situación.

—Señor Wan, esta es mi compañera de clase Jingqiu. Mi madre la manda para que trabaje aquí, ¿puede darle empleo? —El tono profesional de Kunming sorprendió a Jingqiu. Se volvió hacia ella—: Tengo que irme, pero ten cuidado. Si el trabajo es demasiado pesado, pídele a mi madre que te consiga otro.

Jingqiu respondió «gracias», pero no supo qué más decir.

—¿Es tu media naranja? —preguntó Wan Changsheng en cuanto Kunming se hubo alejado un poco.

—No.

—Ya me lo parecía. Si lo fuera, su madre no te permitiría hacer esta clase de trabajo. —La miró de arriba abajo antes de decir—: No te preocupes, hoy puedes acompañarme a comprar un par de cosas. Tengo que ir al embarcadero.

Aquel día Jingqiu empujó una carretilla detrás de Wan Changsheng hasta llegar al río para comprar género. Por el camino, Wan se jactó de su amor a los libros y le pidió a Jingqiu que le prestara algo para leer a cambio de proporcionarle un trabajo más fácil en la fábrica. Jingqiu consintió a regañadientes, diciéndose para sus adentros: «Me pregunto qué clase de medicina guarda en ese frasco».

A las cuatro de la tarde acabó el trabajo, y Wan elogió a Jingqiu diciendo que la próxima vez pediría expresamente que la mandaran a ella para ayudarle.

—Los domingos no trabajamos porque me gusta descansar, y casi todos los temporeros holgazanean si yo no estoy. Pero no creo que tú hicieras como ellos. Si encuentro algo que hacer, ¿estás dispuesta a venir?

Jingqiu nunca había tenido el domingo libre cuando trabajaba, así que contestó sin vacilar:

—Naturalmente.

—Muy bien, mañana llevas esta carretilla a la destilería de la ciudad, muelle número ocho, y recoges los sacos de cereal que he pedido. Los utilizaremos para alimentar a los cerdos de la fábrica. El trabajo es solo para ti, así que no se lo cuentes a los demás temporeros o me acusarán de favoritismo.

Jingqiu le dio las gracias mientras las lágrimas asomaban a sus ojos. Eso infló la vanidad del señor Wan y prosiguió con sus elogios.

—Basta con mirarte para darse cuenta de que eres una persona competente y sensata a pesar de como te traten. —Sacó dos trozos de papel del bolsillo—. Este es para recoger los productos de mañana, y este otro es un vale para comer, puedes canjearlo en el comedor por dos bollos al vapor. Será tu almuerzo. Tienes que entregar los cereales en el comedor antes de las cinco.

Capítulo 22

A primera hora de la mañana siguiente, Jingqiu se levantó y se dirigió a la fábrica de papel para coger la carretilla y los bollos antes de ponerse en marcha hacia el muelle número ocho. El muelle estaba en el río, a unos cinco kilómetros de distancia. Había un ferry de carga un poco más lejos río arriba, en el que podías entrar con la carretilla. Como en verano el río estaba crecido y casi llegaba a la ribera, no hacía falta subir y bajar, solo tenías que procurar no caerte al agua.

Como hacía siempre que iba a trabajar fuera, en cuanto salió de casa se quitó los zapatos —solo se los ponía para que su madre los viera— a fin de no gastarlos demasiado pronto. Aquel día iba vestida de pies a cabeza con ropa vieja de su hermano: una camisa a rayas de marinero y unos pantalones remendados que Jingqiu había recortado justo por debajo de la rodilla. El sol ya estaba alto, y se cubría la cabeza con un viejo sombrero de paja que llevaba bien calado para que nadie la reconociera. No dejaba de repetirse un verso del poeta Lu Xun: «Una cara cubierta por un sombrero de paja se abre paso por el mercado».

Cuando llegó al otro lado del río necesitaba ir al excusado, pero no podía ir a los retretes públicos por si alguien le robaba la carretilla, cuyo valor de ninguna manera podría compensar.

Se quedó meditando el problema cuando una voz a su espalda dijo:

—Ve, yo te vigilaré la carretilla.

Jingqiu no tuvo ni que volverse. Ya sabía quién era. La cara le hervía de azoro. ¿Por qué no podía haber venido antes, o después? ¿Por qué aparecía en este incómodo momento?

Mayor Tercero se le acercó y se quedó frente ella, cogiéndole la carretilla. Repitió:

—Ve, yo te vigilaré la carretilla.

—Ir, ¿adónde? —preguntó ella con la cara roja.

—¿No tienes ganas de ir al retrete? Ve, yo te vigilo la carretilla.

A Jingqiu la incomodaba enormemente que le hablara con esa franqueza. Aun cuando adivinara las necesidades del otro, no hacía falta que las expresara tan a las claras.

—¿Quién dice que necesito ir al retrete? —dijo ella.

Mayor Tercero llevaba una camisa blanca de manga corta sin abotonar que revelaba una camiseta blanca sin mangas con ribetes azules metida dentro de sus pantalones del ejército. Era la primera vez que lo veía en manga corta y se le hacía extraño. Tenía la piel inesperadamente blanca y unos poderosos antebrazos, más musculosos y definidos incluso que sus bíceps. Los brazos de los chicos eran realmente extraños.

—Llevo siguiéndote desde ayer —dijo sonriendo—. Pero te acompañaba un miembro del ejército y no me acerqué a saludarte. Romper el matrimonio de alguien que pertenece al ejército es algo que merece un castigo severo sin excepción, y si no vas con ojo puede acabar en pena de muerte.

—¿De qué miembro del ejército me hablas? Ah, era un antiguo compañero de clase.

—Pues se le veía muy gallardo e imponente con su uniforme. ¿Vas a ir al retrete o no? Si no, debo marcharme.

—¿Adónde? No tengo tiempo, estoy trabajando.

—He venido a trabajar contigo.

Jingqiu se echó a reír.

—¿Quieres trabajar conmigo? ¿No te da miedo que la gente se ría de ti al verte tan emperejilado y trabajando conmigo y esta carretilla?

—¿Quién va a reírse? Y reírse ¿de qué? —Se quitó la camisa blanca, se subió las perneras del pantalón y preguntó—: ¿Qué te parece si voy así? —Al ver que ella negaba con la cabeza, le suplicó—: Ya te has graduado, y por aquí nadie te conoce. Deja que te acompañe.

No hizo falta mucho más para convencerla. Lo había echado de menos tanto tiempo que no soportaba verlo marchar. Aquel día asumiría el riesgo. Ruborizándose, contestó:

—Espera un momento. —Y se fue corriendo al retrete. Al regresar dijo—: Vámonos. Espera, pronto llorarás de agotamiento.

—No me hagas reír —se jactó Mayor Tercero—. ¿Que empujar una carretilla me hará llorar? No he llorado en años.

Al ver que ella iba descalza, se quitó los zapatos y los colocó sobre la carretilla.

—Siéntate encima.

Ella se resistió, pero él insistió en que se sentara encima de la carretilla. Le quitó el viejo sombrero de paja de la cabeza y la cubrió con su camisa blanca.

—Esto te cubrirá los hombros y los brazos además de la cabeza.

Y se pusieron en marcha.

Ella iba sentada sobre la carretilla y le indicaba el camino. Al cabo de un rato, Mayor Tercero dijo:

—Es una lástima que mi camisa no sea roja, así pensarían que estaba llevando a mi esposa cubierta con su velo nupcial rojo.

—¡Intentas aprovecharte de mí! —A continuación, como si condujera un buey, gritó—: ¡Arre! ¡Arre!

—Vaya. Ya te comportas como una esposa de verdad, llevando las riendas. —Y dicho esto comenzó a acelerar.

Una vez en la destilería, Jingqiu se dio cuenta de la suerte que había tenido de que Mayor Tercero estuviera allí para ayudarla, pues sin él no habría sido capaz de llevarle el cereal al señor Wan. El cereal estaba almacenado en una profunda alberca de agua caliente. Tuvieron que sacarlo de allí a paletadas y meterlo en sacos, y cada uno pesaba más de cincuenta kilos. Además, la destilería estaba emplazada en una colina no muy alta pero empinada. El solo hecho de empujar la carretilla ya la hubiera hecho sudar, y no habría podido bajarla cargada con el cereal. Si no se andaban con cuidado, la carretilla volcaría y provocaría un accidente grave. Mayor Tercero mantenía el eje en alto, pero la carretilla iba ganando velocidad colina abajo y a los dos les costaba mucho controlarla, y estaban empapados en sudor. ¡Qué suerte que el señor Wan le había prometido un trabajo fácil!

Cuando hubieron descendido la colina, sin embargo, la carretera discurría junto al río y era mucho más fácil. Mayor Tercero cogió los brazos de la carretilla y Jingqiu tiraba de una cuerda atada a un lado. Caminaron y charlaron hasta que sin darse cuenta llegaron al pequeño pabellón donde había tenido lugar su último encuentro.

—Descansemos aquí un rato —sugirió Mayor Tercero—. ¿No decías que había que entregarlo antes de las cinco? Solo son las tres. Sentémonos.

Detuvieron la carretilla junto al pabellón y entraron a descansar. Hacía calor, y Jingqiu utilizaba su sombrero de paja para abanicarse. Mayor Tercero se fue a comprar un polo para cada uno.

—¿Quién era aquel otro hombre con el que paseabas ayer? —preguntó él mientras se comía el polo.

—¿Pasear? ¿No me viste empujar la carretilla? Era mi jefe, Wan Changsheng.

—No parece un tipo muy honesto. No creo que debas trabajar para él.

—¿Dónde quieres que trabaje, si no? Me ha costado mucho conseguir este empleo. ¿Por qué crees que parece deshonesto? No lo conoces.

Mayor Tercero sonrió.

—Se ve a simple vista. Procura no quedarte a solas con él.

—¿Qué podría hacerme?

—Eres demasiado ingenua. Aprovecha la menor oportunidad para decirle que tu novio está en el ejército, y que los soldados enseguida sacan la espada. Si te hace algo indigno, me lo cuentas.

—¿Y qué le harás?

—Le ajustaré las cuentas. —Metió la mano en su bolsa, sacó una navaja suiza del ejército y comenzó juguetear con ella.

—No sabía que fueras tan duro —dijo ella en broma.

—No te asustes, a ti nunca te haría nada. Pero no me gusta tu jefe, hay algo en él que me parece sospechoso, se le ve en los ojos. Os estuve siguiendo todo el día y tuve que reprimirme para no acercarme a él y darle un aviso. Me dije que preferirías que no lo hiciera.

—Es mejor que la gente no nos vea juntos. A pesar de que ya no voy al colegio, todavía no sé qué trabajo me van a asignar, y en la escuela ya hay mucha gente que está celosa.

—Lo sé, y no me acercaré a ti si no estás sola. —Se quedaron sentados en silencio un rato, y fue Mayor Tercero el que habló de nuevo—: Busquemos algún lugar para comer.

—He traído un bollo. Busca tú un restaurante, yo te esperaré aquí con la carretilla. El cereal huele mucho y atraerá a los mosquitos. No quiero aparcar la carretilla delante de un restaurante.

Mayor Tercero se lo pensó unos momentos.

—Muy bien, iré a comprar algo para comer y lo traeré aquí. Espera, no te vayas. Es demasiado peligroso que empujes la carretilla por el río tú sola.

Regresó al cabo de un rato con un montón de comida y un bañador rojo.

—Comamos y descansemos antes de darnos un baño en el río. Hoy hace calor y estamos empapados. Realmente apetece bañarse.

—¿Cómo sabes que sé nadar?

—Jiangxin está rodeado de agua, ¿cómo no vas a haber aprendido? Estoy seguro de que todo el mundo en la isla sabe nadar.

—Bueno, sí. —Jingqiu abrió el paquete en el que estaba el bañador. Se trataba de un modelo que se ceñía al cuerpo: la parte de arriba era como un chaleco y la de abajo como unas bragas. Era un bañador de lo más anticuado y conservador, pero Jingqiu nunca se había puesto ninguno, ni tampoco nadie que ella conociera. Para nadar, todo el mundo llevaba camisetas de manga corta y pantalones cortos.

—¿Cómo se pone? —preguntó, y se sonrojó hasta las orejas.

Generalmente llevaba pantalones tipo boxer y sujetadores deportivos, y jamás se había puesto bragas ni sujetador de tiras finas. La idea de llevar una prenda que se le ajustara tanto al cuerpo la horrorizaba. Siempre le obsesionaba cubrirse los muslos y los pechos, que le parecían demasiado grandes.

—Me lo has comprado sin preguntar. ¿Puedes devolverlo?

—¿Por qué? —preguntó Mayor Tercero.

Después de comer y descansar, Mayor Tercero siguió insistiéndole a Jingqiu para que fuera al retrete público y se pusiera su nuevo traje de baño. Ella era demasiado tímida, pero quería nadar, así que al cabo de un rato de persuasión decidió probárselo. Me pondré la camiseta y los pantalones encima, y cuando llegue al agua le pediré a Mayor Tercero que se dé la vuelta para poder quitármelo rápidamente y meterme en el agua, se dijo. Muy bien, pensó, se fue corriendo a los lavabos públicos para cambiarse, y volvió a salir con la camiseta y los pantalones encima del bañador.

Dejaron la carretilla cerca de la orilla para poder vigilarla mientras nadaban. Jingqiu le ordenó a Mayor Tercero que se metiera primero en el agua, y él, riendo, la obedeció. Se quitó la camiseta y los pantalones hasta que quedó cubierto tan solo por unos boxers, y se metió en el agua. Después de un par de pasos, se volvió y gritó:

—Date prisa, el agua está fresca y deliciosa.

—Date la vuelta.

De nuevo, él la obedeció. Jingqiu se quitó la ropa rápidamente y comenzó a tirar del bañador en torno a los pechos y las nalgas, dándose cuenta de que no la cubría lo suficiente. Después de haber manoseado un rato la tela, comprendió que no había conseguido nada y abandonó. Justo cuando estaba a punto de meterse en el agua se fijó en que él ya se había dado la vuelta y la miraba.

—¿Cómo es que no me puedo fiar de ti? —consiguió tartamudear por fin.

Él volvió a darse la vuelta y se hundió en el agua. Jingqiu se zambulló y nadó hacia el centro del río antes de volverse y mirar a su espalda. Mayor Tercero no la había seguido y seguía acuclillado en los bajíos. ¿Qué hace? Jingqiu nadó hacia él hasta que estuvo cerca y, de pie, con el agua llegándole al pecho, preguntó:

—¿Por qué no nadas?

Ve tú primero, yo te perseguiré —dijo.

Jingqiu dio media vuelta y volvió a nadar hacia el centro del río, pero al volver la cabeza se dio cuenta de que él no había comenzado a nadar. A lo mejor no sabe y apenas es capaz de chapotear. Qué gracioso. No sabe nadar pero insiste en que yo me meta. Volvió a nadar hacia él y le gritó:

—¿Eres un pato criado en secano?

Él estaba sentado en el agua, riendo, pero no contestó. Ella también dejó de nadar y se quedó en aguas profundas, hablando con él. Al cabo de un rato Mayor Tercero dijo:

—Echemos una carrera.

Nada más decirlo, se puso a nadar hacia el centro del río. ¡Y cómo nadaba! Tenía un hermoso estilo crawl y se movía sin salpicar ni una gota mientras se alejaba. Jingqiu intentó atraparlo, pero no podía nadar tan deprisa, así que se quedó atrás.

Qué rápido ha nadado, y yo solo he ido y vuelto dos veces. Cansada, le gritó:

—Vuelve, estoy agotada.

Mayor Tercero regresó rápidamente y cuando ya estaba casi a su lado preguntó:

—¿Qué? ¿Sigues pensando que soy un pato criado en secano?

—No, pero ¿por qué has estado tanto rato sentado en los bajíos?

—Quería ver si eras buena nadadora. —Se rio.

«¡Qué malo! ¡Ha esperado a ver si nadaba mejor que él para dejarme en ridículo!». Ella lo siguió de nuevo antes de efectuar un ataque por sorpresa. Lo agarró de los hombros para que él la llevara a tierra flotando. Se mantuvo así, abrazada suavemente a él y dando pataditas. «No creo que pese demasiado». Pero él de repente se detuvo, enderezó el cuerpo y se puso a caminar por el agua. El cuerpo de ella pareció pegarse al de él, y enseguida se soltó.

Volvieron a nadar hasta la orilla y él se quedó sentado en el agua, temblando un poco.

—¿Estás cansado? —preguntó Jingqiu.

—No... Ve tú primero a cambiarte. Yo iré después.

Mayor Tercero ponía una expresión extraña.

—¿Tienes calambres en las piernas?

Mayor Tercero asintió.

—Ve a cambiarte. A no ser que quieras echar otra carrera.

—Ya basta. —Jingqiu negó con la cabeza—. Necesitamos algo de energía para poder entregar el cereal. Y tienes calambres, deja de nadar. ¿Dónde te duele? ¿Quieres que te dé una friega?

—No te preocupes.

Mayor Tercero se estaba comportando de una manera muy extraña, así que Jingqiu se mantuvo firme y preguntó:

—¿Qué te ocurre? ¿Tienes retortijones?

Él la miraba fijamente, hasta que ella se dio cuenta de que todavía llevaba el bañador. Se ocultó bajo el agua. Debe de haberme visto los muslos, los ha encontrado enormes.

—Mis piernas. Son horribles, ¿verdad?

—Son realmente bonitas, no digas eso. Ve.

Ella se negó a marcharse porque no quería que viera cómo el culo se le desparramaba fuera del bañador.

—Ve tú primero.

—Muy bien, date la vuelta.

Jingqiu no pudo evitar reír.

—No eres ninguna chica, ¿por qué iba a darme la vuelta? ¿Tienes miedo de que tus piernas me parezcan feas?

Él negó con la cabeza.

—Eres imposible.

Y la cosa se mantuvo en tablas hasta que al final Mayor Tercero cedió y salió en primer lugar mientras Jingqiu miraba para otro lado, a la espera de que él le gritara «ya está» antes de darse la vuelta. Ya se había puesto el uniforme del ejército sobre sus pantalones cortos húmedos.

—Hoy hace calor, se secarán en un momento.

Jingqiu lo había hecho salir primero, y sin embargo Mayor Tercero tuvo que alejarse otro trecho, hasta que ella ya no pudiera verle, antes de salir del agua. Jingqiu también se puso la ropa sobre el traje de baño, que se empapó y se le pegó al cuerpo, y se fue a toda prisa a los lavabos públicos a cambiarse.

Jingqiu le pidió a Mayor Tercero que se llevara con él el bañador, porque le daba miedo que lo vieran en su casa, y que lo volviera a traer la próxima vez.

Mayor Tercero la ayudó a llevar la carretilla al otro lado del río, pero después de eso Jingqiu no lo dejó seguir acompañándola. Se fue sola y él la siguió a distancia hasta que llegó a la fábrica de papel, donde se separaron como habían acordado de antemano, ella a entregar la mercancía y devolver la carretilla, él hasta el ferry para poder coger el último autobús de vuelta a Aldea Occidental.

Solo después se le ocurrió a Jingqiu que alguien podría haberlos visto juntos e informar a la escuela. Después de preocuparse durante un par de días quedó claro que nadie había dicho nada, y se dijo que quizá, después de todo, podían seguir viéndose en secreto. Jingqiu sabía que él tenía que cambiar el turno con alguien para poder disponer de dos días para ir a Yichang, así que, como mucho, podría venir solo una vez cada dos semanas. No obstante, si ella no estaba sola cuando él viniera, no le permitiría que se acercara para saludarla, de manera que estaba totalmente en manos de los dioses cuándo volverían a verse cara a cara.

Capítulo 23

A lo mejor era porque Mayor Tercero había dicho que Wan Chengsheng parecía una persona deshonesta, pero Jingqiu comenzó a pensar lo mismo. El señor Wan se le acercaba demasiado cuando hablaban, le sacudía el polvo de la ropa y le apretaba la mano cuando le entregaba algo, y la hacía sentir increíblemente incómoda. Jingqiu tenía ganas de decirle lo que pensaba de él, pero le preocupaba ofenderlo y perder el empleo. Sin embargo, también era verdad que el señor Wan cuidaba de ella, le asignaba los trabajos más fáciles y le dejaba bien claro que lo hacía como un favor.

—Lo hago para ayudar. A otra persona no le daría un trabajo tan fácil.

—Gracias —contestaba siempre Jingqiu—, pero me gustaría hacer el mismo trabajo que hacen los otros temporeros. Si tuviera alguien con quien hablar, la jornada pasaría más alegre.

Pero al final era el señor Wan quien asignaba el trabajo, y ella haría lo que le mandara.

Un día el señor Wan le dijo que fuera a barrer los edificios que albergaban los dormitorios asignados a los trabajadores solteros, pues la fábrica esperaba la llegada de una delegación de gente importante para una inspección.

—Tu responsabilidad es procurar que esos edificios estén limpios. No hace falta que entres en las habitaciones, haz solo los pasillos y las paredes exteriores. En los pasillos lo más importante es sacar la basura y llevarla al vertedero.

Jingqiu se puso a trabajar en los dormitorios. El bloque femenino no planteó demasiados problemas, y barrió los pasillos rápidamente. Sin embargo, el bloque de dormitorios masculinos la incomodó mucho. Era pleno verano, y los hombres no iban muy vestidos. Los más considerados habían colgado trozos de tela en medio de la entrada, dejando un hueco en la parte superior e inferior para que entrara un poco de aire en la habitación. Los demás simplemente dejaban la puerta abierta y se paseaban por ahí sin camiseta, apenas en calzoncillos.

Jingqiu se concentraba en barrer y limpiaba el espacio que había delante de cada puerta sin levantar la vista por miedo a ver sus torsos desnudos. Algunos cerraban la puerta sigilosamente al verla, pero otros no solo mantenían la puerta abierta, sino que salían en calzoncillos para hablar con ella, preguntándole a qué escuela iba y cuántos años tenía. Ruborizada, ella farfullaba cuatro palabras y se negaba a decir nada más.

Un par de jóvenes le pidieron que limpiara el interior de sus habitaciones, pero ella se negó a entrar, y les dijo que el jefe le había especificado que limpiara solo los pasillos. Riendo, sacaban la basura al pasillo. Una vez Jingqiu la había recogido con su pala de bambú, sacaban otro montón de basura al pasillo para detenerla. Frustrada, se iba a limpiar a otra parte para que cesaran en su estupidez, y volvía más tarde para acabar de limpiar esa zona.

En la puerta apareció una mano por debajo de la tela que habían colgado entre las jambas mientras ella barría y vació una taza de posos y hojas de té a los pies de Jingqiu. El agua estaba muy caliente y quemaba. Probablemente no me ha visto, se dijo Jingqiu, así que echó un poco de agua fría encima sin decir nada. Un trabajador joven que pasaba por allí cuando ocurrió el incidente le gritó al que estaba dentro de la habitación:

—¡Eh! Vigila dónde echas el agua. —Se volvió hacia Jingqiu, y un asomo de reconocimiento apareció en su cara—. Ah, ¿eres tú? ¿Cómo es que haces este trabajo?

Jingqiu levantó la vista y vio a un antiguo compañero de clase, Zhang Yi, el más travieso no solo de su curso, sino de la escuela. Durante toda la primaria el profesor los había sentado juntos en la misma mesa a fin de que Jingqiu cuidara de Zhang Yi. Su labor era reprimirlo y disciplinarlo durante la clase. Aquello continuó en los primeros años de secundaria, en los que Zhang Yi se consi-

deraba la parcela de Jingqiu, su «área de responsabilidad».
Sin embargo, él era cada vez más travieso, y Jingqiu se veía
obligada a perseguirlo. Jingqiu lo odiaba y le tenía miedo
al mismo tiempo, y se había pasado todos aquellos años
en la escuela deseando que Zhang Yi se pusiera enfermo.
Cuando este abandonó la escuela y no acabó el bachillerato, Jingqiu sintió que le quitaban un gran peso de encima y nunca había imaginado la incómoda situación de
volver a encontrarse con él.

—¿Qué estás haciendo aquí?

—Trabajo aquí —dijo él, repasándola con la mirada—. ¿Y tú? ¿Por qué estás aquí? ¿Ahora trabajas en esta
fábrica?

—Solo estoy temporalmente.

—Te ayudaré —dijo él con descaro, intentando quitarle el cepillo de la mano—. ¿Cómo tienes los pies? ¿Bien?

Jingqiu bajó la vista para mirárselos y no encontró
ninguna ampolla.

—No me pasa nada en los pies. Sigue con tu trabajo,
que yo haré el mío.

Al ver que Jingqiu no estaba dispuesta a darle el cepillo, comenzó a llamar puerta a puerta:

—¡Eh! Barred el suelo y sacad la porquería enseguida, no lo hagáis poco a poco. Y no tiréis el agua del té, mi
amiga está limpiando y le quemaréis los pies.

Su llamamiento provocó que todos los hombres sa-
lieran a la puerta para poder echarle un vistazo a la «amiga
de Zhang Yi».

—Zhang Yi, ¿este es tu pajarito?

—Yo la conozco. ¿No es la chica que tocaba el acordeón cuando vino el equipo de propaganda de la Escuela Secundaria n.º 8?

—Es la hija de la señora Zhang, la conozco. ¿Por qué trabajas aquí?

Jingqiu se dijo que ojalá pudiera devolverlos a sus habitaciones y cerrar la puerta para que no se la quedaran mirando mientras trabajaba, repasándola con los ojos y haciendo comentarios. ¿En qué estaba pensando Zhang Yi? Bajó la cabeza y siguió barriendo el suelo mientras los hombres le gritaban que volviera y barriera un poco más, que recogiera la porquería aquí y allá, o que fuera «a charlar un rato y tomar una copa», o que entrara a enseñarles «a tocar el acordeón». Ella no contestaba, y trabajaba deprisa para acabar de limpiar y poder huir.

Al día siguiente Wan Changsheng la mandó de vuelta a los dormitorios: tendría que trabajar allí hasta que vinieran los dirigentes para la inspección. Jingqiu le pidió que le diera otro trabajo, aunque fuera mil veces más agotador. Prefería hacer cualquier cosa que volver a los dormitorios.

—Muy bien —replicó él tras pensárselo—. Hoy puedes trabajar con el maestro Qu.

Wan se la llevó al extremo sur de la fábrica, a un riachuelo que había al otro lado de la tapia limítrofe, y allí encontraron un pequeño edificio solitario y abandonado que pertenecía a la fábrica. Jingqiu tenía que reparar un agujero en uno de los muros. Wan le ordenó a Jingqiu que recogiera los ladrillos del complejo de la fábrica, luego preparara mortero en un cubo utilizando cemento, cal, arena y agua. El maestro Qu, el albañil, tenía más de cincuenta años y cojeaba.

Cuando el señor Wan estaba a punto de marcharse, el maestro Qu dijo:

—Manda a otro trabajador. ¿Cómo va a transportar esta chica todos estos ladrillos a la tapia de la fábrica? No se trata de un par de ladrillos. Manda a alguien más. Uno puede quedarse en la tapia, y pueden ayudarme tirándome los ladrillos.

—¿Y dónde quieres que encuentre a otro? Y cuando esta persona haya terminado de tirarte los ladrillos, ¿qué hará? ¿Mirar cómo trabajas? Ya te ayudaré yo —contestó Wan.

Jingqiu recogió una carretada de ladrillos y trepó a la tapia mientras Wan y el maestro Qu se colocaban uno a cada lado. Una vez hubieron acabado de pasarle los ladrillos, Wan se sacudió el polvo de las manos y dijo:

—¿Qué te había dicho? ¿Ves como nos hemos ahorrado otro trabajador? —A continuación, volviéndose hacia Jingqiu, añadió—: El resto es fácil, tómatelo con calma. —Y se fue.

De hecho, el trabajo no era tan agotador. Jingqiu iba a buscar agua, mezclaba el mortero en el cubo y por lo general le hacía de ayudante al señor Qu. Cuando se acababa el mortero, Jingqiu pasaba por encima de la tapia y traía otro cubo. Qu no hablaba mucho, prefería mantener la cabeza gacha y trabajar mientras Jingqiu permanecía a su lado, pensando en Mayor Tercero.

A la hora de comer ya habían terminado, pero como el maestro Qu se fue a almorzar, Jingqiu tuvo que quedar-

se a recoger las herramientas y limpiar. Qu le había dado
orden de que dejara los ladrillos restantes donde estaban,
pero ella tenía miedo de que el tacaño de Wan se enfadara,
y decidió transportarlos al otro lado de la tapia y llevarlos
al complejo de la fábrica. Como no había nadie para ayudarla, tuvo que utilizar un cesto de bambú para subirlos,
que iba llenando cada vez.

Mientras Jingqiu pasaba los ladrillos al otro lado de
la tapia, llegó Wan Changsheng.

—Vuelve a subirte a la pared. Yo te lanzaré los ladrillos y puedes dejarlos caer al otro lado.

Jingqiu se dijo que era un buen método, sin duda más
rápido que subirlos ella sola con un cesto, y no le llevó
mucho rato. Mientras buscaba un lugar en el suelo donde
arrojar los últimos ladrillos, percibió que había alguien más
subido a la tapia. Levantó la vista y descubrió a Wan a menos de un metro de distancia, de pie sobre la tapia. Sorprendida, dio un paso atrás.

—¿Me has arrojado todos los ladrillos?

—Sí.

—¿Qué hacemos aquí, entonces? Vamos a comer. Me
muero de hambre.

Wan siguió de pie sobre la tapia e izó la escalera desde
el exterior hasta la parte interior del muro. Se sacudió el polvo de las manos, pero no bajó, y se quedó mirando a Jingqiu.

—¿Por qué no bajas? ¿No tienes hambre? —preguntó Jingqiu.

—Si quieres bajar, adelante. Yo quiero quedarme aquí
y charlar.

Jingqiu se estaba impacientando. Menudo desayuno debe de haberse pegado, se dijo.

—Estás en medio y no me dejas llegar a la escalera.

—Acércate y te sujetaré mientras pasas. Luego podrás bajar. Vamos, ¿de qué hay que avergonzarse?

Jingqiu miró a su alrededor, pero no había otra manera de bajar. Aquella tapia era mucho más alta que la de la escuela. No es que no hubiera saltado desde tapias de esa altura, el problema era que el suelo estaba cubierto de ladrillos, escombros, cristales rotos y arbustos espinosos, y podría hacerse daño. Dio media vuelta y echó a caminar por la tapia en busca de otro lugar para saltar.

Wan la siguió.

—¿Adónde vas? No puedes saltar. Te harás daño.

Jingqiu se paró, dio media vuelta y replicó airada:

—Ya sabes que no puedo saltar, ¿por qué no me dejas bajar, entonces? Déjame utilizar la escalera, quiero bajar.

—Si te permito usar la escalera, ¿me dejarás sujetarte? Vamos, deja que te toque. Todos los días veo tus grandes pechos meneándose delante de mí, es insoportable. Si no me dejas tocarte, lo haré de todos modos.

—¡Pervertido! —replicó Jingqiu, totalmente furiosa—. ¡Informaré a tus superiores!

—¿Y de qué les informarás? —respondió Wan, acercándose aún más—. ¿Qué te he hecho? ¿Alguien me ha visto hacerte algo?

Aterrada, Jingqiu dio media vuelta y huyó por encima de la tapia. Después de tambalearse y de estar a punto de caer, volvió la mirada y vio que Wan le pisaba los talones. Sin comprobar lo que había abajo, saltó hacia el patio. Poniéndose en pie rápidamente corrió hacia la fábrica, donde había más gente. Wan ya no la perseguía, así que aflojó el paso para comprobar si se había herido, y descubrió que, aparte de algunos arañazos en la palma de la mano izquierda por culpa de un cristal roto, estaba ilesa.

Fue corriendo hasta un grifo que había delante de los dormitorios de los hombres para lavarse las manos. En cuanto se hubo quitado la suciedad, vio que tenía un cristalito clavado en la palma. Al sacárselo, le salió más sangre. Con el pulgar derecho apretó el corte para parar la hemorragia, y una punzada de dolor le recorrió toda la mano. A lo mejor tenía otro cristal clavado, se dijo. Tendré que ir a casa y utilizar una aguja para sacármelo.

Entonces Zhang Yi apareció corriendo.

—Alguien me ha dicho que te sangraba la mano. ¿Qué ha pasado?

—Me he caído.

Zhang Yi le cogió la mano y miró el corte.

—¡Todavía sangra! Vamos a la enfermería de la fábrica.

Jingqiu intentó poner alguna excusa, pero Zhang Yi no prestó atención, y agarrándola del brazo derecho echó a andar hacia la enfermería.

—Muy bien, muy bien, ya voy. No me arrastres.

Zhang Yi no la soltaba.

—¿De qué tienes miedo? ¿Cuántas veces fuiste tú la que me arrastró cuando éramos niños?

Una enfermera le sacó el último trozo de cristal y paró la hemorragia. A continuación la vendó, y como Jingqiu se había caído de la tapia del lado sur de la fábrica, también le puso la inyección del tétanos.

—Aquello está muy sucio. ¿Qué estabas haciendo?

—Hoy no vas a volver a trabajar, ¿verdad? —le preguntó Zhang Yi cuando salieron de la enfermería—. Vete a casa y descansa, yo hablaré con el jorobado. Espera un momento y te llevo en mi bicicleta.

Jingqiu no sabía qué hacer. No quería volver a ver a Wan Chengsheng, pero tampoco podía trabajar con la mano vendada.

—Ya me voy, no hace falta que me lleves. Vuelve a trabajar.

—Mi turno no empieza hasta más tarde. Espérame aquí, que voy a buscar la bici.

Jingqiu esperó a que se marchara y a continuación regresó a casa sola.

En casa solo estaba su hermana; su madre había salido, pues había conseguido un trabajo pegando sobres en el comité de barrio. Le pagaban según la cantidad de sobres que pegaba. Jingqiu no quería que su madre trabajara demasiado y enfermara, pero ella insistía.

—Si yo hago un poco más, tú puedes trabajar menos. Lo único que hago es estar sentada pegando sobres. Mientras no me vuelva codiciosa y trabaje demasiado, no hay ningún problema.

Jingqiu comió y se echó en la cama. Le preocupaba que Wan Chengsheng le dijera a la directora Li que era una trabajadora perezosa que no seguía sus instrucciones y se escapaba. Si le dice eso, pensó, la directora Li no me dará más trabajo, y no me pagarán el trabajo que ya he hecho, pues el jefe hace los pagos a través del comité de barrio a final de mes. Si Wan Chengsheng es deshonesto y no informa de las horas que he trabajado, no conseguiré el dinero. Cuanto más lo pensaba, más se enfadaba. Pero ¿qué le ha dado a ese hombre? ¿Todo eso porque es mi jefe? Ese hombre procede de una familia de asalariados, y sin embargo sus superiores saben que para ganarse sus simpatías explota a los temporeros, y es la única razón por la que lo pusieron al frente. Ese tipo de aspecto horroroso se ha aprovechado de mí, es un completo bribón. Si me hubiera caído y me hubiera matado, apuesto a que ni siquiera le habrían pagado una indemnización a mi familia. Se moría de ganas de denunciarlo, pero no tenía testigos. ¿A quién creerían, a él o a ella?

A lo mejor debía decírselo a Mayor Tercero y dejar que este le diera una lección a Wan. Pero, si le pegaba o, peor aún, lo mataba, encerrarían a Mayor Tercero para siempre. No valía la pena vengarse de un tipo tan horrible. No la engañaba el aspecto amable de Mayor Tercero. El día que había estado jugando con la navaja delante de ella había mostrado una expresión que delataba que sería capaz de clavársela a Wan. Probablemente, lo mejor era no decirle nada.

La idea de tener que volver a casa de la directora Li al día siguiente la puso de un humor de perros. No le daba miedo trabajar duro y agotarse, pero no le gustaba dar la impresión de que pedía favores a la gente. Habría preferido que Kunming hubiera estado en casa, pues sin duda la habría ayudado, pero Jingqiu sabía que ya se había marchado con su unidad del ejército. Le dijo a su hermana que no le contara a su madre que había vuelto del trabajo antes de acabar la jornada. Lo último que quería era que esta se preocupara.

A eso de las seis la abuela Cobre fue a buscar a Jingqiu.

—El jefe me ha pedido que te dijera que hoy estaba bromeando, que no creía que te lo tomarías tan en serio. Se ha enterado de que te has hecho daño en la mano, y me ha pedido que te diga que no tengas prisa en volver a trabajar. Te contará hoy y mañana como jornadas completas. Descansa dos días más sin paga y te guardará el puesto.

Jingqiu no pudo contenerse.

—¿Bromeando? De ninguna manera estaba bromeando. Iba totalmente en serio. —Le explicó lo ocurrido a la abuela Cobre, aunque fue incapaz de repetir la sucias palabras de Wan.

La abuela no le dio mucha importancia.

—Bueno, ¿y qué? ¿Qué podría haber hecho encima de una tapia? ¿Por qué te alteras tanto? Tampoco debes de ser nada del otro mundo si te ganas la vida trabajando para alguien como él.

Sorprendida y enfadada, Jingqiu contestó:

—¿Cómo puedes decir eso? Si te lo hubiera hecho a ti, ¿pensarías que no es nada?

—Yo soy vieja, no malgastaría sus energías intentando tocarme. Me temo que serás tú la que salga perdiendo con todo esto. Si te hubieras roto una pierna saltando de esa tapia, ¿a qué seguro habrías recurrido? Mi consejo es que mañana descanses y pasado vuelvas a trabajar. De lo contrario, se vengará. Procurará que no puedas trabajar en ninguna otra parte.

—No quiero volver a verle.

—Baja la cabeza y no le hagas caso. Él se ha aprovechado de ti, pero, si eso significa que pierdes tu trabajo, ¿no es una doble desgracia? Y tampoco es él quien da el trabajo, de todos modos.

Al día siguiente Jingqiu se quedó descansando, y el posterior se fue a trabajar a la fábrica. La abuela Cobre tenía razón. No era él quien le había dado el trabajo, ¿por qué abandonar, pues? La próxima vez que se comporte así, se dijo para consolarse, le tiraré un ladrillo a la cabeza.

Era evidente que Wan Changsheng se sentía culpable, porque era incapaz de mirar a Jingqiu a los ojos.

—Parece que la mano todavía no se ha curado. Hoy puedes ayudar al equipo de propaganda a organizar el tablón de anuncios. —A continuación le advirtió—: El otro día estaba bromeando, no te lo tomes en serio. Si me entero de que se lo has contado a alguien...

Jingqiu no le hizo caso y dijo:

—Me voy al departamento de propaganda.

Los días siguientes Jingqiu ayudó a organizar el tablón de anuncios de la fábrica y también a distribuir la revista. El director del departamento, el señor Liu, apreció enormemente el talento de Jingqiu. Escribía en el tablón con una letra preciosa, igual que los caracteres que grababa en la plancha de acero para imprimir. También era una magnífica dibujante. Cuando le entregaba algún manuscrito para que le echara un vistazo, Jingqiu siempre hacía tantos comentarios instructivos que él le pidió que escribiera algún texto.

—Qué vergüenza que la fábrica no contrate de otra manera, pues me gustaría que vinieras a trabajar con nosotros.

—Pronto voy a sustituir a mi madre en su empleo, pero mi hermano todavía está en el campo y su letra es mejor que la mía. También toca el violín. Si la fábrica empieza a buscar trabajadores, ¿no podría llamarlo para que vuelva a la ciudad? Sabe hacer de todo, no lo lamentaría.

El señor Liu sacó una libretita y anotó el nombre y la dirección del hermano de Jingqiu, y le dijo que, si empezaban a buscar trabajadores, sin la menor duda lo recomendaría.

Cuando acabaron de trabajar, el señor Liu todavía comentaba con Jingqiu la posibilidad de que hubiera nuevos empleos en la fábrica, y como los dos vivían en la misma dirección se marcharon juntos. Justo cuando cruzaban la verja de la fábrica, Wan Chengsheng se les acercó corriendo por detrás y les dijo:

—Vaya, veo que os lleváis a las mil maravillas. ¿Adónde vais?

—Vamos a casa —contestó el señor Liu—. Vamos en la misma dirección.

Wan Chengsheng no dijo nada y se marchó. Jingqiu se sentía incómoda y le dijo adiós al señor Liu.

—Acabo de acordarme de que tengo que ir a ver a una amiga.

Capítulo 24

Jingqiu estaba entrando en el recinto de la escuela por la verja de atrás cuando oyó a alguien que la llamaba por detrás. ¡Era Mayor Tercero! Se dio media vuelta y primero comprobó que estuvieran solos.

—No hace falta que mires —dijo Mayor Tercero riendo—. No hay nadie más, si no, no te habría llamado.

—¿Cuándo has llegado? —contestó ella sonrojándose.

—Por la mañana. He pensado que era mejor que no te fuera a buscar a la fábrica.

—Es día laborable. ¿Cómo es que estás aquí?

—¿Qué pasa? ¿No soy bienvenido? —bromeó—. Si no lo soy, me vuelvo a casa. Después de todo, no te falta gente que te acompañe.

Debía de haberla visto con el señor Liu.

—Es el director del equipo de propaganda, el señor Liu. Le he pedido que me ayude a conseguir un trabajo para mi hermano, y hemos caminado juntos unos minutos. —Miró a su alrededor por si alguien los observaba—. Espérame en el pabellón. Iré en cuanto haya comido.

—¿No tienes miedo de que tu madre vaya a buscarte?

—Mi madre no vuelve hasta las nueve.

—Entonces vamos a dar un paseo ahora, podemos comer juntos.

—Mi hermana está en casa, y tengo que hablar con ella enseguida.

—Muy bien, vete. Te espero en el pabellón.

Jingqiu llegó a su casa flotando, en un estado de euforia. Nada más cruzar la puerta perdió las ganas de cenar y se fue directamente a lavarse. Aquel día tenía el periodo, y le daba miedo oler mal. Se puso la falda oscura que ella misma se había cosido. Originariamente había sido blanca, pero la había teñido de rojo. Luego, como si se hubiera descolorido de tanto lavarla, la había vuelto a teñir de azul oscuro, y la había cosido de nuevo cambiando el estilo. También se puso una blusa de manga corta casi nueva que Yamin le había regalado. Cogió el bolso lleno de papel de váter.

Comió distraída y cuando salía le dijo a su hermana:

—Voy a casa de un amigo para preguntarle por mi trabajo de profesora. ¿Te importa quedarte sola?

—No. Zhong Qin vendrá enseguida a tocar. ¿Qué amigo?

A lo mejor me he puesto demasiado elegante, se dijo, hasta mi hermana se ha dado cuenta.

—No lo conoces. Me voy. Volveré pronto. —Se sentía culpable por dejar a su hermana sola, pero se consoló pensando que Zhong Qin le haría compañía.

Caminó hasta el embarcadero del ferry, entusiasmada, pensando que esa era su primera cita. Las otras veces se habían encontrado por casualidad, y ella no había tenido tiempo de cambiarse. ¿Le gustaría lo que llevaba? «Él sabe más de la vida que yo, y debe de haber visto a mucha gente guapa y bien vestida. ¿Cómo alguien como yo, que no es especialmente guapa y no viste especialmente bien, puede esperar ganar su corazón?».

Tenía la impresión de que todas las personas con las que se cruzaba la miraban como si supieran que iba a encontrarse con un muchacho. Estaba tremendamente nerviosa, impaciente por cruzar al otro lado del río, donde nadie la conocía. Cuando alcanzó la orilla vio a Mayor Tercero de pie cerca del pabellón. Al igual que la última vez, Jingqiu comenzó a caminar por delante sin pararse a esperarlo.

Mayor Tercero apareció corriendo y dijo:

—Hoy estás increíble, casi no te reconozco. Pellízcame, quiero saber si estoy soñando. Esta chica tan guapa ¿realmente me espera a mí?

—Me he acostumbrado a tus zalamerías, y ya no me ponen la piel de gallina —dijo en broma—. Si vives con un pescadero ya no te molesta el olor a pescado. Paseemos por el río. Así, si mi madre regresa del trabajo temprano, no nos verá, pues vuelve por este camino.

—¿Has comido? —preguntó Jingqiu. Mayor Tercero no había comido, y la había esperado para comer juntos. Jingqiu había aprendido la lección de la última vez y sabía que no tenía sentido rechazar la invitación cortésmente, pues siempre la convencía.

Regresaron al pabellón después de haber comido, pero como era verano, y aún temprano, había gente pululando por ahí, así que se dirigieron a una zona poco concurrida del río y se sentaron en la orilla.

—Hoy no es domingo, ¿cómo es que has tenido el día libre? —preguntó Jingqiu.

—Estoy aquí buscando trabajo. Quiero trasladarme a Yichang.

Estaba sorprendida y encantada, pero le preguntó sin ambages:

—Te iba muy bien en la unidad geológica. ¿Por qué quieres trasladarte a Yichang?

—¿No tienes idea de por qué quiero trasladarme a Yichang? —Soltó una carcajada—. Entonces pierdo el tiempo al tomarme tantas molestias, ¿no?

—¿A qué unidad de trabajo quieres trasladarte? —preguntó Jingqiu.

—Todavía estoy haciendo contactos. A lo mejor a la compañía teatral, o a cualquier otra, allí donde me necesiten siempre y cuando esté en Yichang. Podría limpiar las calles, o mejor limpiar las calles de la isla de Jiangxin, siempre y cuando pueda hacerlo delante de tu casa.

—¿Qué quieres decir con eso de delante de mi casa? Es un pasaje de un metro de ancho, ahí no hay sitio para menear la escoba. Mejor prueba con la compañía teatral, podrías tocar el acordeón. Pero en cuanto seas uno de ellos te olvidarás de tus viejos amigos.

—¿Por qué?

—Porque las chicas de la compañía teatral son guapas.

—Ya estuve en la del ejército, y no me pareció que las chicas fueran tan guapas.

—¿Estabas en la compañía teatral del ejército? —preguntó Jingqiu asombrada—. ¿Cómo es que no caminas como los actores, con las puntas de los pies hacia fuera?

Mayor Tercero soltó una risita.

—¿Acaso todos los miembros de la compañía teatral caminan con las puntas de los pies hacia fuera? De todos modos, yo no era bailarín, sino acordeonista. Creo que tú eres la que camina con las puntas hacia fuera. Bailaste en la ópera *La chica del pelo blanco*, ¿no?

Jingqiu asintió.

—Eso fue cuando estaba en primaria. Al principio era una de las bailarinas principales en la danza del papel recortado, y luego pasé a interpretar el papel principal, el de Xi'er. Pero luego dejó de gustarme el baile, así que tocaba el acordeón mientras los otros bailaban. ¿Me enseñarás a tocar cuando entres en la compañía teatral de Yichang?

—En cuanto me traslade a Yichang, ¿dedicaremos el tiempo que pasemos juntos a darte clases de acordeón?

Jingqiu no entendía lo que quería decir.

—¿Qué otra cosa podríamos hacer?

Él no contestó a su pregunta, sino que dijo:

—Si me traslado a Yichang, podremos vernos continuamente. Una vez te den tu trabajo, lo haremos a diario, sin disimular. Podremos pasear por la calle. ¿Qué te parece?

La escena que describía resultaba tan atractiva y tan ideal como el comunismo. Ella veía las cosas de manera más realista.

—Una vez tenga mi trabajo, que será de profesora o en la cocina, tú estarás en la compañía teatral. ¿Seguirás queriendo verme todos los días?

—Aun cuando fueras el cerdito del comedor querría verte todos los días.

—Perro, ¿me está llamando cerda? —Ella se rio y le pellizcó el antebrazo. «¿Cómo he podido hacer esto? Soy como esas chicas malas de los libros, que se exhiben y coquetean». Preocupada porque Mayor Tercero la considerara una fresca, se explicó—: No lo he hecho a propósito, yo...

—¿Por qué te disculpas? —dijo él riendo—. Me gusta que me pellizques. Hazlo otra vez. —Le cogió la mano, la acercó al brazo y le dijo que le pellizcara.

—Pellízcate tú.

Al ver que se sentía incómoda, decidió no meterse más con ella y le preguntó por su hermano.

—¿Dónde han mandado a tu hermano?

Ella le contó la historia de su hermano y Yamin, aunque omitió la parte de cuando los habían encontrado en la cama. No sabía por qué, pero era incapaz de mencionarlo.

—Tu hermano tiene mucha suerte —dijo Mayor Tercero— al haber encontrado una chica tan buena, pero yo tengo aún más suerte, porque te he hallado a ti.

Aunque Jingqiu decía que estaba acostumbrada a sus zalamerías, seguía sintiéndose incómoda.

—¿Yo? ¿Qué tengo yo de buena? No te he protegido tal como Yamin protegió a mi hermano.

—Lo harías si fuera necesario, pero hasta ahora no lo ha sido, eso es todo. Yo haría lo mismo por ti. Haría cualquier cosa por ti, aceptaría lo que fuera. ¿Me crees? —A continuación, cambiando de tema, preguntó—: ¿Cómo tienes la mano?

Inconscientemente Jingqiu escondió la mano tras la espalda.

—¿A qué te refieres?

—Ya lo he visto. Dime, ¿qué paso? ¿Fue por culpa de ese tal Wan? ¿Se aprovechó de ti?

—No, cómo iba a ser capaz. Me corté la mano con un cuchillo. Utilizaba un cuchillito para raspar los anuncios viejos del tablón y me hice daño.

—¿No tiene nada que ver con él?

—De verdad que no.

—Pero si tenías el cuchillo en la mano la derecha, ¿cómo es que te has hecho daño en la derecha?

Ella volvió a mirarlo, sin dar con una respuesta apropiada.

Mayor Tercero no volvió a preguntar.

—Siempre he pensado que no deberías hacer trabajos temporales —dijo él con un suspiro—. Deberías dejar que te cuidara, pero me da demasiado miedo pedírtelo por si te enfadas. —Se la quedó mirando—. Me preocupa hacerte enfadar. Y a ti, ¿te preocupa hacerme enfadar?

—Sí, me preocupa hacerte enfadar y que ya no me hagas caso.

—¡Tonta! ¡Cómo no iba a hacerte caso! Digas lo que digas, aunque me hagas un desaire o me trates con frialdad, no me enfadaré contigo, ni dejaré de hacerte caso, porque creo que cuando haces algo tienes tus razones. Haré lo que tú quieras, aunque sean cosas que no entiendo. Pero tienes que ser sincera conmigo siempre, porque me creo todo lo que me dices.

Mayor Tercero le cogió la mano lastimada y se la frotó suavemente.

—¿Aún te duele?

Jingqiu asintió.

—Si me hiciera daño en la mano, si acabara muerto de cansancio, ¿te afectaría? —Jingqiu era incapaz de decir las palabras, pero asintió—. Entonces, ¿por qué sigues haciendo ese trabajo, por qué te haces daño y te agotas? ¿No sabes lo mucho que me afecta? Me hace mucho daño, como si alguien me apuñalara el corazón con un cuchillo. ¿No has experimentado antes ese tipo de dolor? —Ahora ponía una expresión solemne y ella no sabía qué responder—. No lo has experimentado y no sabes lo que es. Olvídalo, no quiero que sepas lo que se siente.

¿Por qué hoy no me ha abrazado?, se dijo Jingqiu, un tanto irascible. No hace más que hablar y hablar y hablar. Aquel día tenía muchas ganas de que la abrazara con fuerza, aunque no sabía por qué. No lejos de allí veía a otras personas, algunos nadaban y otros paseaban. A lo mejor no es un sitio lo bastante discreto, por eso no me abraza.

—Por aquí hay mucha gente, vamos a otro lado.

Se pusieron en pie y caminaron junto al río hasta encontrar un nuevo lugar. Mientras paseaban Jingqiu le lanzaba miradas furtivas continuamente para ver si él era capaz de leer sus sentimientos o si se reía de ella en secreto. Pero Mayor Tercero ponía una expresión seria, como si aún pensara en lo que habían estado hablando. Caminaron un buen trecho antes de encontrar un lugar sin gente y se sentaron sobre una roca hombro con hombro.

—¿Qué hora es? —preguntó Jingqiu.

—Las siete pasadas —dijo él mirando su reloj.

«Tendremos que volver pronto y todavía no ha intentado abrazarme. ¿Es quizá porque hace demasiado calor? Las últimas veces que me ha abrazado siempre hacía frío».

—¿No te gusta el calor, verdad?

El se rio sin contestar, como si pretendiera averiguar qué quería decir con aquella pregunta. Jingqiu tenía la cara encarnada. Sabe todo lo que pienso, se dijo. Cuanto más quería ocultarlo, más se le encendía la cara.

Mayor Tercero se puso en pie y la cogió en sus brazos, susurrando:

—Me da igual el calor, es que estoy demasiado asustado...

—¿Por qué? La última vez no me importó.

—Ya lo sé, pero estoy asustado... —No acabó la frase, y se inclinó hacia su oído y susurró—: ¿Te gusta... que lo haga?

Jingqiu sentía la sangre como si le circulara más deprisa de lo habitual, y entonces sintió que le goteaba. «¡Maldita sea! —se dijo—. Tengo que ir al retrete a cambiar el papel».

Él seguía abrazándola con fuerza.

—¿Te gusta? Dímelo, no tengas miedo. ¿Te gusta que te abrace así?

El aliento de Mayor Tercero era tan caliente que le escaldaba la oreja. Bajó la cabeza hasta el pecho de ella y, de manera alarmante, Jingqiu tuvo la impresión de que su pecho estaba conectado con «ahí abajo» mediante un largo tendón, porque cuando frotó la cabeza contra ella sintió como si la sangre se le agolpara «ahí abajo». Ya no podía esperar más y susurró:

—Tengo que ir al retrete.

Él la cogió de la mano y caminaron juntos, pero solo encontraron un retrete muy viejo y asqueroso. No obstante, Jingqiu no tenía elección y, armándose de valor, entró. Rápidamente cambió el papel de váter que llevaba y salió corriendo.

Esta vez Mayor Tercero la abrazó sin que ella tuviera que insinuárselo y ya no la soltó.

Era extraño. Normalmente, cuando tenía el periodo, los primeros días era muy flojo, pero incómodo. Le dolía la espalda y sentía un terrible peso en el vientre, y el dolor solo se mitigaba cuando el periodo llegaba a su fin. Sin embargo, aquel día era diferente. Mientras él la abrazaba, el dolor parecía desaparecer.

¿Acaso los chicos eran como una medicina que curaba los dolores de la regla? Sin embargo, ahora era evidente que no había cogido suficiente papel de váter.

—Tengo... tengo que ir a comprar algo —balbució.

Encontró una tienda de comestibles que vendía papel de váter, pero el dependiente era un joven, lo que la hizo sentirse demasiado avergonzada para comprar lo que necesitaba. Se quedó indecisa en la puerta pensando que se le mancharía la ropa, pero incapaz de moverse.

—Espera aquí, yo lo compraré.

Ni siquiera tuvo tiempo de preguntarle a Mayor Tercero «comprar, ¿el qué?» y él ya había entrado en la tienda. Cuando salió con dos rollos de papel de váter en la mano, ella corrió hacia él e intentó meterlos en el bolso. Consiguió embutir uno y colocó el otro bajo la camisa de Mayor Tercero. En cuanto estuvieron a cierta distancia de la tienda, Jingqiu dijo:

—¿Por qué no lo escondes debajo de la ropa? ¿Cómo puedes ser tan descarado?

—¿Qué quieres decir con descarado? Es algo natural, no es algo que la gente ignore.

Se acordó del día en que su clase fue a un hospital a estudiar medicina y uno de los médicos les dio una charla sobre la higiene personal. Cuando llegó la parte del ciclo menstrual, las chicas estaban muy avergonzadas, pero los chicos escuchaban fascinados. Uno de los chicos incluso formó un círculo con un hilo y le hizo un nudo. Hizo girar el nudo y recitó: «Un ciclo», y cuando el nudo hubo dado una vuelta repitió: «Otro ciclo».

Jingqiu se acercó a su oído y le dijo:

—Como me has abrazado ya no siento una bola de plomo en el vientre, y no es tan incómodo como siempre.

—¿De verdad? —dijo él, complacido—. ¡Entonces te soy de utilidad, después de todo!

Capítulo 25

Al día siguiente Jingqiu volvió a la fábrica de papel y, aunque sabía que todavía había trabajo en el departamento de propaganda del señor Liu, fue a ver a Wan Chengsheng para que este le dijera qué tenía que hacer, tal como determinaban las normas. Se dirigió a la oficina y almacén de herramientas de Wan, pero él fingió no verla y se dedicó a asignar tareas a los demás temporeros. Solo cuando hubo acabado con los demás se dirigió hacia Jingqiu y le dijo:

—Hoy no hay trabajo para ti. Vuelve a casa, y no hace falta que vuelvas.

—¿A qué te refieres? ¿Me estás echando? El señor Liu dice que quiere que hoy siga con la revista.

—Si el señor Liu quiere que te encargues del boletín informativo, ¿por qué no acudes a él directamente? ¿Qué estás haciendo aquí?

Jingqiu se dijo que se estaba haciendo el inabordable, y eso la irritó.

—Tú eres el jefe, el responsable de mi trabajo, por eso he venido aquí. ¿No eres tú el que me tiene que enviar al señor Liu?

—Te dije que fueras a ayudar con el tablón de anuncios, no a pasear con él.

—¿Cuándo he ido a pasear con él?

—Creía que eras una chica decente —farfulló Wan—. Di más bien que te las quieres dar de decente. Trabaja para quien te acepte, pero aquí no te quiero más.

Jingqiu se lo quedó mirando fuera de sí.

—¿No te vas? —dijo Wang—. He de ir a desayunar. —Y, dicho esto, se marchó en dirección a la cantina.

Jingqiu se quedó insultándose por haber vuelto a trabajar para él. Qué poco carácter has demostrado, se dijo. Si no se hubiera dejado convencer por la abuela Cobre no habría tenido que enfrentarse a la humillación de que la despidieran. Estaba segura de que Wan Changsheng hablaría con la directora Li y propagarían repugnantes rumores acerca de ella y el señor Liu. «Arrastrará mi nombre por el fango».

Temblando de ira, se le ocurrió ir a buscar a alguien para denunciar a Wan, pero este se libraría de toda culpa con solo una pregunta:

—Si aquel día le hice algo, ¿por qué ha vuelto a trabajar?

Sintiéndose maltratada, se dirigió a la salida de la fábrica. Al pasar junto al tablón de anuncios vio que el señor Liu trabajaba de manera frenética, pero en lugar de saludarlo pasó de largo. Mientras salía del recinto de la fábrica vio a Zhang Yi que se acercaba hacia ella comiendo un palito de masa frita.

—Jingqiu, ¿es que hoy no trabajas?

—El jefe me ha despedido —dijo ella, traicionando su plan de no revelar a nadie la injusticia.

Zhang Yi se quedó de una pieza.

—¿Por qué te ha despedido?

—Es igual, no tiene nada que ver contigo. No te quiero entretener.

—No tengo nada que hacer, acabo de salir del turno de noche. No quería comer en la cantina, así que he salido a desayunar fuera antes de irme a dormir. Pero, dime, ¿qué ha pasado? ¿Por qué te ha echado?

Sintiendo que aquello era más de lo que podía soportar, Jingqiu le contó a Zhang Yi todo lo ocurrido con el señor Wan, aunque pasó por alto las partes que consideraba especialmente embarazosas.

Zhang Yi se puso hecho una furia, arrojó el resto de su palito de masa al suelo, agarró a Jingqiu de la mano y la arrastró hacia la fábrica.

—Vamos, yo le ajustaré las cuentas a ese jorobado. No te preocupes, se enterará de lo que es bueno.

Verlo tan furioso y con ganas de riña asustó a Jingqiu y, al igual que solía hacer cuando eran niños, tiró de la mano para retenerlo. Zhang Yi soltó su mano de la de ella y dijo:

—¿Le tienes miedo? Yo no le tengo miedo. Un hombre como ese solo reacciona ante la fuerza, y cuanto más miedo te da, más brutal es.

Y echando humo se fue hacia la fábrica.

Jingqiu no tuvo otra opción que seguirlo. Si pasaba algo, se dijo, habría puesto a Zhang Yi en peligro. Lo vio hablar con alguien un poco más adelante, probablemente preguntaba si habían visto a Wan Chengsheng, y a continuación se dirigió directamente a la cantina. Alarmada, Jingqiu corrió tras él. Cuando llegó a la puerta los oyó discutir.

Vio que Zhang Yi empujaba a Wan Chengsheng y le gritaba:

—¿Qué pasa, jorobado? ¿Qué le has hecho a mi amiga? ¿Quieres pelea?

Wan Chengsheng daba pena, y repetía una y otra vez:

—Di lo que tengas que decir. Di lo que tengas que decir...

Zhang Yi lo agarró por la pechera de la camisa y lo sacó de allí.

—Vamos, hablaremos en la escena del crimen.

Arrastró a Wan hasta la tapia sur del recinto y, aunque por el camino atrajeron muchas miradas, nadie se molestó en involucrarse. Y aunque unas cuantas personas gritaron: «¡Pelea! ¡Pelea!», nadie reaccionó ni se interpuso entre ellos. Solo Jingqiu los siguió, sobresaltada, gritándole a Zhang Yi que parara.

En cuanto llegaron a la tapia, Zhang Yi soltó a Wan y, señalándolo con el dedo, le gritó:

—Eres un cabrón hijo de puta. Te has aprovechado de mi amiga. ¿Quieres seguir viviendo?

Wan seguía negándolo.

—¿Cómo puedo haberme aprovechado de tu amiga? No escuches·lo que dice. Lo que pasa es que es una fresca.

Zhang Yi se acercó a Wan y le pegó una patada en la espinilla. Wan soltó un «¡ay, ay!» y cayó al suelo. Cogió un ladrillo y atacó.

—¡Cuidado, tiene un ladrillo en la mano! —gritó Jingqiu.

Zhang Yi agarró las dos manos de Wan y comenzó a gritar y a darle patadas.

—¡Basta o lo matarás! —gritó Jingqiu, asustada.

Zhang Yi dejó de darle patadas.

—Voy a denunciarte, basura humana. ¿Cómo te atreves a aprovecharte de mi amiga? ¿Sabes quién soy?

—No me he aprovechado de ella, de verdad. Si no me crees, pregúntale. No le he puesto la mano encima.

—¿Crees que me hace falta preguntarle? Lo he visto con mis propios ojos, cerdo asqueroso. —Zhang Yi hizo ademán de darle un puñetazo.

Wan se protegió la cabeza con las manos y gritó:

—¿Qué quieres? ¿No querrás que te despida, verdad? Si me pegas, ¿crees que saldrás impune?

—Solo pego por placer, nunca me ha preocupado si voy a salir impune. —Zhang Yi soltó a Wan—. A lo mejor es tu día de suerte. Rápido, ¿qué trabajo vas a asignarle, así me podré ir a dormir?

—Puedes ayudar al señor Liu en el tablón de anuncios —dijo Wan en voz baja mirando a Jingqiu.

—Gracias —dijo Jingqiu cuando Wan se hubo marchado—, me preocupaba que fueras a cometer alguna estupidez.

—No te preocupes, no se atreverá a volver a tocarte. Los tipos despreciables como ese, si no les pegas no saben lo duro que eres. Ve a ayudar al señor Liu y, si el jorobado te crea más problemas, me lo dices y yo lo arreglaré.

Ahora se sentía en deuda con Zhang Yi, y no estaba segura de cómo corresponderle. Se dijo que ojalá no quisiera salir con ella, pero Zhang Yi no parecía comportarse de manera distinta. Sí, siempre le decía hola cuando se encontraban y en ocasiones iba a hacerle compañía a la hora de almorzar, o bien la miraba mientras ella trabajaba en el tablón, pero, como no le pedía que fuera su novia, se relajó.

Wan se comportaba mucho mejor que antes. Cuando repartía el trabajo no le dirigía la palabra y le asignaba tareas más bien pesadas, pero ella lo prefería.

Ese día había quedado con Mayor Tercero junto al río. Era la primera vez que él la veía con la camiseta metida dentro de la falda. Se inclinó hacia ella y le susurró:

—Me encanta cómo vistes hoy.

A ella siempre le habían incomodado sus grandes pechos. Todas las jóvenes que conocía eran iguales, y todas llevaban sujetadores que se los aplanaban. Si al correr les saltaban, se reían de ellas. La entristecía que Mayor Tercero se hubiera fijado.

—Es como ese jorobado de Wan, dijo lo mismo...

—¿Qué dijo Wan? —preguntó Mayor Tercero.

Jingqiu no tuvo más opción que contárselo, y también la parte en que Zhang Yi le había pegado al jorobado. La cara de Mayor Tercero se quedó de un pálido cadavérico y se mordió los labios. Ponía la misma expresión que había visto antes en Zhang Yi.

—No puedes comprender lo que siente un hombre cuando se entera de que otro hombre se ha aprovechado de la chica que ama.

—Pero él no se aprovechó de mí.

—Te hizo saltar de una tapia. ¿Y si te hubieras hecho daño? Entonces, ¿qué?

Ella intentó aplacarlo.

—No te preocupes, la próxima vez no saltaré, sino que lo empujaré a él. Ya lo he olvidado —le insistió repetidamente, temiendo que fuera a hacerle algo a Wan—. No te involucres. No merece la pena que te metan en la cárcel por él.

—No te preocupes —dijo Mayor Tercero, quebrándosele la voz—, no cometeré ninguna estupidez. Solo quiero trasladarme a Yichang lo antes posible, para poder cuidar continuamente de ti. Estando tan lejos, siempre me preocupa que alguien se aproveche de ti, o que te extenúes trabajando o te hagas daño. Ninguna noche consigo dormir bien. Cuando trabajo, todo lo que quiero es dormir, pero cuando estoy en la cama solo pienso en ti.

Sus palabras la conmovieron, y por primera vez ella tomó la iniciativa y lo abrazó. Él estaba sentado y ella de pie, delante. Mayor Tercero apoyó su cabeza en el pecho de ella y dijo:

—Así sí que podría dormir.

Realmente no debe de dormir muy bien, se dijo Jingqiu, y luego viene aquí a pasar el día. Eso le está agotando. Se sentó a su lado y él se recostó, utilizó su regazo de almohadón y se quedó dormido enseguida. Jingqiu se quedó muy afligida al verlo tan cansado, y temía que el menor movimiento pudiera desvelarlo.

Eran casi las ocho y media cuando lo despertó.

—Tengo que volver, porque si mi madre llega y no me ve se preocupará.

Él miró su reloj y preguntó:

—¿Me he dormido? ¿Por qué no me has despertado? Vete enseguida… Lo siento.

—¿Por qué te disculpas? —dijo ella riendo—. Lo único que importa es que estemos juntos. ¿O has dejado algo sin terminar?

Él se rio, avergonzado.

—No es exactamente eso. Es que nos vemos tan poco, y tú dejas que me duerma. —Estornudó un par de veces: parecía tener la nariz tapada y la voz rasposa.

—Debería haberte tapado mientras dormías. —Jingqiu estaba consternada—. Debes de haberte resfriado. Estamos al lado del río, y este banco de piedra está frío.

Él la abrazó y dijo:

—¿Soy yo el que se duerme y tú te disculpas? Deberías pegarme. —De nuevo estornudó, volviendo la cabeza a un lado—. Hace tiempo que no hago ejercicio, y no estoy en forma. Soy como uno de esos silbatos de cristal, soplas y me rompo enseguida.

—Probablemente has cogido frío. Acuérdate de tomar algo cuando vuelvas.

—No es nada, casi nunca me pongo enfermo. No me hace falta tomar ningún medicamento.

La acompañó a casa y Jingqiu le dijo que no cruzara el río con ella, pues a lo mejor su madre ya estaba de camino.

—Pero si está oscuro. ¿Cómo puedo estar tranquilo sabiendo que cruzas sola?

—Si estás preocupado puedes caminar conmigo, pero al otro lado del río.

Y así fue como caminaron juntos, pero cada uno a un lado del río, y Jingqiu procuraba ir pegada a la orilla para que él pudiera verla. Él llevaba una camiseta blanca sin mangas y una camisa de manga corta en la mano. Un poco más adelante, ella se detuvo y miró al otro lado del río, y lo vio a la misma altura que ella. Él levantó la camisa blanca y la agitó en círculo.

Riéndose, Jingqiu quiso decir: «¿Te has rendido? ¿Por qué ondeas la bandera blanca?». Pero él estaba demasiado lejos y no la habría oído. Jingqiu siguió caminando y volvió a detenerse para mirar en dirección a él. Mayor Tercero volvió a agitar la camisa blanca. Así siguieron caminando y parándose hasta que Jingqiu llegó a la verja del recinto de la escuela. La última vez que ella se paró a mirarlo, se quedó esperando a que se marchara, pero él no se movía. Jingqiu le hizo señas con la mano, ahuyentándolo para que fuera a buscar un lugar donde pasar la noche. Pero él también comenzó a saludarla con la mano, quizá para decirle que se fuera ella primero.

Entonces Jingqiu lo vio extender los brazos, y ahora no saludaba, sino que era como si la abrazara. Jingqiu comprobó que no hubiera nadie cerca e hizo el mismo gesto. Y los dos se quedaron, uno a cada lado del río con los brazos muy abiertos, abrazándose sin tocarse. A Jingqiu comenzaron a brotarle las lágrimas, así que dio media vuelta y entró en el recinto de la escuela, escondiéndose detrás de la verja.

Él seguía allí de pie, con los brazos extendidos. Detrás de él se desplegaba la larga ribera del río, y las farolas brillaban encima de él, que iba de blanco y parecía tan pequeño, tan solitario, tan melancólico.

Capítulo 26

Aquella noche Jingqiu durmió mal y tuvo varios sueños en los que aparecía Mayor Tercero. En uno soñaba que él tosía hasta que comenzaba a echar sangre, y en el siguiente que luchaba contra el jorobado de Wan. Y mientras soñaba no dejaba de pensar: «Que solo sea un sueño, que solo sea un sueño».

Cuando luego despertó y comprobó que solo había sido un sueño, exhaló un suspiro de alivio. El sol aún no había salido, pero no se podía volver a dormir. No sabía si la noche anterior Mayor Tercero había encontrado alojamiento. Decía que a veces le resultaba difícil, porque no tenía papeles que dijeran que estaba en viaje de trabajo, una exigencia inevitable en cualquier hotel, de manera que por la noche se quedaba en el pabellón. Antes de medianoche se reunía gente en el pabellón para jugar al ajedrez y refrescarse del calor del día, y luego, a medianoche, decía que se quedaba solo y pensaba en ella.

Jingqiu no sabía cuándo volvería a verlo —no habían podido fijar una fecha—, aunque sí estaba segura de que en cuanto tuviera oportunidad vendría a verla. Antes temía que solo jugara con ella y no volviera, pero ya no.

A la mañana siguiente se dirigió a la fábrica de cartón, y, como siempre, fue al despacho de Wan Chengsheng para ver qué trabajo le asignaba. Como la puerta seguía cerrada se sentó en el suelo y esperó. Pronto llegaron otros trabajadores y también se sentaron a esperar.

—El jefe se habrá quedado trabajando hasta tarde y ahora no puede levantarse —bromeó uno—. Siempre y cuando no nos descuente ningún día de trabajo, me da igual cuándo salga. Cuanto más tarde, mejor.

Esperaron hasta las ocho y media, pero Wan seguía sin llegar y todo el mundo estaba preocupado, pues si se demoraba mucho más aquel día ya no trabajarían. Algunos comentaron la posibilidad de ir a buscar a alguien de la fábrica para ver si sabía qué le había ocurrido.

Al cabo de un rato mandaron a un jefe de sección, que les dijo:

—Ayer por la noche le dieron una paliza al señor Wan, así que hoy no puede venir. No sé qué trabajo había pensado asignaros a cada uno, así que no puedo organizar nada. ¿Por qué no os vais a casa y volvéis mañana?

Los trabajadores temporales salieron de la fábrica maldiciendo y farfullando: si no íbamos a trabajar hoy, nos lo podría haber dicho antes. Ya ha pasado medio día, y hemos perdido el tiempo.

Jingqiu comenzó a temer que hubiera sido Mayor Tercero. Pero, razonó, después de acompañarme hasta el recinto de la escuela se quedó allí mucho rato, y el ferry ya había cerrado. Y no creo que cruzara nadando para darle una paliza a Wan. Aunque, de haber querido cruzar, no habría tenido ningún problema. ¿Me estaba diciendo adiós cuando abrió tanto los brazos y se quedó allí un buen rato? A lo mejor sabía que iría a la cárcel por lo que estaba a punto de hacer y, como no soportaba verme marchar, permaneció en la orilla mirándome por última vez.

Tenía que averiguar qué había pasado exactamente, lo graves que eran las heridas de Wan y si habían atrapado a la persona que lo había atacado. ¿Sabía la policía quién era? Ignoraba a quién preguntar, pero en su desesperación lo intentó con todo el mundo. Incluso fue corriendo a la oficina del señor Liu para preguntarle si sabía lo que ocurría.

—Lo único que he averiguado es que le han dado una paliza —contestó el señor Liu. Al ver que Jingqiu estaba tan alterada, le entró la curiosidad y preguntó—: Wan generalmente despierta sentimientos negativos en la gente, jamás se me ocurrió que te preocuparías tanto por él.

Jingqiu no tenía intención de explicarle nada, y farfulló unas pocas palabras antes de ir a buscar a Zhang Yi, que todavía dormía, por lo que tuvieron que despertarlo sus compañeros de habitación. Salió al pasillo frotándose los ojos.

—¿Te has enterado? Esta noche le han dado una paliza a Wan. No ha podido venir a trabajar.

—¿De verdad? —contestó Zhang Yi entusiasmado—. Lo tiene bien merecido. ¿Quién se la ha dado? Sea quien sea, es más despiadado que yo.

—Pensaba que habías sido tú —replicó Jingqiu.

—¿Y por qué pensabas que había sido yo? Yo estaba trabajando en el turno de noche.

—Creía que a lo mejor querías darle una lección de verdad —contestó, ahora totalmente decepcionada—. Creía que a lo mejor te habías metido en un lío.

—No te preocupes por mí —replicó Zhang Yi, visiblemente conmovido—. No he sido yo, de verdad. Desde que vine a trabajar aquí no me he metido en ninguna pelea. Lo de ayer fue una excepción, y porque se aprovechó de ti. Siempre fuiste buena conmigo y me ayudaste, desde la primaria.

Jingqiu se acordó de todas las veces que había deseado que cayera enfermo y se sintió avergonzada.

—¿Qué quieres decir con eso de que te ayudé? ¿Acaso el maestro no me decía siempre que lo hiciera?

—¿Nunca te fijaste en que solo te escuchaba a ti? Por eso el maestro te pedía que me cuidaras.

Jingqiu no sabía si reír o llorar, y se acordó de que, por mucho que intentara frenar a Zhang, nunca lo conseguía, y ahora él le decía que solo la escuchaba a ella.

—Si no trabajas —dijo Zhang Yi—, podríamos ir al cine.

—Acabas de salir del turno de noche —dijo enseguida Jingqiu—. Vete a dormir, o no tendrás energía para trabajar esta noche.

—Pues volveré a la cama. Ves, todavía hago caso de todo lo que me dices.

Regresó a su dormitorio y Jingqiu se fue a casa.

Pero al llegar estaba tan nerviosa como antes, y no podía apartar de sus ojos la imagen de Mayor Tercero con las manos atadas y escoltado por la policía. ¿Cómo puede ser tan impulsivo? ¿Vale la pena desperdiciar tu vida por ese jorobado? ¿Crees que con eso te desquitas? Pero luego se culpó a sí misma. Para empezar, ¿por qué se lo había contado? Si no hubiera dicho nada, Mayor Tercero no se habría enterado. Si lo cogían, sería culpa suya.

Se le ocurrió correr hasta la comisaría y confesar que había sido ella, que le había dado una paliza porque se había aprovechado de ella, y no había tenido otra alternativa. Pero no la creerían y, de todos modos, Wan sabría sin duda si quien le había golpeado era un hombre o una mujer.

Entonces se acordó de lo que había dicho Mayor Tercero: «No será la última vez». Entonces se lo había buscado. A lo mejor había cruzado el río a nado para darle una lección a Wan, para impedir que hubiera una próxima vez.

Después de pensar todo aquello era imposible que se quedara en casa, así que corrió de vuelta a la fábrica para ver si había noticias. Cada vez eran más los que se habían enterado de lo ocurrido. Al parecer Wan despertaba auténticos sentimientos de odio entre la gente. Ni una sola persona, al enterarse de la paliza, mostró la menor simpatía por él y, aunque tampoco expresaron felicidad ante su desgracia, la comentaron con entusiasmo.

—Debe de haber sido alguien que lo odia —fue una de las opiniones—. He oído que eligieron un lugar estratégico y le dieron varias patadas en el estómago y entre las piernas. Es horrible, las pelotas se le habrán quedado hechas papilla. Ya no creo que pueda tener hijos.

Al oír esas palabras, Jingqiu supo que al menos Wan no había muerto. La situación todavía podía resolverse, Mayor Tercero no sería condenado a la pena capital. Pero también se dijo que, si Wan no había muerto, eso significaba que podría describir a la persona que le había golpeado, cosa que era aún peor. Pero Mayor Tercero era muy inteligente y probablemente no había permitido que Wan le viera la cara.

Al día siguiente fue temprano a la fábrica y se sentó delante de la oficina de Wan sin saber exactamente qué estaba esperando. Ahora resultaba irrelevante que le dieran trabajo o no: lo más importante era averiguar si había alguna novedad. ¿Habían capturado a Mayor Tercero? Al cabo de un rato los demás trabajadores temporales fueron llegando uno a uno. El tema favorito de conversación era, naturalmente, el incidente con Wan.

Ojitos Brillantes siempre había sido un sujeto bien informado, y aquel día no era una excepción.

—Todo ocurrió delante de la puerta de la casa de Wan. —Hablaba con autoridad—. Acababa de regresar de dar un paseo nocturno para refrescarse cuando el autor de los hechos salió de la oscuridad con una bolsa o algo parecido cubriéndole la cabeza, y entonces le dio de puñetazos y patadas. Parece ser que el atacante no dijo ni una palabra, así que debe de haber sido alguien a quien Wan conocía bien, pues de lo contrario no se habría tapado la cara y no habría procurado que Wan no oyera su voz.

Una mujer de mediana edad conocida como la Loca Qin dijo:

—Debe de haber sido un miembro del ejército que no conoce su propia fuerza. —La Loca Qin sentía un afecto especial por los miembros del ejército, pues en una ocasión había arrastrado al jefe de un departamento de propaganda del ejército «a la perdición», y el resultado había sido un hijo ilegítimo.

—Ha sido tu amigo del departamento de propaganda, ¿no? —dijo alguien para chincharla—. El jefe debe de estar chiflado por ti, pues tu soldadito ha vuelto para vengarse.

La Loca Qin no intentó defenderse, sino que ahogó una carcajada, como si temiera que los demás pudieran sospechar de su amigo del ejército.

—Los hombres siempre se están peleando por alguna mujer. Al jefe deben de haberle arreado por culpa de alguna de nosotras —dijo, mirando de soslayo a todas las demás mujeres. Era un poco bizca, por lo que, si la persona a la que quería mirar estaba justo delante de ella, tenía que girar todo el cuerpo a un lado.

Aquella conversación asustó todavía más a Jingqiu, pues temía que la abuela Cobre pudiera contar a todo el mundo lo que había ocurrido entre ella y el jorobado. Si los demás averiguaban que Wan se había aprovechado de ella, sospecharían de su novio o de su hermano mayor. Jingqiu había creído firmemente que la gente que quebrantaba la ley siempre acababa en manos de la policía.

Aquel día ya eran casi las nueve cuando la fábrica mandó a alguien a decirles que durante los próximos días, hasta la recuperación de Wan, el maestro Qu les asignaría las tareas. El maestro Qu repartió los trabajos, y le pidió a Jingqiu que le ayudara a ordenar un taller en desuso y medio en ruinas. Mientras trabajaban, Jingqiu le preguntó a Qu cuándo creía que el jefe volvería a trabajar.

—Lo sé tanto como tú —contestó—, pero en la fábrica me han pedido que le sustituya al menos una semana.

—Hoy has ido a casa del señor Wan. ¿Sus heridas son muy graves?

—No volverá a trabajar al menos en diez días, y quién sabe si dentro de un par de semanas.

—¿Sabes quién lo hizo? ¿Por qué le pegaron al señor Wan?

—Por el momento todo son rumores. Hay quien dice que se quedó con parte del salario de alguien, y otros afirman que se metió con el pariente de otro. ¿Quién sabe? A lo mejor el que le pegó se equivocó de persona.

—¿Todavía no han cogido al autor?

—Me parece que no, pero no te preocupes, sin duda lo cogerán. Solo es cuestión de tiempo.

Jingqiu se quedó estupefacta. El hecho de que el maestro Qu estuviera tan seguro de que la policía cogería al autor significaba que tenían pistas y que Mayor Tercero no lo tendría fácil para escapar. Estaba destrozada. No se atrevía a llorar ni a seguir preguntando. «Si atrapan a Mayor Tercero y lo condenan lo esperaré para siempre y lo iré a visitar todos los días. Lo único que pido es que no lo condenen a muerte. Pero si va a la cárcel lo esperaré aunque sea toda la vida, hasta que lo liberen».

Jingqiu reunió valor para preguntarle al maestro Qu:

—¿La policía tiene alguna pista? ¿Cómo sabes que lo cogerán tarde o temprano?

—Yo no soy policía, ¿cómo voy a saber si lo cogerán o no? Solo lo he dicho para tranquilizarte, pues pareces muy preocupada por el jefe. Que los delincuentes se escapen es el pan nuestro de cada día. Alguien me lastimó gravemente el pie, y sé quién fue y se lo conté a la policía. ¿Crees que lo cogieron? No. Si eres una persona corriente, ¿quién va a gastar energía para atrapar al que te ha perjudicado?

Eso sí que eran buenas noticias. Pero en los días siguientes no dejó de preocuparse. Posteriormente, se enteró de que el jorobado no había denunciado el incidente, quizá porque había cometido algún acto reprensible y temía que la policía se lo sonsacara durante el interrogatorio. Sería mejor no contárselo a nadie. Jingqiu se relajó al enterarse, aunque seguía preocupándole que Wan estuviera creando una cortina de humo, así que permaneció alerta. Mayor Tercero solo estaría a salvo cuando el jorobado muriera.

Bajo la tutela del maestro Qu las cosas eran más fáciles, pues no asignaba los trabajos como había hecho Wan, con el fin de obtener halagos y sugiriendo que quería que se le recompensara. Qu no se dejaba llevar por lo personal, y distribuía con justicia los trabajos más pesados y más ligeros. A Jingqiu no le importaba acabar agotada.

Pero ese hermoso ideal comunista no duró mucho, pues Wan no tardó en regresar al trabajo. No tenía ninguna cicatriz en la cara, pero, si lo mirabas de cerca, te dabas cuenta de que la paliza había sido grave. La espalda se le encorvaba aún más que antes, y tenía aspecto de estar a punto de morir de un momento a otro. Alguien que no le conociera habría dicho que tenía al menos cincuenta años.

Pero su mordaz lengua de antes parecía haber quedado neutralizada: ya no sermoneaba severamente a los demás por cualquier cosa, y simplemente decía:

—Hoy todo el mundo transportará material para arreglar la pista de baloncesto, y luego cambiaremos el pavimento.

Todos los trabajadores temporales comenzaban a quejarse, pues ese era el trabajo más duro:

—¿Por quién nos tomas? ¿Por esclavos?

—¿De qué os quejáis? —gritaba el jorobado, irascible—. Los que no quieran hacer el trabajo pueden irse ahora mismo.

Eso les hacía callar. Todo el mundo se iba a la pista de baloncesto en silencio y se ponía a trabajar. Cuando Jingqiu se disponía a guardar las herramientas, la abuela Cobre le dijo:

—Niña, ¿nadie te ha dicho que deberías llevar botas de goma?

Jingqiu miró a su alrededor y se dio cuenta de que casi todo el mundo calzaba botas de goma, y los pocos que no las llevaban se envolvían los pies con trapos atados. Jingqiu nunca había cambiado el pavimento de una pista de baloncesto, así que no sabía que tenía que llevar botas de goma —tampoco las tenía— y no pudo encontrar ningún trapo con el que envolverse los pies, de manera que tuvo que ir descalza.

Todo el mundo medía las proporciones correctas de cemento, cal y un tipo de ceniza. Una vez todo esto estaba mezclado con agua, había que extenderlo sobre la pista, y cuando esa capa se había secado había que extender una capa de cemento. Y con eso conseguías una pista de baloncesto sencilla. Como al parecer era una técnica para ahorrar dinero, la fábrica utilizaba a sus trabajadores temporales.

Todo el mundo se negaba a trabajar con la abuela Cobre porque esta no se esforzaba mucho, así que se la endosaron a Jingqiu. A esta le preocupaba que Wan le hiciera repetir el trabajo, pero con la abuela Cobre no había nada que hacer. ¿Cómo iba a esforzarse tanto como los demás? Y, sin embargo, las circunstancias la obligaban a trabajar como una esclava, a dedicar lo que le quedaba de vida a ese condenado trabajo. Era mejor que Jingqiu hiciera un esfuerzo suplementario.

El jorobado los dividió en dos grupos que se turnaban para trabajar, cambiando solo cuando Wan gritaba «cambio», momento en el cual uno de los dos grupos descansaba un rato. Jingqiu tenía la impresión de que el jorobado la castigaba obligando a su grupo a trabajar más que al otro. La Loca Qin, sin embargo, creía lo contrario.

—Jefe, no puedes tratar a ese grupo de manera diferente solo porque tiene a una jovencita con un coñito tier-

no, eso es favoritismo. La has contratado por sus músculos, no por su coñito, y, si no es así, más vale que te la
lleves a casa ahora mismo.

Jingqiu estaba que se subía por las paredes. La Loca
Qin decía lo que se le antojaba y tú tenías que cerrar el pico. Le decías una cosa y ella te contestaba con cien. No
estuvo claro el motivo, pero desde el principio a la Loca
Qin le cayó mal Jingqiu. Siempre le gritaba obscenidades.
Un día de trabajo con la Loca Qin se le hacía un año a Jingqiu. Lo único que se podía hacer era ignorarla.

El hecho de que los compañeros de trabajo de Jingqiu
no se mantuvieran unidos, sino que se pelearan y se marti-
rizaran los unos a los otros, la deprimía mucho, y el tiempo
pasaba asombrosamente despacio. Con gran esfuerzo se iba
a descansar arrastrando los pies durante la pausa, y cuando
por fin se los lavaba bajo la manguera descubría que la primera capa de piel de las plantas había quedado quemada
por la cal. No se había dado cuenta mientras trabajaba, pero ahora a cada paso sentía un intenso dolor. Después del
trabajo se fue casa y se lavó los pies otra vez con agua limpia y a continuación se aplicó crema, cosa que la alivió un
rato. Aquella noche no se atrevió a dormir demasiado profundo por si se quejaba demasiado y su madre la oía.

Cuando llevaba ya unos cuantos días repavimentan-
do se dio cuenta de que se había adaptado a la intensidad
del trabajo, pero había dos cosas que aún la preocupaban.
Una era que la Loca Qin siempre se estaba metiendo con
ella, y la otra que las plantas de sus pies estaban cubiertas
de agujeritos. No eran grandes, pero sí profundos. Todos

los días, cuando llegaba a casa, tenía que pasarse un buen rato sacándose carbonilla con una aguja, y pronto tenía los pies tan hinchados que no le cabían en ninguno de sus zapatos. Por suerte su madre se iba temprano y no volvía a casa hasta tarde, y cuando llegaba estaba tan cansada que dormía profundamente, con lo cual no llegó a descubrir las heridas de Jingqiu.

Una mañana, mientras Jingqiu se preparaba para ir a trabajar, oyó que llamaban a la puerta de una manera extraña. Era Mayor Tercero con las manos llenas de bolsas de papel. Debía de haber llamado con los pies.

No esperó a que lo invitaran a entrar, sino que pasó y dejó las bolsas en el suelo.

—No temas, nadie me ha visto.

Ella se lo quedó mirando, asombrada y pensando que aquello era un sueño.

—¿No te han detenido? —preguntó Jingqiu sin alterarse.

—¿Detenerme? ¿Por qué? —No la comprendía.

—Por lo que le hiciste —contestó Jingqiu. Le contó lo de la paliza al jorobado—. ¿No fuiste tú quien le pegó?

—No —replicó él—. ¿No me dijiste que no me metiera en líos?

Tenía razón, se lo había dicho, reflexionó Jingqiu.

—¿Quién puede haber sido, entonces? Zhang Yi negó haber sido él.

—Es posible que Wan haya ofendido a mucha gente. No creo que sean solo dos los que tuvieran ganas de darle una paliza. De todos modos, ¿a quién le importa? —Abrió una de las bolsas y preguntó—: ¿Ya has desayunado? He traído algo de comer.

—Ya he comido.

—Pues come un poco más, he traído suficiente para ti y para tu hermana.

Jingqiu le llevó un palito de pasta frito a su hermana, que estaba en la otra habitación, y le dijo:

—No le digas a mamá que ha venido.

—Entiendo.

Jingqiu regresó la habitación principal y comió un palito de pasta. Mayor Tercero sacó una caja de cartón y se la entregó.

—No te enfades —le dijo—. Te lo suplico.

Jingqiu abrió la caja y dentro encontró unas botas de goma de su color favorito, el amarillo arroz.

—Son para que vayas a trabajar —dijo Mayor Tercero—. Te vi ayer en la pista de baloncesto. ¿Cómo vas a trabajar allí sin botas de goma? —Le miró los pies, hinchados como panecillos al vapor, los dedos rojos e inflamados.

—¿Fuiste ayer a la fábrica?

—Tranquila, no me vio nadie —dijo él con la voz ronca—. ¿Por qué no te las pruebas?

Jingqiu acarició suavemente sus nuevas botas de goma. Eran tan relucientes que casi podías ver tu reflejo en ellas. Estaba ansiosa por probárselas, pero preguntó, aprensiva:

—Si llevo unas botas nuevas al trabajo, ¿no pensará la gente que me sobra el dinero?

Jingqiu levantó la vista y vio que él le miraba los pies y se le llenaban las mejillas de lágrimas. Desconcertada, dijo:

—¿Qué... qué te pasa? ¿Desde cuándo lloran los hombres?

Mayor Tercero se secó las lágrimas.

—Solo porque los hombres no lloren por sus problemas, no significa que no lloren por los de los demás. Te dije que no hicieras este trabajo, pero no me escuchaste. Te he dado dinero y tampoco lo has querido. Pero si te queda una pizca de compasión, si te importo... aunque sea un poco, por favor, ponte estas botas.

—Si quieres que las lleve, me las pondré, pero ¿por qué te pones así?

Se quitó sus chanclas rápidamente y metió los pies en las botas, temiendo que él le viera las plantas. Si lloraba al ver cómo tenía el empeine, ¿cómo reaccionaría al ver las plantas? ¿Las lágrimas le anegarían los ojos?

Consiguió meter los pies hinchados en las botas y desfiló delante de él.

—Mira, perfectas.

Pero él seguía llorando y Jingqiu no sabía cómo consolarlo. Quería abrazarlo, pero le daba miedo que su hermana apareciera. Señaló la otra habitación y dijo en voz baja:

—No te pongas así. Si mi hermana se da cuenta, se lo contará a mi madre.

Mayor Tercero se secó las lágrimas.

—No te olvides de ponértelas. Estaré escondido para comprobarlo. Si te las quitas...

—Si me las quito, ¿qué?

—Me acercaré descalzo y me pasearé por la cal hasta que me queme los pies.

A Jingqiu también le entraron ganas de llorar, y para impedirlo dijo:

—Tengo que ir a trabajar. Espérame esta noche en el pabellón.

—No. Quédate en casa y descansa. No deberías caminar con estos pies.

Pero ella no le escuchó y dijo:

—No te olvides de esperarme.

Aquel día los demás trabajadores la acusaron de hacerse la chula por llevar al trabajo unas botas nuevas de goma. Ya tenía los pies totalmente quemados, ¿para qué necesitaba el calzado, entonces? La piel de las plantas se le curaría, pero si echaba a perder un par de botas nuevas ya no servirían de nada.

La Loca Qiu comenzó con sus insinuaciones.

—Es joven. Puede vender su cuerpo y llevar lo que le dé la gana. ¿Estás celosa? Pues vende también tu cuerpo.

A Jingqiu le daba igual lo que dijera y siguió llevando las botas por si Mayor Tercero la vigilaba para comprobarlo. Si se daba cuenta de que no las llevaba, seguro que se quemaría los pies en la cal, y sería horroroso. ¿No era ya suficiente con unos pies quemados? ¿Por qué quemar otros sin motivo?

Capítulo 27

Cuando aquella tarde volvió del trabajo, su hermana estaba acabando de preparar la cena. Jingqiu comió, se lavó y luego se puso su falda y su blusa de manga corta, y le dijo:

—Voy a casa de una amiga.

—¿Vas a volver a preguntarle por lo de tu trabajo? —inquirió su hermana, al ver lo mucho que se había atildado.

Jingqiu soltó un «ajá» y se dijo que no quería que se lo dijera a su madre.

—Tengo algo entre manos, algo muy importante. No le digas nada a mamá.

—Ya lo sé. ¿Es la misma persona de esta mañana? Le gustas mucho.

Jingqiu se puso encarnada.

—¿Qué sabes tú de quién le gusta a quién? Eres demasiado joven.

—¿Cómo no voy a saberlo? —Utilizando los dedos índices imitó a Mayor Tercero llorando y, al igual que un narrador tradicional, dio palmas mientras recitaba—: «El viejo Llorica vendió su jaca a una tal señora Paca. Y esta la vendió luego a un tal señor Cuego. Y su perro venga a ladrar, tanto que al viejo Llorica llegó a asustar».

—¿Lo viste llorar? No se lo cuentes a mamá.

—Ya lo sé. Hermanita, si un hombre llora por ti, eso significa que le gustas mucho.

Jingqiu se quedó estupefacta. Su hermana no solo lo había visto todo, sino que también lo había entendido. La obligó a prometer que no se lo contaría a su madre antes de que esta llegara a conocer a Mayor Tercero.

No podía llevar zapatos, así que se puso un par de chanclas viejas de su hermano, de esas que normalmente detestaba llevar, pues era muy incómodo tener algo entre los dedos de los pies, pero aquel día no tenía opción. No iba a presentarse descalza delante de Mayor Tercero. Y no le parecía bien llevar botas de goma.

Tenía los pies tan hinchados que caminaba muy torpemente, y, aunque cada paso era una tortura, anduvo lo más deprisa que pudo, ansiosa por ver a Mayor Tercero. Acababa de subirse al bote para cruzar el río cuando lo vio esperándola, empujando una bicicleta. Al llegar le dijo que se subiera atrás, y, en cuanto comenzó a pedalear, ya avanzaban por la carretera que había junto al río.

—¿No me dijiste que tu madre trabajaba por aquí? Ahora que tenemos una bicicleta podemos ir un poco más lejos.

—¿Cómo las ha conseguido?

—La he alquilado. Hay un sitio de reparación de bicicletas junto al embarcadero, y también las alquilan.

Cuánto tiempo había pasado desde que Jingqiu había oído que alguien alquilaba una bicicleta; la última vez debía de ser cuando era pequeña y su padre había alquilado una en el mismo sitio que había junto al embarcadero. Su padre la había colocado sobre la barra y había recorrido las calles, el viento agitando su pelo, su padre pedaleando y ella haciendo sonar el timbre. Entonces el timbre se cayó al suelo, y cuando su padre lo descubrió ya habían recorrido un buen trecho. Su padre se detuvo a un lado de la carretera, sacó el caballete y dejó a Jingqiu en lo alto de la bici mientras se iba a buscar el timbre. Aterrada de que la bici pudiera volcar, Jingqiu comenzó a berrear. Lloró con tanta fuerza que el cielo y la tierra temblaron, y atrajo a un montón de transeúntes.

Al recordarlo se echó a reír.

—¿De qué te ríes? —preguntó Mayor Tercero—. ¿No vas a contarme el chiste?

Jingqiu le contó la historia y él le preguntó:

—¿Echas de menos a tu padre?

Jingqiu no contestó, pero le contó más historias de su padre, aunque casi todas eran de cuando ella era pequeña y se las había contado su madre. Mayor Tercero las escuchó atentamente.

—Tu padre te quiere mucho —dijo con un suspiro—. Hemos de ir a visitarlo alguna vez. Debe de sentirse muy solo en el campo, sin su familia, echándoos a todos de menos.

A Jingqiu eso le pareció muy descarado.

—Mi padre es un terrateniente, y lo están reeducando. Si vamos a verlo y en la escuela se enteran, dirán que no hemos sabido distanciarnos de él.

—Si nos comportamos como esa gente ya no nos atreveremos a hablar de moralidad ni de amor —dijo Mayor Tercero—. Dame su dirección y yo lo visitaré. Así no habrá ningún problema.

Jingqiu vaciló.

—Si de verdad visitas a mi padre, pídele que no lo mencione en las cartas que le manda a mi madre, pues de lo contrario ella se enterará de lo nuestro. Dime cuándo vas a ir y compraré cacahuetes azucarados para que se los des. Le encantaban las cosas dulces, sobre todo los cacahuetes.

Siguieron en la bicicleta hasta alcanzar casi el muelle número trece, que era lo más lejos que llegaban los autobuses. Encontraron un lugar junto al río donde no había nadie y se sentaron. Jingqiu tenía los pies especialmente hinchados por la noche, y le costaba llevar las chanclas. En cuanto se sentó, se le cayeron de los pies y rodaron por la ribera hacia el río. Mayor Tercero fue a por ellas y las alcanzó. Se las devolvió para que se las pudiera poner.

—No necesito las chanclas si estoy sentada.

Mientras hablaban escondió los pies debajo de la falda.

—¿Por qué no me dejas que te toque los pies? —Mayor Tercero se acuclilló a su lado y le levantó la falda, agarrándole uno de los tobillos. Ella intentó esquivarlo, pero no lo consiguió. Cuando él descubrió que tenía los pies cubiertos de llagas, lloró en silencio.

—Jingqiu, Jingqiu, no trabajes así. Deja que te ayude, si sigues haciendo esto me volveré loco...

—No te preocupes, ahora tengo mis botas de goma. Ya no habrá más problemas.

Mayor Tercero le calzó las chanclas y la ayudó a levantarse.

—Vamos al hospital.

—¿Y qué haremos ahora en el hospital? Ya deben de haber acabado la jornada.

—Urgencias siempre está abierto. Estas llagas se te podrían infectar. Se te podrían gangrenar los pies.

—No se me gangrenarán. Estas cosas no me pasan. Hay mucha gente que tiene los pies así.

Pero él era terco y seguía tirando de ella.

—No me importan los demás. Solo me importas tú, y vas a venir al hospital conmigo.

—Los médicos me preguntarán mi nombre y mi unidad de trabajo, y no he traído mi cartilla médica. No pienso ir.

De repente él la soltó, sacó su cuchillo y se hizo un corte en el dorso de la mano izquierda. Comenzó a manar sangre de la herida.

Asustada, Jingqiu se puso a buscar un pañuelo para vendarle la mano.

—¿Estás loco?

Jingqiu le vendó la mano, pero seguía saliendo sangre. Estaba tan asustada que se le aflojaban las piernas.

—¡Vamos al hospital ahora mismo! Sigues sangrando.

—Entonces, ¿irás? Muy bien, en marcha.

—Te llevaré en la bici.

—No puedes pedalear, tiene los pies llenos de llagas. Siéntate delante y yo pedalearé.

La sentó en la barra y le dijo que se sujetara al manillar, y con la mano buena sobre la de ella pedaleó deprisa hasta el hospital.

Mayor Tercero habló con un médico que miró los pies de Jingqiu, mientras que otro con una bata blanca lo llevaba a una habitación aparte. Cuando Jingqiu vio que una prenda roja asomaba por debajo de su bata blanca, se dijo que debía de ser un médico del ejército; nunca había estado en aquel hospital.

El doctor la llamaba Pequeña Liu. Mayor Tercero debía de haberle dado un nombre falso. El médico le examinó los pies y le dio la receta de una crema, además de un desinfectante y algodón esterilizado.

—En cuanto llegues a casa has de lavarte los pies, te sacas los trocitos de carbón de las plantas y te aplicas este ungüento. No te los laves con agua sin esterilizar, hiérvela primero y, desde luego, cuida que no se te clave más carbón en la planta del pie.

Llenó otro impreso y le dijo que entrara en la sala de enfrente, donde una enfermera le limpiaría los pies y le pondría un vendaje para que se pudiera ir a casa. La enfermera ayudó a Jingqiu a sujetar las chanclas a los pies vendados. Le dijo a Jingqiu que esperara a Sun en el banco que había en el pasillo.

Al cabo de un rato apareció Mayor Tercero con el brazo en cabestrillo.

—¿Es grave? —preguntó Jingqiu nerviosa.

—No. ¿Y lo tuyo?

—Estoy bien. El médico me ha hecho una receta.

Mayor Tercero cogió la receta y le dijo que esperara. Al momento volvió y dio unos golpecitos en su bolsa.

—Ya tengo el medicamento, todo está arreglado. Vamos a casa para que te puedas poner esta crema. —En cuanto estuvieron en la calle Mayor Tercero se quitó el cabestrillo y lo metió en su bolsa.

—Si llevo el brazo en cabestrillo pensarán que soy el protagonista de esa ópera, ¿cómo se llama? *Rio Shajia*.

—¿Y tu corte? ¿Qué te ha dicho el médico?

—Me ha dicho que la sangre no coagulaba bien, y me ha puesto dos puntos. Pero ¿cómo voy a tener problemas con la coagulación de la sangre? Estoy sano como una manzana. Incluso intenté entrar en la fuerza aérea, y si no lo hice fue porque a mi padre le daba mucho miedo que me mataran si estallaba una guerra.

—¿Y no te arrepientes? —preguntó Jingqiu, muerta de envidia.

—Arrepentirme, ¿de qué? —Le lanzó una mirada—. Si hubiera entrado en la fuerza aérea, no te habría conocido.

Jingqiu dejó que la llevara de vuelta en la bici. Cuando llegaron al ferry, Mayor Tercero se negó a separarse de ella.

—Son solo las ocho, tu madre aún no habrá vuelto. Deja que te lleve al recinto de la escuela en la bici. Tienes los pies muy hinchados y no puedes caminar. —Se quitó la camisa de manga corta para que Jingqiu pudiera envolverse la cabeza—. Nadie te reconocerá. —Cuando llegaron a la verja del recinto, Mayor Tercero dijo—: Deja que te lleve en la bici, así no te ensuciarás los pies.

Jingqiu se quitó la camisa de la cabeza y miró en dirección a la verja. No se veía a nadie, pero entonces se volvió y descubrió a su madre encaminándose hacia ellos desde el embarcadero del ferry. A lo mejor habían pasado junto a ella sin darse cuenta.

—Maldita sea —susurró Jingqiu—. Viene mi madre. Será mejor que te vayas enseguida.

Él dijo en voz baja:

—Demasiado tarde para escapar.

La madre de Jingqiu apareció junto a ellos y se paró.

—¿Adónde vas?

—He ido... al hospital a que me miraran los pies. Este... esta es la persona de la que te he hablado... mi amigo Sun Jianxin de la unidad geológica.

— Jingqiu, vete a casa —dijo su madre—. Quiero hablar unas palabras con Sun.

—Entonces, por favor, deje que la lleve primero a casa —terció Mayor Tercero—. Tiene los pies terriblemente hinchados e infectados, no puede caminar.

Su madre vio el vendaje que cubría los dos pies de Jingqiu y dijo:

—Muy bien, pero quiero hablar contigo. Yo entraré primero, pero no te quedes por aquí porque no quiero que la gente te vea, causaría mala impresión. —Cruzó la verja del recinto.

—Déjame en el suelo —le dijo Jingqiu a Mayor Tercero—. Entraré sola. Ahora deberías irte, mi madre llamará a la policía.

—No tengas miedo, te llevaré. Tu madre solo quiere hablar conmigo.

—¿Cómo puedes ser tan estúpido? —contestó Jingqiu, moviéndose inquieta—. Hace mucho tiempo me dijo que no tuviera ninguna relación contigo. Y ahora nos ha pillado, ¿de verdad crees que no va a llamar a la policía? Ponme en el suelo y vete enseguida.

Él la llevó hacia la escuela.

—¿Tu madre no se pondrá furiosa contigo si me dejas escapar? Es tal como dijo Yamin: no hemos hecho nada. ¿Qué pinta aquí la policía?

Jingqiu le permitió que la llevara a casa. Cuando llegaron, Mayor Tercero puso el caballete de la bici y ayudó a Jingqiu a desmontar. Ató la bicicleta con un candado y entró con ella en la casa.

La madre de Jingqiu le dijo a esta que cerrara la puerta e invitó a Mayor Tercero a entrar en la habitación interior, y a continuación le pidió que se sentara. El aire estaba cálido y viciado, y Mayor Tercero iba empapado en sudor. La hermana pequeña de Jingqiu era muy perspicaz; salió fuera corriendo y regresó enseguida con un cuenco de agua fría para que Mayor Tercero pudiera lavarse la cara y, al ver el vendaje que llevaba en el brazo, incluso le acercó la toalla. Mayor Tercero estaba demasiado asustado para cogerla, y miraba a la madre de Jingqiu como a la espera de instrucciones.

—Hace demasiado calor, a lo mejor te sentará bien —dijo la señora Zhang.

Él se mostró extremadamente agradecido y se lavó la cara tal como le habían dicho. Utilizó una mano para echarse agua a la cara y a continuación cogió la toalla que le sujetaba la hermana de Jingqiu y se secó. Permaneció sentado obedientemente, a la espera de que la madre de Jingqiu iniciara el juicio. Jingqiu estaba tan nerviosa que se había quedado de pie a un lado contemplando a los otros tres que protagonizaban la escena. Solo tenía un pensamiento: «No me he acostado con Mayor Tercero, no he compartido dormitorio con él, y no pienso pasar ningún examen físico». No sabía si su madre ya había llamado a la policía desde la recepción de la escuela. Probablemente no, porque ella y Mayor Tercero iban muy cerca de ella y no la habían visto detenerse para telefonear. Sin embargo, Jingqiu escuchaba atentamente cualquier ruido procedente del exterior. Si oía algo, le diría a Mayor Tercero que cogiera la bicicleta y se marchara enseguida.

Mayor Tercero se puso en pie y le ofreció su silla a Jingqiu.

—Siéntate, deben de dolerte los pies. Tú no puedes estar de pie, yo sí.

—Jingqiu, ve a tu habitación y déjame hablar con Sun —dijo su madre.

Jingqiu se fue a su habitación. De hecho, los dos cuartos eran en realidad uno solo con una pared en el medio que alcanzaba poco más que la altura de la cabeza. Lo oías todo, y si su madre realmente no quería que se enterara de nada, debería haberla mandado a la calle. Se sentó en la cama que había cerca de la puerta para poder observar a Mayor Tercero, pero no veía a su madre, sentada delante de él.

A su hermana también la mandaron fuera, y le hizo una mueca a Jingqiu al salir. No estaba muy lejos y también contemplaba la escena que se desarrollaba en la otra habitación.

—Sun —oyó Jingqiu que su madre decía—, me doy cuenta de que eres una persona cauta, de que eres paciente con nuestra Jingqiu. Te agradezco mucho que hoy la llevaras al hospital, y me he enterado de que la has ayudado mucho. Te doy las gracias por todo lo que has hecho. Podríamos decir que tú y yo tenemos el mismo objetivo por lo que se refiere a Jingqiu. Nuestros sentimientos son los mismos. Y me doy cuenta de que vas en serio con ella.

Las primeras frases de su madre no parecían apuntar en dirección a la policía, de manera que a Jingqiu comenzó a preocuparle que su madre desviara su atención antes de lanzar su ataque, y que algún «pero» estuviera ya de camino.

Jingqiu escuchó que Mayor Tercero decía de manera innecesaria:

—Puede estar segura de que voy en serio con Jingqiu, y espero que su madre lo crea.

—La gente me llama profesora Zhang. Puedes llamarme así.

—Espero que la profesora Zhang me crea —se corrigió rápidamente Mayor Tercero.

Jingqiu no se atrevía a reírse ante el tono aterrado y lisonjero de Mayor Tercero, y esperó angustiada a que su madre continuara.

—Te creo —dijo su madre—, y por eso siento la necesidad de hablar contigo. Si no te creyera, ni siquiera te habría dicho nada. Nos preocupamos por Jingqiu, la apreciamos, por eso hemos de contemplar las cosas con perspectiva, y no ver solo el presente. El que no hace planes para el futuro acaba encontrándose con problemas. Jingqiu va a ocupar mi puesto de trabajo y mucha gente está celosa. Hacen todo tipo de comentarios a nuestras espaldas. Lo de su empleo todavía no está formalizado, por lo que si esta gente os ve juntos será terrible para ella...

—Ya lo creo —Mayor Tercero volvió a asentir.

Se quedaron un rato en silencio hasta que él carraspeó y dijo:

—Profesora Zhang, por favor, no se preocupe, me iré a casa y no volveré hasta que se haya arreglado lo del trabajo de Jingqiu.

Jingqiu vio que Mayor Tercero miraba a su madre con cierta petulancia, como si esperara sus elogios. Pero lo que ella dijo fue:

—La situación no mejorará cuando tenga su empleo. Hasta que este no sea permanente, la escuela puede librarse de ella cuando le plazca.

Mayor Tercero permaneció un rato en silencio y a continuación contestó:

—Entonces esperaré a que tenga un puesto permanente. ¿Cuánto es el periodo de prueba? ¿Un año? Enton-

ces volveré en un año... —Hizo una pausa para calcular—.
Dentro de trece meses, teniendo en cuenta que todavía no
ha empezado.

Conmovida por la disposición de Mayor Tercero a
la hora de cooperar o por la presentación de sus planes, la
madre de Jingqiu le dio una réplica afectuosa.

—¿Conoces este pareado: «Cuando el amor es duradero, podemos estar sin vernos un año entero»? Si vuestro
amor va a ser así, entonces no te importa esperar un año,
¿no es cierto?

En la cara de Mayor Tercero había un velo de tristeza.

—Naturalmente, tiene razón. —A continuación de-
talló un poco más su respuesta, aunque no estaba claro a
quién intentaba convencer—. Si es solo un año, todavía
somos jóvenes. Nos quedan muchos más.

—Me doy cuenta de que eres una persona sensata
—dijo la madre de Jingqiu en tono de aprobación—, y yo
no tengo más que decir. No soy una de esas madres feu-
dales, entiendo lo que sienten los jóvenes, pero esta es la
realidad. El chismorreo es un arma muy poderosa, y hemos de tener cuidado.

—Entiendo que lo hace por nosotros.

La señora Zhang debía de haberse puesto en pie y
hecho señas a su invitado de que se fuera, pues Jingqiu vio
que Mayor Tercero se levantaba e imploraba:

—Deje que le lave los pies a Jingqiu. Tiene las plantas
infectadas y cubiertas de llagas, y trozos de suciedad incrus-
tados. Ella no puede verlos, y quisiera sacárselos y aplicar-
le crema. Luego me iré enseguida. Se lo suplico, por favor.

—No deberías rondar por aquí, ya iré yo a buscar el agua.

Cuando la hermana de Jingqiu oyó estas palabras se puso en pie de un salto y dijo:

—Iré yo, iré yo.

Y regresó enseguida y colocó el cuenco junto a la cama de su hermana. Jingqiu se sentía como esas madres a las que no se les permite salir durante un mes después de dar a luz y que se están todo el día en la cama para que les sirvan. Quería levantarse, pero ninguno de los tres se lo permitió.

Mayor Tercero le quitó los vendajes de los pies y su madre los examinó atentamente. Con lágrimas en los ojos, le dijo a Mayor Tercero:

—Por favor, ayúdala. Si y yo saldremos a tomar el fresco.

Jingqiu no le permitió lavarle los pies para que no se le humedeciera el vendaje del brazo. Ella misma se los lavó y él la ayudó a secarlos. A continuación Mayor Tercero encendió una lamparilla que había al lado y acercó la bombilla. Le pidió una aguja a Jingqiu y comenzó a sacarle los trocitos de carbón de las llagas.

—¿Te duele? Si te la clavo demasiado, me lo dices.

Jingqiu negó con la cabeza. Se acordó de la escena que acababa de ver entre Mayor Tercero y su madre y comenzó a reírse de él.

—Parecías Fu Zhigao, el traidor de *Colina roja*. Humillándote y haciéndole la pelota.

Él también se rio.

—Estaba muerto de miedo.

—¿No te preocupaba que mi madre avisara a la policía?

—Eso no me importaba. Me preocupaba que no me diera permiso para esperar a que tuvieras tu trabajo permanente, que te gritara. Gracias a Dios no hemos nacido en la época de Fu Zhigao, o definitivamente habría sido un traidor —dijo bromeando—. Si los nacionalistas me hubieran cogido como rehén para obligarme a confesar, se lo habría contado todo, no te quepa duda.

—¿Odias a mi madre?

—¿Por qué iba a odiar a tu madre? —preguntó, sorprendido—. En el fondo tenemos los mismos intereses, ella misma lo ha dicho. ¿No crees que me aprecia? Ha consentido en que vuelva dentro de trece meses, incluso ha dicho que nuestro amor era «duradero».

— Desde luego, estás lleno de optimismo revolucionario.

—Ya lo dijo el presidente Mao: «Cuando nuestros camaradas tienen dificultades, hemos de mirar hacia el éxito, hacia la luz, debemos ser incluso más valientes». —Profundamente concentrado, Mayor Tercero iba sacando trocitos de hollín mientras ella lo miraba.

A Jingqiu se le encogió el corazón: «Otros trece meses antes de volver a verlo, ¿cómo resistiré?».

—¿De verdad esperarás trece meses antes de volver a verme?

Él asintió.

—Se lo he prometido a tu madre, y si no soy fiel a mi palabra nunca volverá a creerme. —Se la quedó mirando, sumido en la desdicha—. ¿Quieres que venga antes? ¿No quieres esperar tanto? —Jingqiu asintió—. Entonces no esperaré. Vendré en secreto, si te parece bien. Ya ves, después de todo soy un traidor, le hice una promesa a tu madre y una palabra tuya me ha hecho romperla.

—Traidor o no, procura que no te cojan —dijo ella sonriendo.

En cuanto le hubo limpiado todas las heridas, le aplicó crema en los pies, vació el cuenco de agua y regresó y se sentó junto a ella en la cama.

—Dame una foto tuya, así cuando te eche de menos podré mirarla.

Jingqiu se acordó de que en todas las fotos que tenía salía horrorosa, y que rara vez se hacía una foto, por lo que tardó un buen rato en encontrar una, y esa era de cuando tenía seis años. La chica de la foto llevaba el pelo cortado a lo paje con un flequillo recto en la frente, y un vestido de un color verde claro. La fotografía era en blanco y negro, pero su padre la había coloreado, no muy bien en algunas zonas, sobre todo en el verde del vestido. Jingqiu le entregó la foto y le prometió que le mandaría una reciente.

Anteriormente él le había mandado dos fotos tamaño pasaporte entre las páginas de libros y cartas. En aquel momento sacó otra de su bolsa, tomada al aire libre. Vestía una camisa blanca y unos pantalones de color claro, en la mano llevaba lo que parecía un rollo de papel, y se le veía junto a un árbol. Jingqiu reconoció el espino. Parecía muy joven en la foto, incluso distinguido, con una leve sonrisa en la cara. A Jingqiu la foto le gustó mucho, y ahora que su madre estaba al corriente de su relación no le daba miedo tenerla en la casa.

—¿Te gusta? Fui especialmente al espino para que me la sacarán allí. En cuanto tengas tu empleo, y sea permanente, te llevaré a ese árbol para que puedan sacarnos una foto. Tengo una cámara y sé revelar. Te sacaré muchas fotos en todo tipo de poses y desde todos los ángulos, y revelaré muchas, incluso grandes, y cubriremos las paredes.

Sacó un poco de dinero del bolsillo y lo puso en la mesita que había junto a la cama.

—Te dejo este dinero, y si quieres evitarme otro corte en la mano, acéptalo. No debes trabajar nunca más para ese jorobado de Wan. Si en la fábrica de cartón te dan trabajo, pues me parece bien, pero si no me escuchas y vuelves a trabajar para ese hombre, o haces algún otro trabajo peligroso, me enfadaré. No me iré y me haré otro corte. ¿No me crees?

Jingqiu asintió.

—No volveré a trabajar para ese hombre.

—Muy bien. El problema es solo temporal. Por eso te dejo este dinero, así tu madre no se volverá a enfadar contigo.

Mayor Tercero se arrodilló junto a la cama y la cogió en sus brazos. Quedaron así abrazados hasta que se puso en pie con decisión y dijo:

—Me voy. Quédate aquí, no te levantes. Acabo de ponerte crema en los pies y no se han de ensuciar.

Jingqiu se quedó sentada en la cama, escuchando cómo se marchaba. Le oyó abrir el candado de la bici y alejarse, y al poco todo volvió a quedar sumido en el silencio.

Capítulo 28

Poco después de que Mayor Tercero se marchara, la madre y la hermana de Jingqiu regresaron. Esta miró el reloj; eran casi las once.

—¿Te ha dicho Sun dónde pensaba alojarse esta noche? —le preguntó su madre con cierta preocupación en la voz.

—Siempre que no encuentra alojamiento pasa la noche en el pabellón que hay junto al río, pero ahora ya no hay ferry. A lo mejor se quedará en la orilla... —Las palabras se le atoraron en la garganta y no pudo seguir.

Su madre estaba sentada en la cama.

—Sé que no quieres que se vaya, y no parece un mal muchacho, ¿pero qué opciones tenemos? Todavía es joven, e incluso las relaciones entre chicos y chicas de más de veinte años despiertan críticas. Has comenzado muy temprano, todavía no está solucionado lo de tu trabajo, y lo único que te digo es que de momento no os veáis. Esto pondrá a prueba sus intenciones. Si es sincero no te abandonará solo porque no pueda verte durante un año, pero si no puede pasar la prueba...

—Mamá, no hace falta que me lo expliques, sé que solo quiere lo mejor para mí. Vete a la cama, mañana tenemos que trabajar.

—¿Mañana vas a trabajar? Tiene los pies muy mal, y no me habías dicho nada.

—Solo habría conseguido preocuparte, ¿y de qué habría servido? No pasa nada, él me ha pedido que mañana no vaya y he aceptado.

—Si mañana no trabajas, entonces no necesitarás tus botas de goma —dijo su hermana.

—¿Qué botas de goma? —preguntó la madre.

—Sun se las ha comprado —se chivó la hermana de Jingqiu—. Se presentó una mañana con ellas y lloró al ver lo mal que Jingqiu tenía los pies.

—Es igual que tu padre —suspiró la madre de Jingqiu—. Él también era muy llorón. Cuando un hombre llora es porque es muy sensible o muy débil. Sun parece un hombre sensible. ¿Qué sabes de su familia?

—No estoy muy segura —replicó Jingqiu—. Sé que tiene un hermano pequeño y padre. Su madre se suicidó...

—He oído decir que eso es hereditario. Los hijos de los depresivos se deprimen fácilmente. ¿Cómo es Sun? Parecía muy tiquismiquis cuando se ha puesto a calcular cuánto tiempo estaría sin verte. A lo mejor piensa que será desastroso esperar un día más de lo necesario, tiene que saber cuánto tiempo pasará con toda precisión, y solamente entonces podrá mantener su promesa. Resulta peligroso obsesionarse con estas cosas, pero es un detalle encantador.

Jingqiu se acordó de cuando había hecho aquellos cálculos; había sido un detalle realmente encantador. Su madre le hizo algunas preguntas más acerca de Mayor Tercero: qué edad tenía, si fumaba o bebía, si era camorrista y decía palabrotas, dónde había ido a la escuela, qué aficiones tenía, de dónde era, y cosas así.

—¿Por qué no se lo preguntaste tú misma cuando estaba aquí? —dijo Jingqiu.

—Habría pensado que lo consideraba un posible yerno, y no quiero dar esa impresión a la ligera. Mi objetivo al hablar con él era decirle que no viniera a visitarte. —Jingqiu se acordó de con qué orgullo Mayor Tercero había dicho que su madre estaba de acuerdo con su relación, y sintió cierta tristeza por él—. ¿A qué se dedica su padre?

—Es comandante en jefe de su distrito.

Su madre se quedó en silencio antes de decir:

—Ya me parecía diferente a casi todos los demás chicos. La gente que procede de ese entorno no entiende fácilmente a los que son como nosotros. ¿A quién liberó el Ejército de Liberación del Pueblo? A trabajadores y granjeros oprimidos por los terratenientes y los capitalistas. Su padre y tu padre pertenecen a dos clases irreconciliables. Es evidente que su familia no sabe lo tuyo...

Jingqiu no había pensado en eso, pero, ahora que su madre lo mencionaba, era un asunto importante. Esperaba con todo su corazón que no fuera cierto.

—Pero su madre era hija de un capitalista, y su padre no la abandonó.

—Tienes razón, la actitud del Partido Comunista con los capitalistas es muy diferente de la que adopta con los terratenientes. En aquellos días los capitalistas encarnaban a las fuerzas productivas y progresistas en ascenso, mientras que los terratenientes representaban una fuerza en declive. De lo primero que quiso librarse la revolución comunista fue de la clase de los terratenientes. No te hagas muchas esperanzas. Su familia es una barrera que no será fácil superar, y puede que tarde o temprano ese chico pierda su interés en ti.

—Ha prometido esperar toda una vida... —dijo Jingqiu.

—¿Quién puede decir algo así? ¿Y quién no lo ha dicho nunca? Abrir la boca para decir «toda una vida» es algo muy cándido. No puedes decir «toda una vida» así como así. ¿Quién puede predecir lo que va a pasar cuando se es tan joven? —La señora Zhang vio una chispa de rebelión en los ojos de su hija—. Todavía eres joven. No tienes mucha experiencia con la gente y te crees todo lo que dicen. Espera a ser un poco mayor, entonces descubrirás todo lo que es capaz de decir un hombre cuando va detrás de ti. Todos dicen que esperarán toda una vida. Pero si los ignoras durante un año, ya verás si te esperan o no. Ya se habrá ido.

Si mi madre sabe que los hombres no esperan un año, se dijo Jingqiu, ¿por qué le ha dicho a Mayor Tercero que esperara? Lo está utilizando como una excusa para ponerlo a prueba. Se moría de ganas de contarle a Mayor Tercero lo que su madre había dicho, pero también se decía que, si se lo contaba, entonces aquella prueba no serviría de nada.

¿Exageran todos los hombres y no mantienen su palabra? Probablemente debería poner a prueba a Mayor Tercero para ver cuánto tiempo la esperaba. El problema era que si decía que esperaría un año, eso no probaba que fuera capaz de esperar dos. Y si esperaba dos años, eso no probaba que pudiera esperar toda una vida.

Ni siquiera sabía qué significaba «hacerle esperar». Si ella lo hacía «esperar», ¿significaba eso que él tenía que «amarla»? Cuando ella le preguntaba si sería capaz de esperarla toda la vida, ¿le estaba preguntando en realidad si podía amarla toda la vida? Ella no estaba acostumbrada a esa palabra: amor. Pero aquellas dos palabras, «esperar» y «amar», todavía parecían significar dos cosas un tanto distintas.

Absorta en sus pensamientos, no tenía ni idea de si su madre había dicho algo o no, y oyó hablar a su hermana:

—Te estaba preguntando qué le pasó en el brazo. Cuando vino esta mañana estaba bien.

—Me dijo que fuera al hospital, pero yo no quería ir, así que se hizo un corte y sangró muchísimo.

—Parecía tan sensato —dijo su madre frunciendo el entrecejo—. ¿Cómo ha podido cometer una locura así? Eso demuestra que es inmaduro. La gente imprevisible es peligrosa y fácilmente hace cosas extremas. Si les gustas, les gustas muchísimo y, si te odian, te odian muchísimo, siempre hacen lo mismo. Es mejor mantenerse alejada de gente así.

Jingqiu había creído que el incidente conmovería a su madre, pero esta lo consideró peligroso. Su madre le había contado que cuando su padre era joven tendía a los comportamientos extremos, y que cuando su madre le prestaba demasiada poca atención o no lo creía, él comenzaba a tirarse furiosamente del pelo, arrancándoselo a grandes mechones. Sabía que su noviazgo había sido complicado. Los padres de su padre le habían concertado un matrimonio con alguien de su aldea, y de hecho no solo uno; como él iba a heredar de las dos ramas de la familia, del hijo auténtico de su abuelo (su padre) y también del hermano pequeño de su abuelo, que no tenía hijos, cada rama de la familia le había buscado una esposa. A fin de huir de aquellos matrimonios se había escapado para ir a estudiar, pero como su abuelo se estaba muriendo se vio obligado a casarse con las dos mujeres que le habían elegido.

Posteriormente, había conocido a la madre de Jingqiu, y había pasado todo tipo de penalidades para abandonar a sus dos esposas y volverse a casar. La madre de Jingqiu había esperado mucho tiempo para casarse, hasta casi los treinta, y en aquella época eso la convertía en una solterona. Su padre y su madre trabajaron en ciudades distintas después de casarse, con lo que su padre solo iba a visitarla una vez cada dos semanas, pero se escribían a menudo. Durante la Revolución Cultural, cuando su madre fue criticada en la Escuela Secundaria n.º 8, esas cartas se utilizaron como prueba de que los padres de Jingqiu llevaban un estilo de vida capitalista.

Era su abuela la que había hablado de las cartas con desconocidos. Vivía con la madre de Jingqiu, con ella y sus dos hermanos, mientras que su padre vivía solo. La abuela era una mujer anticuada y consideraba que la madre de Jingqiu había embrujado a su hijo para que abandonara a sus dos primeras esposas. Según la abuela, solo la primera esposa era realmente legal, y eso de divorciarse y volverse a casar no era correcto. No soportaba ver que se trataban con tanto cariño, de manera que solía decir que eran derrochadores y que dilapidaban el dinero en trenes y sellos.

Cuando su padre fue enviado a su pueblo de origen para ser reeducado a través del trabajo, se plantearon el divorcio, sobre todo porque les preocupaba el efecto que la denuncia tendría sobre los hijos. Pero la madre consideraba que el padre de Jingqiu vivía ya en tal pobreza y soledad que no sobreviviría al divorcio. Había recabado la opinión de los hijos, diciéndoles que solo se plantearían el divorcio por ellos, solo si los niños estaban preocupados por el efecto que tendría en ellos la clase social de su padre.

Contestaron que no lo hiciera, pues aunque se divorciara de él seguirían siendo sus hijos, y la gente tampoco tendría por qué verles como personas inocentes. Así que su madre no se divorció de su padre, pero tampoco mantenía mucho contacto con él por si la gente comentaba que no se habían distanciado lo suficiente.

Durante todo ese tiempo sus padres siguieron escribiéndose a menudo. Su padre mandaba las cartas a una hermana suya que se había casado con un hombre que pertenecía a una clase social aceptable, evitando así que lo atacaran durante la Revolución Cultural. La madre de Jingqiu iba regularmente a su casa para recoger las cartas, pero no dejaba nunca que fueran sus hijos por si la gente los relacionaba con su padre.

Jingqiu estaba absorta en sus pensamientos cuando oyó que su madre preguntaba:

—¿Sun ha tenido novia alguna vez?

Jingqiu sabía que si decía que Mayor Tercero ya había tenido novia causaría una mala impresión, así que tartamudeó:

—No, que yo sepa.

—Los hombres siempre ocultan esas cosas si pueden, y si no les preguntas no te lo dirán motu proprio. Pero a su edad, y siendo hijo de un cuadro, si dice que eres la primera, yo no me lo creería. —Su madre vaciló antes de preguntar—: ¿Alguna vez te ha pedido que vayas a su habitación?

—No, tiene muchos compañeros de cuarto.

—Normalmente... ¿se comporta cuando está contigo? ¿No te ha... acariciado o tocado?

Las palabras «acariciado» y «tocado» casi hicieron vomitar a Jingqiu. ¿Cómo podía usar su madre unas palabras tan horribles para referirse a Mayor Tercero? Pero lo meditó con atención. ¿Se había comportado? Aparte de aquella vez en que fue demasiado atrevido en la montaña, nunca la había «acariciado» o «tocado». La había abrazado, y había apoyado su cabeza en su pecho, pero nunca le había acariciado el pecho, ni ninguna otra parte del cuerpo.

—No —dijo ella tajante.

Su madre exhaló un hondo suspiro y le explicó:

—Una joven debe tener personalidad, y hay cosas que solo deberías hacer cuando estés casada. Tanto da lo bien que se porten contigo, y lo que te prometa, debes decir no de manera terminante. Puede prometerte el mundo, pero, en cuanto lo hagas, dejará de respetarte, pensará que no eres nada. Cuando eso sucede, el poder es todo suyo. Si lo desea puede tenerte, pero si quiere abandonarte, te será casi imposible encontrar otro novio.

Jingqiu deseaba con todas sus fuerzas que su madre le explicara más claramente qué era lo que no podías hacer antes de casarte, pero, como no encontraba las palabras, fingió que no le interesaba.

—Ah —suspiró su madre—, siempre pensé que entendías cómo estaban las cosas. Jamás imaginé que tan joven andarías en líos amorosos. Hoy en día se promueve una política de matrimonios tardíos, y tú solo tienes dieciocho años, de manera que, aunque te cases a los veintitrés, aún tienes que esperar tres o cuatro años. Si él sigue tan insistente, entonces... es fácil que ocurra algo entre vosotros, y tu reputación quedará arruinada.

Su madre le expuso numerosos ejemplos de chicas con la reputación «arruinada»: Pequeño Wang, que trabajaba en la fábrica de la Escuela Secundaria n.º 8, al principio había formado parte del conjunto de coros y danzas de la ciudad, al igual que su novia en aquella época. No estaban casados, pero ella se quedó embarazada y cuando su unidad de trabajo lo descubrió, Pequeño Wang fue degradado a trabajar en la fábrica y la chica enviada a la fábrica de la Escuela Secundaria n.º 3. Todo el mundo se enteró de su mal comportamiento, y ahora ninguno de los dos se atrevía a asomarse por la ciudad.

También estaba la señora Zhao, que había sido profesora en la misma escuela que la madre de Jingqiu. Dio a luz solo siete meses después de haberse casado, y, aunque no recibió ningún castigo, desde entonces la gente la miraba por encima del hombro.

Y también estaba...

Jingqiu conocía a cada una de esas chicas con la reputación «arruinada», y todas habían recibido diversos castigos por quedarse embarazadas fuera del vínculo del matrimonio, o por algún otro hecho ilícito. Siempre que alguien se refería a una de ellas ponía una mueca de desagrado y la menospreciaba.

—Por suerte lo descubrí antes de que fuera demasiado tarde, de lo contrario quién sabe lo que podría haber ocurrido. No tengas más contacto con él. Los hijos malcriados de los funcionarios, como él, son expertos a la hora de jugar con los sentimientos de las chicas. Todavía no ha conseguido su premio, de manera que va detrás de ti con todo lo que tiene, pero en cuanto lo consiga se cansará de ti en un abrir y cerrar de ojos. Y, aun cuando no se cansara de ti, su familia nunca te aceptará... Y, aunque te acepten, eres muy joven, y él ya es... muy maduro. Creo que en los próximos cuatro o cinco años él se esforzará por conseguir lo que quiere, y algo ocurrirá tarde o temprano.

Capítulo 29

Al día siguiente Jingqiu fue a la fábrica de cartón para avisar de que no volvería. Sorprendentemente, el jorobado Wan fue muy amable:

—Calcularé las horas enseguida y te daré la nota para que se la lleves a la directora Li, así no tendrás que preocuparte más.

Eso era exactamente lo que había estado preocupando a Jingqiu. De no haber sido porque temía que el jorobado Wan no le diera el papel con las horas, no habría recorrido todo ese camino para avisar de que no pensaba volver. Cogió el impreso que Wan le había rellenado, dijo «gracias» y salió de la oficina.

Jingqiu también había querido darle las gracias a Zhang Yi, pero este estaba trabajando en el turno de día, tal como le informó uno de sus compañeros de habitación en el autobús. Cuando ya se marchaba se tropezó con el señor Liu, a quien le dio las gracias por todo y le recordó el asunto de su hermano. El señor Liu le prometió que no se le olvidaría.

En cuanto llegó a casa se puso a preparar la cena y dejó que su hermana saliera a jugar con Zhong Qin. Puso a hervir el caldo de judías verdes y a continuación se echó en la cama para pensar. Le preocupaba el corte de Mayor Tercero. Debía de haber sido muy profundo, ¿por qué, si no, le habían dado dos puntos? No le preocupaba el hecho de que la sangre no se le coagulara bien, pues el médico siempre decía lo mismo de su madre: que tenía «pocas plaquetas». En cuanto se daba un golpe le salía un cardenal, por lo que a menudo tenía el cuerpo cubierto de zonas verdosas y moradas. Jingqiu no había heredado ese problema, pero tampoco le parecía muy grave.

Sin embargo, le rondaban algunos temores cuando recordaba la escena de Mayor Tercero cortándose el brazo: ¿cómo podía haberlo hecho tan deprisa? Jingqiu lo había visto sacar el cuchillo, pero antes de preguntarle qué estaba haciendo ya se había cortado. Estaba loco, pero ella estaba dispuesta a considerarlo como un momento de desesperación.

No se había atrevido a hablarle a su madre del dinero que Mayor Tercero le había dejado la noche anterior porque ya intuía que, cuantas más cosas supiera su madre de él, más tendría para criticar. Si su madre sabía que Mayor Tercero le había dado dinero, sin duda afirmaría que lo utilizaba como cebo.

Jingqiu se quedó en casa todo el día, y al siguiente acompañó a su madre al otro lado del río a pegar sobres. Al principio su madre no había estado de acuerdo, aduciendo que Jingqiu necesitaba descansar un poco más, pero por algún motivo de repente cambió de opinión y se llevó a Jingqiu con ella, enseñándole a pegar los sobres. Jingqiu aprendía deprisa y trabajaba a gran velocidad. El comité de barrio poseía reglas acerca de cuánto trabajo asignaban y, como su madre cobraba una pensión, solo le dejaban ganarse un pequeño suplemento basado en la proporción de salario que había perdido, lo que significaba que su madre solo podía llevarse a casa unos diecisiete yuanes al mes.

Ahora que Jingqiu había aprendido a pegar sobres, le dijo a su madre que se quedara en casa descansando y se ahorrara el camino hasta el comité de barrio. En secreto estaba tramando un plan: si su madre no iba a trabajar, cuando Mayor Tercero la visitara podría ir a nadar con él y decirle a su madre que había estado en el comité de barrio pegando sobres. Pero daba la impresión de que su madre le leía la mente e insistía en acompañarla, e incluso se llevaba a la hermana pequeña de Jingqiu. Todos los días la madre y las dos hijas se levantaban temprano y cruzaban el río cuando el sol aún no estaba demasiado alto. Luego, cuando habían acabado de pegar los sobres, las tres regresaban a casa juntas.

Su madre no volvió a ofrecerle sus sabios consejos, sino que iba de aquí para allá con una expresión seria, como si estuviera a punto de supervisar una campaña de defensa. Incluso cuando Jingqiu y su hermana iban al río a nadar, su madre las acompañaba y se sentaba en la orilla observándolas. Cuando por la noche salía a dar una vuelta para refrescarse, ella siempre iba detrás; las tres se sentaban junto al río, la madre en el medio con un abanico en la mano, ahuyentándoles los mosquitos a sus hijas. A veces Jingqiu tenía una extraña sensación, como si Mayor Tercero fuera como el mono travieso Sun Wukong de *Viaje al oeste*, que utilizaba sus poderes mágicos para transformarse en mosquito y poder susurrarle al oído. Pero su madre lo espantaba una y otra vez hasta que se alejaba volando.

En dos ocasiones Jingqiu creyó haberlo visto; parecía seguirlas. Pero cuando tuvo la oportunidad de darse la vuelta y fijarse, no se le veía por ninguna parte, y ella no tenía ni idea de si había visto visiones o se había escondido, temiendo que su madre lo descubriera.

Un día el director del colegio, el señor Wang, le pidió a Jingqiu que fuera a trabajar a la fábrica de cartón; la había recomendado en cuanto su hijo le mencionó que estaban contratando trabajadores. Jingqiu sintió una inmensa gratitud y se dijo que por fin podría escapar a la estrecha vigilancia de su madre. Pero a pesar de que esta ya no la escoltaba como una sombra, Jingqiu seguía sin poder moverse con libertad, pues una de las profesoras de la Escuela Secundaria n.º 8, la señora Li, también había mandado a su hija, Li Hong, a trabajar allí. Era un año menor que Jingqiu, y era su primer trabajo, así que la señora Li le había pedido a Jingqiu que la acompañara todos los días a la fábrica y de vuelta a casa. Fue como si la madre de Jingqiu hubiera descubierto un tesoro, y en nombre de su hija contestó que lo haría encantada.

Las dos charlaban alegremente durante todo el camino a la fábrica. Pero, en lo más profundo de sí, Jingqiu no dejaba de pensar en si Mayor Tercero iría o no a Yichang, y, si se atrevería a acercársele si la veía en compañía de Li Hong. Unas cuantas veces pensó en desembarazarse de Li Hong, pero no se le ocurría ninguna excusa. Y ahora que su madre pegaba los sobres con más rapidez, conseguía llegar a casa antes que Jingqiu; cuando volvía, normalmente ya se encontraba a su madre junto al ferry o en la verja de la escuela, esperándola.

Poco a poco Jingqiu abandonó toda esperanza y pasó a centrarse en el comienzo del nuevo curso, en septiembre, aunque el departamento de educación tardaría otras dos semanas antes de ultimar los detalles para que Jingqiu pudiera desempeñar su nuevo trabajo en las cocinas de la escuela. Su lugar de trabajo iba a estar a solo un paso de su casa, en el comedor que había delante.

Aparte de no poder ver a Mayor Tercero, para Jingqiu la vida era mejor, más plena, como flores de sésamo alimentadas por el sol. El primer acontecimiento dichoso fue que empezó a cobrar un salario. Aquel día, el director del departamento de asuntos generales, el señor Zhao, acudió personalmente a decirle a Jingqiu que su primera nómina estaba lista.

—Jingqiu, has comenzado a trabajar después del día quince, así que solo cobrarás medio mes de septiembre —dijo con una sonrisa. A Jingqiu aquello le sonó a disculpa, pero ya era más de lo que había esperado; casi era final de mes cuando empezó a trabajar, y sin embargo la escuela le pagaba quince días: ¿no era aquel un dinero caído del cielo?

El señor Zhao le entregó un sobre que contenía casi cincuenta yuanes, así como un papelito de un centímetro de ancho por veinte de largo: su hoja de salario. Jingqiu la cogió y la repasó varias veces. Ahí figuraba su nombre. La idea de que a partir de entonces obtendría un papelito como ese todos los meses la entusiasmó tanto que supo que aquella noche no podría dormir.

Le entregó el salario a su madre para que lo aprovechara toda la familia, y también para ahorrar para la boda de su hermano Xin, o al menos para que tuviera dinero con que poder comprarle un regalo de Año Nuevo a la familia de Yamin. Hasta entonces, Yamin siempre había comprado el regalo y se lo había entregado a Xin para que este se lo diera a la familia, pero todos los años el padre de Yamin lo arrojaba por la puerta, aunque ella tranquilizaba a Xin diciéndole que muchos padres al principio no estaban de acuerdo con la pareja elegida por su hija, pero que con el tiempo acababan aceptándola.

La predicción de Yamin no tardó en resultar cierta, pues al final Xin fue enviado a Yichang para trabajar en una fábrica de propiedad estatal. Yamin estaba eufórica, y se fue a comprar un regalo de Año Nuevo para que Xin se lo llevara a sus padres, a pesar de que aún faltaba mucho para Año Nuevo y Xin aún no había empezado su nuevo trabajo.

Todas las objeciones de los padres de Yamin se diluyeron al comprender que a partir de ahora Xin iba a trabajar en la ciudad, y en una fábrica tan grande como aquella. No solo no arrojaron el regalo por la puerta, sino que Xin fue invitado a comer con ellos. Su hermano por fin había pasado la primera prueba como yerno, y fue honrado con el nuevo trabajo de ser el esclavo de Yamin. A partir de entonces le dejaron todas las tareas pesadas de la casa, como ir a comprar carbón, arroz y leña. Xin había luchado mucho para que le confiaran esas pesadas labores, y se sentía feliz haciéndolas.

A veces, nada más sentarse a comer, Yamin lo llamaba: «Xin, mamá quiere que vayas a comprar carbón». Sin una palabra de protesta, dejaba sus palillos y salía. La madre de Jingqiu solía meterse con su hijo:

—Si yo te pidiera cualquier cosa, irías arrastrando los pies, pero, en cuanto te lo piden los padres de Yamin, te pones en pie de un salto.

—¿Qué puedo hacer? —contestaba él, riendo—. Así están las cosas hoy en día. Jingqiu, ¿por qué no te espabilas y consigues a alguien que vaya a comprar el carbón de la familia?

—¡No hagas bromas estúpidas! —le espetaba su madre—. El trabajo de Jingqiu todavía no es permanente, y no es cuestión de echar a perder su oportunidad solo para tener a alguien que nos traiga el carbón.

El inesperado éxito de su hermano hizo que Jingqiu vibrara de entusiasmo, y en su mente comenzó a trazar un plan para que Mayor Tercero consiguiera lo mismo. Lo más probable es que tuvieran que esperar hasta que su trabajo fuera permanente, entonces su madre no tendría tantos motivos de preocupación, y ella y Mayor Tercero podrían dejarse ver en público al igual que Yamin y su hermano. Entonces Mayor Tercero iría a buscar el carbón de la familia. La idea era graciosa: su hermano iría a buscar el carbón para la familia de Yamin y Mayor Tercero para la de ella, pero ¿quién iría a buscar el carbón a la familia de Mayor Tercero?

De repente era como si la buena suerte llamara constantemente a la puerta. El director de la escuela, el señor Wang, le reveló a su madre una importante información reservada. Le había sugerido a la dirección de la escuela que cuando llegara el momento le permitieran a Jingqiu dar clase en lugar de trabajar en la cocina. Como la zona que rodeaba a la Escuela Primaria y la Secundaria n.º 8 quedaba aislada por el río, poca gente de la ciudad aceptaba que la trasladaran allí. Era el clásico sitio al que el Departamento de Cultura y Educación enviaba a maestros que habían cometido alguna pequeña falta, o a profesores jóvenes principiantes de la escuela de magisterio, que, en cuanto se daban cuenta de dónde estaban, conseguían que los trasladaran a otra parte. Las escuelas siempre iban justas de profesores. Podía utilizar esa excusa para solicitar al Departamento de Educación que dejara dar clases a Jingqiu.

—Dile a Jingqiu que se porte bien e intenta influir en algunos de los profesores veteranos de la escuela.

Aun cuando Jingqiu había sustituido oficialmente a su madre, en la escuela la seguían tratando como a una niña, y todo se hacía a través de su madre, que era la que iba a visitar a la dirección de la escuela para suplicarles que dejaran dar clases a Jingqiu cuando la situación lo permitiera. Algunos se lo prometieron. Sabían que Jingqiu había sacado buenas notas y tenía madera de profesora, y era solo cuestión de tiempo que la dejaran dar clases, no tenía de qué preocuparse.

—Pero acaba de empezar a trabajar y no es la única que ha reemplazado a un progenitor. Si la dejamos dar clase enseguida a lo mejor los demás se quejan. Esperemos para que nadie tenga nada que decir.

Jingqiu se quedó entusiasmada al enterarse de esta noticia y se moría de ganas de contárselo enseguida a Mayor Tercero. Pero no había tenido noticias suyas desde el día en que se marchó, y cada día estaba más nerviosa, pues no se imaginaba por qué no iba a verla. Se dijo que había tres posibles razones. La primera, que había cogido el tétanos, pero la tranquilizó el pensamiento de que, si eso hubiera ocurrido, Fang se lo habría dicho. La segunda era que se mantenía fiel a la promesa que le había hecho a su madre, y que no la visitaría hasta que su trabajo fuera permanente. Pero él también había confesado que planeaba un engaño. «Ya ves, después de todo soy un traidor». ¿Había decidido no serlo, después de todo?

Había otra posibilidad: que el interrogatorio de su madre lo hubiera enfurecido tanto que no pensara regresar. Jingqiu conocía muchas historias en las que los padres de una chica habían sido tan desagradables con su futuro yerno que el joven se había marchado iracundo. Cuando pensaba en esta tercera posibilidad comenzaba a enfadarse, pues significaba que no había pasado la prueba.

Pero entonces pensaba que quizá la estaba esperando, incluso sufriendo. A lo mejor iba a menudo a Yichang a verla, pero no tenía oportunidad de hablar con ella, y esa idea la hacía estar enfadada con su madre. «Mi hermano tenía mi edad cuando se echó novia, ¿por qué a mí me vigilas tan estrechamente?».

Después de trabajar una temporada en el comedor, informaron a Jingqiu de que iban a enviarla a la granja de la escuela durante seis meses. Si no iba y le daban el puesto de maestra enseguida, la gente protestaría. Pero, si iba, nadie podría decir nada.

La escuela había montado una granja en una pequeña aldea llamada Meseta de Fujia, un poco más allá de Río Yanjia, a fin de que los alumnos se turnaran para trabajar. La razón de haber elegido Meseta de Fujia era que uno de los directores de la escuela, el señor Zheng, había nacido en ese pueblo, y solo debido a esa relación la aldea había aceptado ceder a la escuela un poco de tierra, e incluso les habían ayudado a construir algunos edificios.

La escuela envió a algunos profesores a la granja, además de Jingqiu. Las mujeres se encargarían de preparar la comida y los hombres de enseñar a los alumnos los trabajos físicos. Ese primer grupo era la vanguardia, y prepararía la granja para la llegada de los demás estudiantes. Jingqiu estaba contentísima de que la enviaran, pues eso significaba que podría escapar de la atenta vigilancia de su madre, y, además, Aldea Occidental estaba solo a unos kilómetros de Meseta de Fujia, de manera que estaría muy cerca de Mayor Tercero.

Su madre estaba un poco nerviosa, pero no tan preocupada como si hubieran mandado a Jingqiu a cualquier otra zona rural. Jingqiu tenía un empleo, y a los seis meses volvería para dar clases. Además, iba con otros profesores, de manera que su madre se sentía relativamente tranquila. Y lo más importante era que su madre ignoraba lo cerca que estaba Aldea Occidental de Meseta de Fujia.

El señor Zheng se llevó el primer grupo a la granja. Iban acompañados por una joven profesora de veintipocos años, la señorita Zhao, y de un profesor cuarentón, el señor Jian, que le había dado clases de física a Jingqiu y que a menudo había jugado al voleibol con su equipo. El señor Jian no era alto, pero había sido gimnasta, con lo que tenía los brazos fuertes, y a menudo daba una voltereta hacia delante cuando cogía la pelota, ganándose los vítores y admiración de las chicas.

No lejos de la granja, al otro lado de la montaña, una carretera lo bastante grande como para dar cabida a un tractor pequeño descendía serpenteando hasta una pequeña población llamada Campo de Crisantemos, del cual salían autobuses en dirección a Río Yanjia. La escuela poseía un pequeño tractor, de los conocidos como Pequeño Elevador, que se utilizaba para transportar productos al mercado. El joven veinteañero que conducía el tractor se llamaba Zhou Jianxin, y su padre era director de la Escuela Secundaria n.º 12 de Yichang. A Zhou no lo habían mandado al campo después de graduarse porque tenía un problema de corazón, y había aprendido a conducir esos tractores. Jingqiu ya había visto transportar mercancías a Zhou, sobre todo cuando fue con sus compañeras de clase a trabajar a una fábrica. Posteriormente, cuando comenzó su servicio en las cocinas de la escuela, lo veía regularmente: Zhou llevaba la cara cubierta de aceite de motor y le hacía un ajuste al Pequeño Elevador rodeado por un pequeño grupo de niños que lo observaban mientras él intentaba arreglarlo con la ayuda de una manivela.

Zhou no solo se llamaba Jianxin —igual que Mayor Tercero—, sino que también se le parecía un poco. Eran de similar estatura, aunque Zhou era un poco más delgado, tenía la piel un poco más oscura y la espalda menos recta. Sin embargo, compartían un rasgo especial: cuando se reían, lo hacían con toda la cara.

Los cuatro profesores, incluida Jingqiu, cogieron el autobús desde Yiching hasta Río Yanjia y desde ese lugar caminaron hasta Meseta de Fujia y luego hasta Campo de Crisantemos. Mientras subían la montaña los profesores entonaron una serie de canciones conocidas como las Canciones de la Larga Marcha, y, como no había nadie más en la montaña, incluso los más tímidos se armaron de valor y acabaron cantando a pleno pulmón. Zhou condujo el tractor durante los treinta y pico kilómetros que los separaban de la escuela, aunque tuvo que detenerse justo antes de la granja, pues todavía no habían reparado la carretera.

Los edificios de la granja eran básicos. En los dormitorios, el suelo era de tierra todavía sin aplanar. No había cristales en las ventanas ni nada para cubrirlas, así que utilizaron sombreros de bambú. Las camas eran tierra amontonada con un par de tablas de madera encima. Jingqiu y la señorita Zhao compartían habitación, y, como no había pestillos en la puerta, apuntalaron un palo largo de madera contra la puerta a modo de cerradura.

Lo primero que hicieron fue construir un retrete cavando un agujero y colocando dos tablas atravesadas. A continuación clavaron unas hileras de postes en el suelo, construidos con madera de sorgo, a modo de paredes. Según la leyenda, un peligroso animal que la gente del pueblo llamaba balangzi acechaba por esa parte de la montaña, y le gustaba especialmente atacar a la gente cuando hacían sus cosas por la noche. Se acercaba y te lamía las nalgas con su lengua cubierta de púas alargadas antes de arrancarte los intestinos y darse un atracón con ellos. Cada vez que alguien iba al retrete se llevaba un hacha por si se encontraba con ese animal. La gente procuraba evitar tener que ir cuando había oscurecido, y, si no podían evitarlo, se iban a la parte de atrás de su casa y se aliviaban allí. Jingqiu siempre necesitaba ir una o dos veces por la noche, por lo que no tenía más elección que recorrer los cien metros que había hasta el retrete, hacha en mano.

Zhou también vivía en la parte delantera del edificio, y si no cerraba la puerta podía ver salir a Jingqiu. Pronto descubrió que, cada vez que volvía del retrete, Pequeño Zhou estaba junto al sendero, fumando, perfectamente colocado para que ella no se sintiera incómoda y poder correr a salvarla en caso de que ocurriera algo. Cuando Jingqiu pasaba a su lado se saludaban y caminaban hasta el edificio uno tras otro.

Los primeros días después de su llegada, en la montaña no tenían verdura para comer, así que cada cual se trajo sus propios víveres. Cuando el tiempo estaba despejado iban a recoger cebollas y ajos silvestres, y cuando llovía recolectaban *dijianpi*, una especie de seta negra que limpiaban y freían. La señorita Zhao y el señor Jian siempre salían juntos y dejaban sola a Jingqiu, pero no tardó en aparecer Pequeño Zhou, y trabajaban juntos.

La vida resultaba dura en la granja, pero los profesores eran animosos y ocurrentes, así que los días pasaban deprisa. Durante el día trabajaban y por la noche, antes de ir a dormir, se reunían y contaban historias. Jingqiu descubrió que al señor Jian se le daba muy bien contar relatos históricos, el señor Zheng y la señorita Zhao eran mejores con los relatos folclóricos, y la especialidad de Pequeño Zhou eran las historias protagonizadas por Sherlock Holmes.

En cuanto más o menos hubieron terminado con los preparativos, la granja dio la bienvenida a su primer grupo de estudiantes. Su primera tarea era reparar la carretera de la montaña, a fin de que el tractor pudiera llegar al edificio en forma de L de la granja. Una vez terminaron, Pequeño Zhou y su tractor se convirtieron en habituales del paisaje local. A Pequeño Zhou le encantaba llevar un viejo uniforme del ejército, tan arrugado que daba la impresión de que lo metía en el tonel de encurtidos cada noche antes de irse a la cama. Llevaba una especie de gorra blanca como las que usaban los soldados del ejército nacionalista en su desbandada. Siempre conducía muy concentrado y a toda velocidad, saltando arriba y abajo en su asiento como una fuerza incontenible antes de detenerse con un chirrido en la puerta de la cocina. En cuanto los estudiantes oían el «tu-tu-tu» de su tractor, salían de sus habitaciones. El tractor era la única conexión con el mundo exterior.

Como siempre, la cara de Pequeño Zhou estaba manchada de aceite de motor, una imagen que se había convertido en la enseña de su profesionalidad y destreza. A veces Jingqiu señalaba el aceite que llevaba en la cara y él se lo limpiaba con la manga, aunque las más de las veces lo que hacía era extenderlo por las mejillas. Jingqiu se partía de risa y él se inclinaba hacia ella para que pudiera limpiarle la cara, pero solo la asustaba y conseguía que se fuera corriendo.

Los cinco adultos trabajaban bien. A intervalos regulares, Jingqiu o la señorita Zhao montaban en el tractor de Pequeño Zhou para ir a comprar verduras o arroz. Después de unas cuantas veces la señorita Zhao dijo que no quería ir más, no soportaba el olor a diésel, y al cabo de unos cuantos kilómetros de tu-tu-tu le salían ampollas en el culo. A Jingqiu no le molestaba el olor, así que iba ella. Salían después de desayunar y procuraba volver por la tarde a tiempo para preparar la cena de los estudiantes, a fin de que la señorita Zhao no tuviera que hacerlo sola.

Puesto que Jingqiu y Pequeño Zhou habían llegado a conocerse bastante bien, ella decidió pedirle que la llevara a Aldea Occidental. Quería saber qué estaba haciendo Mayor Tercero. Así, la siguiente vez que fueron a comprar verduras le pidió si podían dar un rodeo, porque quería devolverle un libro a un amigo.

—Si fuera una chica te llevaría, pero si es un chico, no —le contestó él sonriéndole de oreja a oreja.

—Olvídalo, si te parece inapropiado.

Pequeño Zhou no había dicho que le pareciera inapropiado. Después de comprar el arroz, comenzó el viaje de regreso y Pequeño Zhou continuamente se paraba a hablar con gente que se encontraba en la carretera. Jingqiu no tenía ni idea de qué pretendía, así que, cuando le dijo: «Hemos llegado a Aldea Occidental, ¿dónde quieres ir?», se quedó totalmente confundida. Nunca había llegado antes a Aldea Occidental por aquella carretera. Se quedó un buen rato intentando orientarse antes de señalar en dirección a la unidad geológica.

—Debería ser por allí.

Pequeño Zhou llevó el tractor directamente a las cabañas de la unidad. Se detuvo y dijo:

—Te esperaré aquí, pero si tardas demasiado entraré corriendo a salvarte.

—No hace falta, saldré enseguida —dijo Jingqiu, y se encaminó a las cabañas, el corazón palpitándole tan deprisa que pensó que le saldría por la boca. Aspiró profundamente y llamó a la puerta de Mayor Tercero, llevando en la mano el libro como excusa. Se quedó un rato esperando, pero nadie contestó. Comprendió que probablemente Mayor Tercero estaría trabajando. Se quedó decepcionada, pero no pensaba abandonar, de manera que fue de una habitación a otra para ver si alguien podía decirle dónde estaba, pero no encontró ni un alma.

Regresó a la habitación de Mayor Tercero y, casi sin esperanza ya de encontrarlo, volvió a llamar. Para su sorpresa se abrió la puerta. Apareció un hombre, al que reconoció como el señor de mediana edad que había conocido la vez que fue a buscar a Mayor Tercero para que fuera a cenar a casa de la tía Zhang. Echó una mirada al interior de la habitación y vio a una mujer que se peinaba; parecía que acababa de salir de la cama.

El hombre reconoció a Jingqiu.

—Hola, eres «sopa de soja verde», ¿no?

—¿Ella es tu «sopa de soja verde»? —preguntó la mujer acercándose a la puerta.

El hombre se rio.

—No, es la de Sun. Una vez dije que comer venado encendía el ánimo, y ella dijo que un poco de sopa de soja verde lo calmaba. —Volvió a reírse.

A Jingqiu no le interesaba de qué estaban hablando.

—¿Sabes cuándo sale de trabajar?

—¿Quién? ¿De quién me hablas?

—¿Conoces al Viejo Cai? —preguntó la mujer, señalando al hombre—. Es mi marido. He venido a hacerle una visita y acabo de llegar hoy. Tú debes de llevar aquí una temporada. ¿Sabes si mi Cai tiene alguna sopa de soja verde en el pueblo? Todos tienen alguna sustituta, ninguno es decente ni honesto, tienen una en cada pueblo.

—A Sun lo han trasladado —dijo el hombre, haciendo caso omiso a su mujer—. ¿No lo sabías?

—¿Adónde lo han trasladado?

—A la segunda unidad.

Jingqiu se quedó paralizada. ¿Cómo es que lo trasladaban y no decía nada? Se quedó clavada en el sitio antes de reunir el valor necesario para preguntar:

—¿Y sabes... dónde se encuentra la segunda unidad?

La mujer de Cai le tiraba de la manga.

—No armes lío. Sun pertenece a otra. Si hubiera querido que ella lo supiera, ¿no se lo habría dicho? Procura no armar lío.

—No me habéis entendido —tartamudeó incómoda Jingqiu—. Solo quería devolverle este libro. Os he molestado... —Y, dicho esto, se fue corriendo.

Pequeño Zhou la vio regresar muy alterada y le preguntó varias veces si se encontraba bien, pero ella no contestó. Cuando regresaron a la granja ya estaban preparando la cena, de manera que Jingqiu se fue corriendo a la cocina para echar una mano. Una vez hubieron acabado de servir, los estudiantes y los profesores se sentaron a comer, pero a Jingqiu le dolía la cabeza y había perdido completamente el apetito, de manera que puso una excusa y se fue a su cuarto a dormir.

Capítulo 30

Al día siguiente Pequeño Zhou quiso ir con ella a buscar agua, pero Jingqiu se negó.

—No, tú tienes problemas de corazón, no deberías trajinar agua.

—Mis problemas de corazón se presentaron porque tenía miedo de que me mandaran lejos, eso es todo, deja que te ayude. Siempre eres tú la que va a buscar el agua, ¿por qué no lo hace nunca la señorita Zhao?

Jingqiu nunca lo había pensado; cuando se acababa el agua, ella simplemente iba a por más. Pero le preocupaba que la gente pudiera desaprobar que Pequeño Zhou la ayudara, así que insistió:

—Ya lo haré yo, ¿entendido?

—¿Crees que la gente chismorreará? —dijo riendo—. En ese caso no deberías haberte ido a la cama en lugar de cenar. Cualquier chismorreo que empiece hoy no será nada comparado con el de ayer.

—¿Qué decían ayer?

—Que tú y yo ayer hicimos cosas por el camino...

—¿Qué cosas, exactamente?

—Que te empujé —dijo él sonriendo con descaro.

Jingqiu casi se desmaya; sabía que en el dialecto de la zona «empujar a alguien» significaba sexo.

—¿Quién... quién lo dijo? —estaba temblando—. Quiero hablar con él... con quien sea.

—No —dijo Pequeño Zhou—. Si vas y preguntas, no volveré a contarte nada.

—¿Por qué decían esas cosas?

—Porque volvimos tarde y tú estabas rara. No comiste y te fuiste directamente a la cama. Por no hablar del hecho de que yo tengo fama de granuja, así que no es extraño que llegaran a esa conclusión. Pero yo ya se lo expliqué, así que no hace falta que digas nada más. Cuanta más importancia le des, más hablará la gente.

—Entonces, ¿ayer les dijiste adónde habíamos ido? —Jingqiu estaba muy nerviosa.

—Naturalmente que no, relájate. Puede que sea un granuja, pero tengo mi honor. —Una sonrisa le cruzó la cara, y añadió—: De todos modos, eres tan guapa que no me importa tener mala reputación por ti...

Jingqiu comenzaba a sospechar que probablemente Pequeño Zhou se lo estaba inventando todo. Siempre le había encantado sugerir que ocurría algo y comentar que los demás chismorreaban acerca de ellos. Jingqiu no dijo nada más y se fue a buscar el agua, pero él le tiraba de la pértiga que llevaba al hombro y no la dejaba marchar.

—¿Por qué fuimos ayer a esa aldea? ¿Querías visitar a tu novio? ¿No estaba o se escondía de ti?

—No digas tonterías, no tengo ningún novio... —Se lo pensó un momento y preguntó—: ¿Sabes lo que significa «sopa de soja verde»? —Le explicó las circunstancias en que oyó la expresión por primera vez y añadió algunos pasajes selectos de la conversación entre el Viejo Cai y su mujer.

—¿Es que no te enteras de nada? —Pequeño Zhou se la quedó mirando—. Hablaban de cuando un hombre se calienta, cuando quiere... hacérselo a una mujer. Pero no lo entendiste y les dijiste que comieran sopa de soja verde para calmarse. ¿Crees que la sopa de soja verde calma ese tipo de fuego? Se reían de ti por ser tan tonta.

—Olvídalo —farfulló Jingqiu—. Contigo nunca estoy segura de nada. No entiendo lo que dices, y tú no entiendes lo que te pregunto.

Jingqiu seguía enfurruñada después de su regreso de Aldea Occidental, y, tras oír la explicación de Pequeño Zhou de lo que significaba la sopa de soja verde, su humor empeoró aún más. Así que Mayor Tercero era un hipócrita, y lo había sido desde el principio. Delante de ella se comportaba como si su relación fuera sagrada, y a sus espaldas, con sus amigos, se refería a ella groseramente, a algo de lo más desagradable. Se había ido sin decir nada, ni siquiera había intentado comunicárselo, se dijo, y le había hecho recorrer todo ese camino para nada, para humillarla y para que todos pusieran cara de reprobación.

El problema era que no podía estar segura del todo de si Mayor Tercero realmente era así, porque todo podía ser un malentendido. Lo que más temía era no llegar a averiguarlo nunca, quedarse con aquella incertidumbre, en un estado de miedo y ansiedad. Tanto daba lo mal que estuviera la situación: siempre y cuando los dos fueran sinceros, no había nada que temer. Decidió que la próxima vez iría a Río Yanjia con Pequeño Zhou a hacer la compra, visitaría a Fang en la escuela secundaria y le pediría la dirección de Mayor Tercero, y luego le pediría a Pequeño Zhou que la llevara allí para que Mayor Tercero pudiera explicarle cara a cara lo que ocurría.

Pero el señor Zheng no volvió a enviarla a hacer la compra con Pequeño Zhou. Cuando necesitaban algo le pedía a la señorita Zhao que fuera, o iba él mismo. Y no solo eso, sino que cuando regresó a la escuela para informar de su trabajo le contó a la madre de Jingqiu lo que había ocurrido con Pequeño Zhou. Su madre escribió de inmediato una carta al señor Zheng para que la llevara a la granja.

Cuando Jingqiu vio la carta de su madre todo comenzó a darle vueltas. «Por qué será que a la gente le gusta hacer una montaña de un grano de arena? ¿Es que dos personas no pueden ir a comprar arroz y regresar un poco tarde? ¿Tenían que ver en aquello un significado oculto?». No era fácil para ella enfadarse, pues todas aquellas personas eran sus antiguos profesores y seguía respetándolos enormemente.

Le estuvo dando vueltas al problema desde todos los ángulos, pero seguía siendo incapaz de aceptar todas aquellas insinuaciones, así que se fue a ver al señor Zheng.

—Señor Zheng, si considera que he hecho algo malo, dígamelo a la cara, no se lo cuente a mi madre. Es una persona nerviosa, y lo único que consiguen estos rumores es ponerla enferma.

—Solo lo he hecho por tu propio bien. Pequeño Zhou tiene un temperamento violento y es un ignorante. ¿Qué ves de bueno en él, exactamente?

Jingqiu dijo, dolida por la injusticia del asunto:

—Pero es que no somos... novios. Solo nos relacionamos por nuestro trabajo. ¿Por qué tiene que insinuarlo?

El señor Zheng no contestó a la pregunta y dijo:

—La cosa es que nuestra escuela tiene muchos buenos camaradas, como por ejemplo Pequeño Quan, de tu equipo de voleibol. Es un buen hombre, y en los últimos años ha hecho muchos progresos: se ha afiliado al partido, ha sido ascendido a cuadro y es una persona honesta y de fiar...

Jingqiu no se podía creer lo que estaba oyendo. Todo el mundo le decía siempre que era demasiado joven y que no debía pensar en esas cosas, y ahora el señor Zheng le sugería que, si encontraba un camarada joven y bueno, podía empezar a pensar en tener una relación. Era como si le dijera: se lo conté a tu madre no porque no debas tener novio, sino porque no debes tener *ese* novio. Jingqiu estaba demasiado asustada para decir nada, aparte de seguir proclamando su inocencia, y regresó a su habitación.

En parte lo encontraba bastante divertido. Antes, en los primeros años de la secundaria, había sentido algo por el señor Quan, sobre todo cuando llegó a la Escuela Secundaria n.º 8. Era un hombre joven e inexperto, y ninguno de sus alumnos le tenía miedo, y a menudo le causaban problemas a los que él era incapaz de hacer frente. Pero luego comenzó a hacer amistad con gente importante. Jingqiu no supo por qué, pero desde el momento en que el señor Quan comenzó a ascender de categoría dejó de interesarle, quizá porque le gustaban más los desvalidos. Ahora, al oír que el señor Zheng hablaba así de él, comenzó a detestarlo. Fue casi como si utilizara sus relaciones para quitar de en medio a Pequeño Zhou y presentarse como candidato.

Jingqiu había decidido seguir tratando con amabilidad a Pequeño Zhou, y a la vez distanciarse de él para evitar más habladurías, pero después de comprobar que el señor Zheng hablaba mal de él para promover a otro profesor, Pequeño Zhou comenzó a caerle mejor. No era más que un trabajador temporal, y a ella le recordaba su época de temporera. Además, prefería tener mala reputación a revelar qué había ocurrido exactamente el día en que volvieron tarde. Respetaba el código ético de su «honorable granuja».

Unos pocos días más tarde llovió copiosamente, y las chozas de la granja y la carretera de montaña sufrieron daños. El señor Zheng lo utilizó como excusa para pedirle al señor Quan que se presentara en Yichang para ayudar durante una semana en la granja. Jingqiu no sentía absolutamente nada por el señor Quan y ni siquiera se molestaba en hablarle, por lo que cuando se encontraban apenas lo saludaba y seguía caminando.

No fue hasta la última semana de noviembre cuando Jingqiu tuvo otra oportunidad de salir de la granja con Pequeño Zhou, y esta vez porque los estudiantes no habían tenido suficiente dinero para pagar el comedor y se les estaba acabando el arroz muy deprisa. No podían permitir que los estudiantes volvieran a casa a buscar más dinero, así que el señor Zheng no tuvo otra opción que enviar a un profesor para que fuera a recoger vales de racionamiento de puerta en puerta. La señorita Zhao sabía que era un trabajo terrible y que los padres se molestarían; en otras palabras, se trataba de un trabajo duro sin recompensa, así que puso una excusa y se lo endosó a Jingqiu.

El señor Zheng llamó a Jingqiu y se pasó un rato larguísimo advirtiéndole de los peligros antes de permitirle regresar a Yichang en compañía de Pequeño Zhou para «cobrar las deudas». En cuanto hubieran acabado de recoger el dinero, tenían que comprar arroz en la ciudad, y Pequeño Zhou lo llevaría de vuelta a la granja. Ella, mientras tanto, se podía tomar dos días de fiesta.

Pequeño Zhou también se daba cuenta de que el señor Zheng lo mantenía a propósito lejos de Jingqiu, y por el camino se quejó mucho. Mientras ella lo escuchaba comenzó a elaborar un plan. En cuanto llegaron a Río Yanjia le pidió a Pequeño Zhou que parara y le dijo que quería ver a una amiga, y que solo tardaría un par de minutos.

—Te digo lo mismo: si es un chico estoy dispuesto a pelear —dijo en broma—. La última vez no mejoró mi reputación y esta vez no pienso permitirlo.

En cuanto llegaron a Río Yanjia, Jingqiu preguntó dónde estaba la escuela secundaria. Por suerte no era una población grande, así que la escuela se emplazaba cerca de la carretera principal. Pequeño Zhou condujo el tractor hasta la escuela y apagó el motor.

—Esta vez no llevo nada en el tractor, así que no tengo que quedarme a vigilarlo. Iré contigo.

Jingqiu no pensaba permitírselo, pero eso solo le hizo sentir más curiosidad:

—¿No has dicho que era una chica? ¿Por qué no me dejas acompañarte? ¿Te da miedo que le guste a tu amiga?

No había quien pudiera con él. Cuanto más lo intentaba Jingqiu, más hablaba él, y, de todos modos, Jingqiu estaba a punto de pedirle que la llevara a la segunda unidad, de manera que tampoco podría ocultarle nada, así que cedió y le permitió entrar en la escuela con ella. Se quedaron de pie bajo uno de los árboles de la escuela, esperando a que sonara la campana. Jingqiu le preguntó a un alumno dónde estaba la clase de Fang y luego le pidió a otra persona que le dijera que saliera.

Fang se quedó mirando a Jingqiu y luego a Pequeño Zhou y dijo tristemente:

—Mi hermano está en el hospital del condado. ¿Podrías ir a visitarlo? Aunque ya no quieras saber nada de él... al menos podrías ser una amiga para él. Ve a verlo, es... algo terminal.

Jingqiu se quedó muy afectada al enterarse de que Lin padecía una enfermedad terminal. Quiso explicarle que no era que no quisiera saber nada de él, era que no lo amaba, pero la palabra «terminal» la dejó helada, y no le salía la voz.

—¿Sabes en qué sala está? —preguntó en voz baja.

Fang le escribió en un papel la dirección del hospital y el número de la sala y se lo entregó, y a continuación se quedó callada y los ojos se le llenaron de lágrimas. Jingqiu también permaneció en silencio y a continuación le preguntó:

—¿Sabéis qué tiene?

—Leucemia.

A Jingqiu le pareció que no era momento de preguntarle si sabía la nueva dirección de Mayor Tercero, y aunque se la hubiera preguntado no habría tenido tiempo de ir. Sería mejor solucionarlo después de haber visitado a Lin.

Volvió a sonar la campana de la escuela y Fang susurró:

—Tengo que volver a clase. Ve tú sola... no lleves a tu amigo. —Jingqiu se quedó helada.

—¿Quién está enfermo? —preguntó Pequeño Zhou—. Te has quedado pálida como un fantasma...

—Su hermano mayor. Yo vivía con ellos. Quiero ir a verlo, me ayudó mucho. ¿Sabes cómo se contrae la leucemia?

—Le oí decir a alguien que apareció después de la bomba atómica. En mi escuela alguien la tuvo y murió. Al parecer... es incurable.

—Entonces vamos deprisa.

Se dirigieron a la capital del condado y compraron algo de fruta antes de buscar la dirección del hospital que Fang les había dado. Jingqiu se acordó de que le había dicho que fuera sola, así que negoció con Pequeño Zhou.

—¿Podrías esperarme fuera?

—¿No me dejas entrar? Tiene una enfermedad terminal, ¿de qué tienes miedo?

Jingqiu tampoco entendía por qué Fang le había dicho eso.

—Yo tampoco entiendo por qué se preocupan, pero mi amiga dijo que no debíamos entrar juntos, así que es mejor que esperes fuera.

Pequeño Zhou no tuvo más opción que quedarse en la puerta, aunque le advirtió:

—No estés mucho rato, tenemos que regresar. Hoy tienes que recoger el dinero, y si llegamos tarde y no consigues el dinero, no podremos comprar arroz...

—Ya lo sé —dijo Jingqiu, y corrió hacia el hospital.

Capítulo 31

El hospital del condado era bastante pequeño y estaba compuesto de unos pocos edificios, así que Jingqiu encontró rápidamente la sala. Tenía cuatro camas. Le sorprendió ver a Mayor Tercero sentado en una, escribiendo en un cuaderno. ¿Qué hacía allí? ¿Estaba cuidando de Lin? ¿Por qué no estaba trabajando? A lo mejor la segunda unidad se hallaba cerca, y se hizo trasladar para poder cuidar de Lin.

Mayor Tercero levantó la vista y se le dibujó una expresión de perplejidad. Dejó el cuaderno y la pluma y se acercó a ella. No la invitó a entrar, sino que se quedó en el pasillo.

—¿De verdad... eres tú?

—¿Qué le pasa a Lin?

—¿A Lin? —preguntó, sorprendido—. ¿No está en Aldea Occidental?

—Fang me dijo que su hermano estaba en el hospital...

—Vaya —dijo sonriendo—. Yo también soy su hermano...

A Jingqiu le dio un vuelco el corazón.

—¿Cómo que eres su hermano? Me dijo que su hermano estaba enfermo, no que tú estuvieras enfermo. Estás cuidando a Lin, ¿no? No me vengas con bromas. ¿Dónde está Lin?

—¿Entonces... has venido a ver a Lin? ¿No habrías venido de no haber sido él?

—Ya sabes que no es eso lo que quiero decir. Fang me dijo que su hermano estaba enfermo y que yo no quería saber nada de él. Por eso pensé que se refería a Lin, porque sabe que no me gusta.

—Vaya. Te escribí algunas cartas a la granja, pero me las devolvieron todas. Utilicé la dirección de Fang, y se las devolvieron todas, así que me dije que ya no querías saber nada de mí.

—¿Me escribiste a la granja? ¿Y por qué no me llegó ninguna carta? ¿Qué dirección pusiste?

—Puse Granja de la Escuela Secundaria n.º 8 de Yichang, Equipo de Producción de Meseta de Fujia, Comuna de Río Yanjia, Yiling. También puse tu nombre en el sobre. Todas las cartas volvieron con las palabras: «Persona desconocida, devuélvase al remitente».

Jingqiu se dijo que aquello era cosa del señor Zheng, pues intentaba endosarle al señor Quan. ¡Qué método tan despreciable! Pero Mayor Tercero había escrito el nombre de Fang en el sobre, ¿por qué entonces el señor Zheng había sospechado que se las mandaba un chico? ¿Acaso era capaz de saber por la letra si el remitente era chico o chica? ¿O quizá abría las cartas y las leía?

—¿Qué ponía en las cartas? ¿No me escribirías algo por lo que tenga que preocuparme? Seguramente el señor Zheng las retuvo, y me preocupa que... las abriera y las leyera.

—No es posible. Si las hubiera abierto yo lo habría sabido.

Jingqiu comenzaba a estar muy enfadada con el señor Zheng.

—¿Leer en secreto las cartas de los demás no es algo que va contra la ley? Voy a tener unas palabras con él cuando vuelva, a ver si realmente tiene agallas.

—¿Por qué tu profesor iba a interesarse por tus cartas? ¿Es que... siente algo por ti?

—Ni hablar —lo tranquilizó—. Es viejo y está casado. Lo hace para ayudar a otro.

—¿El que conduce el tractor?

—¿Cómo sabes que hay alguien que conduce un tractor? —preguntó Jingqiu, mirándolo sorprendida.

—Os vi juntos —dijo él sonriendo— en Río Yanjia. Llovía y él te prestó su impermeable.

—No es él, el señor Zheng lo odia. Se trata de otro profesor, el que nos da clases de voleibol. Pero no te preocupes, no me gusta. ¿Qué estabas haciendo en Río Yanjia?

—La segunda unidad está cerca, a menudo voy allí durante la pausa para el almuerzo con la esperanza de tropezarme contigo.

—¿Has estado en nuestra granja?

Mayor Tercero asintió.

—Una vez te vi cocinar, descalza.

—Hay una gotera en el techo. En cuanto llueve, el suelo es un barrizal, y dura una semana. Solo se puede ir descalza. —Creyendo que aquello lo preocuparía, añadió—: Pero ahora hace más frío y me pongo las botas de goma. ¿No me has visto llevarlas?

Él puso una cara triste.

—Hace tiempo que no voy por allí.

Jingqiu se asustó al mirarlo.

—¿Qué... qué tienes? —Estaba muy angustiada, y temía que él pronunciara la terrible palabra.

—Nada, solo un resfriado.

Jingqiu espiró lentamente, pero no acabó de creerlo.

—¿Estás en el hospital por un resfriado?

—Te ingresan si es fuerte. —Se rio en voz baja—. Soy un silbato de cristal, ¿te acuerdas? Siempre estoy resfriado. ¿Vuelves a casa o vas a la granja? ¿Cuánto rato puedes quedarte?

—Voy a casa, y tengo que irme enseguida. Me espera un colega, y tenemos que recoger dinero para poder comprar arroz. —Jingqiu vio la expresión de decepción en su cara y le prometió regresar—. Volveré pasado mañana. Tengo dos días de fiesta, así que puedo irme de casa un día antes.

Los ojos de Mayor Tercero se llenaron de felicidad. Pero enseguida comenzó a inquietarse.

—¿No te preocupa que tu madre se entere?

—No se enterará. —Tampoco estaba tan segura, pero ahora no iba a pensar en ello—. Aún estarás aquí un par de días, ¿verdad?

—Te esperaré. —Entró corriendo en la sala, cogió una bolsa de papel y se la puso en la mano—. Has llegado en el momento oportuno. Lo compré ayer, a ver si te gusta.

Jingqiu abrió la bolsa y echó un vistazo. Dentro había un retal de pana color rojo espino con unas pequeñas flores negras bordadas.

—Es mi color y mi tela preferidos, como si me hubieras leído la mente.

—Sabía que te gustaría —dijo él orgulloso—. Cuando lo vi ayer no pude evitar comprarlo, pero ni me imaginé que te presentarías hoy. Hazte algo con esta tela y me lo dejas ver la próxima vez que vengas.

Mayor Tercero la acompañó a la entrada principal y vio a Pequeño Zhou y su tractor a lo lejos.

—Tu colega te espera. Me quedaré aquí para que no me vea. ¿Cómo se llama?

—Tiene el mismo nombre que tú, pero su apellido es Zhou.

—Ojalá su destino no sea el mismo que el mío.

—¿Qué... qué quieres decir con eso? —tartamudeó Jingqiu.

—Nada. Solo estoy celoso. Espero que no vaya detrás de ti.

Mientras regresaban a Yichang, las palabras de Mayor Tercero resonaban en su cabeza. «Ojalá su destino no sea el mismo que el mío». Podría habérselo explicado, pero Jingqiu no creía que fueran celos, sino algo totalmente distinto.

Fang había dicho que su hermano había contraído una enfermedad terminal, y era cierto que Mayor Tercero no tenía muy buen aspecto. Estaba pálido, pero quizá se debía a que iba vestido de negro. Pero había dicho que solo tenía un resfriado y, de haber padecido la enfermedad terminal, ¿se le habría visto tan sereno e imperturbable, como si no pasara nada? Además, si estaba tan enfermo, ¿se lo dirían los médicos?

Fang debía de haberse equivocado, o a lo mejor lo había hecho a propósito para que fuera a visitar a Mayor Tercero. Fang creía que ya no quería saber nada de él, así que a lo mejor se había inventado la historia para que fuera a visitarlo al hospital. Pero ¿qué había querido decir él con aquellas palabras?

En cuanto llegaron a Yichang, Pequeño Zhou detuvo el tractor delante de un restaurante.

—Primero vamos a comer. Es mejor esperar a que todo el mundo haya vuelto del trabajo antes de empezar a recoger el dinero. —Jingqiu asintió y se quedó con la mirada perdida mientras Pequeño Zhou traía la comida.

Cuando hubieron acabado de comer, Pequeño Zhou la llevó hasta la isla de Jiangxin, donde fueron a todas las casas de los estudiantes a buscar el dinero. Le pidió a Jingqiu que le diera un papel con las direcciones y se puso al mando. Jingqiu flotaba como en un sueño y acompañó a Pequeño Zhou como aturdida, primero aquí y luego allá. Cuando él le pedía que hiciera los cálculos, Jingqiu lo obedecía, y también cuando le decía que fuera a buscar cambio. Pequeño Zhou habló con los padres mientras ella permanecía muda a su lado. Al final, Pequeño Zhou cogió el papel y la bolsa de dinero y lo organizó todo él solo.

Trabajaron hasta pasadas las nueve, cuando ya habían recogido casi todo el dinero. A continuación Pequeño Zhou la llevó a su casa.

—Mañana por la mañana vendré a buscarte y podemos ir a comprar el arroz. No pienses demasiado en ello, en un hospital del condado tratan la leucemia, la neumonía, todo, ¿entendido?

Aquello la sorprendió. ¿Cómo sabe Pequeño Zhou que estoy preocupada por Mayor Tercero? Se dijo que no debía poner cara triste, por si su madre lo adivinaba.

Su madre se quedó sorprendida, pero feliz de que regresara, y enseguida fue a prepararle algo de comer, pero Jingqiu dijo que no tenía hambre, que ya había comido. Sacó la tela que Mayor Tercero le había regalado y primero la lavó con agua fría y luego con agua caliente para que encogiera. A continuación la escurrió y la tendió en un lugar en el que la brisa la secara rápidamente, para poder coserla lo antes posible.

A primera hora de la mañana siguiente, Pequeño Zhou fue a recogerla temprano. Su madre estaba inquieta mientras contemplaba a Jingqiu subirse al tractor, quizá tentada de hacerlo también ella para poder vigilarlos. Jingqiu hizo un gran esfuerzo para mostrarse animada con Pequeño Zhou porque no le daba miedo que su madre creyera que había algo entre ellos. De hecho, cuanto más sospechara, mejor. Si su madre creía que estaba tonteando con Pequeño Zhou, no sospecharía nada al día siguiente, cuando fuera a visitar a Mayor Tercero.

Cuando hubieron comprado el arroz, Pequeño Zhou la llevó de vuelta a casa y le confió el recibo para que no se perdiera. A continuación, fue a entregar el arroz a la granja. Ahora que había pasado el peligro, la madre de Jingqiu se relajó y se puso a advertir a su hija de que bajo ninguna circunstancia debía relacionarse con ese tal Pequeño Zhou.

Por la tarde, Jingqiu fue a la escuela a informar de sus progresos en la granja. También a casa del señor Jian y la señorita Zhao para recoger sus suministros privados de encurtidos. Cuando hubo finalizado sus tareas, se dirigió a casa de la señora Jiang para pedirle prestada la máquina de coser. Por la noche, se pasó un momento por casa para cenar y enseguida regresó a casa de la señora Jiang para seguir cosiendo.

Pero al terminar no volvió a su casa, pues aún le quedaba algo que deseaba hacer, aunque no se atrevía. Después de mucho pensarlo se dijo que le preguntaría al doctor Cheng por la leucemia. Se acercó a hurtadillas a su habitación y vio la puerta abierta. Divisó a la señora Jiang sentada leyendo y al doctor Cheng jugando con su hijo en la cama.

—Jingqiu, ¿ya has terminado de coser? —le preguntó la señora Jiang al verla.

Jingqiu asintió sin expresión y a continuación reunió valor para preguntar:

—Doctor Cheng, ¿ha oído hablar de la leucemia?

El doctor Cheng le pasó el niño a la señora Jiang y se desplazó a un lado de la cama para hablar con ella.

—¿Quién padece leucemia?

—Un buen amigo mío.

—¿Dónde se lo han diagnosticado?

—En el hospital de Yiling.

—Ese hospital es muy pequeño, y a lo mejor no han hecho un diagnóstico correcto. —El doctor Cheng le pidió que se sentara y la tranquilizó—: No te preocupes, veamos qué tiene en realidad.

Jingqiu no se lo pudo explicar, pues todo lo que sabía era lo que le había dicho Fang.

—No estoy segura de qué tiene, lo único que quiero saber es si una persona joven puede padecer ese tipo de enfermedad.

—Casi todas las personas que la contraen son jóvenes, generalmente adolescentes o gente de veintipocos, y a lo mejor más hombres que mujeres.

—Si... tienes la enfermedad... ¿significa eso que... te mueres?

—La tasa de mortalidad es... bastante alta —dijo el doctor Cheng, eligiendo las palabras con cuidado—. Pero ¿no me has dicho que lo examinaron en el hospital del condado? El hospital del condado está muy mal equipado, y los exámenes son muy limitados. Tu amigo debería dirigirse a un hospital provincial o municipal lo antes posible. No te angusties por un diagnóstico que no es definitivo.

—¿No ocurrió eso en nuestra escuela? —intervino la señora Jiang—. El hospital dijo que un chico padecía cáncer y le dieron un susto de muerte, y al final no era eso. Cuando se dan este tipo de situaciones, no hay tres hospitales que ofrezcan el mismo diagnóstico. No hay manera de confiar en ellos.

Jingqiu se quedó sentada en silencio mientras la señora Jiang y el señor Cheng le seguían dando ejemplos de diagnósticos erróneos, pero a Jingqiu le parecía que aquello no tenía nada que ver con su situación.

—Y si realmente la padece, ¿cuánto le queda?

El doctor Cheng se mordió los labios nervioso, como si temiera que la respuesta fuera a salir volando por la comisura de la boca. Ella volvió a preguntarlo y él contestó:

—¿No me has dicho que solo ha estado en el hospital del condado?

Jingqiu estaba tan angustiada que tuvo que contener las lágrimas.

—Lo que pregunto es si... si...

—Eso depende... No te lo puedo decir con exactitud. A lo mejor seis meses. A lo mejor un poco más.

Jingqiu volvía a casa y comenzó a recoger sus cosas hasta que se dio cuenta de que ya era de noche y que hasta el día siguiente no había autobuses para el condado de Yichang. Se quedó en la cama e hizo lo que se le daba mejor: prepararse para lo peor. Como no sabía si a Mayor Tercero lo habían diagnosticado en un hospital del condado, en sus pensamientos alternaban brotes de optimismo con abismos de desesperación. Esos desmedidos altibajos eran lo más doloroso de todo.

Ahora bien, si no lo habían diagnosticado en el hospital del condado, ¿qué significaba? Que en realidad tenía leucemia. Y, si era así, le quedaba poco de vida. ¿Pero cuánto era ese poco? Cuando ella tenía catorce años, a su madre la operaron para extirparle un tumor del útero, y Jingqiu la cuidó. En la misma sala había una mujer con cáncer de ovarios en la última fase, a la que todo el mundo llamaba abuela Cao. Estaba delgada como un fantasma y se pasaba casi toda la noche gimiendo de dolor, con lo que en la sala nadie podía dormir.

Un día, la familia de la abuela Cao vino para llevársela a casa, y esta se fue radiante de alegría. Jingqiu la había envidiado, pensando que la abuela Cao era la primera de la sala que se curaba y le permitían volver a su casa. Solo después se enteró por otra paciente de que a la abuela Cao la habían «mandado a casa a morir».

Mayor Tercero seguía en el hospital, de lo que se deducía que lo «mantenían vivo». Si le hicieran abandonar el hospital, Jingqiu le pediría a su madre que viniera a estar con ellos. Después de todo, su madre apreciaba a Mayor Tercero, y lo único que le preocupaba era lo que dijeran los demás, o que la familia de él no aprobara la boda. Pero, si la gente se enteraba de que a Mayor Tercero solo le quedaban tres meses de vida, entonces no tendrían nada que decir, y poco importaría que su familia aprobara la relación o no, pues nada podía ocurrir entre ellos, por lo que su madre tampoco se preocuparía.

Jingqiu quería estar con él, darle de comer lo que le apeteciera, que se vistiera como se le antojara, llevarlo donde quisiera ir. El dinero que le había entregado la última vez ascendía a cien yuanes, el equivalente al salario de un año. Todavía no se había gastado nada, por lo que sería suficiente para satisfacer todos los deseos de Mayor Tercero.

Esperaría a que se muriera, y luego lo seguiría. Sabía que su muerte destrozaría a su madre, pero si seguía viviendo solo conseguiría sufrir más, y eso sería peor incluso para su madre. Seguiría tres meses aquí con Mayor Tercero y lo acompañaría al otro mundo, donde estarían juntos para siempre. Tanto daba dónde estuvieran, siempre y cuando siguieran juntos.

Ese era el peor de los casos, que a Mayor Tercero solo le quedaran tres meses de vida. Si eran seis, entonces ganarían tres meses en este mundo. Y, si el hospital había cometido un error, toda una vida. Pensar todo aquello tranquilizó a Jingqiu, igual que un general antes de la batalla planea todos los ataques y retiradas. No había nada que temer.

Al día siguiente se levantó incluso más temprano de lo habitual y le dijo a su madre que tenía que regresar a la granja. Su madre se quedó sorprendida, pero Jingqiu se mantuvo en sus trece y dijo que así estaban organizadas las cosas, que solo la habían mandado a recoger el dinero y tenía que volver al día siguiente.

—Si no me crees, pregúntale al señor Zheng.

—¿Cómo no voy a creerte? —dijo su madre—. Es que... pensaba que te quedarías otro día.

Jingqiu se fue a la estación de autobuses y compró un billete. A continuación se dirigió al retrete y se puso su vestido nuevo. Suponía que Mayor Tercero la estaría esperando en la estación de autobuses, pues le había dicho cuándo regresaba, así que era mejor cambiarse ahora. De esta manera, cuando él la viera, Jingqiu llevaría el vestido que se había hecho con la tela que él le había regalado. Jingqiu quería hacer todo lo que estuviera en su mano para complacerlo y le permitiría verla con la ropa que a él le gustara o sin ella.

Capítulo 32

Mayor Tercero la esperaba en la estación, tal como ya había supuesto, ataviado con su ropa de lana negra y una guerrera del ejército echada sobre los hombros. De no haber sabido que estaba enfermo, jamás habría podido imaginar que «esperaba a la muerte». Jingqiu estaba decidida a no sacar el tema, a no pronunciar esas palabras. Fingiría no saber nada para no romperle el corazón.

Mayor Tercero corrió hacia ella, le cogió la bolsa y dijo:

—¡Ya te has hecho el vestido! Qué bien que trabajes tan deprisa.

Jingqiu no quería que le llevara la bolsa por si se fatigaba, pero comprendió que si se negaba lo estaría tratando como a un enfermo. Caminaron uno al lado del otro, cerca. Al pasar por una tienda él señaló a Jingqiu reflejada en el escaparate.

—Bonito, ¿verdad? —dijo.

Pero ella se fijó en la pareja que formaban. Él se inclinaba hacia ella, y tenía un aspecto juvenil y saludable, exhibiendo en todo momento una amplia sonrisa. La gente decía que si veías una calavera flotando sobre el reflejo de alguien en un escaparate significaba que estaba a punto de morir. Jingqiu observó atentamente, pero no percibió ninguna calavera sobre la cabeza de Mayor Tercero. Se volvió hacia él y lo vio lleno de vida. Quizá en el hospital del condado se habían equivocado. «No es más que un pequeño hospital, ¿cómo van a distinguir la leucemia de la neumonía?».

—¿Mañana vuelves a la granja? —Jingqiu asintió—. Entonces, ¿puedes quedarte esta noche?

Jingqiu volvió a asentir.

—Ya me lo parecía, así que le pedí a la enfermera Gao que me prestara su dormitorio. Puedes dormir allí.

La llevó a la tienda más grande del pueblo y compraron una toalla, un cepillo de dientes y un cuenco de plástico, como si ella fuera a mudarse de manera permanente. Luego fueron a comprar un poco de fruta y algo para picar. Ella no intentó frenarlo, sino que le dejó comprar hasta que quedó satisfecho.

—Primero llevaremos estas cosas al hospital —dijo Mayor Tercero después de haber acabado las compras— y luego iremos donde quieras. ¿Te gustaría ver una película?

Jingqiu negó con la cabeza: no quería ir a ninguna parte, solo quería estar con él. Se dio cuenta de que él iba muy abrigado. Debía de estar enfermo de verdad.

—¿No dices que alguien te ha prestado su habitación? ¿Por qué no vamos allí? Fuera hace frío.

—¿Quieres... ir a ver el espino?

Jingqiu volvió a negar con la cabeza.

—No, en esta época no florece y está muy lejos. En otra ocasión.

Él no contestó nada, y eso la sorprendió: a lo mejor sabía que no le quedaba mucho de estar en este mundo, o a lo mejor quería mantener su promesa. Comenzó a sentirse insegura y lo miró fijamente. Él le sostuvo la mirada.

—Tienes razón —dijo Mayor Tercero inclinando la cabeza a un lado—. Iremos en otra ocasión, cuando esté en flor.

Regresaron al hospital y la llevó a la habitación de la enfermera Gao. Era un cuarto muy pequeño del segundo piso, y había una cama individual cubierta con las sábanas blancas y las mantas del hospital.

—La enfermera Gao vive en el pueblo, así que solo utiliza esta habitación cuando tiene el turno de noche. Casi nunca duerme aquí y ayer cambió la ropa de cama, por lo que está limpia.

Solo había una silla en el cuarto, así que Jingqiu se sentó en la cama. Mayor Tercero limpió la fruta y puso a hervir agua antes de sentarse en la silla y pelar la fruta. Jingqiu vio que tenía una cicatriz de dos centímetros de largo en el dorso de la mano izquierda.

—¿Eso es de cuando te cortaste?

Él siguió su mirada.

—Mmm. ¿No te parece fea?

—No. Fuiste tan rápido, en un segundo...

—Fue al irme a curar el corte cuando en el hospital me dijeron que me hiciera un chequeo para... —Se interrumpió, comprendiendo que había hablado demasiado—... cambiarme la medicación. Esta cicatriz me distingue, y así siempre podrás encontrarme. ¿Tú tienes algún tipo de marca? Dímelo, así yo también podré encontrarte.

Encontrarme, ¿dónde?, quiso preguntar Jingqiu. Pero estaba demasiado asustada y se acordó de la escena que había soñado a menudo, en la que los dos se buscaban el uno al otro a través de un denso velo de niebla. Quería pronunciar su nombre, pero por alguna razón era incapaz. No lo veía, pero lo oía gritar: «Jingqiu, Jingqiu». Seguía el sonido de su voz hasta que lo distinguía por la espalda, envuelto en la niebla. Se le ocurrió que ese era el otro mundo.

Jingqiu llenó los pulmones de aire.

—Tengo una marca roja de nacimiento en la nuca. Me la tapa el pelo.

—¿Puedo verla?

Jingqiu se deshizo las trenzas y le señaló lugar. Él separó el pelo y se quedó mirando un rato. Jingqiu se volvió y vio que tenía los ojos inyectados en sangre.

—¿Qué ocurre? —preguntó ella, alterada.

—Nada. He tenido muchos sueños en los que todo está borroso y no puedo ver con claridad. Entonces veo por la espalda a alguien que se parece a ti, y le grito «Jingqiu,

Jingqiu», pero cuando se vuelve resulta que no eres tú. —Sonrió—. Ahora sé cómo encontrarte, solo tengo que buscar tu marca de nacimiento. Me gusta el sonido de tu nombre. Es posible que tenga un pie en la tumba, pero cuando oigo tu nombre tengo la impresión de que puedo sacarlo. —Se quedó unos segundos en silencio y añadió—: Háblame de cuando eras pequeña, o de lo que has estado haciendo en la granja. Cualquier cosa, lo que sea, quiero oírlo todo.

Y entonces ella comenzó a contarle historias de cuando era pequeña y de su vida en la granja. También quiso que él le contara cosas de su vida, de su pueblo natal. Dedicaron el día a charlar, almorzaron en el comedor del hospital y cenaron en un restaurante. Ya anochecía cuando acabaron de comer, y todo el mundo se había ido a casa, así que pasearon por el pueblo de la mano. Era completamente de noche cuando regresaron a la habitación de la enfermera Gao. Él cogió unas cuantas botellas de agua caliente para que ella pudiera lavarse la cara y los pies.

Mayor Tercero salió de la habitación para que ella pudiera lavarse y fue a buscar una cuña, pues en esa planta no había retrete. Ella se sonrojó mucho al verla.

Unos minutos después Mayor Tercero regresó y cerró la puerta tras él.

—¿Por qué no te metes en la cama? Si te quedas ahí descalza te congelarás.

Desdobló la manta, la extendió encima de la cama, abrió una esquinita y le instó a que se metiera. Me quedaré con la ropa puesta y me sentaré en el extremo de la cama con la manta tapándome las piernas, se dijo Jingqiu.

Él acercó la silla a la cama y se sentó.

—¿Dónde vas a dormir esta noche? —preguntó Jingqiu.

—Volveré a la sala.

Jingqiu vaciló antes de preguntar:

—¿Y si esta noche no vuelves?

—Si quieres que me quede, lo haré.

Ella se quitó su jersey de lana y acto seguido se metió bajo la manta.

Él la arropó y comenzó a acariciarla por encima de la manta.

—Duerme, yo te cuidaré.

Se recostó en la silla y se cubrió con la guerrera.

Era la primera vez que Jingqiu pasaba la noche a solas con un chico, pero no estaba asustada. El presidente Mao tenía razón cuando dijo: «Los chinos no temen a la muerte por sí misma, ¿cómo va a asustarles una pequeña contrariedad?». Ella estaba dispuesta a todo, incluso a la muerte, por lo que nada podía asustarla ahora. Lo que dijera la gente era cosa de ellos. Que se les partiera la lengua hablando, no le importaba nada.

Sin embargo, había algo que ella temía preguntar: ¿de verdad sufría leucemia? Había pasado todo el día temiendo hacerle aquella pregunta. Jingqiu tenía los ojos cerrados pero no dormía, y la cabeza le daba vueltas. ¿Cuándo reuniría el valor para hacerle esa pregunta a Mayor Tercero?

Jingqiu abrió los ojos furtivamente para ver si él se había quedado dormido. En cuanto los abrió, vio que él la miraba con los ojos llenos de lágrimas. Mayor Tercero volvió rápidamente la cabeza y se secó los ojos con una toalla.

—Estaba... recordando una escena de *La chica del pelo blanco*, aquella en la que Yang Bailao contempla dormir a Xi'er y canta: «Xi'er, Xi'er, duermes, pero no sabes que estoy en deuda con tu padre...».

Se interrumpió. Jingqiu salió de debajo de la manta y lo abrazó.

—Dime, ¿tienes... leucemia? —susurró.

—¿Leucemia? ¿Quién te lo ha dicho?

—Fang.

—¿Ella... te lo dijo?

—Quiero que me digas si es cierto. Si me mientes me sentiré peor todavía. Dime la verdad, tengo que saberlo.

Él no dijo nada, pero al final asintió lentamente, y las lágrimas le resbalaron por la cara. Ella se las secó.

—No soy un hombre de verdad, ¿no crees? Dijiste que los hombres no lloran.

—Dije... que los hombres no lloran delante de desconocidos. Yo no soy una desconocida.

—No me da miedo morir, es solo que... no quiero. Quiero estar contigo, siempre.

—Estaremos juntos, no te dejaré solo. Iré contigo. Tanto da en qué mundo nos encontremos, estaremos siempre juntos. No hay de qué tener miedo.

—¿Qué estás diciendo? No digas tonterías. Estaba demasiado asustado para decirte la verdad porque me preocupaba que me salieras con una bobada como esta. No quiero que vengas conmigo. Si vives, yo no moriré. Pero, si mueres, entonces estaré muerto de verdad. ¿Lo entiendes? ¿Me has oído? Quiero que vivas, que vivas por los dos. Tienes que ayudarme a vivir. Utilizaré tus ojos para ver el mundo, utilizaré tu corazón para sentirlo. Quiero que... te cases, que tengas hijos. Viviremos en tus hijos y ellos tendrán hijos, y así viviremos para siempre.

—¿Tendremos hijos?

—Tú los tendrás, y, si los tienes, también los tendré yo. Vivirás mucho, mucho tiempo, te casarás, serás madre, abuela, tendrás hijos y nietos. Y luego, dentro de muchos años, les hablarás de mí. No hace falta que les digas mi nombre, solo que soy alguien a quien amaste una vez, con eso es suficiente. Pensar en ese día es lo que me da fuerzas para enfrentarme al presente. Solo voy a otra parte donde te estaré observando mientras vives feliz...

Él habló y habló hasta que se dio cuenta de que ella no le prestaba mucha atención.

—Deprisa, métete debajo de las mantas o cogerás un resfriado.

Jingqiu dijo:

—¿Por qué no vienes tú también bajo las mantas?

Mayor Tercero se lo pensó un momento antes de quedarse en ropa interior y meterse bajo las mantas. Extendió un brazo y ella apoyó la cabeza. Los dos temblaban.

—Jamás me imaginé que conseguiría dormir contigo. Nunca pensé que tendría esa oportunidad. —Se colocó de lado y la abrazó con fuerza—. Ojalá pudiéramos hacerlo cada día.

—Ojalá.

—¿Puedes dormir si te abrazo así? —Jingqiu asintió—. Entonces duerme, que tengas dulces sueños.

Ella intentó dormir, pero no pudo. Enterró la cabeza en su axila y, utilizando la mano, «leyó» la cara de Mayor Tercero.

—¿Te gustaría ver cómo es un hombre? —preguntó él de repente—. Quiero decir, si te gustaría ver qué aspecto tengo.

—¿Alguna vez se lo has enseñado a alguien? —Él negó con la cabeza—. ¿Alguna vez has visto una mujer?

Él volvió a negar con la cabeza.

—Puede que muera sin haber experimentado ese placer —dijo. Comenzó a quitarse la ropa debajo de las mantas—. No te asustes, no te haré nada. Solo quiero cumplir... un deseo.

Fue arrojando cada prenda de ropa sobre las mantas, y entonces cogió la mano de Jingqiu y se la puso en el pecho.

—Utiliza la mano para mirar. —Le sujetó la mano y se la pasó por el pecho—. No estoy demasiado delgado, ¿verdad? —A continuación la colocó sobre su estómago y la soltó—. Mira tú misma.

Jingqiu tenía miedo de mover la mano porque sabía que un poco más abajo estaba la cosa del hombre. Solo había visto las de niños muy pequeños, a los que no les daba vergüenza hacer pipí en público. También había visto la cosa de un hombre en un gráfico de acupuntura, pero no se había atrevido a mirarlo muy detenidamente.

Él le cogió la mano y la bajó muy lentamente hasta que le tocó el vello.

—¿Los hombres también tienen pelo ahí? —preguntó Jingqiu, escandalizada. En el gráfico de acupuntura ahí no había pelo, era una zona perfectamente lisa.

—¿Creías que solo las chicas tenían pelo ahí? —dijo él riendo.

—¿Cómo sabes que las chicas también tienen pelo ahí? —preguntó ella, aún más escandalizada.

—Todo el mundo lo sabe, sale en los libros. —Él le llevó la mano hacia su cosa, dura y caliente.

—¿Tiene fiebre? ¿Por qué está hinchado?

Él soltó un gemido.

—No... no te asustes, estoy bien. Solo significa que aún tardaré un poco en morir. Agárralo, le gusta, aprieta fuerte...

Jingqiu apretó fuerte, pero tenía las manos demasiado pequeñas y no podía cogerlo todo. Apretó suavemente. Se movió y Mayor Tercero sufrió una sacudida.

—No parece que le guste que lo coja, todo el rato intenta escaparse...

—Le gusta, y no es que intente escaparse, es que... salta. ¿Te acuerdas de aquella vez junto al río cuando nadábamos? Te vi en traje de baño y esto... hizo lo mismo que ahora. Me daba miedo que lo vieras, así que me metí en el agua.

Todo comenzaba a encajar.

—¿Y aquella vez que me llevaste al otro lado del río? ¿También estaba haciendo esto? —Mayor Tercero cerró los ojos y asintió—. Pero aquel día no iba en bañador, ¿por qué iba a...?

Mayor Tercero se echó a reír y de repente la abrazó, la besó por toda la cara en un arrebato de pasión.

—Solo tengo que frotarme contra ti, verte, pensar en ti, y se pone así. Agárralo, agárralo fuerte, no te asustes.

Jingqiu seguía sin comprender qué tenía que hacer. Notaba cómo se ponía caliente en su mano, cómo palpitaba. Quizá apretaba demasiado fuerte. Estaba a punto de aflojar la mano cuando él se la agarró y no se lo permitió. Jingqiu lo abrazó con el otro brazo y notó su espalda empapada en sudor.

—¿Te encuentras bien? ¿Quieres que vaya a buscar al médico?

Él negó con la cabeza. Al cabo de unos segundos contestó en voz baja:

—Estoy bien, estoy de primera. Acabo de subir al cielo, y eres tú quien me ha hecho volar. Cuando estamos juntos, me siento como si volara. Quiero llevarte conmigo, pero me han cortado las alas y no podré estar contigo mucho tiempo. —Cogió la toalla y le secó la mano—. ¿Te parece desagradable? No te asustes, no es suciedad. Es... lo que sirve para hacer bebés.

Jingqiu utilizó una funda de almohadón para secarle la espalda y el cuerpo. A continuación, como había hecho antes, Jingqiu extendió el brazo y le dejó apoyar la cabeza sobre el pecho. Él se acurrucó y se quedó así, agotado. Hasta el pelo tenía empapado en sudor. «Ese vuelo debe de haberle agotado». Con una pena en el corazón se dio cuenta de que se dormía en sus brazos. Escuchó su respiración suave y regular, y ella también se durmió.

Se despertó un rato más tarde y se encontró con que Mayor Tercero ardía como un horno sobre su pecho. Era bonito dormir juntos, pero ahora estaba muy acalorada. Los calzones largos de lana le picaban por todo el cuerpo y el sujetador deportivo le apretaba de manera incómoda. Su madre siempre le había dicho que se aflojara el sujetador antes de acostarse, pues decía que si lo llevaba demasiado apretado podías tener cáncer. Quería quitarse el sujetador y los calzones largos y las bragas, pero le daba miedo despertarlo.

Mientras ella vacilaba, él abrió los ojos.

—¿No duermes?

—Dormía, pero me muero de calor. Quiero quitarme la ropa. —Se la sacó toda—. ¿Quieres mirarme? ¿No has dicho antes que nunca habías visto a una mujer y que a lo mejor te morías sin haber experimentado ese placer? Te enseñaré mi...

—No hace falta, solo divagaba. Cuando estás muerto tanto da...

—¿No quieres mirarme?

—¿Cómo no voy a querer? Me muero de ganas, cada día, cada momento. Es solo que...

Tal como él había hecho, colocó todas las prendas, una por una, encima de la colcha, y a continuación le cogió las manos y las puso sobre sus pechos.

—Utiliza la mano...

Él apartó la mano como si se hubiera escaldado.

—No, me da miedo... luego no poder parar...

—¿Parar? ¿De hacer qué?

—De hacer lo que hacen los maridos y las esposas.

—Entonces hazlo.

Él negó con la cabeza.

—Algún día te casarás. Resérvate para tu... marido.

—No me casaré, solo me casaré contigo. Si te vas, me voy contigo. Haz lo que quieras. Si no, morirás sin haber sentido ese placer, y yo también.

Mayor Tercero utilizó la mano para explorarla. Jingqiu sentía su tacto como una sacudida eléctrica. Por allí donde pasaba su mano sentía un cosquilleo, incluso en el cuero cabelludo. Él utilizó la mano para juntarle los pechos, pero por mucho que lo intentaba no podía abarcarlos con una mano. Jingqiu se derretía, era como si algo se derramara ahí abajo.

—Espera, espera —dijo ella, aturullada—. Creo... creo que mi vieja amiga ha vuelto. Que no se ensucien las sábanas. —Pero cuando miró las sábanas no había señal alguna de sangre. Era un líquido transparente que parecía agua—. Me equivocaba. Además, ya me vino la semana pasada —se disculpó.

Jingqiu lo vio allí de pie, desnudo, los ojos clavados en su cuerpo desnudo. Podía verlo entero, y, se dijo, él también tenía que poder ver. Salió de debajo de las sábanas, todo el cuerpo le temblaba.

Él se le acercó, la abrazó y, procurando contener el aliento, dijo:

—Eres tan hermosa, tan perfecta, como una diosa griega. ¿Por qué no te gustan tus...? Son tan grandes, tan hermosos. —La apretó con fuerza—. Quiero llevarte a volar...

—Entonces llévame a volar.

Él suspiró y lentamente se puso encima de ella.

Capítulo 33

A l día siguiente, por la noche, Jingqiu volvió a la granja. Mayor Tercero insistió en acompañarla por la montaña hasta un lugar en el que se veía el edificio en forma de L de la granja, y allí se separaron a regañadientes.

Mayor Tercero dijo que aún estaba esperando los resultados de las últimas y concluyentes pruebas, y que se enfadaría mucho si no volvía a trabajar a la granja. Quedaron en verse de nuevo en la habitación de la enfermera Gao dos semanas después, cuando ella volviera a tener la noche libre, y si por entonces ya le habían dado el alta, regresaría. Mayor Tercero le dijo que le escribiría en cuanto tuviera los resultados que confirmaran que tenía leucemia, pero que si no recibía noticias era que el resultado de las pruebas había sido bueno.

Aquella noche Jingqiu fue a hablar con el señor Zheng y le pidió que no siguiera devolviendo sus cartas.

—Tengo un amigo que da clases en la escuela secundaria de Río Yanjia y me ha dicho que me envió algunas cartas a la granja, utilizando la dirección que usted me dio, y que todas habían sido devueltas al remitente. ¿Sabe qué puede haber ocurrido?

—La dirección es correcta —dijo el señor Zheng, perplejo—. ¿Por qué iban a devolverlas?

Es buen actor, se dijo Jingqiu.

—¿Quién entrega aquí las cartas?

—Las cartas llegan a la brigada de producción. Generalmente mi padre las trae cuando va a la brigada, y yo las traigo aquí cuando voy a visitarlo. Mi padre conoce los nombres de todos, así que él no las devolvería. ¿Crees que las he devuelto yo? Te juro por mi carné del partido que yo no las he devuelto.

Jingqiu ya no podía añadir gran cosa después de esa declaración, pero estaba segura de que no se atrevería a devolver más cartas.

Pasaba los días preparando comida para los estudiantes, y cuando tenía tiempo trabajaba en el campo. Por las noches, cuando se iba a la cama, cerraba los ojos y pensaba en el día y la noche que había pasado con Mayor Tercero, sobre todo la noche. Oleadas de emoción recorrían su cuerpo. De vez en cuando se tocaba, pero no sentía nada. Qué raro, ¿cómo era que cuando lo había hecho Mayor Tercero había sentido como descargas eléctricas? Anhelaba volar con él, planearían juntos mientras todavía pudieran.

Había oído decir que lo que los chicos y las chicas hacían juntos transformaba la forma de tu cuerpo, tu manera de andar e incluso la de orinar. «Las muchachas mean como fuentes, y las mujeres como cascadas». Pero nadie le había explicado nunca cómo transformaba exactamente tu cuerpo ni tampoco cómo cambiaba tu manera de caminar. A ella no le parecía que sus andares hubieran cambiado, aunque sí estaba un tanto nerviosa, y temía constantemente que la gente detectara un cambio en su paso.

La semana transcurrió lentamente, ya que el domingo por la noche la señorita Zhao, que la víspera se había tomado un día de fiesta e ido a casa, aún no había vuelto a la granja. Al cabo de dos días llegó una carta en la que decía que había sufrido un aborto y que tendría que descansar un mes en casa. Jingqiu se quedó atónita ante esa noticia. Si la señorita Zhao no regresaba hasta dentro de un mes, entonces ella tampoco podría volver a Yichang la semana siguiente. Solo estaban ellas dos a cargo de la comida, y una tenía que quedarse.

Jingqiu hervía de ansiedad y corrió a ver al señor Zheng.

—Le prometí a mi madre que iría el fin de semana que viene y si no voy se preocupará muchísimo.

—La señorita Zhao está en la ciudad, y tu madre se habrá enterado; sabe que eso significa que tienes que quedarte en la granja. No se preocupará. La escuela enviará a alguien para sustituir a la señorita Zhao. Si esperas una semana o dos te daré un par de días libres más. Ahora eres la única que prepara la comida, por lo que el trabajo será un poco duro, pero nos estarás ayudando a todos.

Jingqiu se sentía tan triste que apenas podía hablar. No tenía ni idea de cómo iba a hacérselo saber a Mayor Tercero. Por suerte no había recibido ninguna carta suya, lo que significaba que todavía no había un diagnóstico definitivo. Tendría que tener paciencia unos días más y confiar en que Mayor Tercero lo comprendiera.

Al cabo de unos días, la escuela mandó a la señorita Li a la granja y Jingqiu le suplicó al señor Zheng que le permitiera volver a casa. Este había planeado que Jingqiu se quedara otra semana para poder enseñarle a la señorita Li cómo iba todo, pero Jingqiu se negó de plano. El señor Zheng nunca la había visto negarse a cumplir una orden, y eso no le gustó, pero en última instancia no tenía más opción que dejarla ir.

Ya llevaba una semana de retraso respecto de la fecha en que habían quedado, pero Jingqiu estaba segura de que Mayor Tercero la esperaría. El sábado por la mañana se puso en marcha muy temprano y caminó hasta Río Yanjia, donde cogió el primer autobús hasta el hospital del condado. Fue directamente a la sala de Mayor Tercero, pero él no estaba, y todos los demás enfermos de la sala eran nuevos y nunca habían oído hablar de Sun Jianxin.

Jingqiu fue a la habitación de la enfermera Gao, pero ella tampoco se encontraba allí. Anduvo buscándola, pero era su día libre. Rogó y suplicó que le dijeran dónde vivía la enfermera Gao y fue corriendo a su casa, pero tampoco la encontró. Esperó hasta bien entrada la tarde a que la enfermera Gao regresara por fin de casa de su suegra. Jingqiu le dijo que era amiga de Sun Jianxin y que quería averiguar dónde estaba.

—Ah, ¿tú eres Jingqiu? ¿Así que cuando el otro día Sun me pidió prestada la habitación era para ti? —Jingqiu asintió—. Sun se fue del hospital hace días. Dejó una nota para ti, pero la tengo en mi habitación del hospital. Podemos ir a buscarla.

Jingqiu estaba abrumada por la emoción, y los recuerdos de aquella noche se agolpaban en sus pensamientos.

Una nota de Mayor Tercero. No estaba en un sobre, sino doblada en forma de paloma. Tuvo un mal presentimiento.

Siento haberte mentido, es la primera vez y será la última que lo haga. No tengo leucemia, me lo inventé para poder verte una última vez antes de irme.

Últimamente mi padre no se encuentra muy bien y quiere que vuelva a casa a cuidarlo, así que en secreto ha dispuesto mi traslado. Debería haber regresado hace mucho, pero quería verte y esperé a tener una oportunidad. Gracias al cielo conseguí verte una última vez y pasar contigo un día y una noche maravillosos. Ahora puedo irme sin pesar.

Una vez le prometí a tu madre que esperaría durante trece meses, y también te prometí que esperaría hasta que cumplieras los veinticinco. Parece ser que no puedo mantener estas promesas. El amor entre un hombre y una mujer no puede resistir la orden de un superior. Échame a mí la culpa si quieres, porque la tengo.

El hombre que tiene el mismo nombre que yo puede protegerte de futuras tempestades, hará cualquier cosa por ti. Confío en que sea una buena persona. Si permites que envejezca a tu lado me sentiré feliz por ambos.

Aquella carta fue como un golpe en la cabeza con una porra. Jingqiu era incapaz de moverse, no entendía lo que le estaba diciendo Mayor Tercero. *Deben de haberle confirmado que padecía leucemia y no quiere disgustarme. Me miente para que le olvide, para que pase página y lleve una vida feliz.*

—¿Sabes lo que le ocurría a Sun?

—¿No lo sabes? Tuvo un resfriado muy fuerte.

—¿Y por qué me dijeron que tenía... leucemia? —preguntó con prudencia Jingqiu.

—¿Leucemia? —La sorpresa de la enfermera Gao confirmó a todas luces que no le mentía—. Jamás lo oí decir. De haberla tenido, no habría venido a este hospital tan pequeño, desde luego. Aquí no tenemos gran cosa, y cualquiera que tenga algo un poco grave es trasladado a otra clínica.

—¿Cuándo se fue?

La enfermera Gao se lo pensó un momento.

—Debió de ser hace dos semanas. Yo tenía el turno de día, y lo cambio cada semana, o sea que, sí, debió de ser hace dos semanas.

—¿Volvió el pasado fin de semana?

—No lo sé, pero me ha devuelto las llaves de mi habitación.

Parecía que la había esperado aquel fin de semana.
«¿Escribió la carta porque no me presenté? ¿Reaccionó de
forma exagerada? Pero Mayor Tercero no es de los que
dan mucha importancia a que faltes a una cita».

Jingqiu no sabía por qué seguía allí sentada, aquello
no iba a traer a Mayor Tercero de vuelta. Se le ocurrió ir a
buscarlo a la segunda unidad, pero cuando le preguntó a la
enfermera Gao la hora, descubrió que era demasiado tarde
y que ya no había autobuses a Río Yanjia. Lo único que
podía hacer era darle las gracias a la enfermera Gao y coger
el autobús de vuelta a Yichang.

Cuando llegó a casa, no tuvo un momento de calma.
Lo peor era que no sabía qué estaba pasando en realidad.
Nunca había estado tan deprimida y le costaba hablar con
la gente.

Oficialmente tenía tres días libres, pero lo primero
que hizo el lunes por la mañana fue poner rumbo a la granja. La excusa que le dio a su madre fue que la señorita Li,
la recién llegada, no sabía preparar la comida, y que más
le valía volver antes de lo convenido. Pero se apeó del autobús en Yiling y regresó al hospital. Se fue directamente
a la sala donde había estado Mayor Tercero. Naturalmente, no lo encontró allí, pero solo quería asegurarse.

A continuación se dirigió al departamento de pacien-
tes hospitalizados para ver si podían decirle el motivo de
la estancia de Mayor Tercero en el hospital, pero allí le dijeron que hablara con la doctora Xie. Cuando llegó a la
consulta de la doctora Xie se encontró con dos doctoras
de mediana edad que hablaban de hacer calceta. Cuando

Jingqiu dijo que quería hablar con la doctora Xie, le pidieron que esperara un momento fuera.

Jingqiu las oyó discutir por un patrón bastante sencillo, así que entró y les dijo por encima cómo había que hacerlo. Las dos mujeres cerraron la puerta, sacaron las agujas y la lana, y le pidieron a Jingqiu que se lo enseñara y a continuación se lo anotara en un papel. Las doctoras discutieron un poco más, se aseguraron de haberlo comprendido y una de ellas, que resultó ser la doctora Xie, le preguntó al final a Jingqiu qué podía hacer por ella.

—Solo quería saber por qué trajeron a Sun Jianxin al hospital.

Le explicó que temía que Mayor Tercero sufriera una enfermedad terminal y, para no hacerla sufrir, hubiera huido. Si ese era el caso, se iría con él y lo cuidaría durante los meses siguientes.

Las dos doctoras suspiraron y dejaron escapar un grito ahogado. Le dijeron que era muy valiente.

—No me acuerdo, pero lo comprobaré —dijo la doctora Xie y revolvió unos papeles que había dentro de un archivador grande. Sacó un cuaderno y lo hojeó—. Tenía un resfriado fuerte. La inyección, el medicamento y el suero que le pusimos son los que se utilizan para curar resfriados.

Jingqiu se fue del hospital con sus emociones hechas un lío. Le alegraba que solo hubiera sido un resfriado, pero que hubiera desaparecido dejando solo aquella nota la desconcertaba profundamente.

En cuanto se bajó del autobús en Río Yanjia, sin pensar se vio corriendo hacia la escuela secundaria en busca de Fang. Le dio igual que estuviera en plena clase, se quedó al otro lado de la ventana del aula e hizo gestos con la mano hasta que la maestra salió a ver qué ocurría. Jingqiu le dijo que buscaba a la señorita Zhang Fang y la profesora se fue, echando humo, a buscar a Fang.

—¿Qué te trae por aquí? —dijo Fang, bastante sorprendida.

—¿Por qué dijiste que era tu hermano el que estaba en el hospital aquel día cuando era evidente que se trataba de... él?

—Todos lo llamamos hermano...

—La enfermedad que aquel día me dijiste que sufría, ¿cómo es que en el hospital dicen que no la tiene? ¿Quién te contó que sufría leucemia?

Fang titubeó antes de responder.

—Lo dijo él mismo, yo no te mentí.

—Lo han trasladado a Anhui, ¿lo sabías?

—Algo había oído. ¿Y qué? ¿Quieres ir a Anhui a buscarlo?

—No tengo su dirección. ¿Y tú?

—¿Por qué iba a tenerla? —farfulló Fang—. Si no te la dio a ti, ¿por qué iba a dármela a mí? No sé qué vergonzoso secreto hay entre vosotros.

—No hay ningún secreto vergonzoso, solo me preocupaba que sufriera esa enfermedad y me lo ocultara. Y ahora ha huido a Anhui. —Jingqiu le suplicó a Fang—. ¿Sabes dónde está destinada la segunda unidad? ¿Podrías ir conmigo? Yo quiero ir, pero me da miedo que intente evitarme.

—Todavía tengo clase. Te diré dónde está, pero tendrás que ir sola. Está cerca, te daré las señas.

Jingqiu caminó en la dirección que Fang le había señalado y la encontró sin dificultad. Se hallaba apenas a medio kilómetro de Río Yanjia, por lo que no era de extrañar que Mayor Tercero pasara la hora de comer vagando por los alrededores de Río Yanjia. Les preguntó a los hombres que trabajaban por allí dónde estaba Sun Jianxin, y estos le dijeron que ya se había ido a Anhui.

—Su padre es un funcionario de alto rango. Le organizó una nueva unidad de trabajo para él hace mucho tiempo. No es como nosotros, que no tenemos a nadie que mueva los hilos para ayudarnos y tendremos que pasarnos toda la vida trabajando aquí.

Jingqiu no sabía qué pensar. A Mayor Tercero le da miedo que me preocupe por su salud y me ha mentido, y ha huido para esperar la muerte solo. Pero todas las pruebas parecían refutar esa conclusión; el registro del hospital indicaba que le habían tratado un resfriado, y sus amigos de la segunda unidad confirmaban que hacía mucho tiempo que tenía el papeleo listo para su traslado a Anhui. Parecía poco probable que Mayor Tercero hubiera sobornado a toda esa gente para que mintiera. Al final, los únicos que habían dicho que sufría leucemia habían sido Fang y Mayor Tercero, y ella nunca había visto ninguna prueba concreta. Pero Jingqiu no comprendía por qué Mayor Tercero iba a mentirle. Lo había dicho para poder verla una última vez, pero solo le había confesado que tenía leucemia después de encontrarse, no antes.

Además, había otro problema que hasta ahora no se había permitido considerar, y que la agitaba en lo más profundo de sí: su vieja amiga se retrasaba. Normalmente era muy regular y solo se veía afectada por situaciones de mucha tensión, e incluso entonces le llegaba antes, no con retraso. Eso solo podía significar que estaba embarazada. Eso sabía, al menos, de las muchas historias de chicas que descubrían que estaban embarazadas porque su «vieja amiga» no había llegado.

Todas aquellas historias sin excepción acababan de manera trágica y, como se trataba de chicas a las que Jingqiu conocía personalmente, eso las hacía aún más terribles. Una muchacha de la Escuela Secundaria n.º 8, a la que todo el mundo llamaba Orquídea, comenzó a salir con un sinvergüenza que la dejó preñada. Al parecer, Orquídea lo intentó todo para librarse del bebé, entre otras cosas saltar desde cierta altura con una pértiga increíblemente pesada sobre los hombros. La criatura nació a su debido tiempo, pero quizá como resultado del salto o por el hecho de que había utilizado una especie de faja para apretarse la barriga en los últimos meses, el bebé nació con dos costillas hundidas. Su novio fue condenado a veinte años de cárcel por haberla dejado embarazada y por meterse en muchas peleas. El bebé se lo dieron a la madre del novio para que lo criara, y las dos familias pasaron por un sufrimiento atroz.

La historia de Orquídea tampoco era la más trágica, pues solo dañó su reputación, aparte de disminuir sus posibilidades de regresar a la ciudad; al menos el novio reconoció al niño, cosa que salvó la vida de Orquídea. Había otra chica llamada Gong que también se quedó embarazada. Su novio volvió a casa con unas hierbas que afirmaba podían librarla del bebé. Ella las hirvió en secreto y se bebió aquella amarga infusión, que acabó matándola. Fue una historia muy comentada en la Escuela Secundaria n.º 8; la familia de la chica quería que el novio lo pagara con su vida, y ambas partes airearon los trapos sucios hasta que la familia del chico tuvo que irse de la ciudad.

Jingqiu había oído que necesitabas un certificado de tu unidad de trabajo para abortar en el hospital, y quizá también un certificado de la unidad de trabajo del padre. Por eso Mayor Tercero había huido. Se ha largado y me ha dejado para que me las arregle como pueda. Sin embargo, por muchas vueltas que le diera, no creía que Mayor Tercero fuera esa clase de persona, pues siempre se había portado muy bien con ella y había sido muy considerado en todos los aspectos. ¿Cómo iba a dejarla en ese brete sin que le importara? Aunque sufriera leucemia, aquello no era excusa para dejar que se enfrentara al problema sola. Podría haber esperado a que solucionara ese asunto antes de desaparecer, ¿o no?

Solo había una explicación a su comportamiento: había querido acostarse con ella. Todo aquello lo había hecho solo para «triunfar» con ella. Cuanto más lo pensaba, más le parecía la única explicación al comportamiento de Mayor Tercero, que tanto se había esforzado para conseguir pasar la noche con ella en el hospital. Si realmente no quería que se preocupara por su enfermedad, no le habría dicho que tenía leucemia y se habría llevado el secreto a la tumba. ¿Por qué, en realidad, le reveló que sufría una enfermedad terminal? Solo podía ser para conseguir lo que quería. Sabía cuánto le amaba ella, y también que haría cualquier cosa por él si creía que iba a morir, incluyendo dejarle hacer eso.

El pecho le ardía, y no sabía qué hacer. Si estaba embarazada solo tenía dos opciones: una, acabar con sus problemas poniendo fin a su vida, pero su muerte solo sería un alivio para ella, no para su familia, que siempre sería objeto de habladurías. La segunda opción era que le practicaran un aborto en el hospital, pero eso mermaría mucho su bolsillo y su reputación, y tendría que vivir con esa vergüenza el resto de su vida. Ni siquiera contemplaba la posibilidad de tener a la criatura, sería demasiado injusto para el pobre niño, ¡porque una cosa sería vivir ella con esa vergüenza y otra, implicar a un inocente!

Los días siguientes, una vez hubo regresado a la granja, fueron un infierno para Jingqiu. Vivía en un constante estado de ansiedad. Por suerte, sin embargo, llegó su vieja amiga, y se sintió tan aliviada que se puso a llorar. Fue literalmente como ver a un viejo amigo después de mucho tiempo, y la incomodidad se convirtió en algo digno de celebración. Siempre y cuando no estuviera embarazada, todo lo demás se podía controlar.

Había dos razones por las que la gente decía que era terrible que a una joven le hicieran perder la virginidad con engaños: porque arruinaba su reputación y porque luego ya no podía casarse. Jingqiu ya no tenía que preocuparse por el embarazo, así que su único motivo de inquietud era si podría casarse o no. Pero si Mayor Tercero solo había buscado congraciarse con ella para conseguir lo que quería, no imaginaba que hubiera nadie en este mundo que la amara de verdad.

No culpaba a Mayor Tercero. Si yo hubiera sido digna de su amor, me habría amado; si no me amó es porque no soy digna. Pero, si no la amaba, ¿por qué había invertido tanto tiempo y esfuerzo en conseguirla? A lo mejor todos los hombres eran iguales, cuanto más difícil era conseguir a una mujer, más se esforzaban. Fingían interesarse por ti durante mucho tiempo, pero todo era porque aún no habían conseguido lo que querían.

Y luego estaba todo ese cuento de la «sopa de soja verde». Debía de haber fanfarroneado con sus compañeros de cuarto, diciéndoles que ella era la «sopa de soja verde» que utilizaba para enfriarse. Delante de ella lo llamaba «volar», y delante de sus amigos «apagar su fuego». La sola idea era repugnante.

Luego estaban las cartas. Mayor Tercero había dicho que le había escrito a la granja, pero el señor Zheng había prometido por su carné del partido que no las había devuelto. Al principio Jingqiu había sospechado que el señor Zheng le mentía, pero ahora se daba cuenta de que el que mentía era Mayor Tercero, y que no le había escrito.

Y...

No quería pensar más en ello, creía que todo tenía una explicación, que todo había sido un juego de principio a fin: sentarse juntos en el río por las noches, llorar, cortarse, aquellas escenas a cual más desesperada que la anterior, hasta que, cuando ya creía que no tenía esperanza de triunfar, se le ocurrió la idea de decirle que padecía leucemia.

Lo curioso era que ahora que lo había calado, que había visto quién era él en realidad, ya no le dolía el corazón y ya no la consumía el arrepentimiento. La sabiduría se alcanza a base de equivocaciones. El saber no llega de la nada; la gente recurre a sus experiencias para enseñarte qué debes hacer, pero no puedes aprenderlo todo así. La verdadera sabiduría solo procede de tu propia experiencia. Cuando la utilizas para impartirla a los demás, al principio no te escuchan, como le había pasado a Jingqiu, por lo que cada generación debe cometer sus propios errores.

Capítulo 34

Jingqiu todavía no llevaba seis meses en la granja cuando la llamaron de vuelta a Yichang para dar clases. Fue un golpe de fortuna nacido de un desastre, pero un desastre para otra persona, no para ella. Jingqiu se hizo cargo de la clase de 4 A de la escuela primaria adjunta a la Escuela Secundaria n.º 8, de la que antes era maestra una tal señora Wang. Era una maestra de las que nunca pierden los nervios, honesta en su trabajo, pero que simplemente no sabía dar clases, y mucho menos impartir disciplina. Cada día resultaba ser una batalla y era incapaz de controlar su clase.

Hacía poco a la clase de la señora Wang le había tocado trabajar. Cada escuela tenía que recoger chatarra. La escuela tenía un trato con una fábrica que estaba al otro lado del río, a la que los alumnos podían ir a buscar tornillos y clavos en los cubos de basura y entregarlos a la comisión nacional de fundición del acero. Un día la señora Wang venía con sus alumnos de vuelta de la fábrica y estos comenzaron a romper la fila. Ella iba corriendo a un lado y a otro para mantener la disciplina, y no se dio cuenta de que algunos de los más traviesos habían desaparecido.

El río que había delante de la escuela se había secado casi por completo, y apenas corría una estrecha corriente de agua. La gente había construido un paso a través del barro para poder llegar a un pequeño bote que los llevaba al otro lado de lo que quedaba de río. A cada lado del paseo, el barro se había secado por zonas, y las grandes grietas revelaban solo una parte del espeso lodo que había bajo la superficie. Un muchacho llamado Ceng, uno de los más traviesos de la clase de la señora Wang, se escapó del aula y se fue a jugar al barro. Iba solo, se aventuró demasiado lejos y comenzó a hundirse en el cieno, y cuanto más se agitaba, más se hundía.

Pasaron dos días hasta que recuperaron el cuerpo del muchacho, cerca del paso improvisado. Cuando el padre de Ceng vio la cara y la boca de su hijo manchados de barro, la cólera y la amargura se apoderaron de él. Le echó toda la culpa a la señora Wang, diciendo que, si la maestra hubiera sido más competente, su hijo nunca se habría escapado y no le habría sucedido esta calamidad. El padre de Ceng convenció a sus amigos y parientes de que cada día hostigaran a la señora Wang, exigiendo que lo pagara con su vida. La escuela no tuvo más remedio que mandar a la señora Wang al campo para que permaneciera escondida una temporada. Nadie se atrevía a encargarse de su clase, así que se la asignaron a Jingqiu.

Jingqiu sabía que si se negaba a encargarse de aquella clase, la escuela no le daría ninguna otra. Así que regresó a Yichang y se hizo cargo del aula 4 A de la señora Wang. El padre de Ceng no tenía ninguna queja de Jingqiu, así que no le causó problemas, y, en cuanto a los demás padres, se mostraron agradecidos de que su clase por fin tuviera una nueva profesora.

Jingqiu se entregó en cuerpo y alma a su trabajo, preparando y dando clases, visitando a los padres, hablando con los alumnos; todos los días acababa de trabajar muy tarde. También volvió a practicar el voleibol y montó un equipo femenino en la escuela primaria. A veces incluso organizaba alguna salida, para gran alegría de los alumnos, y rápidamente se convirtió en la clase que mejor se portaba de las de su nivel.

Durante el día Jingqiu tenía muy poco tiempo para pensar en Mayor Tercero. Pero por las noches, cuando todo estaba en silencio y soledad, y se metía en la cama y recordaba el pasado, las dudas se colaban en su mente. ¿De verdad Mayor Tercero era un sinvergüenza? ¿No estaría en algún hospital, en su lecho de muerte?

De repente se le ocurrió que no había probado en el hospital del ejército de Yichang, al que Mayor Tercero la había llevado cuando se cortó con el cuchillo. A lo mejor era allí donde le habían diagnosticado la leucemia. Cuanto más lo pensaba, más desasosegada estaba. Le pediría al doctor Cheng que se lo averiguara.

El doctor Cheng le dijo que ese hospital no formaba parte del sistema sanitario de Yichang y que quedaba bajo la jurisdicción directa del gobierno central. Lo habían construido como parte de la llamada del presidente Mao a educar a la gente para «prepararse para la guerra y luchar contra los desastres naturales» y para protegerse del estallido de la tercera guerra mundial, y solo admitían a cuadros de rango superior. Seguía siendo difícil que allí trataran a una persona normal.

El doctor Cheng invirtió mucha energía intentando averiguar el estado de salud de Sun, y descubrió en su historial médico que, al parecer, Sun Jianxin mostraba señales de una leve disminución de las plaquetas de la sangre, pero eso no era leucemia.

Jingqiu abandonó toda esperanza. Había protagonizado la misma historia que se llevaba repitiendo miles de años. No era la primera chica a la que engañaban, y no sería la última. De hecho, comenzaba a creer que no era de Mayor Tercero de quien había estado siempre enamorada, sino del doctor Cheng. Solo se había enamorado de Mayor Tercero porque se parecía tanto al doctor Cheng en muchos aspectos, pero en lo fundamental eran completamente distintos.

El equipo de producción de la isla de Jiangxin se había especializado en cultivar brotes de soja, por lo que las familias de allí basaban su dieta en ese alimento. Jingqiu a menudo había pensado que Mayor Tercero y el doctor

Cheng eran como dos brotes de soja que crecían del mismo tallo blanco y crujiente: uno era negro y podrido, y el otro seguía teniendo un saludable tono amarillo. Lo que los diferenciaba era su actitud a la hora de «triunfar». El doctor Cheng llevaba casado muchos años, pero era tan fiel y leal a su mujer como siempre. Por el contrario, Mayor Tercero, en cuanto había «triunfado» con ella, había cambiado de melodía.

Comenzó a ir a casa de la señora Jiang más a menudo solo para oír la voz del doctor Cheng, para ser testigo de su honesta devoción a su esposa. El doctor Cheng era, muy posiblemente, el único hombre de la isla de Jiangxin que llevaba a tirar el agua sucia con que su esposa y su suegra se lavaban los pies. En verano, todo el mundo utilizaba unas grandes tinas de madera para recoger agua y lavarse. No había ninguna mujer en la isla que fuera capaz de levantar las tinas, y tenían que vaciarlas con un cazo. Pero el doctor Cheng siempre vaciaba la tina él mismo.

Jingqiu jamás pensó que aquello comprometiera al doctor Cheng, al contrario, lo consideraba un hombre estupendo. Lo que la conmovía especialmente era su amor a sus dos hijos. Durante las noches de verano a menudo se podía ver al doctor Cheng llevar a su hijo mayor al río a nadar mientras que la señora Jiang permanecía sentada en la orilla con el pequeño, mirando. Cuando no salían a nadar, el doctor Cheng jugaba con sus hijos en la cama, y dejaba que lo montaran a caballo.

El doctor Cheng y su esposa eran el ideal de pareja para todos, dos cítaras en perfecta armonía. Uno tocaba el acordeón mientras el otro cantaba; verlos juntos era una de las cosas más reconfortantes que se podían contemplar en la isla. A ojos de Jingqiu, solo un hombre cuyo pensamiento y obra estuvieran en concordancia, que fuera constante, como el doctor Cheng, era digno de su amor.

El cariño que sentía por su esposa y sus hijos inspiraron a Jingqiu a componer mentalmente fragmentos de poesía con los que captar cada escena, cada sentimiento. Esos fragmentos no la abandonaban, como si reclamaran ser escritos. Jingqiu los anotaba cuando llegaba a su habitación, a veces sin título, y nunca con el nombre del doctor Cheng, sino solo utilizando el pronombre «él».

Jingqiu ahora se había trasladado a una pequeña habitación de unos diez metros cuadrados que pertenecía a la escuela y compartía con otra profesora, la señorita Liu. En el cuarto había un escritorio con dos cajones, uno para cada una. Aquel era un pequeño rincón del mundo en el que podía encerrar sus secretos.

La familia de la señorita Liu vivía junto al río, y los fines de semana se iba de visita, con lo que Jingqiu se quedaba como dueña y señora de la habitación. Cerraba la puerta con llave, sacaba las cartas y fotografías de Mayor Tercero e imaginaba que se las había regalado el doctor Cheng. Se sentía feliz absorta en esos pensamientos, casi embriagada, pues aquellas palabras solo podían tener sentido si procedían de alguien como el doctor Cheng. Si no, no valían nada. Embelesada, copiaba algunos poemas para poder enseñárselos al doctor Cheng. No sabía exactamente por qué, solo le apetecía hacerlo.

Un día deslizó uno de sus poemas en el bolsillo de la chaqueta del doctor Cheng mientras él le cogía a su hijo de sus brazos. Los días siguientes no se atrevió a volver a casa del doctor Cheng, no porque pensara que había hecho algo malo, pues en ningún momento había intentado apartar al doctor Cheng de su esposa. Lo veneraba, eso era todo, lo amaba. Había escrito sus poemas para él, y quería que los leyera. La razón por la que evitaba ir a su casa era que temía que el doctor Cheng se riera de sus poemas, de sus sentimientos.

Aquel fin de semana, una noche el doctor Cheng fue a verla. Le devolvió los poemas y le dijo con una sonrisa:

—Chica, qué bien escribes, te convertirás en una gran poeta y conocerás a ese «él» de tus poemas. Guárdalos, guárdalos para dárselos cuando lo conozcas.

Jingqiu se sentía aturdida y confusa, e intentó explicarse.

—Lo siento, no sé muy bien por qué los escribí ni por qué los puse en su chaqueta. Debo de haberme vuelto loca.

—Si algo te preocupa, habla con la señora Jiang. Ella tiene experiencia y te comprenderá. Y sabe guardar un secreto.

—Por favor, no le hable a la señora Jiang de mis poemas —le imploró Jingqiu—. Se enfadaría mucho conmigo. Por favor, no se lo cuente a nadie.

—No se lo contaré a nadie. No te preocupes, no has hecho nada malo, solo escribir unos poemas y pedirle a alguien que no tiene ni idea de poesía que te los comente. Me temo que de poesía no tengo gran cosa que decir, pero, si tienes algún problema de verdad, puedo ayudarte.

Le habló en voz baja y sincera. Jingqiu no sabía si era porque confiaba en él o porque quería demostrarle que no sentía más que admiración por su persona, pero comenzó a contarle al doctor Cheng más cosas de su relación con Mayor Tercero, omitiendo solo la noche en el hospital.

—A lo mejor tenía leucemia de verdad, a pesar de lo que yo vi en su historial —dijo el doctor Cheng cuando ella acabó su relato—, pues de lo contrario no hay razón para que no quiera verte. Es posible que fuera al hospital del condado para que le trataran un resfriado. La leucemia debilita el sistema inmunológico, y acabas contrayendo todas estas enfermedades. En este momento no existe cura para la leucemia. Lo único que se puede hacer es tratar los síntomas e intentar que quienes la padecen vivan lo más posible. Es probable que en el hospital del condado no se enteraran de que la padecía, y quizá se la diagnosticaron en el hospital militar.

—Pero ¿no me dijo que en el hospital militar le diagnosticaron falta de plaquetas?

—Es posible que pidiera al hospital militar que lo mantuvieran en secreto. Todo son suposiciones, a lo mejor me equivoco. Si fuera yo, me temo que haría lo mismo, pues dijiste que querías morir con él. ¿Qué otra opción tenía? No podía dejarte ir con él, ¿o sí? ¿Y cómo iba a permitir que lo vieras cada día más delgado, más demacrado, dirigiéndose lentamente hacia la muerte? Si fueras tú, ¿le permitirías ver cómo te consumes?

—Así, ¿me está diciendo que está solo en Anhui, esperando a la muerte?

—No te lo puedo decir —dijo el doctor Cheng, tras pensarlo un rato—. A lo mejor está en la ciudad. Si fuera yo, habría vuelto a Yichang, para poder estar... un poco más cerca.

—¿Podría ayudarme preguntando en los hospitales de la ciudad?

—Puedo preguntar, siempre y cuando me prometas no hacer ninguna estupidez.

—No, no... no volveré a decir eso nunca más.

—Ni lo dirás ni tampoco lo harás. Él está preocupado por ti, y ya tiene bastantes preocupaciones. A lo mejor... ya está preparado para su destino, ya está resignado a morir, pero, si cree que te irás con él, estará furioso consigo mismo. En el hospital veo de manera regular el dolor inconsolable de las familias que han perdido a sus seres amados. Lo que más me sorprende es que nuestras vidas no nos pertenecen, no podemos hacer lo que queremos con ellas. Si le sigues a la muerte, ¿cómo afectará eso a tu madre? ¿No sería terrible para tu hermano y tu hermana? Todos quedarían muy afectados, y no beneficiaría a nadie. Mientras esté con vida, para él solo serás otra preocupación, y, cuando ya no esté... has de saber que no hay un más allá, no hay otro mundo, y si dos personas mueren juntas no se reúnen en ninguna parte. Él tenía razón, mientras tú permanezcas con vida, él no morirá.

—Tengo miedo... de que ya... ¿Podría preguntar, lo antes posible?

El doctor Cheng preguntó por todas partes, pero ninguno de los hospitales de la ciudad tenía a Sun Jianxin como paciente, ni siquiera el hospital militar.

—He agotado todas las vías. Quizá me equivoqué y no está en Yichang.

Jingqiu también había agotado sus vías; lo único que la consolaba era pensar que el doctor Cheng se había equivocado. «Si fuera yo...», había dicho, pero Mayor Tercero no era él, y en lo básico eran como la noche y el día. Eso no se lo había dicho al doctor Cheng, por lo que quizá sus predicciones no eran exactas.

Un día de abril de 1976, Wei Ling, una amiga de Jingqiu que estudiaba en la Escuela de Magisterio del Distrito, apareció buscando a Jingqiu. Visitaba a sus padres los fines de semana, y ella y Jingqiu siempre se veían un rato.

Aquel día, en cuanto Wei Ling vio a Jingqiu, le soltó:

—Estoy metida en un buen lío. Eres la única persona que puede salvarme.

Sobresaltada, Jingqiu le preguntó qué le había pasado.

Wei Ling titubeó y consiguió tartamudear:

—Es... es posible que esté... embarazada. Pero mi novio nunca me ha puesto esa cosa dentro, así que ¿cómo puedo estar embarazada?

—¿De qué cosa me hablas?

—De eso que fabrica los bebés, claro, el esperma.

Jingqiu no quería conocer los detalles. Deseaba ayudarla, pero no quería entrar en el meollo del asunto. Sin embargo, los detalles eran importantes, así que tuvo que preguntar:

—Te puso eso que fabrica los bebés, ¿dónde?

—Ya veo que no has tenido nunca novio, nunca lo has hecho y no lo entiendes. Hay que poner eso que fabrica los bebés allí de donde sale tu vieja amiga. —Wei Ling estaba enfadada—. De hecho no me lo puso allí, pero se derramó por encima de mí, por lo que debió de entrar algo, pues, de lo contrario, ¿cómo voy a estar preñada? ¿Acaso ha caído del cielo? Estoy segura de que no he compartido cama con ningún otro hombre.

Jingqiu estaba escandalizada. ¿Poner esa cosa pegajosa «allí»? ¡Qué asco! Se acordó de la aterradora historia de una chica que había puesto sus pantalones cortos al revés sobre una pared para que se secaran al sol, y se le colaron unas arañas dentro. Se los puso y se quedó embarazada, y dio a luz una camada de arañas. Desde que la oyó, Jingqiu jamás dejó sus pantalones cortos al revés ni los puso a secar sobre una pared, ni en ningún lugar donde se pudieran colar arañas. Nunca había entendido cómo te podías quedar embarazada si unas arañas se colaban en tus pantalones, pero ahora sí lo entendía. Debían dejar su cosa para fabricar bebés en los pantalones y, cuando la chica se los ponía, se le metían «allí» y la dejaban preñada.

De repente se dio cuenta de que Mayor Tercero no la había engañado. No le había «hecho» nada, no había introducido su cosa dentro de ella. Y si no había «triunfado» con ella, entonces todas las explicaciones de su comportamiento eran erróneas. Debía de padecer leucemia.

Seguramente me mintió temiendo que me fuera con él, y por eso huyó a Anhui. Al hacerlo, sabía que ella lo odiaría, pero también que estaba salvando su vida.

Jingqiu tenía el corazón roto. No tenía ni idea de dónde encontrarlo ni de si estaba vivo.

Capítulo 35

Jingqiu jamás había imaginado que fuera tan ignorante, que no supiera lo que implicaba realmente compartir cama. Si Wei Ling no hubiera acudido a ella, habría seguido culpando a Mayor Tercero injustamente. Ella pensaba que «acostarse juntos» consistía simplemente en compartir habitación con un hombre.

Mayor Tercero había dicho que no se atrevía a tocarla, pues le daba miedo no poder contenerse y hacerle lo que los maridos hacen a sus esposas. Ella le había dicho que no se preocupara, que se lo hiciera, que si no lo hacía los dos morirían sin haberlo experimentado. Entonces Mayor Tercero se había puesto encima de ella, y ella había creído que lo que ocurrió entonces era lo que los maridos hacían a sus esposas.

Aquella noche ella se había mostrado ignorante, pero llena de curiosidad, y como resultado había dicho algunas cosas inapropiadas, que quizá habían disgustado a Mayor Tercero. ¡Ojalá se hubiera cortado la lengua! Aquella noche, después de que los dos hubieran estado «volando», ella se limpió la sustancia cremosa de la barriga con una toalla.

—¿Cómo sabes que no es orina? —le había preguntado.

—No lo es —dijo él incómodo.

—¿Pero el pipí no sale también de ahí? —Él asintió, y ella añadió—: Entonces, ¿cómo sabes que esto no es pipí? ¿Cuándo no lo es? ¿No podrías haberte equivocado?

Él había titubeado y apenas había sido capaz de contestarle:

—Te das cuenta. No te preocupes, desde luego no es... pipí. —Mayor Tercero había salido de la habitación y vertido un poco de agua en una palangana, escurriendo la toalla y limpiándole cuidadosamente a Jingqiu la cara y la barriga—. ¿Ya no estás tan preocupada?

—No te estaba llamando guarro —explicó Jingqiu—. Es solo que esta cosa cremosa me asusta un poco. —Se quedó pensando unos momentos y añadió—: Qué raro. ¿Por qué los chicos utilizáis una sola cosa con dos fines?

Él no contestó, pero la abrazó y se rio en silencio.

—¿Estás diciendo que los chicos deberían tener dos pitos, uno para cada función? Tu pregunta es demasiado complicada y yo no la sé contestar. Yo no pedí que me hicieran así, por lo que es mejor que le preguntes al creador.

A continuación Mayor Tercero le contó cómo fue su primera vez. En aquella época estaba en sexto de primaria, haciendo un examen. La pregunta era muy difícil y no estaba seguro de poder contestar, y a medida que se ponía nervioso se sentía como si meara, aunque era extrañamente placentero. Solo posteriormente descubrió que eso era lo que la gente llamaba «eyaculación».

—¿Eras tan... sinvergüenza cuando estabas en sexto de primaria?

—No tiene nada que ver con ser bueno o malo. Es normal, un proceso físico. Cuando un chico alcanza la pubertad, comienza a desarrollarse, y ocurren este tipo de cosas. A veces suceden mientras sueñas. Igual que vosotras, las chicas, cuando llegáis a cierta edad, os viene vuestra... «vieja amiga».

Todo iba quedando claro: los chicos también tenían sus propias «viejas amigas». Pero ¿por qué las chicas se ponían enfermas cuando sus viejas amigas iban a visitarlas, mientras que para los chicos la experiencia era «extrañamente placentera»? No parecía justo.

Entonces ella le relató su primera vez. Ocurrió mientras su madre estaba en el hospital, a unos cinco kilómetros de casa. Su hermana aún era pequeña y no podía recorrer grandes distancias, de manera que pasó la noche con su madre en el hospital, durmiendo en la misma cama. Jingqiu, por otro lado, pasaba el día cuidando de su madre, y por la noche regresaba y se quedaba en casa de su amiga Zuo Hong.

Un día, en mitad de la noche, las dos se levantaron para utilizar el retrete, y Zuo Hong dijo:

—Debe de haber llegado tu vieja amiga, porque la cama está toda roja. La mía aún no ha llegado.

Zuo Hong la ayudó a encontrar un poco de papel de váter y utilizó una venda para sujetarlo. Jingqiu estaba asustada y avergonzada, y no sabía qué hacer.

—A toda chica le llega su «vieja amiga» —le dijo Zuo Hong—. Algunas chicas de tu clase ya la tienen. Cuando vayas a ver a tu madre al hospital, dile que te lo explique.

Cuando al día siguiente Jingqiu fue al hospital, no encontraba palabras para expresarlo, y le costó arrancar hasta que por fin se lo contó a su madre.

—¡Vaya momento! —exclamó su madre—. A mí acaban de hacerme una histerectomía y a ti te viene el periodo. Desde luego, la vida es una carrera de relevos, en la que una generación le pasa el testigo a la siguiente.

Cuando Mayor Tercero oyó sus palabras, dijo:

—Espero que te cases y tengas hijos, y tengas una hija, y otra y otra, y que todas sean como tú. Así Jingqiu irá pasando de generación en generación.

Era como si le dijera que debía casarse con otro y tener hijos con él, y Jingqiu no quería oírlo, así que le tapó la boca con la mano.

—No me casaré con nadie más. Solo me casaré contigo, y mis hijos serán tuyos.

Él la acercó hacia sí.

—¿Por qué eres tan buena conmigo? —murmuró—. Quiero casarme contigo, pero...

Mayor Tercero parecía tan apenado que ella cambió de tema:

—El lado derecho de mi cuerpo es más grande que el izquierdo. —Jingqiu juntó los pulgares para demostrárselo, y luego los brazos, y era cierto, el derecho era un poco más grande que el izquierdo.

Él se la quedó mirando un rato y a continuación agarró los pechos y le preguntó:

—¿También tienes uno más grande que el otro?

Jingqiu asintió.

—El derecho es un poco más grande, y cuando llevo sujetador tengo que agrandarme un poco la copa derecha.

Él se hundió bajo las sábanas y se quedó ahí abajo un buen rato, mirando, hasta que al final asomó la cabeza y dijo:

—Cuando estás echada no se nota. Incorpórate y enséñamelo. —Ella se incorporó y él confirmó que había uno algo más grande—. ¿Puedo dibujarte? He estudiado un poco de dibujo. Cuando se haga de día iré a la sala a buscar papel y una pluma.

—¿Para qué quieres dibujarme?

—Para poder mirarte todos los días... Pero, si no quieres, no te dibujo.

—No es eso, es solo que no te hace falta. Puedo enseñarte mi cuerpo todos los días.

—Sigo queriendo dibujarte.

Por la mañana se fue a buscar papel y pluma, colocó a Jingqiu en pose sobre la cama y le echó la manta por los hombros. La miró y a continuación dejó que se metiera bajo las mantas. La dibujaba un rato, levantaba la vista y luego dibujaba un poco más. No tardó en acabar el dibujo. Se lo enseñó y, aunque no era más que un esbozo, se le parecía mucho.

—No dejes que nadie lo vea o te encerrarán por pervertido.

—¿Cómo voy a permitir que nadie más lo vea? —dijo él riendo.

Aquel día ella se quedó desnuda bajo las mantas mientras él salía a vaciar la cuña, recogía agua para que ella se lavara e iba al comedor del hospital en busca de algo de comer. Con una camiseta por encima de los hombros, Jingqiu permaneció incorporada en la cama, comiendo. Al terminar se sumergió bajo la colcha y él también se quitó la ropa y se metió con ella. Se quedaron acurrucados hasta media hora antes de que saliera el último autobús en dirección a Río Yanjia. Entonces saltaron de la cama, se pusieron la ropa a toda prisa y corrieron hacia la estación.

Mientras recordaba aquel día, Jingqiu se dio cuenta de que él lo había planeado todo para que ella pudiera seguir viviendo, y que lo había acusado falsamente de ser egoísta e inmoral. Mayor Tercero no había hecho nada malo. La abrumaba la pena. Ya habían pasado casi seis meses desde la última vez que se vieran, y si a él le habían dicho el diagnóstico el día que se cortó, entonces de eso hacía ocho o nueve meses. Debía de haber muerto a final de año.

El día que pasaron juntos Mayor Tercero dijo que el hecho de que su cosa se hinchara «significa que aún tardaré un poco en morir». Aquella cosa se le hinchó regularmente durante el día, ¿y no significaba eso que viviría mucho tiempo? De repente Jingqiu se sentía optimista. A lo mejor gozaba de una salud estupenda, incluso estaba vivo. Tenía que encontrarlo y, si se había ido, quería saber dónde estaba enterrado. No podía seguir con aquella incertidumbre.

Jingqiu se dio cuenta de que su primera pista era Fang, porque ella había estado al corriente de su enfermedad y a lo mejor conocía su dirección en Anhui. Fang le había dicho que la ignoraba, quizá porque así se lo había indicado Mayor Tercero. Si le prometía a Fang que no pensaba suicidarse, entonces ella le daría la dirección.

Aquel domingo Jingqiu se acercó hasta Aldea Occidental y fue directamente a la casa de Fang. La tía Zhang y los demás se sorprendieron al verla, pero le ofrecieron una cálida bienvenida. Lin ya se había casado; su mujer procedía de una pequeña región montañosa muy distante. Era muy guapa, y los dos vivían con la tía Zhang mientras se construían una casa nueva.

Jingqiu saludó a todo el mundo y a continuación se fue a la habitación de Fang para hablar con ella.

—De verdad que desconozco la dirección de Mayor Tercero —contestó Fang a las preguntas de Jingqiu, ofendida—. Si la supiera, ¿por qué no te la iba a dar? Habría ido contigo para ayudarte a buscarlo.

Jingqiu no la creyó.

—No le dijo a nadie que estaba enfermo, solo a ti. Seguro que te dio su dirección.

—A mí no me dijo que tuviera leucemia, fue mi hermano quien se lo oyó comentar mientras Mayor Tercero hablaba por teléfono en Río Yanjia. Es el segundo miembro de la segunda unidad que la padece, y le pedía a la unidad que mandaran a alguien a investigar para ver si tenía algo que ver con el lugar donde trabajaban.

—Entonces, ¿por qué no me lo dijiste cuando vine a la escuela después de que se marchara?

—Le dijiste que te habías enterado por mí, y él vino a preguntarme por qué lo sabía. Se lo conté, y me dijo que no te lo contara, que te dijera que era él quien me lo había contado. Dijo que era una suerte que no te hubieran llegado aquellas cartas, pues en ellas te explicaba que temía haber contraído la enfermedad mientras estaba por aquí, que fuera algo ambiental, y quería advertirte.

Jingqiu dijo, apaciguada:

—¿Así que es un problema ambiental?

—Probablemente no. La otra persona que la contrajo estaba en la unidad geológica. Se marchó después de una temporada, y nadie sabe si fue porque había acabado el trabajo o por otro motivo...

—¿Mayor Tercero se fue con la unidad?

—Se marchó a final de año, dijo que iba a Anhui. No hemos tenido más noticias de él.

Jingqiu decidió utilizar las vacaciones del Día del Trabajo para ir a Anhui en busca de Mayor Tercero con la esperanza de volver a verlo. Y, si no lo encontraba, esperaba al menos poder visitar su tumba. Sabía que Mayor Tercero había nacido en Hefei, la capital de la provincia, pero ignoraba exactamente dónde. «Su padre es comandante militar del distrito, todo lo que tengo que hacer es encontrar la comandancia del distrito de Anhui, y ahí probablemente encontraré al comandante. Y, cuando dé con su padre, probablemente daré con el hijo».

Tendría que pedirle a la señora Jiang que la ayudara a comprar un billete a Hefei para las vacaciones del Día del Trabajo. El padre de uno de los alumnos de la señora Jiang trabajaba en la estación y pudo comprarle un billete. Durante las vacaciones los trenes siempre iban abarrotados, y ella no tenía tiempo de ir y hacer cola, y de todos modos, aunque hiciera la cola, a lo mejor no conseguía billete.

La señora Jiang consintió en ayudarla, pero estaba muy preocupada.

—¿Vas a ir sola? Es peligroso. Tu madre no te lo permitirá.

Jingqiu le dijo que iba a buscar a Mayor Tercero y le pidió ayuda a la señora Jiang fueran cuales fueran las consecuencias. Si no iba durante las vacaciones del Día del Trabajo, tendría que esperar a las vacaciones de verano, y por entonces habría menos esperanzas de encontrarlo vivo.

La señora Jiang había comprado billetes hacía unos días, pero compró dos, y le dijo que ella la acompañaría para que no tuviera que ir sola. La señora Jiang fue a hablar con la madre de Jingqiu y le dijo que quería llevar a su hijo pequeño, Hermano Pequeño, a visitar a unos amigos de Hefei, pero que, como le sería difícil cuidarlo sola, quería que Jingqiu la acompañara. La madre de Jingqiu no puso ninguna objeción y estuvo de acuerdo enseguida.

Jingqiu y la señora Jiang llevaron a Hermano Pequeño en tren y, en cuanto llegaron a Hefei, lo dejaron con
una amiga de la señora Jiang, la señora Hu. Al día siguiente Jingqiu y la señora Jiang tomaron distintos autobuses
en compañía de Hermano Pequeño, hasta que al final encontraron la comandancia del distrito. Se ubicaba en un
lugar llamado Sierra de la Flor del Melocotonero y lo rodeaba una alta tapia. Desde fuera podías ver los árboles
sobre las colinas del otro lado. Todos estaban en flor y parecía un paraíso en la tierra. Qué suerte que Mayor Tercero hubiera vuelto a su tierra, se dijo Jingqiu al ver la belleza del lugar. Es mucho más bonito estar aquí que en mi
pequeña habitación. Solo espero que no se haya ido.

La verja estaba protegida por un soldado armado.
Dijeron que buscaban al comandante del distrito Sun, pero el guarda no las dejó entrar y les dijo que el comandante del distrito no se llamaba Sun. A lo mejor se habían
equivocado.

—¿No hay ningún adjunto al comandante que se llame Sun, o algún otro cuadro importante?

El guarda lo comprobó, pero dijo que no.

—¿Cómo se llama el comandante del distrito? —preguntó Jingqiu.

El soldado se negó a contestar.

—Tanto da cómo se llame —dijo la señora Jiang—.
Hemos venido aquí para ver al comandante del distrito.

El soldado tuvo que hacer una llamada para pedir
permiso. Esperaron un rato hasta que volvió a salir, y dijo
que el comandante no estaba.

—¿Hay alguien con quien podamos hablar? —preguntó Jingqiu. Solo quería preguntar por su hijo.

El soldado hizo otra llamada. Cada llamada duraba una eternidad.

—¿Por qué tardas tanto? —preguntó la señora Jiang cuando volvió.

—No hay línea directa con el comandante del distrito —explicó el soldado—. Primero hay que llamar a una oficina y ellos te ponen. Se tarda mucho.

Después de muchas idas y venidas, lo único que habían descubierto era que la familia del comandante del distrito estaba fuera, quizá de vacaciones. Cuando preguntaron dónde iban los mandos de vacaciones, el soldado se negó a contestar, como si temiera que les tendieran una emboscada en la carretera.

Jingqiu estaba desanimada. Nunca, nunca debería haberle dicho que quería morir con él. Si ese era su deseo, debería haberlo cumplido sin anunciarlo con tanta antelación. ¿Acaso no le preocupaba asustarlo?

Capítulo 36

Abatida, Jingqiu cogió el tren de vuelta a Yichang. Mientras se dirigía a Anhui, había albergado grandes esperanzas de que, aunque no pudiera ver a Mayor Tercero, al menos pudiera visitar a su familia, y, si ya había muerto, que le dijeran dónde estaba la tumba. ¿Cómo iba a suponer que no le dejarían pasar de la verja?

—A lo mejor no nos han dejado entrar porque no llevábamos una carta de nuestra unidad de trabajo —dijo la señora Jiang—. La próxima vez me acordaré de hacer que nuestra unidad de trabajo nos entregue una, así podremos entrar.

—Pero el soldado dijo que el comandante del distrito ni siquiera se llamaba Sun...

—A lo mejor es el nombre de su madre. ¿No te dijo que cuando su padre se enfrentó a toda la familia lo echaron del ejército? Debió de regresar solo cuando lo perdonaron.

Jingqiu se dijo que el análisis de la señora Jiang debía de ser bastante acertado, pero hasta las vacaciones de verano no podría volver, y quién sabía si seguiría allí.

—Toda la familia se ha ido —dijo la señora Jiang—, lo cual es una buena y mala noticia. La mala es que probablemente no lo veremos, y la buena es que, si se han ido todos de vacaciones, no creo que recientemente haya habido una tragedia en la familia.

La señora Jiang tenía razón. Si Mayor Tercero estaba en el hospital, o había muerto, ¿cómo iba a irse de viaje su familia? Debía de haberse recuperado, o quizá el hospital militar de Yichang se había equivocado en el diagnóstico. Mayor Tercero había regresado a Anhui y había acudido a diferentes hospitales que le habían confirmado que no padecía leucemia, para alegría de todos. O quizá la unidad geológica había quedado disuelta, y Mayor Tercero había decidido permanecer en Anhui.

Imaginó que Mayor Tercero estaba con su padre y su hermano pequeño, visitando algún lugar hermoso, haciéndose fotos unos a otros, e incluso pidiendo a los transeúntes que les sacaran una foto a los tres. Podía verlo con tal claridad, con tal viveza que incluso le pareció oír el sonido de su risa.

Jingqiu inmediatamente comenzó a dudar de su propia fantasía.

—Si se encuentra mejor, ¿por qué no ha venido a verme? —le preguntó a la señora Jiang.

—¿Cómo sabes que no ha ido a buscarte? Quizá en este momento está en Yichang, y nos hemos cruzado por el camino. Es muy posible que eso sea lo que ha pasado. A lo mejor llegas a casa y te lo encuentras sentado ahí, esperándote, mientras tu madre lo acribilla a preguntas.

Jingqiu se acordó de la cara de Mayor Tercero la última vez que su madre lo interrogó, y no pudo evitar sonreír. Al estar impaciente por volver a casa, deseaba que el tren fuera más deprisa. Ya era entrada la noche cuando llegaron. Mayor Tercero no estaba en su casa, pero su madre dijo que había venido Zhou Jianxin, aunque no le había dicho lo que quería. Estuvo esperando un rato y luego se marchó.

Jingqiu se sentía tremendamente decepcionada. ¿Por qué había venido Pequeño Zhou, y no Sun Jianxin?

Aquella noche no pudo dormir, así que le escribió una carta al comandante del distrito de Anhui. Le habló de la enfermedad de Mayor Tercero y, a regañadientes, incluyó una de las pocas fotos suyas que tenía, suplicándole al comandante que la ayudara a encontrar a Sun Jianxin. Comenzaba a creer que el padre de Mayor Tercero no era en realidad el comandante del distrito, sino un mando del ejército de nivel inferior. Pero estaba segura de que el comandante sería capaz de encontrarlo.

Al día siguiente envió la carta certificada, sabiendo que, a pesar de tardar más, llegaría seguro. Ya había renunciado a los milagros y no tenía más opción que prepararse para lo peor, la posibilidad de que ni siquiera el comandante del distrito fuera capaz de encontrar a Mayor Tercero. Si ese era el caso, regresaría a Anhui todos los veranos hasta dar con él.

La mañana del Día de la Juventud, el 4 de mayo, la Escuela Secundaria n.º 8 se sumó a la celebración. Como siempre, Jingqiu tocó el acordeón en los números musicales de cada clase. Justo cuando acababa de tocar una de las piezas, un profesor entró para decirle que fuera la esperaba un camarada del Ejército de Liberación Popular, y que era urgente. Estaba en la recepción, junto a la verja principal. Jingqiu acababa de enviar la carta, y parecía imposible que el padre de Mayor Tercero ya la hubiera recibido. La única posibilidad es que hubiera vuelto de las vacaciones, y, al enterarse de que ella lo había estado buscando, hubiera mandado a alguien a verla.

Pero eso tampoco parecía posible, pues no le había dado al soldado su dirección, con lo que era imposible que la encontrara.

Sumida en la incertidumbre, corrió hasta la recepción y enseguida dio con un joven soldado que se parecía increíblemente a Mayor Tercero. Al verla, se acercó a ella y le preguntó:

—¿Camarada Jingqiu? Me llamo Sun Jianmin, y soy el hermano pequeño de Sun Jianxin. En este momento mi hermano se encuentra muy mal. ¿Querrías acompañarme al hospital?

A Jingqiu se le aflojaron las piernas.

—¿Qué le pasa?

—Entremos en el coche y te lo contaré por el camino. Llevo esperando un rato. Mi idea era ir a buscarte enseguida, pero, como estáis de celebraciones, la verja del recinto estaba cerrada con llave.

Jingqiu estaba demasiado preocupada como para pedir permiso para salir, y tan solo le dijo a la persona que estaba en recepción:

—¿Le puedes pedir a mi madre que venga a tocar el acordeón en lo que queda de espectáculo y se encargue de mi clase de la tarde? Tengo que ir al hospital, mi amigo se encuentra muy mal.

El guarda asintió y Jingqiu se fue detrás de Sun Jianmin hasta el jeep aparcado delante de la verja. Nada más ponerse en marcha, Sun Jianmin le contó la larga y triste historia. Cuando Mayor Tercero salió del hospital del condado no regresó a Anhui, sino que se quedó con la tercera unidad en Campo de Crisantemos por dos razones: para poder asistir a las investigaciones de la unidad geológica de los dos casos recientes de leucemia y porque estaba a pocos kilómetros de la granja de la Escuela Secundaria n.º 8, y podía ver a Jingqiu fácilmente en coche o en bicicleta.

Jingqiu permaneció en silencio mientras Sun Jianmin le contaba que, después de que la trasladaran a la escuela primaria de Yichang, Mayor Tercero la siguió y lo llevaron al hospital militar de la ciudad. Solo regresó a Anhui para una breve visita durante la Festividad de Primavera. Su padre quería que se quedara, pero él se negó, así que el comandante del distrito no tuvo más elección que dejarle regresar con una enfermera que se quedó con él y lo cuidó.

Su padre no podía quedarse en Yichang, pero lo visitaba regularmente, porque la distancia se podía cubrir en coche más o menos en diez horas.

Sun Jianmin miró a Jingqiu a los ojos y le dijo triste y lentamente que en aquel momento el padre de Mayor Tercero, su cuñado, su tío, su tía, sus primos e incluso algunos amigos estaban todos en el hospital. Esbozó una sonrisa.

—Cuando se encontraba bien, lo llevábamos a tu escuela para que pudiera verte, y te observaba en las clases de voleibol. También podíamos verte dar clase desde la calle. Luego, cuando ya no pudo salir de la cama, me pidió que fuera yo y le contara lo que veía. No nos permitió que te dijéramos que estaba en la ciudad, ni que tenía leucemia. Dijo: «Que no se entere, que viva su vida sin preocupaciones».

Jingqiu se daba cuenta de que se esforzaba por decir más.

—Según sus instrucciones no teníamos que molestarte, pero hacía demasiado tiempo que sentía dolor. Ahora ya lleva varios días en el lecho de muerte. Los médicos ya no le dan medicamentos ni intentan salvarlo, pero él no quiere expirar ni cerrar los ojos. —Le cogió la mano—. Hemos pensado que quería verte otra vez, así que hemos desobedecido sus instrucciones y hemos venido a verte sin su permiso. Hemos pensado que lo entenderías y que querrías venir a verlo una última vez. —Le apretó la mano suavemente—. Pero no hagas ningún drama, si no su alma nos culpará desde el cielo.

Jingqiu era incapaz de hablar. Se decía que ojalá fuera un sueño, una pesadilla, que ojalá se despertara y viera a Mayor Tercero inclinándose sobre ella, diciéndole que todo iba bien.

Oyó hablar a Sun Jianmin.

—Camarada Jingqiu, ¿eres miembro del partido?

Jingqiu negó con la cabeza.

—¿Estás afiliada a la Liga de la Juventud Comunista?

Jingqiu asintió.

—Entonces, en nombre de la Liga de la Juventud, prométeme que no intentarás nada contra tu vida.

Jingqiu volvió a asentir, incapaz de hablar. Estaba como atontada.

El jeep aparcó delante del pabellón de Mayor Tercero. Sun Jianmin la ayudó a bajar y la condujo a la primera planta. Había muchas personas en la sala, todas con los ojos rojos e hinchados. Un hombre con aspecto de dirigente, que debía de ser el padre de Mayor Tercero, se le acercó y le dijo:

—¿Eres la camarada Jingqiu?

Ella asintió y él le cogió las manos mientras las lágrimas le caían por la cara.

—Te está esperando —dijo mirando la cama—. Ve... a decirle adiós. —El padre salió al pasillo.

Jingqiu miró a la persona que estaba echada en la cama. No se podía creer que fuera Mayor Tercero. Estaba muy delgado y tenía las cejas muy largas y pobladas. Los ojos, profundamente hundidos, estaban medio abiertos, y vio que los tenía inyectados en sangre. Había perdido mucho pelo, y el que le quedaba se extendía ralo sobre su cabeza. Le asomaban los pómulos, y las mejillas eran como dos pozos. Estaba tan blanco como las sábanas del hospital.

Jingqiu se sentía demasiado asustada para acercarse. Ese no podía ser Mayor Tercero. Lo había visto hacía unos meses y seguía siendo un joven apuesto y ágil. Ahora la visión de aquella figura la asustaba.

Unas manos la empujaron suavemente por detrás y ella reunió valor para acercarse al borde de la cama. Le cogió la mano de debajo de la manta y vio la cicatriz allí donde se había cortado. Ahora tenía la mano tan delgada y huesuda que la cicatriz parecía incluso más larga que antes. Le cedieron las piernas y cayó al suelo.

Los demás intentaron levantarla, pero era incapaz de moverse.

Oyó que la gente gritaba:

—¡Dilo! ¡Dilo!

—Que diga ¿el qué? —preguntó ella confundida.

—Su nombre, el nombre con que sueles llamarlo. ¡Dilo, dilo! ¡Si no lo dices, no se irá!

Jingqiu era incapaz de decir una palabra. No había pronunciado muy a menudo su nombre en voz alta, y ahora parecía imposible. Solo fue capaz de cogerle la mano y mirarlo. Aún no tenía la mano completamente fría, por lo que seguía con vida, pero el pecho ni le subía ni le bajaba.

La gente seguía insistiéndole: «¡Dilo, dilo!», así que le apretó la mano con fuerza y le dijo:

—Soy yo, Jingqiu. Soy yo, Jingqiu.

Él le había dicho una vez que si tenía un pie en la tumba y oía su nombre, lo sacaría e iría a verla.

Ella seguía apretándole la mano, esperando con toda su alma que pudiera oírla.

—Soy yo, Jingqiu. Soy yo, Jingqiu.

No supo cuántas veces lo dijo, pero se le entumecieron las piernas y se le secó la garganta. Alguien que estaba a su lado ya no pudo soportarlo más y dijo:

—Basta, basta de gritar. No puede oírte.

Pero ella no le creyó. Mayor Tercero tenía los ojos medio abiertos, así que podía oírla, aunque no pudiera hablar, aunque no pudiera contestarle, pero sin duda podía oírla.

—¡Soy yo! ¡Jingqiu!

Jingqiu se acercó a su cara, a su oído, y repitió en tono de súplica:

—¡Soy yo, soy yo! ¡Jingqiu!

Él podía oírla, era solo que lo cubría una capa de niebla blanca, necesitaba algo de tiempo, tan solo necesitaba ver su marca de nacimiento, estar seguro de que era ella.

Oyó el sonido de un grito apagado, pero no fue de ella.

—¡Soy yo, Jingqiu! ¡Soy yo, Jingqiu!

Mayor Tercero cerró los ojos y dos lágrimas le rodaron por las mejillas. Dos lágrimas rojas, cristalinas...

Epílogo

Mayor Tercero había muerto y, como deseaba, fue incinerado y enterrado bajo el espino. No era ningún héroe de guerra, pero les permitieron enterrarlo allí. Al principio de la Revolución Cultural, las lápidas de los soldados caídos se consideraban una de las «cuatro antiguallas» que había que demoler, y por tanto fueron eliminadas. Así que Mayor Tercero no tuvo lápida.

—Insistió en que lo enterráramos allí —le dijo el padre de Mayor Tercero a Jingqiu—. Pero estamos muy lejos, así que te confiamos a ti las cenizas.

Mayor Tercero había metido en el petate del ejército su diario, las cartas que le había escrito a Jingqiu y el cartero le había devuelto, y algunas fotos, y se lo había entregado a su hermano para que se hiciera cargo.

—Si Jingqiu es feliz —le había dicho—, no se lo des. Pero si es desdichada en el amor, o tiene problemas en su matrimonio, entonces se lo entregas, que sepa que hubo alguien que la amó con toda su alma y todo su cuerpo, que sepa que existe el amor eterno.

En la primera página de uno de sus cuadernos, Mayor Tercero había escrito: «A lo mejor no soy capaz de esperarte trece meses, ni hasta que cumplas los veinticinco, pero puedo esperarte toda una vida».

Lo único que llevaba con él cuando murió era una foto de Jingqiu cuando tenía seis años y ese breve extracto de su diario. Lo había llevado siempre con él. También lo metieron en el petate y Sun Jianmin se lo entregó a Jingqiu.

Todos los años, en mayo, Jingqiu se iba al espino a ver las flores. A lo mejor era solo su imaginación, pero le parecían aún más rojas que las que Mayor Tercero le había enviado.

Diez años más tarde, Jingqiu aprobó el examen de ingreso en la universidad y comenzó un máster en el departamento de inglés de la Universidad de Hubei.

Veinte años más tarde, Jingqiu atravesó el Pacífico para ir a los Estados Unidos y comenzar su doctorado.

Treinta años más tarde Jingqiu daba clases en una universidad americana.

Este año llevará a su hija al espino para visitar a Mayor Tercero.

Le dirá a su hija:

—Aquí yace el hombre que amo.

Esta obra se terminó de imprimir en diciembre de 2012
en los talleres de Comercializadora Curiel S.A. de C.V.
Agua caliente No. 61 Col. Agrícola Pantitlan,
C.P. 08100 México D.F.

Suma de Letras es un sello editorial del Grupo Santillana

www.sumadeletras.com/mx

Argentina
Avda. Leandro N. Alem, 720
C 1001 AAP Buenos Aires
Tel. (54 114) 119 50 00
Fax (54 114) 912 74 40

Bolivia
Calacoto, calle 13, 8078
La Paz
Tel. (591 2) 279 22 78
Fax (591 2) 277 10 56

Chile
Dr. Aníbal Ariztía, 1444
Providencia
Santiago de Chile
Tel. (56 2) 384 30 00
Fax (56 2) 384 30 60

Colombia
Carrera 11 A, n.º 98-50. Oficina 501
Bogotá. Colombia
Tel. (57 1) 705 77 77
Fax (57 1) 236 93 82

Costa Rica
La Uruca
Del Edificio de Aviación Civil 200 m al Oeste
San José de Costa Rica
Tel. (506) 22 20 42 42 y 25 20 05 05
Fax (506) 22 20 13 20

Ecuador
Avda. Eloy Alfaro, 33-3470 y Avda. 6 de
Diciembre
Quito
Tel. (593 2) 244 66 56 y 244 21 54
Fax (593 2) 244 87 91

El Salvador
Siemens, 51
Zona Industrial Santa Elena
Antiguo Cuscatlan – La Libertad
Tel. (503) 2 505 89 y 2 289 89 20
Fax (503) 2 278 60 66

España
Torrelaguna, 60
28043 Madrid
Tel. (34 91) 744 90 60
Fax (34 91) 744 92 24

Estados Unidos
2023 N.W 84th Avenue
Doral, FL 33122
Tel. (1 305) 591 95 22 y 591 22 32
Fax (1 305) 591 74 73

Guatemala
26 Avda. 2-20
Zona 14
Guatemala C.A.
Tel. (502) 24 29 43 00
Fax (502) 24 29 43 03

Honduras
Colonia Tepeyac Contigua a Banco Cuscatlan
Boulevard Juan Pablo, frente al Templo
Adventista 7º Día, Casa 1626
Tegucigalpa
Tel. (504) 239 98 84

México
Avda. Río Mixcoac, 274
Colonia Acacias
03240 Benito Juárez
México D.F.
Tel. (52 5) 554 20 75 30
Fax (52 5) 556 01 10 67

Panamá
Vía Transísmica, Urb. Industrial Orillac,
Calle Segunda, local 9
Ciudad de Panamá
Tel. (507) 261 29 95

Paraguay
Avda. Venezuela, 276,
entre Mariscal López y España
Asunción
Tel./fax (595 21) 213 294 y 214 983

Perú
Avda. Primavera, 2160
Surco
Lima 33
Tel. (51 1) 313 40 00
Fax. (51 1) 313 40 01

Puerto Rico
Avda. Roosevelt, 1506
Guaynabo 00968
Puerto Rico
Tel. (1 787) 781 98 00
Fax (1 787) 782 61 49

República Dominicana
Juan Sánchez Ramírez, 9
Gazcue
Santo Domingo R.D.
Tel. (1809) 682 13 82 y 221 08 70
Fax (1809) 689 10 22

Uruguay
Juan Manuel Blanes, 1132
11200 Montevideo
Tel. (598 2) 402 73 42 y 402 72 71
Fax (598 2) 401 51 86

Venezuela
Avda. Rómulo Gallegos
Edificio Zulia, 1º – Sector Monte Cristo
Boleita Norte
Caracas
Tel. (58 212) 235 30 33
Fax (58 212) 239 10 51